연세 근대 동아시아
번역총서

'제국일본'과
영어 · 영문학

짓고 옮긴이

윤수안(尹秀安, Yoon Soo-An)은 현재 일본의 몇몇 대학에서 교육학과 한국어를 가르쳤거나 가르치고 있다. 이화여자대학교 사범대학 외국어교육과(영어교육 전공)를 졸업했으며, 교토 대학 대학원에서 2011년에 교육학 박사 학위를 받았다. 그동안 서울대학교 교육연구소의 객원연구원(2008.3.1~2009.2.28) 및 The Australian National University의 Division of Pacific and Asian History에서 Visting Fellow(2009.4.1~2010.3.31)를 지냈다. 「'제국일본'의 영문학 수용」(『日本教育史研究』 25), 「경성제국대학에 있어서의 영문학의 위치」(『教育史フォーラム』 4) 등의 논문을 썼다.

옮긴이

고영진(高榮珍, Ko Young-Jin)은 현재 일본 도시샤 대학 글로벌지역문화학부의 교수로 재직 중이다. 연세대학교 대학원 국어국문학과를 졸업했으며, 한국어 문법사, 제주도 방언, 남북한의 언어 문제 등에 관심을 갖고 공부하고 있다. 저서에 『한국어의 문법화 과정』(국학자료원, 1997), 『식민지 시기 전후의 언어 문제』(공저, 소명출판, 2012), 역서에 『국어라는 사상』(공역, 소명출판, 2006), 『식민지 조선의 언어 지배 구조』(공역, 소명출판, 2013) 등이 있다.

'제국일본'과 영어 · 영문학

초판1쇄발행 2014년 2월 10일
초판2쇄발행 2019년 5월 3일
지은이 윤수안 **옮긴이** 윤수안 · 고영진
펴낸이 박성모 **펴낸곳** 소명출판 **출판등록** 제13-522호
주소 서울시 서초구 서초중앙로6길 15(란빌딩 2층)
전화 02-585-7840 **팩스** 02-585-7848 **전자우편** somyungbooks@daum.net **홈페이지** www.somyong.co.kr

값 21,000원

ISBN 978-89-5626-969-6 93840

연세 근대 동아시아 번역총서 6

'제국일본'과 영어 · 영문학

Imperial Japan and English Language Education · English Literature

윤수안 지음 | 윤수안 · 고영진 옮김

소명출판

이제 본격적으로 자신의 길을 걸어가려 하고 있는 딸 한결에게

일러두기

이 책은 尹秀安, 「帝國日本と英語·英文學」(京都大學 박사논문, 2011)을
첨삭을 가하지 않고 한국어로 옮긴 것이다.

머리말

내가 대학에 다니던 1980년대는 매일같이 학교 정문 앞에서 크고 작은 시위가 끊이질 않았었다. 나는 한 번도 거기에 참여해 본 적은 없었지만, 그 맵디매운 최루탄 냄새만큼은 지금도 선명하게 기억하고 있다. 그때 시위하는 학생들이 소리 높여 외치던 구호는 "독재정권 물러가라!"였는데, 그와 함께 언제나 빠지지 않고 등장하던 것이 바로 "미제국주의 물러가라!"였다. 내가 그 구호를 아직도 잊지 않고 인상 깊게 기억하는 것은 당시의 내 전공이 영어 교육이었기 때문이다. 대학 시절 나의 지도 교수는, 꿈도 영어로 꾸어야 한다고, 영어 공부의 중요성을 늘 힘주어 강조하셨었다.

그다지 영어를 좋아하는 것도 아니었으면서, 단지 취직에 유리하다는 이유만으로, 영어를 전공으로 선택한 나는 내가 전공으로 공부하고 있는 영어의 나라 미국이 왜 제국주의인지, 도대체 이해할 수도 없었고, 또 이해하려고도 하지 않았었다. 그저 어떻게 하면 영어를 더 빠른 시간 안에 더 잘 할 수 있을까, 그것만이 당시의 내 유일한 관심사였다. 아마도 내가 일본에서 '일본이 어떻게 제국주의의 길을 걷게 되었는가'라는 화두를 붙잡게 된 데에는, 대학 시절의 시위 현장에서 들었던 그 구호가 무의식중에 작용을 했는지도 모른다고 지금도 생각하고 있다.

다시 말해, 한국에서 들었던 "미제국주의 물러가라!"라는 구호가 영어를 매개로 하여 나를 일본 제국주의를 연구하는 길로 들어서게 했으리라는 것이다.

우연히 일본에서 공부하게 된 나는 자신의 전공인 영어 교육을 연구하고 싶었다. 하필이면, 영어 교육을 영어권인 미국이나 영국이 아닌 일본에서, 그것도 한국인이 연구한다는 게 언뜻 생각하면 이해하기 어려울 수도 있었다. 그러나 나는, 영어를 잘하려면 어떻게 공부해야 하는지 하는 방법론이 아니라, 왜 남의 나라 언어인 영어를 공부하기 위해서 그렇게 오랜 시간 마음고생을 해야 했는지가 알고 싶었다. 또한 이른바 동양에서 가장 먼저 '선진국'이 된 일본에서는, 영미를 어떻게 인식했고, 그런 인식이 영어를 공부하는 데 어떻게 작용했는지도 몹시 궁금했다.

그런 고민을 하는 와중에 일본에서 영어 교육의 토대를 구축했다고 알려진 오카쿠라 요시사부로라는 영어 교육자를 만났다. 오카쿠라 요시사부로는 놀랍게도, 언어는 의사소통의 수단이기도 하지만, 한 언어의 좋고 나쁨은 그 언어를 말하는 집단의 정치적・사회적 지위에 달려 있다고 생각하고 있었다. 그의 이런 생각은 110년도 더 전前인 1902년에 간행된 『응용언어학 십회 강의』에서 표명된 견해이다! 1902년은 대영 제국이 가장 왕성하게 세계를 무대로 활약하던 시기이기도 한데, 오카쿠라의 이런 언어관은 자연스럽게 그를 세계에서 정치적・사회적 지위가 가장 강력한 대영 제국의 언어인 영어를 가르치게 만든다.

오카쿠라의 관심사는, 단순히 영어를 가르치는 데 있는 것이 아니라, 대영 제국의 번영과 그 번영의 비밀을 영어를 통해 배움으로써 일본을 선진국화하는 것, 다시 말하면 대영 제국과 같은 일본 제국을 만드는 데에 있었다. 그래서 일본인이 영어를 배우는 것에 어떠한 의미를 부여할 것인가 하는 문제는 오카쿠라에게 대단히 중요할 수밖에 없었다. 왜냐하면 영어를 통하여 일본인에게 구체적으로 무엇을 가르칠 것인가, 즉 그 내용이 일본인의 정신과 배치되는 것은 아닌가, 하는 일본인의 정체성 형성과 관련된 의문이 영어 교육과 관련하여 항상 오카쿠라가 당면하고 있던 과제였기 때문이다.

오카쿠라는, 일본은 아시아의 영국이라고, 그가 1907년에 편집・간행한 영어 교과서에서 선언한다. 이미 타이완을 식민지로 갖고 있던 일본은, 아시아의 영국이라는 구호를 주창함으로써, 모든 학생이 영어를 배워야 하는 딜레마, 즉 대영 제국의 정신적 식민지라는 영어 교육의 그늘을 피하고자 했다. 그리고 한결같이 오카쿠라는 영어 교과서를 통해 대영 제국의 역사, 사회, 문화를 자세하게 소개하면서, 대영 제국의 강대함을 추인해서 일본에 제국주의적인 가치관을 보급하려고 노력했다. 그에게는 언제나 일본이 아시아의 영국이라는 자부심이 있었던 것이다.

이러한 오카쿠라의 영어 교육관은, 일본이 제국주의화하는 과정에서는 환영을 받지만, 1920년대에 들어 일본이 세계 5대 강국으로 인정받기 시작하면서부터는 사회적으로 비판을 받기 시작한다. 드디어 일본인들의 의식 속에 우리도 이제 세계적인 강대국이 되었다는 자신감이 싹텄고, 그 결과 이제 영어 교육은 대영 제국의 정신적인 식민지화이기도 하다는 주장이 나오게 된다. 바꿔 말하면, 영어는 일본이 선진화하는 데에는 마법의 지팡이였으나, 이제 혼자 힘으로 일어서게 된 일본에게는 그 지팡이가 필요 없어진 것이다. 결국 영어 과목은 축소의 길을 걷기 시작한다.

1941년에 태평양 전쟁이 시작되면서 영어는, 적국의 언어가 되어, 대부분의 학교에서 폐지되거나 축소된다. 그 결과 거의 모든 영어 교사들은 전직을 하게 되는데, 같은 학교에서 단련鍛錬 교사로 겨우 목숨을 부지한 사람들도 있었으며, 학교에 남은 영어 교사들도 칠판에 붙어 있는 '전멸시켜야 할 우리의 적 영미'라는 슬로건과 씨름하면서 영어를 가르쳐야 했음은 이제 거의 상식이 되었다.

1944년 1월에 『문예춘추文藝春秋』라는 잡지의 한 좌담회에서, 경제학자 시마다 하루오島田晴雄가 들려준, 태평양 전쟁 중에 있었던, 영어 교육과 관련된 에피소드는 대단히 인상적이다. 1943년 4월 18일에 미국의 전투기가 일본에 폭탄을 떨어뜨렸는데, 그때 한 중학교에서는 영어 수업을 하고 있었고, 마침 수업 내용은 우연히도 '자유와 평화의 나라'라는 미국의 국가國歌에 관한 것이었으며, 그 수업에 참여했던 한 학생으로부터 이런 문장을 공부하는 것은 곤란하다는 항의가 있었는데, 그 항의에 제대로 대답을 하지 못한 교사는 그 후 신경쇠약에 걸렸다고 한다. 이제까지 영미의 우수한 사상 감정, 즉 일본이 배운 제국주의를 학생들에게 가르쳐 온 일본이 영미의 제국주의에 가차 없이 노출되었던 것이다. 그럼에도 일본인들의 일부에게는 스승이었던 영미를 숭배하는 정신이 여태껏 남아 있어서, 영미인 포로를 대할 때에도 그들은 문화 수준이 높은 선진 국민이라는 무의식이 작용을 하여, 그들에게 명령을 할 때에도 정중한 영어를 쓰는 등의 웃지 못할 일들이 일어나기도 했었다고 한다.

또한 패전 후 미국의 점령하에 놓이게 된 이후에도 영미와 관련한 충격은 여기저기서 보고되고 있다. 동화 작가인 다카기 도시코高木敏子는, 도쿄 대공습에서 어머니와 동생을 잃었고, 패전 10일 전에는 어느 역 대합실에서 기관총으로 아버지까지도 미국인에게 살해당한다. 그런 처참한 경험을 한 다카기에게, 하교길에서 목격한 미국인 병사들이 수줍게 웃으면서 아이들에게 과자를 주는 모습이란 상상조차 할 수 없는 것이었다. 즉, 그 병사들이 자신의 가족을 살해한 병사와 같은 미국인이라고는 도저히 생각되지 않았다는 것이다.

이러한 과정을 거치면서 적국의 언어였던 영어는 다시 화려하게 부활한다. 단적인 한 예로서, 출장지에서 패전 소식을 들은 오가와 기쿠마쓰小川菊松가, 돌아오는 열차 안에서 책의 출판을 구상하고는, 그 날 밤에 일어로 원고를 작성하여, 바로 그 다음날 영어 원고를 첨가하여 만든 32면의 『일미 회화수첩』(1945)은 발매된 지 수개월 만에 360만 부가 팔려 나갔다고 전해진다. 세계 속에서의 영미의 지위가 영어라는 언어의 지위와 직결되고 있음을 이 에피소드는 말해 주고도 남음이 있다. 뿐만 아니라 영어는 영미의 정치적·사회적 사상과도 떼어 내서는 결코 생각할 수 없다. 왜냐하면 영어를 배우는 이유가 영미의 정치적 사회적 힘에서 나오는 것이기 때문이다. 이러한 예들에서 드러나는 바와 같이, 일본의 근대화와 제국주의화 과정에서 영어가 어떠한 역할을 했는지 밝혀 보고자 한 것이 이 책의 목적이자 문제의식이다.

이와 같은 목적과 문제의식이 어느 정도 달성되었는지는 전적으로 독자들께서 판단하실 일이겠으나, 이 정도까지라도 올 수 있었던 것은 너무나 많은 분들이 분에 넘치는 가르침과 도움을 주셨기 때문이다.

무엇보다도 일본어조차 제대로 하지 못하는 나를 기꺼이 제자로 받아들여 가르쳐 주신 지도 교수 고마고메 다케시駒込 武 선생님께는 어떻게 감사를 드려야 할지 모르겠다. 연구생 시절, 상상할 수 없을 정도로 바쁘셨음에도 불구하고, 기본적인 참고문헌을 이해했는지 거의 매달 체크해 주셨다. 연구에 좌절하고 주저앉을 때마다 새로운 아이디어로 자극해 주시고 결국은 일어서도록 도와 주셨으며, 부족한 일본어 문장을 고쳐 쓸 때마다 10번이면 10번, 20번이면 20번 짜증 한 번 안 내시고 고쳐 주신 선생님께 진심으로 감사드린다. 어느 순간에는 내 일본어 문장이 선생님 문장과 닮아 있는 것을 발견하고는 너무나도 기뻐서 밤새 잠을 못 이루었던 일이 기억에 새롭다. 쓰지모토 마사시辻本雅史 선생님 또한 나를 연구의 길로 이끌어 주신 분이다. 도대체 내게 공부할 능력이나 있을까 몹시 초조해하면서 대학원에서 처음 발표하던 날, 발표가 끝나자 '자네는 할 수 있다'고 말씀해 주신 선생님의 격려가 내게는 그 후 지금까지 크나큰 버팀목이었음을 고백한다. 게다가 엄마로서 주부로서 공부하는 것이 힘겨울 때마다, 모두들 어려워해 마지않는 선생님의 연구실에 시도 때도 없이 불쑥 찾아뵙고 어려움을 호소하면, 늘 아버지처럼 따뜻하게 격려해 주셨는데, 그 따뜻한 격려가 없었다면 아마도 학위 과정을 제대로 마치지 못했을지도 모른다.

대학원 시절의 동료인 진아이仁愛 대학의 다카노 히데하루高野秀晴 교수와 덴리天理 대학의 야마모토 가즈유키山本和行 교수에게도 말로는 표현할 수 없을 만큼 많은 신세를 졌다. 대학원에서 공부할 무렵, 잘 모르는 일본어를 언제나 친절하게 가르쳐 주었고, 세미나가 끝나면 같이 저녁을 먹으면서 세미나 시간에 제대로 논의하지 못했던 논점들을 언제나 같이 토론해 주었다. 그 덕분에 기본적인 일본 교육사의 내용을 좀 더 깊이 있게 생각해 볼 수 있었다.

불문학자 현선윤 선생님께도 너무나 크나큰 도움을 받았다. 학위 논문을 쓰면서 일본어가 적잖이 걱정이었는데, 선생님께서는 시간이 많지 않으심에도 불구하고 싫은 기색 한 번 안 내시고 무리한 요구를 들어 주셔서, 마음 놓고 쓰고 싶은 내용을 쓸 수 있었다. 그리고 히토쓰바시一橋 대학의 이연숙 선생님 또한 결코 잊을 수 없는 분 가운데 한 분이다. 일본에 처음 와서 동서남북을 분간하지 못하던 그 시절, 힘든 일이 있어 전화를 드리면, 때로는 언니처럼 다독여 주셨고, 때로는 옆집 아줌마처럼 수다를 떨어 주셨다. 뿐만 아니라 연구와 관련해서 고마고메 선생님을 소개해 주신 것도 선생님이셨고, 일본의 영어 교육이란 테마로 눈을 돌리게 된 계기를 마련해 주신 것도 선생님이셨다.

그 밖에도 일일이 이름을 거론하기 힘들 만큼 수많은 선생님과 선배, 동료, 일본 친구들의 도움을 받았다. 한분 한분 여기에 적을 수 없음이 유감이지만, 그 분들께 느끼는 고마운 마음은 그 어떠한 말로도 표현하기 힘들 만큼 크다는 것만은 알아 주셨으면 좋겠다.

〈부기〉 이 책의 3교를 보는 도중에 아버지가 돌아가셨다. 아버지는 내게 여러 가지로 많은 영향을 주셨고, 또한 내가 당신의 뒤를 이어 공부하는 것을 무척 기뻐하셨다. 이 책을 살아생전에 보여 드리고 싶었는데, 이제 그럴 수가 없게 되었다. 영전에 올리는 이 책이 천국의 아버지에게 조그마한 기쁨이라도 되었으면 한다.

2014년 2월 7일

윤수안

차례

머리말 5

서론 15

제1장 오카쿠라 요시사부로(岡倉由三郎, 1868~1936)의
언어관 및 영어 교육관 41

제2장 월간 『영어 연구』(1919~1923)에서 보는
'세계의 대세(大勢)'와 일본 81

제3장 '제국일본'의 영문학 수용 121

제4장 경성제국대학에 있어서의 영문학의 위치 159

제5장 식민지 조선의 영문학자 최재서(1907~1964)의 문학관 201

결론 249

참고문헌 273
역자후기 286

‘제국일본’과 영어 · 영문학

서론

1. 연구의 과제

일본 정부의 자문기관인 '21세기 일본의 구상' 간담회는 2000년 1월에 「일본의 개척자는 일본 안에 있다」라는 최종 보고서를 제출했다. 그 보고서는 한편에서는 영어 교육의 중요성을 강조하면서, 다른 한편에서는, "장기적으로는 영어를 제2공용어로 하는 것에는 국민적 논의가 필요하며, 우선은 영어를 국민의 실용어로 하기 위하여 전력을 다하지 않으면 안 된다. 이것은 단순한 외국어 교육의 문제가 아니다. 일본의 전략 문제로 다루어야 할 문제다"[1]라고 주장하고 있다. 이 제안을 계기로, 이른바 '영어 제2공용어 논쟁'이 일어난다. '영어 제2공용어 논쟁'에 관해서는 여러 가지 입장의 다양한 의견들이 있는데, 주목해야 할 것은, 지금까지의 '영어 제2공용어 논쟁'이 학자들 사이의 논쟁이었던 것과 달리, 이번에는 정부 기관의 제안이 직접적 계기가 되었다는 점이다.

---

1 船橋洋一,『あえて英語公用語論』, 東京 : 文春新書, 2001, 10~11면에서 재인용.

이와 관련해서 흥미를 끄는 것은, 영어가 단순한 의사소통의 수단이 아니라, 정치적 · 경제적 발전 전략과 관련된 문제로 인식되고 있다는 점이다. 여기서 또다시 생각해 봐야 할 것은, 국가 전략의 수단으로서 위치 지어진 영어가 개인과 사회에 어떤 영향을 끼칠 것인가 하는 문제다. 왜 처음부터 영어가 정치적 · 경제적 성공의 수단으로 간주되고, 다른 언어로 대체 불가능한 특권적 지위로 여겨지는 것일까. 우리가 영어를 배우는 것이 의사소통의 수단을 습득하기 위한 것이 아니라고 한다면, 그 이유를 정치적 · 경제적 관점에서 생각해 볼 필요가 생긴다.

이와 같은 문제가 일본에서는 역사적으로 뿌리가 깊은 것이, 후쿠자와 유키치福澤諭吉, 1835~1901, 니토베 이나조新渡戶稻造, 1862~1933, 나쓰메 소세키夏目漱石, 1867~1916라는 영어의 달인들이 최근까지 발행된 일본 지폐의 초상을 장식했으며, 이 초상들이 그대로 일본의 영어 수용사와 겹쳐지고 있다는 사실은 시사하는 바가 크다고 할 것이다.[2] 일본의 영어 수용사는 일본의 근대화와 밀접하게 연결되어 있고, 일본의 근대화 과정은 일본의 제국화 과정과 깊은 관련이 있다. 그렇다면, 전전기戰前期 '제국일본'의 영어 · 영문학에는 어떤 의미가 부여되고, 어떻게 가르쳐졌을까.

전후가 되어, 전전기戰前期 및 전중기戰中期의 제국주의에 대하여 어느 정도 반성이 이루어졌지만, 그 초점은 주로 비합리주의적 · 국수주의적 경향에 맞추어져, 일본인의 영어 · 영문학 수용에 얽히는 문제점이 제국주의나 내셔널리즘과 관련해서 고찰되는 경우는 드물었으며, 그

2 齋藤兆史, 『英語襲來と日本人』, 東京 : 講談社, 2001, 5면.

결과 비판적 고찰의 밖에 놓이는 경향이 있었다.

예를 들면, 2010년 일본 영학사학회 회장이었던 니와노 요시히로庭野吉弘는 그의 저서 『일본 영학사 서설－영어의 수용에서 교육으로日本英學史叙說－英語の受容から教育へ』[3]에서, 막부 말기幕府末期와 영학英學, 메이지인明治人과 영어와의 만남 등 다양한 영어 교수법과 관련한 문제들을 영학사英學史와 영어 교육사의 입장에서 논의하고 있다. 니와노는 그의 책의 제2부 「영어 교육에서 본 '영국 풍물론英國風物論'」에서, 영어 학습과 관련하여, 영국의 풍토·사회·제도·문물에 대한 지식의 중요성을 논하면서, "제국주의·식민지주의의 시비是非에 관해서는 지금 여기에서는 논외로 한다"[4]며 논의를 피하고 있다. 이와노에게 있어서, 영국의 제국주의는 '영국 풍물'을 설명하는 요인이 아니며, 영국의 제국주의는 영어 교육과 아무런 관계도 없는 것처럼 무시되고 있는 것이다. 이와 같은 경향은 일본만이 아니라, 한국의 영어 교육사에서도 볼 수 있다.[5]

권오량·김정렬은 『한국 영어 교육사』[6]에서, 1945년 이전의 한국의 영어 교육을, '발아기(1883~1895)', '형성기(1895~1911)', '수난기(1911~1945)'로 분류하고, 각 시기의 영어 교육 과정을, '중요 교육기관', '영어 교육의 목적', '영어 교육의 내용', '영어 교육의 교수·학습 방법'에 의거하여 비교·분석하고 있다. 예를 들면, '발아기'에서 영어 모어 화자가 교수 용어를 영어로 하여 영어로 영어를 가르치는 것을 영어 교육의 이상적 수

3 庭野吉弘, 『日本英學史叙說 英語の受容から教育へ』, 東京 : 研究社, 2008.

4 위의 책, 303면.

5 박부강, 「韓國의 英語教育史研究(1883~1945)」, 서울대 교육대학원 영어교육전공 석사논문, 1974; 文龍, 「旧韓末의 英語教育攷」, 『영어교육』 제12호, 1976; 金潤希, 「旧韓末의 英語教育」, 한국외대 영어과 석사논문, 1986.

6 권오량·김정렬, 『한국영어교육사』, 서울 : 한국문화사, 2010.

업으로 논의하였는데 이에 반해 일본인 영어 교사에 의하여 일본어로 영어 교육이 이루어진 식민지기(1911~1945)는 영어 교육의 '수난기'로 인식하여, 식민지 조선에 있어서 영어의 의미를 깊이 파고드는 방향으로는 한 발짝도 나아가지 않고 있다.

이상과 같이 현재 일본과 한국의 영어 교육사 연구에서는, 왜 다른 언어가 아닌 영어가 모든 중등 교육에서 가르쳐지고 있는지, 영어를 통해서 정치적 · 사회적으로 무엇이 추구되고 있는지, 영어 교육에 있어서 영어를 공용어로 사용하는 국가들을 어떻게 인식하고 있는지, 하는 영어를 둘러싼 사회적 · 정치적 관점이 전반적으로 결여되어 있다.

다른 한편, 영어권에서는 영어 · 영문학의 역사적 역할을 제국주의나 내셔널리즘과의 관련 속에서 되묻는 연구가 드물지만 행해지고 있다. 그 대표적 연구로, 로버트 필립슨Robert Philipson의 언어제국주의에 관한 연구와, 에드워드 사이드Edward Said의 영문학 연구를 들 수 있을 것이다.

영어에 관해서는, 로버트 필립슨의 저서 『언어제국주의』[7]가, 영국의 영어 확장 정책 과정과 그 과정의 이데올로기성에 대하여 논의하고 있다.

필립슨에 의하면, 영어의 세계적 보급은 수세기에 걸쳐서 영어가 브리튼 제도의 지배 언어로서 확립된 경험 위에서 이루어졌다. 영국의 식민지 확장 정책의 전개와 더불어, 영어는 미국, 호주 등에 침투하였고, 그것과 동시에 선주민의 민족 말살 정책도 강행되었다. 이 정책이 의도한 것은 선주민의 물리적 존재와 함께 그 언어의 말살이었다. 더욱이

7 Phillipson, R., *Linguistic Imperialism*, London : Oxford University Press, 1992.

정복과 점령에 의한 대영 제국의 식민지에서는, 영어가 사람들을 '문명화'시킨다는 생각이 유포되어, 사람들은 살아남기 위해서 혹은 사회적 상승을 꾀하기 위해서 영어를 익히려고 노력하게 되었다. 그 결과, 현지 언어의 중요성은 현저히 떨어지고, 현지의 전통도 존중받지 못하게 되었다. 포스트식민주의 시대에 있어서도, 영국이나 미국은 영어의 보급과 확대에 의하여 정치적 · 문화적 영향력이 강화되었다. 영어는 다른 제국주의 국가들을 한발 앞서 리드하기 위해서 더없이 유효한 수단이 된 것이다.

영어제국주의는 또한, 불균등한 세계 질서 속에서 경제, 정치, 군사, 그리고 커뮤니케이션의 제국주의와도 연동한다. 언어제국주의는 지배 · 피지배의 관계를 여러 가지 영역으로 확산시켰다. 이 지배 · 피지배의 관계하에서, 영어라는 자원은 남북 간에 결코 공평하게 할당되지 않는다. 더 많은 영어 자원을 손에 넣은 북측은 언어에 있어서 남측보다 우월한 위치를 점하게 된다. 그 결과 언어적 격차가 야기된다. 더욱이 이 불평등한 배분과 격차는 이데올로기를 통해 사람들의 의식 속에서 교묘하게 정당화되고, 이 남북 간의 불평등은 현재도 계속 유지 · 재생산되고 있다.

제2차 세계대전 이후 식민지의 독립과 더불어, 대영 제국이 소유하고 있던 식민지를 손에서 놓지 않으면 안 되는 상황이 되자, 영어 교육은 본래 그래야 했던 순수한 의사소통의 수단으로 돌아간 것처럼 보였다. 그러나 현재는 이전의 대영 제국을 대신해서 '미국 제국'이 군림하게 되었고, 영어 교육은 지금도 여전히 정치 · 군사 · 경제 문제와 밀접한 결합을 끊으려야 끊을 수가 없다고, 필립슨은 역설하고 있다. 필립슨은 영어제국주의가 남북 관계의 중요한 구성 요소이면서, 문화제국주의의 또 다른 측면, 특히 교육의 지구 규모에서의 수출과 연동되어 있음을 강조했다.

영문학에 관해서는, E. W. 사이드가 『문화와 제국주의』[8]에서, 필립슨이 논한 언어제국주의라는 문제를 문화 일반의 문제로 부연해서 문화 그 자체가 '대영 제국'의 융성과 깊은 내적 관계가 있음을 논하고 있다.

19세기와 20세기를 통해서 영국을 필두로 서양 제국은, 아시아・아프리카 지역에 '진출'하여, 토지를 점령하고, 사람과 물건을 소유했다. 종주국의 국민이나 식민지 지배를 받는 사람들은 각각 이 사태를 어떻게 받아들였을까. 그리고 그 당시의 사람들의 마음에 떠오른 것은, "지금까지 알려지고 사고된 것들 중에 최고의 것, 그것의 보관소保管庫"[9]인 '문화'(교양)에 어떤 형태로 나타났는가. 사이드는, 인류학・역사학・지역 연구에 근거하여, 문화와 제국주의의 관계를 실증적으로 고찰한다.

사이드에 따르면, "노예 제도나 식민지주의적・인종차별적 억압, 제국주의적 예속화隷屬化라는 장기에 걸친 용렬하고 잔혹한 관습 실천"[10]과, 그와 같은 관습 실천에 연관되어 온 사회 속에서 생산된 '시, 소설, 철학'은, 본질적으로 떼어 놓기 힘들게 맺어져 있다. 다시 말해, '문화'란 순수하며 지고지순한 것이 아니라, 정치적・사회적 이데올로기의 혼합체로, 제국주의란 원격의 영토를 지배하기 위한 실천과 이론, 또한 그것이 내포하는 여러 가지 자세를 의미한다.

8 サイード, E. W., 『文化と帝國主義』 1, 東京 : みすず書房, 1999; サイード, E. W., 『文化と帝國主義』 2, 東京 : みすず書房, 2001.

9 위의 책, 1999, 4면.

10 위의 책, 5면.

사이드는, 제국주의적 자세와 경험에 있어서, 문화의 여러 양식 중에서도 소설이 특히 커다란 역할을 수행했다고 보았다. 유럽의 위대한 리얼리즘 소설이, 보통의 남녀에게, 원격의 영토나 선주민은 지배되어야만 한다는 생각을 당연한 것으로 인식시킴과 동시에, '열등'한 '미개' 민족을 지배하는 것을 자신들의 사명이라고 믿게 만들었다는 것이다. 또한 유럽의 리얼리즘 소설은, 해외 영토 확장에 관한 사회적 합의, 제국주의를 추진하는 이기적 힘을, 박애주의, 종교, 예술과 같은 '공평무사'에서 보이는 개념으로 살짝 바꿔치기한 것을, 사이드는 여지없이 폭로한다. 그러나 사이드의 목적은, 단순히 그와 같은 비판에 머무르는 것이 아니라 제국주의와 문화가 오늘날의 문학과 예술 작품에까지 침투하고 있음을 명확히 하면서, 개개의 작품에 바짝 달라붙어서, 그와 같은 작품을 문화와 제국 관계의 일부로서 파악하는 데에 있다.

특히 사이드는, 한결같이 영국 독자에게 영문학의 의미를 논하는 종래의 전제에 가차 없는 비판을 가하면서, '우리'와 '그들'은, 각각 독자의 관점과 정서, 전통에 근거한 자신들만의 역사를 갖고 있으며, 그 역사들이 겹쳐지는 공통의 역사를 해석해야만 한다고 역설한다. 사이드에 의하면, 예컨대 키플링의 소설 『킴』은, 인도의 독자라면 인도인이 열등민족으로 묘사되어 있는 점에 대해서는 키플링에 비판적이지만, 영국의 독자는 인도인의 생활에 대한 키플링의 따뜻한 시선을 호의적으로 해석하며, 그러므로 인도인 독자와 영국인 독자 사이에는 『킴』에 대한 해석의 낙차가 크게 존재하게 된다.

프랑스와 영국을 포함해서 대부분의 유럽 제국이 제2차 세계대전 후에 식민지를 잃었고, 영토의 소유나 직접적 정치 지배라는 19세기적 제국주의의 시대는 이미 끝났다. 그러나 사이드는, 제국주의는 그 시대와 함께 완전히 소멸된 것이 아니라, 많은 사람들의 현실에 파고들어 공유된 기억이라는 형태로 지금도 커다란 영향력을 갖고 있다고 강조하고 있다. 예를 들면, 일찍이 제국의 후예인 영국인 학생과 그 식민지의 후예인 인도인 학생은, 각각 고유의 민족적 전통에 근거해서 교육 받은 결과, 다른 민족이나 전통을 업신여기거나 적대시하게 된다. 그렇기 때문에 사이드는, 이런 제국에의 노스탤지어와, 또한 그 반대로 지배당한 사람들의 제국에 대한 노여움과 분노, 양측을 염두에 두면서 문화에 깊이 새겨진 제국주의의 역사를 파악하는 것을 통하여, 제국주의에 빛을 비추는 데 그치지 않고, 그 제국주의를 억제하는 방법과 그 억제가 달성되어 이루어질 희망까지도 이야기하고 있다.

필립슨과 사이드의 지적에 입각한 이 연구에서는, '대영 제국'의 일부도 아니고, '대영 제국'의 식민지도 아니었던 일본에 있어서 영어 · 영문학이 어떤 의미를 갖고 있었는지 검토한다. 거기에는 두 가지 차원에서의 일본의 제국성이 문제가 된다. 하나는 19세기 말부터 제국주의 열강의 대열에 오르지만 '대영 제국'과 '미국 제국'에 대해서는 종속적 입장에 놓여 있는 차원에서의 제국성이다. 이 점에 있어서는, 영어나 영문학은 한층 강대한 제국을 모방하고 그 가치 기준을 내면화하기 위한 수단인 동시에 '극동'에 사는 '황색인종'으로서의 일본인에게 열등의식을 끊임없이 상기시키는 존재이기도 했다. 또 다른 차원에서의 제국성은 일본의 식민지였던 타이완 및 조선과의 관계에 있어서의 제국성이다. 거기에는, 구미제국주의가 전하는 가치관과 기술을 재빨리 수용한 것이 제국주의자로서 일본인의 위신의 기반인 동시에, 일본어와 일본

문화의 '독자성'과 '우수성'이라는 공식의 교의教義를 위협하는 것이 되기도 했다. 이 '제국일본'에 있어서 영어 · 영문학이 차지하는 위치는 양의적兩義的이었다고 생각된다. 이 책은 이와 같은 문제를 전전기戰前期 일본의 영어 · 영문학론에 입각하여 검토해 보려고 한다.

2. 연구의 대상

구미 열강이 제국주의화되어 가는 시대에 근대화를 추진한 메이지 신정부明治新政府는 새로운 근대 국가의 모델을 서양에서 구했다. 그중에서도 특히 당시 제국의 전성기를 구가하던 영국, 그리고 일본을 개국으로 인도한 미국을 스승으로 받들었다고 말할 수 있다.[11] 그 단적인 예가 엘리트 교육에 있어서의 영어에 대한 평가다.

에리카와 하루오江利川春雄[12]의 연구에 의하면, 당시 일본에서는 "국가의 수요에 응"하는 인재를 육성하기 위해서, 제국대학을 정점으로 고등교육 기관에서는 서양의 선진적 학술을 일본에 이식하기 위해서 '원서'를 완전히 독해할 수 있는 외국어 능력을 입학 요건으로 삼았다. 그 준비 기관인 고등학교에서도, 우선 무엇보다도 외국어, 그중에서도 영어는 커다란 비중을 차지하고 있었고, 입학시험에서도 영어가 대단히 중시되었다. 그것을 위해서 중학교에서는 영어를 습득할 것이 요구되었

11 齋藤兆史, 『日本人と英語』, 東京 : 講談社, 2007, 5면.
12 江利川春雄, 『近代日本の英語科教育史－職業系諸學校による英語教育の大衆化過程』, 東京 : 東信堂, 2006, 14면.

다. 영어는 중학교・고등학교를 경유하여 제국대학으로 진학하는 남성에게만 문호가 개방된 엘리트 코스의 입구이면서, "그 능력이 입신출세의 수단"[13]이 되었다. 그러므로 이 책에서는, '제국일본'을 담당하는 엘리트 예비군에게 영어・영문학은 무엇이었으며, 그들이 영어를 매개로 하여 어떤 세계관을 획득하였는지를 문제시하고자 한다.

이를 위하여 연구 대상을 두 개의 축으로 설정했다. 그 하나는 일본 내지에서의 영어・영문학이며, 또 다른 축은 일본의 식민지 조선에서의 영어・영문학이다.

우선 전자에 관해서는, 다음의 세 가지에 초점을 맞추어 논의하겠다. 첫째로, 전전 일본에 있어서 영어 교육의 토대를 구축했다고 평가되고 있는 오카쿠라 요시사부로의 언어관・영어 교육론을 검토한다.

구체적으로는, 오카쿠라의 영어 교육론을, 오카쿠라가 편집한 중학교용 영어 교과서 『THE GLOBE READERS』(1907)와 『THE OCEAN READERS』(1925)에 입각하여, 일본이 제국주의화하는 과정에서 영국과 미국을 어떻게 인식하고, 어떻게 평가했는지를 분석한다.

이어서 둘째로 다수의 구독자를 확보하고 있던 월간 수험 잡지 『영어 연구』(1908년에 『초등 영어 연구』로 창간되었으나, 1912년에 『영어 연구』로 개칭)를 검토해, 오카쿠라의 영어 교육론이 '제국일본'을 짊어질 남성 엘리트 예비군에게 어떻게 받아들여졌는지를 분석하는 실마리로 삼으려고 한다. 『영어 연구』를 대상으로 하는 것이 중요한 이유는, 『영어 연구』가 많은 독자에게 오랜 기간 계속 지지받아 왔기 때문이다. 또한 잡

13 위의 책, 13면.

지는, 학교의 교과서와 달리, 독자가 '자발적'으로 매월 돈을 지불하고 구입하며 그 결과, 편집자의 일방적 의도만으로 성립되지 않고, 독자의 생각이 어느 정도 반영된다는 점도 중요한 이유이다.

이 책에서는 1919년부터 1923년까지 집중적으로 게재된 「시사영어」란에 특히 착목着目한다. 이 시기에 착목한 것은, 사상 미증유의 재앙을 초래한 제1차 세계대전으로 인하여, 기존의 세계지배체제의 한계가 분명해지고, 새로운 식민지 지배의 등장 등 세계 질서의 재편성이 요청되고 있던 시기였기 때문이다. 이와 같이 제1차 세계대전 후의 유동적 상황이 좋든 싫든 '세계의 대세'에 대한 사람들의 관심을 증폭시키고, 1919년부터 본격적으로 '입학시험'에도 시사 문제가 빈출하게 된다. 그러므로 「시사 영어」를 통하여, '제국일본'을 담당할 남성 엘리트 예비군이 영어를 매개로 한 '세계' 속의 '일본'의 위치를 어떻게 인식했는가를 분석할 필요가 생긴다.

셋째로, 영어 교육의 교재로도 자주 쓰였던 영문학 책에 관하여, 구체적으로는 1921년부터 1932년까지 오카쿠라 요시사부로와 이치카와 산키의 감수에 의해 발행된 『영문학총서』 100권을 재료로, '영문학'에 깊이 새겨진 대영 제국의 제국주의적 가치관을 일본이 어떻게 받아들였는가를 검토한다.

『영문학총서』는 영어 학습과 영어・영문학 연구를 연결하는 획기적 출판물이며, 그 균형 잡힌 시각은, 편집 주간인 오카쿠라 요시사부로의 영어 교육론과 이치카와 산키의 영어학이 결부된 결과라고 평가되고 있다.[14] 문학 작품은 고등학교에서 사용되던 교과서의 70%를 차지하고 있을 뿐만 아니라,[15] 당시 "입학시험 문제의 대다수는 일상적으로 통독通讀된 영미문학의 주요한 서적에서 선정되"[16]었다. 이와 같은 사실은, '제국일본'의 엘리트를 재생산하는 구조에 있어서『영문학총서』가 적지 않은 위치를 차지하고 있었음을 말해 준다.

이어서, 앞에서 두 번째 축으로 설정한 '제국일본'의 식민지 조선에서의 영어 교육에 주목한다. 이것을 통하여, 식민지 조선, 일본, 서구라는 다양한 요소가 서로 충돌하는 과정에서 영어, 일본어, 조선어의 위치가 중층적으로 재구성되는 프로세스를 파악할 수 있다고 생각한다.

19세기 이후의 조선에 있어서 초기 근대화 과정은, 기존의 민족적 요소를 서구적 근대 사회의 요소와 통합시켜, 새로운 민족 국가로서 재생하려고 노력하는 과정이었다. 그러나 결과적으로 조선은, 자력으로 근대화를 달성하는 데 실패했으며, '제국일본'의 식민지 통치하에 놓이게 된다. 이런 상황에서 당시 세계의 강국인 영국과 미국의 공용어인 영어를 일본의 식민지 조선에서 배우는 것은 정치・경제・문화적 변화와 아무런 관계도 없을 리가 없었다. 영어 교육은 서구의 문명을 상징하며, 일본어가 조선인에게 강제되고 있는 상황에서 조선인이 영어를 배우는 것은 일본문화의 우수성이라는 공식 이데올로기를 흔들 수 있는 문제이기도 했다.

조선에서의 영어 교육 중에서도 특히 주목해야 할 것은 경성제국대학의 영어・영문학 강좌이다. 이 영어・영문학 강좌를 기반으로, 최재

14 齋藤兆史, 앞의 책, 90~92면.

15 江利川春雄,『日本人は英語をどう學んできたか－英語教育の社會文化史』, 東京 : 研究社, 2008, 76면.

16 原仙作,「はしがき」(1933), 原仙作・中原道喜補訂,『英文標準問題精講』, 東京 : 旺文社, 1933(初版); 1991(5訂版 發行); 1999(新裝版 發行).

서와 이효석 등 영어・영문학 강좌를 전공한 조선인 학생이 다수 배출되었다. 이 영어・영문학 강좌에서 경성제국대학이 창립된 1926년에서 1945년 3월에 정년퇴직할 때까지 주임 교수로 근무한 사람이 바로 사토 기요시였다. 그러므로 영문학 강좌에서 무엇을 어떻게 연구・교육했는가를 고찰하기 위해서는, 사토의 영문학관을, '제국일본'의 식민지 조선에서의 영어・영문학 수용을 둘러싼 문제와 관련시키면서, 고찰할 필요가 있다. 이것은 조선인에게 영문학이 어떻게 받아들여졌는가를 생각하기 위한 전제 작업이다.

그리고 마지막으로 사토 기요시의 제자인 최재서의 문학관을 검토한다. 한국의 저명한 문학 평론가 김윤식은, 한국 근대문학의 출발이 1926년에 창설된 경성제국대학과 밀접하게 관련되어 있다는 사실을 강조하고, 그래서 근대적 학문의 훈련을 받은 사상가 중에서 가장 중요시해야 할 존재로서 최재서를 들고 있다.[17] 과연, 최재서는 일본의 저명한 영문학 잡지 『영문학 연구』, 종합 잡지 『개조』와 『사상』으로부터 원고 청탁을 받을 수 있는 소장의 영문학자였으며, 당시의 영문학 평단의 동향이나 현대 비평을 중심적으로 연구하고, 조선에 있어서 서양문화 수용의 선두를 달렸다. 이 최재서가 영문학을 토대로 하면서 어떻게 조선문학을 구상했고, 또 그의 조선문학 구상이 '제국일본'의 지배체제와 어떤 관계가 있는지 검토한다.

17 김윤식, 『한국근대문학사상연구 1 – 陶南과 崔載瑞』, 一志社, 1984, 210면.

3. 선행 연구의 검토

1) 언어와 제국주의와의 관련

일본의 영어 교육사 연구는 교육 방법학적 관점에서의 연구가 주류이며, 이 책의 과제와 관련되는 '언어'와 '제국주의'의 관점에서의 연구는 극히 빈약한데, 언어 일반의 문제가 아닌 일본어와 제국주의라는 관점에서 이 문제를 다룬 연구로는, 이연숙의 『'국어'라는 사상』(1996), 고마고메 다케시의 『식민지 제국 일본의 문화 통합』(1996) 등이 있다.

이연숙은 『'국어'라는 사상』[18]에서, '국어'라는 말조차도 존재하지 않았던 메이지 초기부터, 메이지 30년대까지의 언어를 둘러싼 담론을 분석하여, '국어'는 중립적이고 객관적인 실체가 아니라, 권력, 정치, 제국주의라는 이데올로기와 불가분의 관계에 있으며, 일본이 근대 국민국가를 형성하는 과정과 병행해서 만들어졌다고 논증한다.

이연숙이 특히 역설한 것은, "현실의 언어에는 다양한 지리적・계층적・문화적 변이가 반드시 있"음에도 불구하고, "언어적 동일성이 존재하는 언어 의식"이 요구된 것, 바꿔 말하면, '국어'는 동일한 '언어'를 사용하는 일본인이라는 '상상의 공동체'를 보증하기 위해 필요시되었다는 사실이다.[19] 이렇게 해서 '국어'는 영토 내의 주민의 일체의 언어 영역에 침투하는 전능성을 획득하고, 이질적 언어를 끊임없이 배제해 마지않는다.[20] 이연숙은, '방언'이 사용되는 지방에서도, 이언어異言語가

---

18 イ・ヨンスク, 『'國語'という思想』, 東京 : 岩波書店, 1996.

19 위의 책, iv~v면.

말해지는 식민지에서도, '국어'에 의한 지배의 논리는 동일하다고 보고, '국어'는 '제국일본'의 형성 과정에 있어서 일본의 식민지 지배의 '사상적 근거', 다시 말하면 '동화'의 수단으로서의 역할을 담당했다고 설명하고 있다.

이연숙이 이상과 같이 국어에 의한 지배 논리의 일관성을 강조한 것에 비해, 고마고메 다케시는 『식민지 제국 일본의 문화 통합』[21]에서, '지배의 논리'가 다음과 같이 두 개의 논리로 구성되어 있다고 강조한다. 우선은 혈족血族 내셔널리즘이 있다. '군민동조君民同祖' 등 천황제에 얽히는 배타적 '혈족 내셔널리즘'이 식민지 주민을 '일본인'으로부터 배제하는 것을 정당화한다. 또 하나는 '언어 내셔널리즘'으로, 이것은, 식민지 주민에게 동일한 일본어를 사용하는 것을 강제함으로써, 일본어가 '동화'의 수단으로서의 역할을 담당하고, 국가 통합의 차원에서 차별의 구조를 덮어 숨기고 보완한다. 요컨대, 혈통은 피부색과 같이 기본적으로 변경 불가능하지만, 교육으로 일본어를 모국어화하는 것은 가능하며, 그러므로 일본어의 습득이라는 행위 그 자체가 갖고 있는 감화적 기능이 중요시된다고 주장하고 있다.

이상에서 본 이연숙과 고마고메 다케시에게 공통되는 것은 언어가 정치나 이데올로기와 불가분의 관계가 있음을 강조하는 점이다. 여기에서 문제가 되고 있는 것은 어디까지나 일본어의 역할이지만, 이 관점은 영어에도 적용할 수 있는 부분이 적지 않음에 틀림없다. 다시 말해,

20 糟谷啓介, 「イ・ヨンスク『'國語'という思想』」, 『ナショナリズム論の名著』 50, 東京 : 平凡社, 2002.

21 駒込武, 『植民地帝國日本の文化統合』, 東京 : 岩波書店, 1996.

영어는 과연 '중립적'이며 '객관적'인 '의사소통의 하나의 수단'에 불과한가, 라는 질문을 해 볼 필요가 있다.

2) 영문학과 제국주의와의 관계

영어와 제국주의라는 관점의 연구는 매우 빈약한 데 비해서, 영문학과 제국주의라는 관점의 연구는 일정 부분 축적되어 있다. 그 대표적 성과로, 마사키 쓰네오正木恒夫, 사이토 하지메齋藤一 등의 연구를 들 수 있다.

영문학자 마사키 쓰네오[22]는 그의 저서 『식민지 환상—영국문학과 비유럽』의 제1장에서, 다케야마 미치오竹山道雄 작 『버마의 하프ビルマ竪琴』에 삽입된 식인종에 관한 에피소드의 기원을 분석하여, 그 기원이 북미의 포카혼타스의 이야기이며, 포카혼타스의 식인종은 선주민의 '야만적 성질蛮性'을 궁극의 형태로서 표현할 의도로 가공한 것임을 밝혔다. 더욱이, 대영 제국의 표상 시스템의 영향하에서 다케야마 미치오가 식인종의 형상을 상상했다고, 마사키는 주장했다. 마사키는 이어서 셰익스피어의 〈템페스트〉를 선두로, 다니엘 디포의 『로빈슨 크루소』, 콘래드의 『암흑의 핵심』 등을 정밀하게 검토했다.

특히, 마사키는, 대영 제국의 거대한 표상 시스템을 가장 포괄적으로 기록한 문학 텍스트로서, 아서 코난 도일의 셜록 홈즈 시리즈 전 6편을

22 正木恒夫, 『植民地幻想－イギリス文學と非ヨーロッパ』, 東京 : みすず書房, 1995.

들고 있다. 마사키에 의하면, 셜록 홈즈 시리즈는 당시 대영 제국의 판도에 수록된 지역, 인도, 아프리카, 동아시아 등과 밀접하게 관련되어 있고, 이 비유럽 지역은, 범죄의 공급처, 풍토병의 발생지, 고온과 연결된 토지로서 표상되었다. 또한 비유럽 세계는 "범죄자를 수인으로서 받아들이는 한편, 잠재적 범죄자를 본국에 되돌려 보내"[23]는 토지로 표상되고 있다고 논한다.

마사키는 이 책의 마지막 장에서, 일본이 아시아를 침략한 것은 철저한 근대화를 이룬 결과라고 지적하고 있다. 일본의 근대화는 유럽화이며, "유럽 근대 그 자체가 식민지주의의 에토스를 그 중심에 끌어안고 있기 때문"[24]이다. 마사키는 유럽의 '문명'주의적 서열 가치를 일본이 수용한 것을 '서양 안경西洋眼鏡'이라고 표현하였고, 다케야마 미치오가 버마의 산지에 식인종의 이미지를 부여한 것은 서양 안경을 쓰고 있었기 때문이라고 단정 짓는다. 일본인은 아시아를 침략하기에 앞서서 '서양 안경'을 쓰는 것을 배우고, 이 안경 너머로 아시아를 고쳐 보았다고 마사키는 역설하고 있다.

또한, 영문학자 사이토 하지메[25]는, 일본의 근대화를 '탈아입구脫亞入歐'에서 '근대의 초극近代の超克'으로 이르는 과정으로 보고, 그 과정에서 '영문학'이라는 제도가 어떻게 구축되어 왔는지를 고찰했다.

사이토는, 일본이 근대화하는 과정에서, 영문학 텍스트에 반영된 영국인의 타자에의 시선을 내면화하고, 영국과 동일화를 목표로 한 사태

23 위의 책, 228면.
24 위의 책, 247면.
25 齋藤一, 『帝國日本の英文學』, 京都 : 人文書院, 2006.

를 '탈아입구'라는 개념에 의거해서 설명하고 있다. 더욱이, 1930년대 후반부터 1940년대 전반에 걸쳐서, 영국과의 차이를 강조하는 프로젝트인 '근대의 초극近代の超克'론을 영문학과의 관계에서 논하고 있다. 즉, 일본의 영문학자들은, 서양인에 의한 서양 비판을 적극적으로 번역·소개함으로써, 간접적으로 일본의 아시아 침략을 정당화한다고 주장한다.

일본 제국의 '탈아입구脫亞入歐' 과정은 단순하지 않았다. 사이토는 제1장에서, 영문법학자로서 유명한 이치카와 산키가 고등학교 시절에 미국 동물학자 앤더슨의 조수로 조선 제주도의 고유종의 포획 조사에 동행해서 쓴 「제주도 기행」을 분석하여, 이치카와의 '조선인에 대한 멸시와 열등감'과 '미국인에의 열등감과 그 은폐'에 대해서 논하고 있다. 여기서 이치카와가 조선인에게 '열등감'을 느낀 것은 조선인이 일본인보다 뛰어난 '한자의 소양'을 갖고 있는 것을 눈으로 보았기 때문이며, 미국인에의 '열등감'은 '체력과 경험의 차'에 기인한다. 사이토는 이치카와가 『로빈슨 크루소』의 기술을 반복함으로써 미국인에의 '열등감'을 극복하려고 시도했다고 보았다. 즉, 이치카와는 스스로의 정신적 위기에 조우하여, "미국을 만들고, 호주를 개척하고, 세계 도처에 식민지를 개척한 영국인의 표본"[26]인 로빈슨 크루소의 이미지에 자기 자신을 포개어 놓는 전략으로 어쩔 수 없이 대처할 수밖에 없었다고 말하고 있다.

또한, 사이토는 『영어 청년英語青年』이 독자에게 이상적 '영어 청년의 본분'을 제시했다고 논한다. '영어 청년의 본분'이란 '영문학'에 드러나

26 위의 책, 31면.

는 정치성을 추상적 레토릭으로 해석하여, 일본의 '시국에 분방奔放'하지 않고 '수학'에 전념하는 데에 있다. 그런데 예를 들면, 『영어 청년』은 스스로의 주장을 배반하는 것처럼, 당시 영국 계관 시인 알프레드 오스틴Alfred Austin이 러일 전쟁에서의 일본의 승리를 축하하는 시의 본문과 역주를 게재한다. 이에 대해 사이토는 그것은 '배반'이 아니라고 주장한다. 왜냐하면, '영어 청년의 본분'은, '영문학'의 정치성을 억압하면서, 다른 한편, 러일 전쟁이라는 현실을 독자에게 상기시켜서, '그것의 역동성을 파악하는 것'이기 때문이다.

사이토는, 서구인에 의한 서구식 민주주의를 비판한 책을 적극적으로 번역한 것이 일본인에 의한 식민지주의의 정당화에 전용되었다고 지적하면서, 서구식 민주주의의 비판이 일본식 민주주의의 비판이 될 가능성을 탐색하고 있다. 사이토는 그 예로서, 콘래드의 『암흑의 핵심』의 역자 나카노 요시오中野好夫를 들고 있다. 즉, 『암흑의 핵심』에서, 주인공 커츠가 스스로 참수한 선주민의 목을 말뚝 위에 늘어놓는 묘사에서, 타이완의 '고산족高山族'의 구비카리首狩り(다른 부족·부락을 습격해서 사람의 목을 베어 종교적 의식을 행하는 풍습)를 상기하고, 일본의 타이완 소수 선주민 지배에 대한 비판에 결부시키고 있다. 그 단서는, 번역자 나카노 요시오가 'the reclaimed'과 'an improved specimen'이란 표현을 '공순만인恭順蛮人'(고분고분 명령에 따르는 야만인)과 '소위공순반所謂恭順蛮'(고분고분 명령에 따르는 오랑캐)으로서 번역했는데, 사이토는 이 '소위공순반所謂恭順蛮'이란 단어가 타이완 소수 선주민과 관련돼 있을 가능성을 보고, "독자에 대해서, 비참한 무사사건霧社事件(1930년 10월 27일에 台中州能高郡霧社(현재의 南投縣仁愛鄉)에서 일어난 타이완 선주민에 의한 일본 통치 기간 중 최대 규모의 항일 폭동 사건 — 인용자 주)을 긍정하도록 요청한 일본의 식민지 지배의 『암흑의 핵심』을 상기시키는 힘"[27]을 갖고 있다고 논하고 있다.

이상의 사이토의 주장은 시사하는 바가 많지만, 난점도 없지 않다. 이치카와가 조선의 제주도에서, 영국인, 미국인, 일본인, 조선인이라는 인종의 계층 구조를 의식한 것은 확실하나, 사이토가 논한 것처럼 이치카와가 조선인에게 열등감을 느꼈다고 보기는 힘들다. 사이토는 그 이유로, 조선인의 '한자의 소양'에 대해 언급하고 있으나, '한자의 소양'은 식민지 개척을 포함한 근대화와 아무런 관계가 없기 때문이다. 또한, 사이토는 '소위공순반'이라는 단어가 실제로 타이완 소수 선주민과 관련돼 있다는 자신의 판단에 대해서 그 근거를 명시하고 있지 않다. 사이토 자신도 인정하고 있듯이, 그것은 어디까지나 추측에 지나지 않는다.

마사키와 사이토는 '영문학'을 '제국일본'의 형성과 관련지어, 대영제국에 일본을 포개어 인식하는 제국주의적 의식・태도의 형성의 문제로서 '영문학'의 수용에 관해서 논하고 있다는 점에서는 인식을 같이하고 있다. 이 양자에 공통되는 다른 하나는, 『영어 청년』에 관한 사이토의 분석을 별도로 한다면, 문학 연구의 일반적 방법에 따라서, 오직 작품론적으로만 영문학을 해석하려고 하는 데에 있다. 이에 대하여, 이 책에서는, 『영문학총서』 등의 미디어에 착목하여, 그 미디어가 만들어져 가는 과정 속에서, '제국일본'의 엘리트 재생산 구조가 갖는 영문학의 의미를 검토하려고 한다.

27 위의 책, 108면.

또한, 마사키와 사이토의 연구는 제국주의적 식민지 지배를 문제 삼고 있음에도 불구하고, 그 연구 대상에 중대한 결락欠落이 있다. 두 사람 모두, 오직 일본인 문학자 · 문학 연구자가 어떻게 접근했는가에만 머물렀고, 식민지 지배하에 놓인 사람들에게 영문학이 어떤 의미를 가지고 있었는지 구체적으로 분석의 대상으로 삼지 않고 있기 때문이다. 더욱이, 사이토의 경우, 타이완의 선주민에 의한 무사봉기사건霧社蜂起事件을 언급하면서도, 오늘날에 선주민 자신이 부정하고 있는 '고산족'이라는 용어를 아무런 유보도 없이 사용하고 있는 것은, 식민지 지배의 실태 그 자체에 대한 관심을 결여하고 있다는 의심을 지울 수 없다. 따라서 이 책에서는, 일본 제국의 식민지였던 조선인에게 있어서 영문학은 어떤 의미를 갖고 있었는가 하는 점도 주요한 검토의 대상으로 삼는다.

식민지 지배를 받게 된 사람들의 영문학 문제에 발을 들여 놓을 때 참조할 만한 것으로, 영어권에서의 식민지 지배를 받게 된 사람들의 영문학론인 Ashcroft, Bill · Griffiths, Gareth · Tiffin, Helen 저 *The empire writes back : theory and practice in Post-colonial literarures*[28]가 있다.

여기에서 '포스트콜로니얼'이라는 단어는 식민지화되고 나서부터 현재에 이르기까지 제국주의의 프로세스에 노출되어 온 식민지 문화의 전체를 가리키는 개념으로 사용되었고, 식민지의 저술가들이 제국의 '중심'인 유럽의 본국에 대해서 '저항'의 수단으로 쓴 '영문학'의 이론과 실천이 논의되고 있다. 식민지는, 하나의 세계이면서, 자국과 그 지배국이라는 두 개의 나라에 놓인 기묘하고 위험한 위치에 있다. 이런

28 アッシュクロフト, B. その他, 木村茂雄 譯,『ポストコロニアルの文學』, 東京 : 青土社, 1998.

위치에 있는 식민지를 세계 각지에 갖고 있는 유럽은, 식민지에 어떻게 하면 자신들의 규칙을 시행하고, 또한 그것을 지속시키는가. 그 비밀을 더듬어 찾는 것 자체가 포스트콜로니얼 문학의 숙원으로 여겨진다. 실제, 포스트콜로니얼한 기획이란 것은, 유럽의 역사적・문학적 기술을 고쳐 읽고 고쳐 쓰는 것이 아니라면 성립되지 않는다. 그러므로 "포스트콜로니얼 문학・문화는 상동적相同的인 실천이 아니라, 오히려 대항 언설적 실천에 의해 구축된다."[29] 그러나 포스트콜로니얼 문학은 이 대항 언설적 가능성이 아직 완전히 실현되지 않은 점도 지적하고 있다. 초기 포스트콜로니얼 사회에서 사용되어 온 언어의 범위나, 문학 생산의 물질적 조건이라는 여러 가지 제한이 그 가능성의 싹을 억눌러 왔기 때문이다.

이상과 같이 식민지화된 사람들에게 있어서 영문학에 의한 대항 언설의 가능성은 식민지 조선인에게 있어서의 영문학의 의미를 파악할 때 대단히 큰 참고가 된다. 다시 말해 일본문화의 우수성이라는 이데올로기가 조선인에게도 강제되는 상황에서, 조선인이 영문학을 배우는 것은 일본의 공식 이데올로기를 상대화할 가능성을 갖고 있었던 것일지도 모른다는 것이다. 식민지 지배하에 일본어가 강제되는 상황에서 조선인이 영문학을 배우는 의미, 이것은 여전히 미해결의 과제로 남아 있다.

또한 식민지기의 대표적이 영문학자 최재서의 문학관에 대해서는, 한국인에 의한 수많은 연구가 있으며, 일본인에 의한 연구로는 미하라 요시아키三原芳秋 등의 연구가 있는바, 이에 관해서는 제5장에서 논하겠다.

---

29 위의 책, 346면.

4. 이 책의 구성

제1장에서는, 전전戰前의 일본의 영어 교육의 토대를 구축했다고 평가받고 있는 오카쿠라 요시사부로岡倉由三郎, 1868~1936의 언어관 및 영어 교육의 목적과 내용에 대하여 논의한다. 구체적으로는, 우선 오카쿠라의 생애를 소개하고, 오카쿠라가 어떤 관점에서 영어 교육에 착안했는지를 밝히기 위하여 그의 언어관을 검토한다. 다음으로 영어 교육의 중요성을 어떻게 설명했는지, 그 핵심어인 '국제어'의 개념을 검토한다. 그리하여, 오카쿠라의 영어 교육론을 그가 편집한 중학교용 영어 교과서 『THE GLOBE READERS』(1907)와 『THE OCEAN READERS』(1925)에 나타나는 '영국'상像을 중심으로 분석한다. 나아가서, 오카쿠라의 영국 중심적 영어 교육론이 당시의 일본 사회와 교육자에게 어떻게 받아 들여졌는지, 이 문제를 생각하는 단서로서 1920년대의 영어 존폐론英語存廢論을 검토하고자 한다.

제2장에서는, '제국일본'을 담당하는 엘리트 예비군에게 있어서 영어란 무엇을 의미하며, 그들이 영어를 매개로 해서 세계 속에서의 일본을 어떻게 인식했는가를, 월간 수험 잡지 『영어 연구英語研究』(1919~1923)를 통해서 밝혀 보려고 한다. 구체적으로는 수많은 영어 잡지의 영고성쇠 과정에서 『영어 연구』가 어떤 위치를 점하고 있었는지를 밝히고, 『영어 연구』의 편집 방침의 특징과 독자층을 검토한다. 다음으로, 1919년에서 1923년에 걸쳐서 집중적으로 게재된 「시사 영어時事英語」에 착목하여, '미국 민주주의의 문제점', '일본의 식민 통치', '미국의 배일 운동', '일미 문제의 해결책'의 관점에 의거하여 『영어 연구』에 등장하는 '세계의 대세'

를 분석한다. 마지막으로 이상에서 논의한 '세계의 대세'에 관한 독자 측의 반응을 알아보기 위하여, 「현상자유작문懸賞自由作文」란을 검토한다.

제3장에서는, 오카쿠라 요시사부로와 이치카와 산키가 감수한 『영문학총서』를 대상으로 하여, 영어 교육의 커리큘럼의 중요한 구성 분야인 '영문학'에 각인된 대영 제국의 제국주의적 가치관을 당시의 일본인이 어떻게 받아들였는가를 검토한다. 우선 영국에 있어서 '영문학'이라는 관념이 어떻게 성립되었는지를 검토한 다음, 『영문학총서』와 헨리 뉴볼트Henry Newbolt가 편찬한 『영산문과 영시의 작품집』의 선택 경향을 비교・분석하여, 영국인과 일본인이 '영문학'을 읽고 이해하는 것이 어떤 점에서 겹치고, 어떤 점에서 다른지를 구체적으로 검토한다. 마지막으로 『영문학총서』에서 '제국문학'의 개척자로 알려져 있는 키플링 작, 이와사키 다미헤이 해설 『킴*Kim*』, 키플링의 계승자로서 당시 영국에서 높게 평가받던 콘래드 작, 후쿠하라 린타로福原麟太郎 해설, 『나르시서스호의 검둥이*The Nigger Of The Narcissus*』를 예로 들어, 그 주석과 해설에 어떤 특징이 보이는지, 구체적으로 작품의 내용에 들어가서 논의하고자 한다.

제4장에서는, 식민지 조선에 있어서 영어 교육을 '문명'의 중심인 영미의 가치관을 단적으로 반영하는 영문학의 자리 매김에 초점을 맞추어 논의한다. 좀 더 구체적으로는, 경성제국대학의 영문학 교수 사토 기요시의 영문학관을 중심으로 분석하고자 한다. 우선, 식민지기 조선에 있어서 영어・영문학의 자리 매김을 경성제국대학과 기독교계 학교의 관계 속에서 검토하고, 이어서 경성제국대학에서의 영어・영문학 강좌가 학생들에게 어떤 위치를 차지하고 있었는가를 밝힌다. 다음

으로 사토 기요시의 이력을 소개하고, 사토 기요시의 문학론을 '자국문학과 외국문학', '영국과 아일랜드', '조선과 일본'이라는 관점에서 검토한다.

제5장에서는, 식민지 조선의 대표적 영문학자 최재서의 문학관을 통하여, 영문학이 제국주의 비판의 무기로서 기능할 수 있었는지 그 가능성 여부를 검토한다. 우선, 최재서의 이력을 소개한 후에, '문학과 정치', '민중, 작가·지식인과 소설', '세계문학, 국민문학과 조선문학'을 둘러싼 최재서 언설의 추이와 진동 폭을 검토하고, 각각의 테마에 의거하여 최재서의 딜레마와 갈등, 모순을 찾아 본다. 특히 초기의 경성제국대학 시절에는 진보적 영문학 연구를 전개했음에도 불구하고, 후에는 친일적 언설에 이르게 되는 최재서의 사상적 이력의 내실을 시대 상황과 관련지어 가면서 해명해 보려고 한다.

이와 같은 작업을 통하여, 근현대의 일본과 식민지 조선에서의 외국어로서의 영어·영문학의 의미를 근본적으로 검토하고 바로 잡는 것이 이 책의 목적이다.

1장

오카쿠라 요시사부로岡倉由三郎, 1868~1936의 언어관 및 영어 교육관

머리말

영국의 언어학자 데이비드 크리스털은 1987년에 간행된 *The Cambridge encyclopedia of language* 의 "World English"라는 항목에서 다음과 같이 말하고 있다.

> 영어는 과거 200년 동안, 영어를 사용하는 나라들의 정치적・경제적 발전으로 이미 세계어가 되었고, 영어의 지위를 한층 더 확실하게 가져갈 것이다. (…중략…) 영어는 공용어, 혹은 반공용어로서 60개국을 넘어서 사용되고, 더욱이 또한 20개국에서 현저한 위치를 나타내고 있다. 영어는 모든 6대륙에서 지배적이든가, 기반이 충분히 확립돼 있든가, 둘 중 하나에 해당된다. 책, 신문, 공항이나 항공관제, 국제무역, 국제학술회의, 과학, 기

술, 의학, 외교, 스포츠, 국제시합, 팝 뮤직, 광고 등의 중요한 언어는 영어이다. 세계 과학자의 3분의 2 이상이 영어로 논문을 쓴다. 세계 메일의 4분의 3이 영어로 쓰이고 있다. 전 세계의 전자 정보 검색 시스템의 80%가 영어로 저장되고 있다. 영어 라디오 프로그램은 120국의 1억 5,000만 이상의 청취자가 듣고 있다. 5,000만 이상의 아이가 초보 레벨의 영어를 부가적 언어로 공부하고 있다(중국은 제외). 매년 영국문화협회는 25만의 전 세계에서 오는 외국인 학생이 영어를 배우기 쉽도록 지원하고 있다. 또한 1983년에는 337,000명의 외국인 학생이 영어를 배우기 위해서 도미하고 있다.[1]

또한, 힌두마쉬Hindmarsh는 영어가 이상과 같이 국제어로서 확산되는 이유를 "세계가 영어를 선택한다, 세계는 무엇이 필요하고 무엇이 그 필요를 만족시킬까를 잘 알고 있다"[2]라고 설명한다. 게다가, 호주에 주재하고 있는 영국인 영어 교육자 페니쿠크Pennycook는 이와 같은 논의를 영어의 확산에 대한 일반적 의견으로 보고 있다.[3]

이상의 논의에서는, 영어가 단순한 의사소통의 수단이 아니라, 정치적・경제적 발전을 일으키는 전략과 관련된 문제로 의식되고 있다. 영어를 국가의 전략으로 보는 이와 같은 사고는 실은 전전기 일본의 영어교육의 리더였던 오카쿠라 요시사부로의 영어관과도 일치하고 있다. 오카쿠라 요시사부로는 1933년에 영어를 '국제어'로 보고, '국제어'의

1 Crystal, David, *The Cambridge encyclopedia of language*, Cambridge : Cambridge University Press, 1987, p.358.

2 Hindmarsh, RX, "English as an international language", ELT Documents : *English as an international language* 102, pp.42~43(Pennycook, Alastair, *The cultural politics of English as an international language*, New York : Longman Group, 1994, p.8에서 재인용).

3 Pennycook, Alastair, *ibid.*, p.8.

필요성을 '인류의 발전'과 관련시키면서 강하게 주장했다. 이러한 국가 전략으로서의 영어의 문제를 깊이 파고들어 생각하기 위해서, 본 장에서는, 오카쿠라 요시사부로의 영어 교육관을 '제국일본'의 존재와 관련시키면서 검토하겠다.

오카쿠라는 영어 교육계의 대가로서, 1930년대까지 영어 교육의 목적, 내용, 방법을 방향 짓는 힘을 가지고 있었다.[4] 도쿄 고등사범학교는 교육의 대본산으로, 이곳에서 교육받은 젊은 영어 교사는 전국의 중등 교육계에서 활동하였다.[5]

오카쿠라의 활동은 영어 교육의 선구자로서 영어 교육 관계자들로부터 오늘날까지도 높은 평가를 받고 있다. 이토 겐조伊藤健三,[6] 우메모토 유타카梅本裕,[7] 니이사토 마사요新里眞世[8] 등의 연구가 이에 해당한다. 그러나 이와 같은 평가는 영어 교수법 레벨의 평가에 머무르고 있다. 필자는 오히려 오카쿠라가 왜, 또 어떤 의미에서 영어 교육을 중시했는지, 영어 교육을 중시한 이유가 영어의 본국 대영 제국에 대한 오카쿠

4 岡倉由三郎에게 영향을 받았다는 독자의 기술이 『英語硏究』에는 다수 보인다. 「僕は田舍の中學で岡倉先生の御講話をうかがひました一人です」, 神奈川・武一, 『日本語談話室』 第18巻 3号, 1925.6; 「二百号記年号の岡倉先生の試みは實に痒い所に手が届いた様な滿足を与へてくれました」, 水鷄子, 『日本語談話室』 第18巻 11号, 1926.2; 「岡倉先生が云われた如く, 語學なるものは畢竟所世上の一つの術に過ぎない」, 丸の內・YSB生, 『日本語談話室』 第19巻 3号, 1926.6; 「岡倉先生のお話, 古馴染みの顔ーこれは私の英詩中最もすきな詩の一つです」, 福岡・やこ生, 『日本語談話室』 第19巻 4号, 1926.7; 「岡倉先生のノートが唯一の先生です」, 大阪・K・Y生, 『日本語談話室』 第19巻 7号, 1926.10.

5 高梨健吉, 「岡倉由三郎」, 『ある英語教室の100年』, 東京 : 大修館書店, 1978, 67면.

6 伊藤健三, 「岡倉由三郎の英語教育論－その『英語教育』(1911)の今日的意義」, 『英米文學』 43号, 1983, 17~31면.

7 梅本裕, 「1930年代のベーシック・イングリッシュの受容について－岡倉由三郎と三つのグループ」, 『京都橘女子大學研究紀要』 第16号, 1989, 167~186면.

8 新里眞世, 「英語教育における, 『教育的価値』について－岡倉由三郎の英語教育論を中心にして」, 『關西教育學會紀要』 第26号, 2002, 61~65면.

라의 평가와 어떤 관계가 있는지를 비판적으로 검토하고자 한다. 이와 같은 관점에서 이루어진 연구로는 히라타 유지平田諭治, 야마구치 마코토山口誠, 사이토 하지메齋藤一의 선행 연구가 있다.

히라타平田諭治의[9] 최근의 일련의 연구는, 1905년의 오카쿠라의 런던 대학에서의 강연과 1910년의 미국 보스턴에서 행해진 일본에 관한 강연에 근거해서, 대외적으로 일본문화를 소개한 인물로서의 오카쿠라에 주목하고 있다. 히라타는 일본인의 자국 소개, 선전에 표현된 내셔널리즘이라는 관점에서 오카쿠라의 논의를 분석하고 있다.

야마구치 마코토는[10] 방송 영어의 탄생을 내셔널리즘의 문맥에서 논하고 있다. 야마구치는 영어를 국어(고쿠고)와 경쟁하는 언어로 파악하였는데, 영어 회화와 영문학의 차이에 주목해서, 영어 회화는 일본문화의 발신을 목표로 하고, 영문학은 서양문학의 수신을 지향하고 있다고 보았다. 야마구치에 의하면, 오카쿠라는 영어 회화를 중시하지 않고 영문학을 일본에서 배워야 할 영어의 표준으로 생각했다. 왜냐하면 국어와 영어를 동렬에 나란히 놓고 비교하면, 영어의 압도적 우월로 인하여 국어가 마치 영어의 방언처럼 보일 가능성이 있다고 보았기 때문이다.

한편, 사이토 하지메는[11] 일본의 근대화를 탈아입구에서 근대의 초극으로의 이행의 과정으로 보고, 이 과정에서 영문학이라는 제도가 어

9 平田諭治, 「岡倉由三郎ロンドン大學講演考－背景と経緯」, 『英語史研究』 第30号, 1997, 47~59면; 平田諭治, 「岡倉由三郎の渡米'日本'講演」, 『英語史研究』 第31号, 1998, 97~110면; 平田諭治, 「日露戰爭の'日本'イメージ考－岡倉由三郎, 『ザ・ジャパンニーズ・スピリット』をめぐって－」, 『歷史科學と教育』 18号, 1999, 1~20면.

10 山口誠, 『英語講座の誕生』, 東京 : 講談社, 2001.

11 齋藤一, 「翻案と翻譯－岡倉由三郎について」, 『人文社會科學論集』 第10巻 第4号, 2001, 1~15면.

떻게 구축되었는지를 고찰했다. 즉 일본의 근대화와 아시아 침략을 영문학과의 관계에서 문제시하여, 영문학의 번역자로서의 오카쿠라의 활동에 주목했다. 그래서 일본을 아시아의 영국인, 즉 아시아의 지배자가 되어야 한다는 오카쿠라의 인식이 문학의 번역이라는 작업을 통해 어떻게 나타났는지를 분석했다.

이러한 선행 연구들 중, 야마구치의 논점은 오카쿠라가 왜 일본에서 배워야 할 영어로서 영문학에 주목했는지 그 동기를 내셔널리즘과 관련하면서 분석하고 있다는 점에서 높이 평가할 수 있다. 그러나 야마구치는 급속히 제국주의로의 길로 들어서고 있던 당시의 일본에서 내셔널리즘이 갖는 의미를 충분히 검토하고 있지 않다. 사이토의 작업의 중요성은 바로 이 점에 있다. 사이토는 영문학을 '제국일본'의 형성과 관련시키면서 대영 제국에 아시아의 제국으로서의 일본을 포개는 오카쿠라의 제국주의적 의식을 지적했다. 이 책에서는 사이토의 지적을 받아들이면서, 오카쿠라가 편집한 영어 교과서와 영어 존폐론을 분석의 대상으로 삼아, 구체적으로 오카쿠라의 제국의식이 어떤 내용으로 이루어져 있는지를 살피려 한다.

이상과 같이, 히라타는 영어에 의한 일본문화의 소개자로서의 오카쿠라, 야마구치는 라디오 영어 강좌의 오카쿠라, 사이토는 번역자로서의 오카쿠라에 주목하고 있는데, 도쿄 고등사범학교 교수로서의 오카쿠라의 사회적 영향력을 고려해 볼 때, 오카쿠라가 중학교, 고등학교에서 영어 교육의 목적과 내용을 어떻게 방향 짓고 있는가 하는 기본적 문제는 미해결로 남아 있다. 이것은 연구사상 커다란 문제라고 하지 않을 수 없다. 이 책에서는 이상의 연구를 바탕으로 오카쿠라가 지향한 영어 교육의 목적과 내용을, 그가 집필한 중등학교용 영어 교과서에 의거해서 구체적으로 논함으로써, 영어 교육의 의미를 '제국일본'과 대영제국이라는 두 개의 제국과의 관계 속에서 검토하고자 한다.

1. 오카쿠라 요시사부로의 생애

오카쿠로 요시사부로는 1868년 요코하마에서 무역업을 하는 아버지의 네 번째 아들로 태어났다. 『동양의 사상』의 저자로 유명한 오카쿠라 덴신岡倉天心은 오카쿠라 요시사부로의 형이다.

1885년, 오카쿠로 요시사부로는 경제학을 연구하기 위해 히토쓰바시 고등상업학교예과一橋高等商業學校予科에 입학한다. 그러나 오카쿠라는 경제학과 동시에 독일어와 프랑스어를 배웠고, 또한 언어학에 대한 관심도 깊어졌다. 그리하여 오카쿠라는 고등상업학교를 중퇴하고 1887년 7월에 도쿄 제국대학 문과대학 언어학 선과생으로 입학하여, 체임벌린Basil Hall Chamberlain의 강의를 듣고 커다란 영향을 받았다. 1890년에 선과를 졸업한 오카쿠라는, 후에 우에다 가즈토시上田万年, 하가 야이치芳賀矢一와 함께, 일본 국어학계의 '삼대선각자三大先覺者'로 불리게 된다.[12]

1891년, 오카쿠라는 조선 정부의 일본어 강사로 초빙된다. 그는 조선어 연구의 희망도 있어서, 한성(서울)에 신설된 일본어 학교의 교장으로서 창립과 감독에 종사했다. 그러나 1893년에 조선에 동학혁명이 일어

12 唐澤富太郎編, 『教育人物辭書』, 東京 : ぎょうせい, 1964, 1025면.

나면서 조선이 소연騷然해지기도 한 데다가, 스스로의 결혼 문제 등의 사정도 있어서 일본으로 귀국하여 그 다음해 도쿄부 심상중학東京府尋常中學(府立一中)의 외국어과 주임이 된다. 1896년에는 도쿄 고등사범학교의 국어과, 영어과의 강사가 되었고, 그 다음해에 교수가 되었다.

1902년에는 영어학, 어학 교수법을 연구하기 위해서 문부성의 장학생으로 영국에 유학하였는데, 1905년에 귀국한 뒤에는 도쿄 고등사범학교의 영어과 주임교수, 도쿄 제국대학문과대학東京帝國大學文科大學 강사에 취임하게 된다.

1907년 문부성文部省 중등학교 영어 교수법 조사위원을 거쳐, 1908년 문부성 영어과 하기 강습회의 전임이 된다. 또한 1907년에 개교한 릿쿄 대학에서 강의를 시작한 이래 30년에 걸쳐서 가르쳤다. 1925년에는 도쿄 고등사범학교를 퇴직하고, 릿쿄 대학의 영문학 과장이 된다. 또한 1925년 도쿄 방송국 창설과 함께 시작된 방송 영어 강좌를 담당하면서 라디오 방송에도 종사하여 '라디오의 오카쿠라'로 전국적으로 유명해진다. 1934년에는 임시 로마자ローマ字 조사위원, 국어심의회 위원이 되었는데, 1936년에 병으로 그만두고 나서 69세로 병사했다.

언어학・음성학의 개척자로서의 오카쿠라의 공적은 지금까지도 높이 평가되고 있다. 이 방면의 저서로서는, 『일본어학 일반판日本語學一班版』, 『발음학 강화發音學講話』, 『응용언어학 십회 강의応用言語學十回講義』 등이 있다. 또한 오카쿠라는 『THE GLOBE READERS』(1907), 『GIRLS' GLOBE READERS』(1909), 『THE GLOBE HOME READERS』(1910) 등 영어 교과서를 편찬했다. 1911년 『영어 교육英語教育』을 공간했는데, 이 책은 일본 영어 교육의 경전이라고 불려야 하는 명저로 평가받고 있다.[13] 또한, 이 책들보다 일찍, 런던 대학의 사회학 신설에 즈음하여 그곳에서 행한 초빙강의에 의거하여 『일본정신*The Japanese Spirit*』(1905)이라는 책을 출판했다. 1919년에는, 미국의 보스턴 대학의 로웰 학원Lowell Institute의 초빙을 받아서, 재차 일본문화를 소개하는 강연을 한다. 이 강연을 정리해서 『일본의 생활과 사상*The life and thought of Japan*』이라는 책을 런던에서 출판한다. 또한 1921년부터 오카쿠라는 도쿄 제국대학 교수 이치카와 산키와 함께 『영문학총서』 전 100권을 감수했다.

2. 오카쿠라 요시사부로의 언어관

그 경력에서도 알 수 있듯이, 오카쿠라 요시사부로는 영어 교육의 진보・발전에 대해서 실용적 공헌을 했다고 평가받고 있다. 그러나 그가 어떤 의미에서 영어 교육에 착목했는가를 밝히기 위해서는, 우선 그의 언어관부터 검토해야 할 필요가 있다고 본다. 『응용언어학 십회 강의』에서 그는 다음과 같이 말하고 있다.

> 넓은 의미에서 말하는 언어는 스스로의 뜻을 다른 사람에게 전하기 위한 일체의 방편의 총체에 다름없다. (…중략…) 그 언어에서, 가장 무엇이 발달하였는가 하면 소위 구두언어口言葉이다. (…중략…) 요컨대 언어라는 것은 개칭概称으로, 언어로서 현존하지 않으나, 무슨 국어가 돼서 처음으로 겉으로 드러나는데, 예를 들면 인간이라는 것은 없고, 어느 나라 사람, 무

13 위의 책, 1026면.

엇의 누구라고 되어, 처음으로 겉으로 드러나게 된다. 냉정하게 보면, 국어라는 것은, 일국민, 또는 일단체의 인간이 서로 의사를 소통하기 위해 이용하는 음성을 재료로 하는 의사교환의 도구라 할 수 있다.[14]

오카쿠라에게 언어라는 것은 의사를 전달하기 위한 '방편'이며, '의사교환의 도구'이다. 우선 사상이 먼저 존재하고, 이 사상을 다른 사람에게 전달하기 위해서 언어라는 도구가 필요하다는 것이다. 그렇다면, 오카쿠라는 언어와 민족 사이에 어떤 관계가 있다고 생각했을까. 이에 관해서 오카쿠라는 다음과 같이 논하고 있다.

한마디로 말하면 우리는 학습에 의해서 언어를 습득하는 것으로 어떤 사람이 생각하고 있는 것처럼, 언어가 자연스럽게 우리의 몸에서 발달하는 것은 아니다. (…중략…) 우리는 태어나서부터 옷을 갈아입는 것을 배우는 것처럼, 언어도 학습으로 생후에 습득하는 것이다. (…중략…) 언어와 인종의 사이에는 구별이 있어서 동일의 언어를 말하는 사람이 결코 동일 인종이라고 정해져 있지 않고, 동일 인종일지라도 꼭 동일의 언어를 말하는 것은 아니라는 것이 판명되었다.[15]

이와 같은 언어 습득의 후천적 요소를 강조하는 오카쿠라의 생각을, 예를 들면 오카쿠라와 동시대의 고명한 국어학자 우에다 가즈토시上田万年, 1867~1937의 주장과 비교해 보자. 우에다는 국가를 유기체로 파악한 위

14 岡倉由三郎, 『応用言語學十回講義』, 東京 : 成美社, 1902, 11・15면.
15 위의 책, 204~207면.

에, 이 유기체에 생명을 불어 넣는 가장 중요한 것은 언어라고 생각했다. 즉, 모두가 동일한 언어를 공유하고 있다는 의식이 공동체를 보증한다. 그래서 우에다는 새롭게 '국어'(고쿠고)라는 개념을 만들어서 "국어는 국민의 정신적 혈액이며, 일본의 국체는 정신적으로 유지된다"[16] 라고 주장하였는데, 이에 관해서, 고마고메 다케시는 '정신적 혈액'이라는 비유에 나타나듯이, 일본 국민이 '혈통단체'라는 인식은 1890년대 이후 "체제 공인의 이데올로기로서의 지위를 획득했다"[17]고 서술하고 있다. 이 점에서, 언어를 배우는 것은 '옷을 갈아입는 것을 배우는 것'과 같은 것이라는 오카쿠라의 생각은, 당시의 '체제 공인의 이데올로기'와 미묘하게 다르다는 것을 알 수 있다.

그렇다 해도, 오카쿠라의 주장이 결코 반체제적인 것은 아니었다. 언어를 교환 불가능한 '혈액'으로 보지는 않았지만, 국가어로서의 '표준어'를 정해서 그것을 보급해야 한다는 필요성을 역설했기 때문이다. 언어는 도구이기는 하지만, 오카쿠라는 그 도구가 좋은지 나쁜지 질적 차이가 있다고 생각했다. 게다가 그 좋고 나쁨은, 언어 그 자체에서 기인하기보다는, 그 언어를 말하는 집단의 정치적・사회적 지위의 차이에서 온다고 생각했다. 표준어의 선정 기준을 설명할 때, 오카쿠라는 "언어 그 자체의 성질이 좋다고 해서, 그것으로 좋다고 말할 수 있는 것이 결코 아니다, 성질 그 자체의 우세優勢 이외에, 그 언어를 말하는 단체의 정치상의 위치에 따른다"[18]고 말하고 있다. 또한, '방언'으로 여겨지는

16 上田万年,『國語のために』, 東京 : 富山房書店, 1895, 12면.
17 駒込武, 앞의 책, 357면.
18 岡倉由三郎, 앞의 책, 32면.

'지방어'의 평가에 관해서도, "지방어 그 자체의 본래의 성질에서만 기인하는 것이 아니라, 그것을 사용하는 사람들의 정치상의 위치에 오로지 기인한다"[19]고 서술하고 있다.

어떤 언어가 가장 질이 좋은 언어인가 하는 판단은, '언어 그 자체의 성질'에 의해 결정되는 것이 아니라, 그 언어의 사용 집단의 정치력의 영향을 받는다는 것이다. 이 점은 사실은 우에다 가즈토시의 주장과도 공통되고 있다. 즉, 언어의 우열은 정치상의 우열에 종속되는 것으로 생각됐다.

언어를 도구라고 보는 언어관의 연장선상에서, 오카쿠라는 언어의 쉽게 변화하는 측면을 다음과 같이 강조하고 있다.

> 언어는 (…중략…) 우리가 태어난 후에, 외부에서 익혀서 기억하는 것이므로 (…중략…) 특별한 경우에 조우遭遇할 때는, 자신과 전혀 다른 인종의 언어를 말하게 될지도 모른다. 예를 들면, 일본에 귀화한 조선인이나 중국인과 같이 완전히 모어를 버리고 외국어를 풍속 습관과 똑같이 자신들의 새로운 고향에서 채집 이용하는 경우도 있다.[20]

모어는 후천적으로 습득한 도구이므로, 무슨 '이유'로 새로운 언어로 바꾸는 것이 언제든지 가능하다. 이와 같이 언어는 변화하는 것이라는 주장은 내용으로서는 이해하기 쉽다. 그러나 '특별한 경우에 조우할 때'는 어떤 경우를 의미할까. 바꿔 말하면, 언어를 바꾸는 이유는 무엇일까. 오카쿠라는 일본에 온 '조선인'과 '중국인'은 자신들의 모어를 일본

19 위의 책, 227면.
20 위의 책, 272면.

어로 바꿨다고 했다. 그렇다면, 오카쿠라는, 식민지화와 함께 조선 반도에 건너간 재조 일본인在朝日本人은 언어를 바꿀 필요가 있다, 또한, 바꿀 수 있다고 생각했을까 하면, 반드시 그런 것만은 아니다. 이와 같은 점에서도 언어의 힘의 관계를 정치적 힘 관계에 종속시킨 오카쿠라의 생각이 나타나 있다.

오카쿠라는 언어를 도구로 보고, 정치적 힘 관계에 따라서 언어는 변화해 가야 하는 것으로 생각했다. 그러므로 '방언'을 억압하면서 '국어'로서의 '표준어'를 보급하는 것을 당연한 것으로 생각했다.

> 한 나라 안에서 행해지는 일체의 사상은, 하나하나가 그 나라 사람이 이용하는 국어에 둘러싸여, 국어에 비추어져, 매사에 한정하지 않고 한 나라 안의 사람의 행하는 생각 속에 그 국어를 경유하지 않는 것은 없다고 한다면, 국어는 그것을 사용하는 사람들의 행위의 중핵이라고도 말할 수 있는 위치에 서 있다.[21]

근대국가는, '국민'의 존재를 전제로 해서 성립되었다. 그러나 이 '국민'이라는 개념은 옛날부터 존재한 것은 아니다. 이 점에 관해서, B. 앤더슨은 "국민은 하나의 공동체로서 상상된다"고 보았다. 그러나 개개인이 태어나고 자란 토착공동체와 국민이라는 추상적인 공동체와의 사이에는 커다란 거리가 있다. 이 거리를 메우기 위해서 근대국가가 이용한 방법의 하나가 언어 정책이다.[22]

21 위의 책, 17면.

22 이연숙, 「일본에서의 '국어'의 개념」, 『교수신문』 199호, 2001을 참조.

오카쿠라는 언어와 민족은 본질적으로 관계가 없다고 생각했다. 그러나 국가의 근대화, 혹은 진보를 위해서는 언어가 통일되지 않으면 안 되며, 그렇기 때문에 '국어'를 만들어서 국가의 진보를 계획해야 한다고 생각했다. 언어는 의사소통의 도구에 지나지 않지만, 한편, 국어는 국가라는 제도를 유지하기 위해서 중요한 도구로 인식되었다.

이와 같은 생각에 의거해서 오카쿠라는, 도쿄어를 '표준어'로 하는 것을 당연한 것으로 제안하고 있다. 지방어의 사용자는 개개의 '방언'의 우수성, 또한 편리성에도 불구하고, 정치력이 없다는 이유로 도쿄어를 사용하지 않으면 안 된다. 언어는 본래 의사소통의 도구에 지나지 않는다고 생각하는 오카쿠라는, "시골풍으로 만든 의복을 벗고, 도쿄풍이나, 교토풍이나, 오사카풍으로 만든 옷을 입는 것과 같다"[23]라고까지 말하고 있다. '방언'이나 식민지의 사람들의 언어를 일본어의 '표준어'로 바꿔 놓는 것은 의복을 갈아입는 것과 같이 간단한 것이라고 생각했던 것이다.

그러나 언어를 바꾸는 것이 그렇게 용이한 것일까. 이 질문에 관해서, 오키나와 출신자가 말하는 악명 높은 '방언패'[24]에 대한 일화가 있다. 즉, 누군가가 방언을 말하는 학생이 있으면, 즉각 그 패를 목에 건다. 패를 걸게 된 이 학생은, 그 밖에 학생들 중에 누군가가 같은 '잘못을 범하'는 학생이 나오기를 기대하고, 그 '범인'을 붙잡고서야 비로소 자신의 목에서 그 범인의 목에 패를 넘겨주고 자신은 죄에서 벗어나게

23 岡倉由三郎, 앞의 책, 207면.
24 이하의 방언패에 관해서는 다나카 가쓰히코田中克彦, 『ことばと國家』, 東京 : 岩波書店, 1981, 118면을 주로 참고하여, 필자가 요약・정리한 것이다.

된다. 이것은 게임의 겉모양을 취하면서, 벌패罰札를 받은 횟수는 그대로 성적에 반영되었다고 한다. 이와 같은 가혹한 방법을 썼다는 것 자체가 언어를 바꾸는 것이 얼마나 곤란한 것인가를 명백히 해 주는 증거라고 생각된다.

여기서 이상에서 논의해 온 것을 정리해 보자. 우에다 가즈토시의 언어관은 언어를 일종의 유기체로 보고 언어와 인종・민족의 일체성을 강조한다. 그에 대해서 오카쿠라의 언어관은 언어를 의사소통의 수단으로 보는 언어 도구관이다. 이와 같은 언어관의 차이가 같은 도쿄 제국대학에서 박언학博言學을 전공한 그들의 그 이후의 갈림길의 원인이 되었다고 필자는 생각한다. 즉, 우에다는 일본어와 일본인을 동일시한 결과 국어학자로서 활약했을 뿐만 아니라, 실제로 국어조사위원회 등의 활동을 통해서 국가적으로 '국어'를 만들어 내는 활동의 선두에 섰다. 오카쿠라는, 일본어를 국가 발전의 중요한 수단으로 생각하고, 국민의 의사소통을 위해서 '국어'의 필요성을 인식했다는 점에서는, 적어도 결론으로서는 우에다의 견해와 큰 차이가 없었다. 그러나 언어와 인종・민족의 결부를 중시하지 않는 오카쿠라의 논의를 철저하게 밀고 나가면, '정치상의 위치'에 있어서 일본보다도 상위에 있는 대영 제국이나 미국의 언어를 배우지 않으면 안 된다는 방향으로 발전할 가능성을 갖고 있었다. 그리고 실제, 오카쿠라는 일본인의 영어 교육의 필요성을 강조하게 된다. 즉, '국어'를 보급해야 한다는 점에서는 오카쿠라의 주장과 우에다의 주장 사이에 다른 점이 없지만, 오카쿠라의 주장은 영어 교육의 중요성이라는 논점을 포함하고 있다는 점에서 다르다.

3. 국제어로서의 영어

그렇다면 오카쿠라는 어떻게 영어 교육의 중요성을 설명했을까. 키워드로 여겨진 것은 '국제어'이며, 오카쿠라는 '국제어'의 필요성을 다음과 같이 주장했다.

> 국어를 사용해서 민족을 발달시키기 위해서, 매우 불리하기 때문에, 나중에 사정이 허락한다면 일체의 방언적 차별을 버리고 이것의 통일을 꾀하고 표준어의 확립을 힘껏 촉진해야 하는 것처럼, 만약 우리가 지구상의 각처에 현재의 제 국어 대신에 단 하나의 호적好適한 국제어를 우리의 전용어로서 사용하는 것을 실제로 바랄 수 있다면, 그것이 예를 들어 어떤 언어라고 해도 인류 전체의 향상 발전을 위해서 매우 기쁜 일일 것이다.[25]

오카쿠라는 민족의 발전을 위해서 표준어의 확립을 주장하고, '국제어'의 필요성을 인류의 발전과 관련시키면서 강하게 주장했다. 그는 그와 같은 국제어의 자격으로서, ① 세계에서 광범위하게 쓰이고 있을 것, ② 자랑할 만한 문학을 갖고 있을 것, ③ 학습상 곤란한 점이 적을 것을 들었다. 그래서 그는 영어를, 오늘날 사용 영역이 넓은 언어이며, 신흥의 기운이 풍부한 북미의 저작계를 포함하는 영국문학이 우수한 점, 그리고 문법 형식이 매우 간단한 점을 들어, '국제어'의 자격을 충분히 채워 주는 것으로 강력하게 추천하고 있다.

---

25 岡倉由三郎, 『英語の國際補助化運動』, 東京 : 新英米文學社, 1933, 3면.

더욱이, 오카쿠라는 '국제어'의 필요성을 '인류의 발전'이라는 말을 사용해서 설명하고 있다. 이와 같은 오카쿠라의 주장은, 예를 들어, 19세기 중반의 영국인 조지의 다음과 같은 주장과 공명共鳴하게 된다.

> 영어는 정부의 모든 사업, 상업, 법률, 과학, 문학, 철학, 신학의 중요한 수단이 되는 동안에, 다른 언어는 세계의 불명료한 방언the obscure Patois으로서만 남게 될 것이다. 그러므로 영어는 인류의 물질적 · 정신적 이익을 위해서 진정으로 국제 공용어가 된다.[26]

조지는 영어가 세계 공용어가 된다면, 인류의 물질적 · 정신적 이익을 가져온다고 주장하고 있다. 그 결과, 영어 이외의 언어는 방언이 되리라는 것도 예상하고 있다. 오카쿠라도 또한 민족의 발전을 위해서 방언을 버리고 표준어를 쓰는 것의 중요성을 역설했다. 그러나 그렇게 하면, 조지의 예상처럼, 세계적 관점으로는 일본어도 또한 보통의 '방언'에 불과하다는 논리적 필연으로 귀결된다. 이 논리에서 일본어라는 방언의 필요성 그 자체에 대한 의문이 생기게 된다. 이 문제에 대해서 오카쿠라는 어떻게 생각하고 있었을까.

결론부터 말하면, 오카쿠라는 일본어를 불필요하다고는 생각하지 않았다. 예를 들면, 1896년에 집필한 「조선국민교육신안朝鮮國民教育新案」에서, 독립국의 조선인은 외국어로서 "이것(영어-인용자 주)을 배우는 것은 곤란

26 George, J, Rev., *The mission of Great Britain to the world, or some of the lessons which she is now teaching*, Toronto : Dudley & Burns, 1867, p.6(Pennycook, Alastair, *The cultural politics of English as an international language*, New York : Longman Group, 1994, p.99에서 재인용).

하고, 그 이익은 적다. 영어는 어떤가 하면, 졸업 후에 이익은 있다 하더라도, 영어를 익히기는 곤란하고 도저히 성과를 볼 수 없다는 결론에 이르지 않을 수 없다. (…중략…) 채용해야 할 언어는 일본어뿐"이라고 주장하고 있다.[27] 즉, 조선인은 영어를 배우기가 어렵고, 그 이익은 있긴 하나 적으므로, 영어 대신에 일본어를 배워야 한다고 주장하는 것이다.

오카쿠라는, 영어의 필요성을 인류의 발전과 연관시키면서 강하게 주장했음에도, 조선인은 영어를 배울 필요성이 낮다고 주장하고 있다. 그렇다면, 오카쿠라가 말하는 '인류의 발전'이란 도대체 무엇을 의미하는가. 식민지 조선인은 '인류'에 포함되는 걸까, 라는 의문이 생긴다.

현실에는 다양한 '인류'가 존재하고, 정치적・경제적・군사적으로 많이 다르다. 영국・일본・조선을 같은 '인류'라는 단어를 사용한다고 해도, 그 현실의 힘 관계를 무시하는 것은 불가능하다. 영어, 일본어, 조선어는 영국・일본・조선이라는 국력의 크기에 따라서 순서가 매겨진다. 이 점에서, '언어'의 가치는 그 언어의 사용 집단의 정치력에 의해 달라진다는 생각은 일관되고 있다. 그러므로 영어를 배우는 진정한 의미는 당시 영국의 정치상의 우월과 떼어내서 논의하는 것은 불가능하게 된다.

이하에서는 당시의 대영 제국의 정치상의 우월을 염두에 두면서, 오카쿠라에게 있어서 영어 교육의 목적은 어떤 것이었는지 다시 한 번 검토하겠다. 이 작업을 통해서 오카쿠라가 생각했던 '인류'의 내용이 밝혀질 수 있다고 생각한다.

---

27 岡倉由三郎, 「朝鮮國民教育新案」, 『東邦協會會報』 第2号 付錄, 1896, 7・11~12면.

4. 오카쿠라 요시사부로의 영어 교육론

1) 영어 교육의 목적

우선 확인할 필요가 있는 것은 오카쿠라의 영어 교육의 목적이 무엇이었는가이다. 영국에서 유학하고 돌아온 후 오카쿠라가 연속해서 출판한 영어 교육 관련 서적들 가운데 『영어 교육』이라는 책이 있다. 오카쿠라는 이 책에서 영어 교육의 교육적 가치와 실용적 가치를 다음과 같이 설명한다.

> (영어 교육의 교육적 가치는 — 인용자 주)견문을 넓히고 고루한 견해를 타파하고, 각국에 대한 편견을 제거함과 함께, 자국에 대한 과대한 망상을 없애, 인류는 세계의 각지에서 동가의 작용을 행하고 있음을 아는 것이다. (…중략…) (영어 교육의 실용적 가치는 — 인용자 주)영어를 매개로 각종의 지식과 감정을 섭취하는 것이다. 바꿔 말하면, 구미의 신선 건전한 사상의 조류를 받아들여서 우리 국민의 뇌리에 집어넣어 일본과 구미가 서로 도와서 일종의 활동소를 양성하는 것이다.[28]

오카쿠라는 영어 교육의 실용적 가치는 서구의 신선 건전한 사상의 조류를 일본 국민의 뇌리에 집어넣는 것이라고 주장하고 있다. 이와 같은 오카쿠라의 생각은 '인류는 세계의 각지에서 동가의 작용을 행하고 있다'라는 영어의 교육적 가치와 모순을 일으키고 있는 것처럼 보인다.

28 岡倉由三郎, 『英語教育』, 東京 : 研究社, 1911, 39~40면.

왜냐하면, 인류가 각지에서 동등한 가치를 갖고 있다고 한다면, 영어 교육의 실용적 가치는 '구미'가 아니라 '인류의 신선 건전한 사상의 조류'를 배우는 것이어야 하기 때문이다. 바꿔 말하면 위의 문장에서 오카쿠라가 생각하는 '인류'라는 단어는 결국 '구미'를 의미하는 것이라고 할 수 있다.

이러한 오카쿠라의 생각은 영어의 본국 '대영 제국'의 정치・경제상의 우위를 고려하지 않고서는 파악할 수 없다고 하겠다. 이하에서는 청일, 러일 전쟁을 통하여, 제국으로서의 팽창을 시작하여, 구미 열강과 어깨를 나란히 하게 된 일본의 세계 속에서의 위상의 변화를 고려하면서, 오카쿠라에게 있어서 대영 제국은 어떤 의미를 가지고 있었는가를 검토하기로 한다.

2) 영어 교과서

오카쿠라는 영어 교육의 방법으로서, 회화력의 양성보다는, 독해력의 양성을 중시했다. 독해력 중시의 오카쿠라의 영어 교육관을 "영어 교수의 목적인 실용적 방면은 과연 어떤 것인가 하면, 여기에 대해서 나는 망설이지 않고 독해력의 양성이라고 말하는 것으로 답을 대신한다"[29] 라는 문장에서도 잘 나타나 있다. 실제로 오카쿠라는 스스로 중학교와 사범학교 영어 교과서로 『THE GLOBE READERS』(1907),[30] 『THE OCEAN

29 위의 책, 41면.

30 『THE GLOBE READERS』 전 5권은, 1908.2.15 개정 재판을 분석의 대상으로 했다.

READERS』(1925)[31] 등을 편집했다. 교과서의 중요성은 J. M. Blaut가 말하듯이, "문화에의 중요한 창이며, 문화에 대한 의견을 형성하는 엘리트가 교육을 받는 젊은이들이 과거와 현재에 대해서 정말로 무엇을 진실로 믿고 싶게 하고 싶은지를 말하는 반(半)은 공식적 발표이다."[32] 이와 같은 관점을 받아들인다면, 오카쿠라가 편집한 교과서의 내용을 비판적으로 검토하는 작업을 통해서, 오카쿠라가 현재에 대해서 정말로 무엇을 진실로 믿고 싶게 하고 싶어했는가가 명확하게 드러나리라고 생각된다.

오카쿠라가 편집한 영어 교과서의 특징을 명확히 하기 위해서, "이론의 오카쿠라, 실제의 구마모토"[33]란 표어가 말해 주듯 오카쿠라와 함께 영어 교수법의 대가인 도쿄 고등사범학교 교수였던 구마모토 겐지로가 1907년에 편집한 교과서 『영어 신독본』[34]을 참고한다. 이 교과서 『영어 신독본』도 오카쿠라가 편집한 교과서 『THE GLOBE READERS』(1907)와 함께 1920년부터 도쿄 고등사범부속중학교의 영어 교과서로 사용되었다.[35] 이들 교과서는 당시의 영어 교육의 본산지인 도쿄 고등사범학교에서 사용되었다는 사실에서도, 중등학교에서 영어 교육 전반에 걸쳐서 커다란 영향을 행사했으리라고 예측할 수 있다. 또한 『영어 신독본』은 『THE GLOBE READERS』와 마찬가지로 1907년에 간행되었다는

31 『THE OCEAN READERS』 전 5권은, 1925.12.25 초판을 분석의 대상으로 했다.

32 Blaut, James M., *The Colonizer's Model of The World,* New York・London : The Guilford Press, 1993, p.6.

33 高梨健吉・出來成訓, 『英語教科書の歷史と解題』, 東京 : 大空社, 1993, 106면.

34 熊本謙次郎, 『英語新教本』 전 5권은 1908.3.31 개정 재판을 분석의 대상으로 했다.

35 「明治43年東京高等師範學校付屬中學校教授細目」, 高梨健吉・大村喜吉・出來成訓 編, 『英語教育史資料』 第1巻, 東京 : 東京法令出版, 1980, 79면.

점도 중요한 비교 대상의 이유라 하겠다.

우선, 다루어지고 있는 소재의 전반적 특징을 검토한다.

『THE GLOBE READERS』의 눈에 띄는 특징은, 영국에 대한 기술이 많다는 것이다. 예를 들면, 제4권 전 38과 중에서 영국을 소재로 다룬 과는 30과에 이른다. 영국의 자연·풍물에 관해서는, 런던 다리(3과), 런던타워(4과), 런던의 하이드파크(7과), 런던 동물원(12과), 옥스퍼드·케임브리지 대학의 보트 경주(15과) 등이 있다. 영국의 역사, 전설, 전기 에피소드에 관해서는, 6세기경의 아서왕 전설(6과), 알프레드 대왕(849~899)의 치적(8과), 헨리1세의 전기 에피소드(13과), 런던타워의 역사적 이야기(30과), 아프리카 탐험가 리빙스턴David Livingstone의 전기(36과), 런던의 대화재(1666, 31·32과) 등이 있다. 역사 관계의 소재로는 로마와의 전쟁(1과), 헤스팅즈 전투The Battle of Hastings(11과), 워털루 전투(1815, 34·45과), 크리미아 전쟁(1853~1856, 37과)과 같이, 전쟁에 관한 내용이 빈번하게 다루어지고 있는 것에 주목할 필요가 있다. 이것은 오카쿠라가 군사력에 대해서 상당한 관심을 갖고 있었음을 보이는 증거라 하겠다. 이상의 분류에 들어 있지 않은 영국 관련 소재로는 런던에서의 편지(18과), 영국 최초의 인쇄기(27과) 등이 있다. 또한 영국과 관련되어 있다고 특정하기 어려운 나머지 9과의 소재는 기분 좋은 집(2과), 코뿔소(14과), 풍차(16과), 나의 어머니(23과), 직업의 선택(29과) 등이다. 이 소재들은 무대가 되는 지역을 특정하기 어려운 일반적 내용들이다.

한편 구마모토의 『영어 신독본』에서는 전 5권을 통해서 영국의 자연, 역사를 소재로 한 과는 제4권의 뉴턴과 제5권의 에드워드 7세 왕자 존John만이 있을 뿐이며, 그 밖에는 영국소설로 로빈슨 크루소의 모험

(제4권)이 있는 정도이다. 더욱이 영국과 관련한 전쟁에 관한 기술은 전혀 없다. 제4권에는 그 밖에, 맹자의 어머니(3과), 이솝 이야기(4과), 개구리에 관한 이야기(7과), 알렉산더 대왕(13과), 기원전 10세기의 이스라엘의 현명한 왕 솔로몬(15과), 물방울의 모험(21 · 22과), 낙타를 모는 소년(23 · 24과) 등이 있다. 구마모토의 교과서에는 무대를 특정 짓기가 어려운 일반적 소재를 주로 다루고 있고, 역사나 전설을 다룬 경우도 지역적 편중을 드러내지 않고 있다. 구마모토의 『영어 신독본』의 이러한 특징을 고려해 볼 때, 『THE GLOBE READERS』가 소재라는 측면에서 얼마나 영국에 편중되어 있는지를 잘 알 수 있다.

1925년에 간행된 『THE OCEAN READERS』에서도, 전 5권이 영국을 중심 소재로 다루고 있는 데에는 변함이 없다. 전 5권의 교과서 지도서에 출전이 적혀 있는 저자를 조사해 보면, 영국인은 셰익스피어를 포함해서 34명이고, 그 밖에 미국인 5명, 프랑스인 3명, 러시아인 2명, 독일인 1명, 네덜란드인 1명으로 되어 있다.[36]

또한 소재도 여전히 영국이 중점적으로 다루어지고 있다. 예를 들면, 제4권 전 38과 중에 15과가 영국인에 의해서 쓰인 것이 있다. 영국의 역사, 전설, 전기 에피소드에 관해서는 영국 과학자 뉴턴(1과), 타이타닉호의 난파(2과), 크리미아 전쟁(26과), 로빈후드(34과) 등이 있다. 또한 영국 식민지 인도의 영국인 관리(15과), 왕녀 새러 크루Sara Crewe와 가난한 여자 아이(28과)가 있다. 그 밖에 나폴레옹의 약속(5과), 프랑스 소설 「마지막 수업」(9과)과 성서의 돌아온 탕자 아들 이야기(16과), 미국 소설 리

36 『TEACHERS' COMPANION TO THE OCEAN READERS』 1~5, 東京 : 大日本図書株式會社, 1927. 출전이 명기되어 있지만 국적을 확인할 수 없는 저자가 14명 있다.

푸반 위크Ripvan Winkle의 이야기(17과) 등도 있다.

이상에서 확인한 바와 같이, 오카쿠라의 『THE GLOBE READERS』에서는 압도적으로 영국 관련 소재가 많이 다루어지고 있는 것과 비교해 볼 때, 『THE OCEAN READERS』에서는 영국에 관한 기술이 상대적으로 줄어들고 있음을 알 수 있다. 그러나 둘 다 『영어 신독본』과 비교해 보면, 영국에 관한 기술이 압도적으로 많은 점에서는 차이가 없다. 즉 오카쿠라의 영어 교과서는 영어의 독해력을 습득하는 것만을 목적으로 한 것이 아니라, 영국의 역사와 사회를 배움으로써, 오카쿠라가 신선하고 건전한 사상의 조류로서 배워야 한다고 생각한 내용을 구조적으로 보여 주고 있다. 다음은 이러한 내용들을 구체적으로 검토해 봄으로써, 오카쿠라의 영어 교과서가 영국을 어떻게 그리고 있는지 분석하고자 한다.

① 『THE GLOBE READERS』(1907)에서의 '영국'상

우선 오카쿠라의 영국관을 단적으로 나타내 준다고 여겨지는 '일본은 제국이다Japan is an empire'라는 제1과의 다음의 문장을 살펴보자.

> What is Japan? It is an empire in Asia.
>
> What are France and Germany? They are countries in Europe.
>
> What is Japan sometimes called? It is sometimes called the England of the East.[37]

37 岡倉由三郎, 『THE GLOBE READERS 第1巻』, 高梨健吉・出來成訓監修, 『英語教科書名著選集』 第13巻, 東京 : 大空社, 1993, 34면. 『英語教科書名著選集』는 이하 『選集』으로

이 문장에서 오카쿠라는 일본은 '아시아의 제국'이며, '아시아의 영국'이어야 한다는 가치관을 단적으로 표명하고 있다. 여기서 주목하고 싶은 점은 'empire'와 'country'를 분리해서 쓰고 있다는 점이다. 오카쿠라가 편집한 『New English language = Japanese Dictionary』(1927)에 의하면, 'Empire'는 '제국・황국, 제권・제정・절대권', 'Country'는 '(지세상 본 토지, 즉) 지방・지역, 나라', 'Nation'은 '국민, 국가・나라, 민족'을 뜻한다. 위의 단어의 정의에 따르면, 다른 유럽의 제국인 프랑스와 독일은 '제국'이 아닌, 마치 유럽의 한 지역・나라에 지나지 않는다. 그러나 '황국'인 일본은 영국과 나란히 '제국'으로서 기술되고 있다. 즉 위의 문장들은 서양 제국 중에서도 영국이야말로 위대한 '제국'이며, 일본이 배워야 할 동경의 대상이라는 가치관을 잘 드러내 주고 있다.

이와 같은 오카쿠라의 '아시아의 영국'으로서의 자각은 당시의 '대영제국'의 정치상의 우월을 염두에 두고, 영국의 입장에서 역사를 기술하게 만들었다. 다음은 몇 개의 예를 가지고 구체적으로 오카쿠라의 입장을 설명하겠다. 우선 서양 세계에서 영국의 위치를 나타내는 것으로 워털루 전쟁과 보스턴 차당사건에 관한 기술을 검토한다.

『THE GLOBE READERS』 제4권 34~35과에는, 웰링턴Duke of Wellington이 이끄는 영국군과 나폴레옹이 이끄는 프랑스군이 싸운 워털루 전쟁(1815)에 관해서 10페이지에 걸쳐서 기술되어 있다. 우선, 이 전쟁은 "세계 역사상 가장 유명한 전쟁 중의 하나"[38]라고 쓰여 있다. 프랑스인 나폴레옹은 "이제껏 유럽에서 위협once more the terror of Europe"[39]이었으며,

줄인다.

38 岡倉由三郎,『THE GLOBE READERS 第4巻』,『選集』第14巻, 133면.

전쟁에서 져서, "모든 것을 잃었다!"[40]라고 한탄하면서 도망간 인물로 그려져 있다. 반면 영국인 웰링턴은 "최후의 한 사람이 죽을 때까지 싸"[41]운 용감한 장군으로 묘사되어 있다. 두 사람의 인물에 대한 대조적 평가는 명백하게 영국인의 입장에 서 있음을 보여 준다. 또한 이 전쟁을 단순히 유럽사의 한 사건으로서가 아니라 '세계 역사상 유명한 전쟁의 하나'로서 생각한 것은 오카쿠라가 '세계'를 '유럽'과 동일시한 결과이다. 더구나 '아시아의 영국인'으로서의 자각이 영국의 승리를 축하하는 기술로 이어지고 있다.

이와 같은 문제는 영국과 미국의 전쟁을 기술하는 데에서도 드러난다. 『THE GLOBE READERS』 제 5권 2・6과에서는 미국 독립전쟁에 대해서 기술하고 있다. 2과의 제목은 '보스턴'인데, 보스턴은 뉴잉글랜드의 중요한 항구이며, 미국 독립전쟁의 계기가 된 '보스턴 차당사건'으로 알려져 있는 역사적 장소이기도 하다. 이 역사적 장소인 보스턴이 미국의 도시가 아니라 유럽의 도시처럼 보이며, "미국에서 유일하게 쾌적한 마음이 편한 도시"[42]로 그려져 있다. 독립전쟁 때 이 보스턴에서 '식민지인colonists'인 미국인이 영국에 대항해서 용감하게 싸웠지만, "영국은 최고의 기개를 갖고 싸웠고, 반가비르를 점령하는 것이 가능했다"[43]고 적혀 있다.

'미국에서 유일하게 쾌적한 마음이 편한 도시'라는 문장에서 오카쿠

---

39 위의 책, 134면.
40 위의 책, 146면.
41 위의 책, 141면.
42 岡倉由三郎, 『THE GLOBE READERS 第5巻』, 『選集』 第14巻, 7면.
43 위의 책, 8면.

라는 미국보다는 유럽의 도시가 사람이 살기 편한 도시라고 생각하고 있음을 알 수 있다. 또한 흥미 있는 것은 미국인이 '식민지인'으로 적혀 있다는 사실이다. 이것은 확실하게 영국이라는 관점에서 쓰인 단어이다. 왜냐하면 미국인이 스스로를 '식민지인'이라고 호칭할 리가 없기 때문이다.

일본을 '아시아의 영국'이라고 본 관점은 당연하게, 아시아에 관한 시점도 한쪽으로 편향되게 만들었다. 이 관점은 『THE GLOBE READERS』에서의 영국의 식민지에 관한 기술에서 명확하게 표현되고 있다. 예를 들면, 홍콩(제3권 5과), 말라야Malaya반도(제3권 9과), 싱가포르(제3권 10과), 인도(제3권 14~17과), 남아프리카(제5권 25과) 등에서, 영국의 식민지에 관해서 설명하고 있다. 한편 앞에서 참고한 『영어 신독본』에는 영국의 식민지에 관한 기술은 전혀 없다. 이 점에서도 『THE GLOBE READERS』의 특징이 명확하게 드러나고 있다. 한마디로 말하면, 『THE GLOBE READERS』에서는 '대영 제국'의 위대함을 깊이 각인시키는 내용을 담고 있다고 해도 좋을 것이다.

영국의 관점에서 본 아시아・아프리카는 어떤 모습을 하고 있을까? 제5권 25과의 '다이아몬드 광산'의 내용을 살펴보자. 교과서의 기술에 따르면, 다이아몬드는 너무나 귀중해서 도둑맞을 수가 있으므로 고심해서 경계하고 있다. 광산에서 일을 마친 '선주민natives'은, 옷을 전부 벗고, 몸, 머리, 입, 발가락까지 검사를 받아야 한다. 검사가 끝나면 옷 대신 모포가 주어진다. 다음 날 아침, 일을 시작할 때가 되어서야 옷을 돌려받을 수 있다. 이러한 상황을 자세히 기술한 후에, "백인의 부를 위해서 정말로 인내심 있게 시키는 대로 일하고 자주 자신의 생활을 희생하기까지 하는 선주민에게는, 이것은 심한 처우일지도 모른다"[44]라고 적고 있다. 그러나 이러한 기술에 덧붙여 '선주민'들은 부자가 되어서 집으로 돌아갈 수 있다는 자신의 이상에 따라 이러한 처우를 감수하고 있다고 설명하고 있다.

선주민은 죽음을 각오하고 일하고 있다. 이것은 백인을 부유하게 하는 결과가 되지만 선주민을 위한 일이기도 하다고 이 교과서는 해석하고 있다. 오카쿠라의 교과서는 일견 '심한 처우'라는 표현을 쓰면서, 그들의 꿈을 실현하기 위해서 선주민이 스스로의 의지로 일하고 있다는 논리로 영국의 지배를 변명하고 있다. 여기서 우리는, 오카쿠라가 영국이 식민지에서 어떻게 경제적으로 착취하고 있는지를 설명하는 데 그치지 않고, 어떻게 이러한 착취를 정당화하고 있는지에도 주목해야 한다.

② 『THE OCEAN READERS』(1925)에서의 '영국'상

본 항에서는 '대영 제국'이, 『THE OCEAN READERS』에서 어떻게 그려지고 있는지, 특히 영국과 식민지 미국, 식민지 인도와의 관계를 중점적으로 살펴보겠다.

영국과 식민지 인도에 관해서는, 제목 '어떤 일이 일어나도 냉정하게'(제4권 15과)에서 '인도 반란Indian Mutiny, 1857~1858'이 테마가 되어 있다. 내용을 요약하면, 반다Banda지방의 영국인 장관이 인도 반란이 발생했을 때, 반다에서 반란군 선주민의 포로가 되었다. 이때 선주민 반란군의 지도자는 영국인을 미워했음에도 불구하고, 영국인 장관에 대해서

44 위의 책, 100면.

예의를 깍듯이 갖추고, 영국인 장관의 질문에 대해서도 친절하게 대답했다. 그러나 영국인 장관은 선주민 지도자의 빈틈을 이용해서 역으로 선주민 지도자를 인질로 삼아 무사히 위험에서 빠져 나갈 수 있었다.

이러한 내용은 선주민의 도덕성을 칭송하고, 영국인의 약삭빠른 면을 비판하려는 것이 결코 아니다. 요점은 '유사시에도 냉정하게' 행동하는 영국인을 칭찬하는 데에 있다. 그러나 여기서 먼저 확인해야 할 것은 '인도 반란'이 어떻게 정의되고 있는가이다. 이 교과서의 교사용 지도서[45]에 의하면, '인도 반란'은 "선주민의 미신 때문에 일어난 광신적 반란"[46]이라고 설명되어 있다. 즉 반란은 영국의 지배와는 상관없이 인도인의 '미신' 때문에 일어났다. 그러므로 아무 죄도 없는 영국인 장관이 부당하게 포로로 잡히었으나, 스스로의 현명함으로 위험에서 도망갈 수 있었다. 『THE GLOBE READERS』와 똑같이 영국의 역사와 문화가 단순히 일반적으로 소개되는 데 그치지 않고 '제국'의 지배자로서 영국인의 모습이 칭송되고 있음을 유의할 필요가 있다. 이 점에서 『THE GLOBE READERS』와 『THE OCEAN READERS』는 큰 차이점이 없다.

그렇다면, 영국과 식민지 미국은 어떻게 기술되고 있을까. 이 점에서 『THE OCEAN READERS』에서는 『THE GLOBE READERS』의 설명과 변화가 있을까. 여기서는 미국 작가 호손N. Hawthorne이 쓴 '보스턴 학살사건The Boston Massacre'(제5권 6과)에 준거해서 살펴보겠다. 영국은 재정 적자를 해소하기 위해서 식민지 미국에 여러 가지 세금을 부여했는데, 그

45 『教師用指導書』 제4권은 오카쿠라가 중심이 되어 조직한 '洋々塾'의 일원인 데라니시 다케오寺西武夫가 썼다.

46 寺西武夫, 『TEACHERS' COMPANION TO THE OCEAN READERS』 4, 東京 : 大日本図書株式會社, 1927, 27면.

러자 미국 각 지역에서 반대 운동이 일어나게 된다. 그에 따라 영국은 군대를 미국에 파견한다. 이 교과서에 따르면, 영국의 군대에 대해서 미국 시민은 분노하고, 군인과 시민들 사이에서 언쟁이 끊이질 않았다. 1770년 3월 5일, 군인과 시민들 사이에 언쟁이 일어나자, 시민들이 미국인을 무시하는 영국 군인에게 돌, 얼음, 눈을 던졌고, 이것이 문제가 되어 영국 군인이 민중에게 발포하여 보스턴 시민이 학살당했다.

이와 같은 역사 기술은 미국인의 관점에서 쓰인 것이다. 이 점에서 미국 독립전쟁에 대해서도 영국인 병사의 용감함을 강조한 『THE GLOBE READERS』와는 현저하게 다르다. 또한 같은 교과서에 실린 '인도 반란'과도 다른 점에 주목해야 한다.

'인도 반란'도 '보스턴 학살사건'도 영국 식민지에서 일어난 사건이지만, '인도 반란'은 '유사시에도 냉정하게'에서 알 수 있듯이, 위험에서 탈출에 성공한 영국인에 초점이 맞추어져 있다. 더욱이 왜 '선주민'이 폭동을 일으켰는지에 관해서는 전혀 쓰여 있지 않고, 다수의 '우둔'한 '선주민'과 한 사람의 영리한 영국인이 선명하게 대조적으로 그려져 있다. 반면 '보스턴 학살사건'에서는 '학살'이라는 미국인의 희생에 초점이 맞추어져 있다. 왜 미국인이 폭동을 일으켰는지 이유가 분명하게 적혀 있다. 또한 정당한 미국인의 항의를 묵살하는 지배자 영국인에 목숨을 걸고 용감하게 싸우는 모습이 자세히 쓰여 있다. 즉 미국인은 독립을 쟁취할 때까지 포기하지 않고 싸울 의지를 갖고 있었고, 영국인의 학살을 절대 잊지 않을 뿐더러, 용서하지 않는다고 쓰고 있는 것이다.

이와 같이 영국인은 인도인에 대해서는 영리한 지배자이지만, 미국인에게는 잔혹한 지배자인 것이다. 이것은 오카쿠라의 아시아에 대한 차별, 서양에 대한 동경을 여지없이 보여 주는 예이다.

이와 같이 『THE GLOBE READERS』와 『THE OCEAN READERS』에서, 『THE GLOBE READERS』가 한결같이 일본을 '아시아의 영국'으로 보고자 하는 희망을 표명하면서 오카쿠라가 만들고 싶어 하는 일본상, 대영제국과 나란히 하는 아시아의 일본상이 잘 묘사되어 있는 데 반해, 『THE OCEAN READERS』에서는 미국 등 다른 서양 세계와의 관계에서 영국이 어느 정도 상대화되고 있다. 이러한 미국에 대한 평가의 배후에는 제1차 세계대전 이후, 일영 동맹의 폐기, 미국의 국제 사회에서의 대두라는 세계 정세의 변화가 있다고 보인다. 그러나 영국인의 시점에서 아시아, 아프리카를 보는 관점은 그다지 변화했다고 보기 어렵다.

이상의 오카쿠라의 영국 중심적 영어 교육론은, 당시의 일본의 사회, 교육자에게 어떻게 받아들여졌는지 다음 절에서 1920년대에 일어난 영어 존폐론을 중심으로 살펴보겠다.

5. 영어 존폐론

1920년대에 들어서면서, 중등학교 영어 교육 시간 수의 감소, 영어 교육 자체를 부정하는 영어 교육 폐지를 둘러싼 여러 가지 논쟁들이 일어났다. 그중에서 도쿄 제국대학 국어국문학과 교수 후지무라 쓰쿠루가 1927년 『현대』 5월호에 발표한 「영어과 폐지의 급무」라는 글은 커다란 반향을 일으켰다. 『현대』는 반년에 걸쳐서 '중등학교의 영어과를 어떻게 해야 할까'라는 주제를 특집으로, 각계각층의 1,600명의 의견을 게재했다. 약 20%의 사람들이 영어 폐지론에 찬동했고, 약 70% 사람들이 영어를 선택 과목으로 하든지 아니면 영어 수업 시간을 줄일 것을 주장했으며, 현상 유지를 주장한 사람은 손꼽을 정도로 적었다.[47] 이와 같은 상황을 받아들여, 동년에는, 도쿄 고등사범학교 영어과가 '우리나라 중등 교육에 있어서의 외국어'라는 제목의 의견을 발표했다. 그 내용은, 당연한 것이지만, 영어 수업 시간을 줄이는 데 반대하는 것이었다. 영어의 시간 수를 둘러싼 이 같은 반응은, 정책 문제로까지 발전하게 된다. 문부성은 중등학교의 영어, 수학의 수업 시간 수의 삭감을 주 내용으로 하는 정책을 '자문 제11호諮問第11号'를, 1928년 9월 28일에 문정심의회에 제출했다.

영어 교육계의 대표지 『영어 청년』은, 문부성의 중등 교육 내용의 개선 정책을 의식, 중등학교 영어과 교육 과정 개혁에 관한 의견을 저명한 영어 교육 관계자 137명에게 물어 보고, 그 결과를 1928년 10월호부터 9개월에 걸쳐서 게재했다. 이와 같은 움직임 속에서 오카쿠라는 「후지무라 씨의 반성을 촉구한다」(1927)는 의견을 발표하여 후지무라의 주장을 비판했고, 「영어 교육의 목적과 가치」(1936)[48]에서는 과거의 영어 교육 비판론을 반박하는 이론적 근거를 제시하고자 하였다. 이상이 1920년대에 일어난 영어 교육 존폐 논쟁의 개요이다.

이하에서는 국어 교육계의 지도적 인물인 후지무라 쓰쿠루와 영어

47 川澄哲夫, 『資料日本英語史 2－英語教育論争史』, 東京 : 大修館書店, 1978, 242～243면. 이하 『英語教育論争史』로 줄인다.

48 이 글은 병에 걸린 오카쿠라 요시사부로 말을 제자 후쿠하라 린타로가 필기한 것으로, 최종적으로 두 사람의 공저로 발표되었다. 高梨健吉・大村喜吉・出來成訓 編, 『英語教育史資料』 第5巻, 東京 : 東京法令出版, 1980, 763면.

교육계의 지도적 인물인 오카쿠라 요시사부로가 영어 교육을 둘러싸고 어떤 주장을 전개했는지를 검토하겠다.

후지무라는 「영어과 폐지의 급무」에서, 일본은 "모방의 시대는 지났다"[49]고 선언하고, 칙어勅語의 "모방을 금하고 창조를 도모한다"[50]는 문장을 인용하면서, 창조야말로 "소화昭和 신정新政의 정신"이며, 일본은 "구미의 강국과 어깨를 나란히 하는, 오늘날 국력을 충실히 얻"[51]은 이상, 이제는 영어를 배울 필요가 없어졌다고 주장하면서, 오히려 영어는 백인에 대해서 일본 스스로가 열등한 민족이라는 "국민적 자각 자존의 촉구를 방해한다"[52]고 역설하고 있다.

또한 후지무라는 영어 교육의 비효율성을 지적하고 있다. 그의 주장에 따르면, 중학교의 외국어 한 과목이 차지하는 시간이 총 시간 수의 5분의 1이나 되지만, 졸업을 해도 영어 책을 필요한 만큼 능숙하게 읽을 수 없고, 영어로 한 통의 편지조차 제대로 쓸 수 없으며, 영국 국민과의 회화도 가능하지 않다, 더욱이 사회에 나가서도 외국어가 필요한 사람은 소수에 불과하다, 이와 같이 영어 교육은 막대한 시간을 들이면서도 들인 시간에 비해 비효율적이므로, 후지무라는 '영어과를 폐지'해야 한다고 주장하였던 것이다.

후지무라는 영어과 폐지의 보완 조치로, 국민의 사상 지식의 저하를 피하기 위해서, 구체적으로 번역국의 신설을 제안하고 있다. 각 언어의 전문가로 위원을 조직하여, 영어뿐만이 아니라, 독어, 불어, 러시아어

49 藤村作, 「英語科廢止の急務」, 『現代』 8巻 5号, 1927.5, 7면.
50 「踐祚後朝見ノ御儀ニ於テ賜ハリタル勅語」, 文部省, 1927.
51 藤村作, 앞의 글, 7면.
52 위의 글, 20면.

등 각국어에 정통한 번역관에게 "각종 전문 학교에서 현대의 학문 사상에 가장 이익이 되는 가치가 있는 저술 문학"[53]을 번역하면 된다고 후지무라는 보았다. 일본의 사상 혼란의 한 원인이 외국 사상 수입의 난잡함에 있으므로, 후지무라는 "외국어과의 정리는 사상의 정리 조절의 면에서도"[54] 필요하다고 설명하고 있다.

후지무라의 이와 같은 주장에 대해, 오카쿠라는 「후지무라 씨의 반성을 촉구한다」는 글에서, 다음과 같이 주장했다. "신국 일본神國日本은 (…중략…) 이전에는 중국 인도의 문명에서, 가깝게는 영미의 문명에서 현저한 문화의 위압을 받아 왔던 것은 매우 유감이지만 숨길 수 없는 사실로, (…중략…) 후진의 소국의 국민으로서 어쩔 수 없는 일이었다. (…중략…) 일본의 신민의 위대한 점은 선진의 대국의 대문화에 접하여, 동양 서양에 대해 구별 없이 극히 공평한 태도로 임한 것이며, 좋은 점은 취해서 자신의 단점을 보완하고, 국민으로서의 자존심을 잃지 않고 온 것이다. 이런 마음의 태도는 설령 강대국 일본이라고 할지라도, 그 생존의 의미를 충분히 이해하기 위해서도 꼭 유지, 간직해야 할 것으로, 이것이 없게 되면 우리 나라는 쇠망해질 우려가 있다."[55] 즉 역사적으로 일본은 동양과 서양으로부터 뛰어난 외국 문명을 배워, 일본을 발전시켜 왔고, 이러한 일본의 태도는 강대국이 된 지금에도 꼭 유지, 간직해야 할 일본의 장점인 것이다.

오카쿠라에게 "영어 교육은 단순히 학교 교육의 한 과정으로서 논해

53 위의 글, 19면.
54 위의 글, 20면.
55 岡倉由三郎, 「藤村作氏の反省を促す」, 『現代』 8巻 8号, 1927.8, 6면.

서는 안 된다. 그것은 국가의 문제"[56]였다. 오카쿠라에 의하면, 영어 교육의 목적은 "이러한 연유로 문화적 교양의 정신 위"[57]에 있으며, "일본을 팽창시켜서 국력을 왕성하게 하려면, 크게는 외국을 배우고, 그들의 무기를 가지고 그들로 부터 유용한 문화를 획득"[58]하는 것이 필요하다. 그러므로 영어가 "유용한 문화"로서 "영국문화의 대표자"[59]인 이상, 영국문화를 배우기 위해서는 영어를 배우지 않으면 안 된다. '일본정신'은 "외국문화를 바르게 비판할 수 있는 눈에 의해서 처음"[60]으로 키워지는 것이며, "영어 교육은 일본문화에의 반성을 촉진하는 외국문화의 입문이다"[61]라고도 주장했다.

번역국에 관한 후지무라의 제안에 대해서는, 오카쿠라는 "번역은 그 내용의 일면만을 그것도 매우 불충분한 형태로, 전해지는 것에 지나지 않기"[62] 때문에, 원문의 의미를 그대로 전하는 것은 불가능하다고 보았다. 설사 번역국이 신설된다고 해도, 영어, 독어, 불어는 말할 것도 없고, 남유럽, 북유럽, 미국, 호주 등에서 언제나 나오는 원서의 중요한 것을 하나하나 전부 일본어로 번역하는 것은 현실적으로 불가능하다고 지적하고 있다.

이와 같이 후지무라와 오카쿠라는 정면으로 대립하고 있는 것처럼 보인다. 그러나 둘 다 "일본의 국력을 왕성하게 해서 일본을 팽창시키"

56 岡倉由三郎・福原麟太郎, 「英語教育の目的と価値」(1936), 『英語教育論爭史』, 408면.
57 위의 글, 408면.
58 위의 글, 428면.
59 위의 글, 410면.
60 위의 글, 416면.
61 위의 글, 417면.
62 岡倉由三郎, 앞의 글, 1927.8, 10면.

고자 하려는 의향에서는 큰 차이가 없다. 다른 말로 하면, 후지무라도 오카쿠라도 내셔널리스트이며, 일본의 팽창을 지지하는 제국주의자라고 볼 수 있다. 그럼에도 불구하고, 이 영어 존폐 논쟁에서 언어와 국가의 관계에 관한 두 사람의 주장에는 큰 차이가 있다. 이것은 '일본정신을 어떻게 형성'시켜야 하는가라는 문제에 관한 후지무라와 오카쿠라의 전략과 밀접하게 관련되어 있는 문제다.

후지무라는 '일본정신의 형성'에서, '모방'과 '창조'를 대립적인 것으로 파악하고 있다. 즉 일본정신의 창조에 있어서 외국의 모방은 '방해물'에 불과하다. 왜냐하면 후지무라에게 '창조'는 '국민적 자각 자존'을 창조하는 것이기 때문이다. 이 '국민적 자각 자존'의 창조란 사실 철저한 자기 모방을 말하는 것으로, 즉 모방의 대상이 자기 자신(일본)이라고 할 수 있다. 결국 후지무라는 이렇게 과잉한 자기 언급을 수행하면서, '일본정신'을 만들어 내고자 했던 것이다.

이와는 반대로, 오카쿠라에게는 '일본정신을 형성'하는 데 '창조'와 '모방'은 대립하는 것이 아니다. 오히려 모방을 통해서만이 창조를 할 수 있다. 이것이야말로 '일본정신'의 이상적 모습이다. 이때 창조의 대상은 영국이다. 당시 영국은 세계의 최대 강대국으로, 일본은 영국을 모방함으로써 세계의 강대국의 정신을 배울 수 있다. 그러나 영국의 문화는 번역된 일본어로 배울 수 있는 것이 아니다. 영어 그 자체로 즉 '대영 제국'을 그대로 배우지 않으면 안 된다. 모방을 통해서 창조가 일어난다는 생각에 의하면, 일본은 영국을 모방해서 '무엇인가 새로운 것'을 창조하게 된다. 이 '무엇인가 새로운 것'은 사실은 영국을 뛰어 넘는 것으로 철저히 모방을 하는 것이야말로 역설적이기는 하지만 모방 대상인 영국을 뛰어 넘게 할 수 있다고 오카쿠라는 믿었다고 여겨진다.

오카쿠라가 영어를 '무기'로 파악하고 있는 점은 주목할 필요가 있다. 이것은 '유용한 문화'를 획득하는 것이 단순한 '수단'에 지나지 않음을 암시한다. 영어 교육은 '국민적 자각 자존을 촉구하는 것을 방해'한다는 후지무라의 두려움에 대해서, 영어 교육을 변호하는 역할도 하고 있다. 왜냐하면, 영어는 단순히 '수단'에 지나지 않으므로 영어 자체로는 의미가 없는 공허한 것이다. 그러므로 영어 교육이 '일본정신'이라는 국가의 핵심에 '장해'가 될 수 없다는 논리의 전개를 가능하게 한다. 그러나 다른 면에서, 오카쿠라는 영어 교육의 목적을 '문화적 교양의 정신'이나 '유용한 문화의 획득'이라고 적고 있다. 오카쿠라의 논리는 영어 교육이 '수단'이면서 동시에 '목적'과도 불가피하게 연결되고 있음을 보여 준다. '독해력의 양성'이 영어 교육의 실용적 목적이라는 주장은, 철저하게 텍스트를 읽고, 이해해서 문화를 섭취하고 정신을 함양하는 것을 의미한다. 이와 같이 '수단'과 '목적'을 교묘하게 분리해서 논하는 '이중의 전략'을 사용하면서, 오카쿠라는 영어 교육을 통해서, 영국의 '제국의 정신'을 배우고, 최종적으로는 영국의 제국의 정신의 모순을 지양한 '제국일본의 정신'을 추구했다.

맺는 말

이 장에서는 전전의 일본의 영어 교육의 토대를 구축했다고 평가받고 있는 오카쿠라 요시사부로를 중심으로 일본의 영어 교육론이 '제국

일본'과 어떻게 관련되고 있는가를 검토했다.

오카쿠라는, 영어 교육의 교육적 가치는 인류는 세계에서 똑같은 가치를 갖고 활동하고 있음을 알게 하는 것이며, 실용적 가치는 구미의 신선하고 건전한 사상의 조류를 일본 국민의 뇌리에 새기는 것이라고 주장했다. 이러한 영어 교육의 두 가지 가치를 종합해 생각해 보면, 오카쿠라에게 '인류'라는 것은 '서구'의 사람들을 의미하며, 그중에서도 영국인이 중요한 지위를 갖고 있음을 알 수 있다. 오카쿠라는 직접 편집한 영어 교과서 『THE GLOBE READERS』(1907)과 『THE OCEAN READERS』(1925)를 통해서 이러한 주장을 실천하고자 했다.

본 장에서 『THE GLOBE READERS』와 『THE OCEAN READERS』를 분석한 결과, 두 교과서에서 영국은 굉장히 중요한 위치를 차지하고 있음을 밝혔다. 이 두 교과서는 영국의 역사, 사회, 문화를 자세히 소개하고 있으며, 일본이 '아시아의 영국'이어야 한다는 인식하에서 영국인의 관점에서 아시아, 미국 등과의 관계를 그리고 있다. 이러한 경향은 『THE OCEAN READERS』에서 다소 상대화되고 있지만, 그럼에도 영국문화에 관한 높은 평가, 아시아, 아프리카의 사회, 문화에 대한 멸시는 두 교과서에서 공통적으로 나타나고 있다. 오카쿠라에게 있어서, 영어 교육을 통해서 가르쳐야 할 '건전한 사상'은 '대영 제국'의 강대함을 인식하는 사상을 의미한다고 여겨진다. 즉 오카쿠라의 영어 교육론은 '대영 제국'의 강대함을 추인해서, 일본에 제국주의적 가치관을 보급하려는 경향을 갖고 있었다.

이러한 오카쿠라의 주장은, 1900년대 초기에는 결정적 비판과 조우하지 않았다. 그러나 1920년대가 되면서, 이제는 일본도 세계의 강국으로서 일본이 서구에게서 배워야 할 것이 적어졌다는 풍조 속에서 영어 교육에의 비판이 등장하게 된다. 그중에서 특히 커다란 사회적 방향을 일으킨 후지무라 쓰쿠루의 영어 폐지론과 그에 대한 오카쿠라의 반론을 분석하였다.

두 사람 모두 제국주의자이며, 내셔널리스트라고 말할 수 있으나, 오카쿠라는 제국주의를, 후지무라는 내셔널리즘을 기축으로 발언하고 있다고 정리할 수 있겠다. '일본정신'을 창조하기 위해서는, 모방의 대상을 자기 자신(일본)으로 보는 후지무라에게, 오카쿠라의 일본정신은 불순하고 불충분한 '일본정신'으로 비난해야만 하는 대상이다. 그러나 모방이야말로 창조의 계기를 만들어 낸다고 생각하는 오카쿠라는 영국문화를 배우는 것만이 '일본정신'을 심화시킬 수 있다고 보았다. 즉 오카쿠라에게는 제국주의와 내셔널리즘이 상호 보완의 작용을 하고 있다. 후지무라의 주장은 이 관계에 이론을 제시하면서, 제국주의와 내셔널리즘의 모순되는 측면을 보여 주고 있다. 결국 1930년대에서 1940년대에 영어과는 축소되게 된다. 그 과정은 별도의 검토가 필요하지만, 제국주의와 내셔널리즘의 모순이 심화되는 과정으로서 볼 수 있다.

전후 후지무라와 같은 주장은 많이 비판・반성되어 왔으나, 오카쿠라와 같은 주장에 대해서는 충분히 비판・반성되고 있다고 보기 어렵다. 오카쿠라는 영어 교육의 필요성을 역설, 외국문화에 열려 있는 태도로 일관하고 있으므로, 국제적 입장에서 편협한 내셔널리즘과는 일견 대립하고 있는 것으로 이해되고 있다. 그러나 타자에 관용적이며 열려 있는 것으로 보이는 오카쿠라의 논리는, 오히려 제국주의와 내셔널리즘을 서로 강화하게 하고, 그 제국주의적 속성을 더욱 교묘하게 은폐하는 기능을 하고 있다고 볼 수 있지 않을까? 이 역설적 결론을 더욱 설득력 있게 하기 위해서는, 전전의 제국주의적 가치가 어떤 매체를 통해서, 어떻게 침투되었는지 상세히 검토할 필요가 있다. 다음 장에서는 오카쿠라의 영어교육론의 영향을 구체적으로 알아보기 위해, 다수의 구독자를 가지고 있던 월간 수험 잡지 『영어 연구英語研究』를 검토하겠다.

2장

월간 『영어 연구』(1919~1923)에서 보는 '세계의 대세大勢'와 일본

머리말

이 장에서는, 적지 않은 구독자를 가졌던 월간 수험 잡지 『영어 연구』의 검토를 통하여, '제국일본'을 담당했던 남성 엘리트 예비군에게 있어서 영어는 무엇을 의미했고, 영어를 매개로 한 '세계 속의 일본'이 어떻게 인식되고 있었던가를 분석하고자 한다.

여기서 『영어 연구』를 대상으로 한 이유는, 그 잡지는 구독자들도 많았을 뿐만 아니라, 그 결과 당연한 얘기지만 오랫동안 계속해서 발간되었기 때문이다. 잡지는 학교의 교과서와 달리, 독자가 '자발적'으로 매월 돈을 지불하고 구독한다. 바꿔 말하면, 독자는 언제든지 잡지 구독을 그만둘 수 있다. 이것은 잡지가 편집자의 일방적 의도만으로는 성립할 수 없으며, 어느 정도 독자의 생각을 반영하지 않으면 안 된다는 것을 의미한다. 그러므로 구독자가 많았던 『영어 연구』를 검토해 봄으로써, 남성 엘리트 예비군의 영어에 대한 생각이나 기대를 파악할 수 있을 것으로 기대한다.

우선, 다시 강조해 두고 싶은 것은, 수험 잡지로서의 『영어 연구』의 성격이다. 영어 교육사학자 에리카와 하루오[1]가 지적하고 있듯이, 남자에게만 문호가 개방된 중학교는 고등학교를 경유하여 제국대학으로 진학하는 엘리트 코스의 입구였고, '영어 능력이 입신출세의 허가증'이었다. 또한 "서양의 지식을 척도로 하는 실력주의의 시대"[2]에 있어서 영어는 남성 엘리트에게 필수적 교양이었다. 그러므로 수험 잡지인 『영어 연구』를 자세히 살펴보는 것은 일본 제국의 엘리트를 꿈꾸는 남성들에게 있어서 영어 교육의 의미는 과연 무엇이었던가를 찾아 볼 수 있는 첩경이 되리라고 생각한다.

이 장에서 대상으로 하는 『영어 연구』는, 요시다 이쿠지로吉田幾次郎를 주필로 하여 1908년에 『초등 영어 연구』라는 이름으로 창간되었다가, 1912년부터 '초등'의 두 자를 지우고 『영어 연구』로 이름이 바뀌었다. 1923년의 16권 제7호부터는 『영작문 잡지』를 합병하면서, 그때까지 편집과 집필의 두 측면에서 협력하고 있던 구보타 마사지久保田正次가 편집 주임이 되었고, 수험 잡지에서 영문학 잡지로 그 성격이 변하는 경향을 보였다. 1935년 4월부터 다카베 요시노부高部義信가 편집 주임이 되면서부터는 시사 영어적 요소가 많이 도입되었다. 1944년 4월에는 『영어 청년』과 병합을 명령받아, 『영어 청년』의 경영권은 연구사研究社

1 江利川春雄, 앞의 책, 2006, 13~22면.
2 深谷昌志, 『學歷主義の系譜』, 名古屋 : 黎明書房, 1969, 111면.

로 옮겨졌으며, 일시적 중단을 거쳐서 전후인 1948년 10월부터 재간되어, 1975년 3월호를 끝으로 종간됐다.

이 장에서는 요시다 이쿠지로가 편집했던 시기(1908~1923)에 이 잡지의 전체적 경향이 어떠했는지를 설명한 후에, 특히 1919년에서 1923년에 걸쳐서 집중적으로 게재되었던 「시사 영어」에 근거하여, 영어를 매개로 어떤 세계관이 전달되었는지 검토한다.[3]

1. 영어 잡지 속에서의 『영어 연구』

나가미네 시게토시永嶺重敏[4]에 의하면, 신문과 잡지는 정기 간행물이라는 의미에서는 공통의 성격을 갖추고 있으나, 신문이 가족 단위의 구독을 주로 하는 것과 달리, 잡지는 보다 개인적인 구독에 치우쳐, 잡지와 독자의 관계에 감정적 요소가 강하다고 한다. 잡지는 단지 뉴스나 정보를 얻기 위한 미디어가 아니라, 독자와의 복잡하고 다양한 강한 애착 관계 속에서 존재한다. 과연, 이와 같은 강한 애착 관계는 『영어 연구』의 독자란에서도 확실히 드러난다.

처음에는 벌벌 떨면서 투고를 해 봤다. 월말이 되면, 벌써 『영연英硏』(『영

3 전전戰前의 『영어 연구』(1907~1944)는, 8권 1호부터 11호까지, 10권 6호에서 9호까지, 11권 1호, 3호에서 9호, 12호는 발행된 것은 확인했으나, 국회도서관 및 전국대학의 도서관, 연구사에 소장되어 있지 않은 것을 확인하고, 이것들은 검토의 대상에서 제외했다.

4 永嶺重敏, 「まえがき」(머리말), 『雜誌と讀者の近代』, 東京 : 日本エディタースクール, 1997, ii면.

어 연구』의 약칭 — 인용자 주)이 오는 것이 몹시 기다려져서 참을 수가 없었다. 그러자 한편으로 학교의 성적이 점점 좋아졌다.

— 芝山義久, 『영어 연구』 9권 4호, 1916.4, 201면

이고二高의 입학시험에 요행히도 합격이 가능했던 것은 전적으로 귀지貴誌의 덕택입니다. 그 현상懸賞 과제에 당선되어 자신의 학력이 뒷받침됐을 때의 든든함, 한 호 한 호 읽어 나가는 동안에 기억하게 되는 영어의 재미, 소생이 오늘의 영예를 얻을 수 있었던 것은 확실히 귀지貴誌에 따라 이끌려져, 베풀어진 자신과 자동력自働力의 결과입니다.

— 武田禮三, 『영어 연구』 14권 6호, 1921.6, 72면

삼월의 시험에 실패하고 다시 한 번 반가운 『영어 연구』와 함께 공부하게 되었습니다. 실제 실의의 자신을 위로해 준 것은 유일하게 『영연英研』이 있을 뿐입니다.

— 小石川墨苗, 『영어 연구』 14권 6호, 1921.6, 72면

만천하의 제군이 삼복의 계절에 세상 사람들이 점심을 먹고 있을 때 저는 들로 산으로 바다로 이 『영연英研』을 휴대하고 크게大に연구를 거듭해서 우리 영연당英研党의 기량을 수기만만隨氣慢々하는 세상의 청소년에게 제시해야 하지 않을까.

— 高崎能太郎, 『영어 연구』 15권 8호, 1922.8, 71면

성적이 올라가거나 시험에 합격하는 것은 『영어 연구』의 덕택이고,

시험에 떨어진 것은 자신의 책임이 된다. 그러나 시험에 떨어져도 '유일한 친구'로서 『영어 연구』가 있었기 때문에 위로받으며 노력하고자 했다. 『영어 연구』는 들과 산, 바다 등 어디든 자신의 분신처럼 지니고 다니며, 그 기량을 자랑거리로 한다. 입학시험에 합격하느냐 합격 못 하느냐와 상관없이, 독자는 똑같이 『영어 연구』에 대해서 강한 애착을 토로하고 있는 것이다.

이와 같이 독자에게 애착의 대상이 된 『영어 연구』는, 수많은 영어 잡지 중에서도 특히 오랫동안 계속 간행된 잡지였다. 이다 요시하루井田好治[5]에 의하면, 1870년 창간된 『Far East』가 일본에서 간행된 최초의 영어 잡지인데, 이것에 뒤이어, 『The Chrysanthemum』(1881), 『The Student』(1885), 『The Anglo-Japanese Review』(1886), 『The Tokyo Spectator』(1891), 『일본영학잡지日本英學雜誌』(1894), 『The Rising Generation』[6] 등이 출판되었다.

영어 잡지의 세력의 성쇠는, 언어학적 연구의 발전, 영어 학습자의 관심도, 여기에 대응하는 저널리즘의 변화와 연동되고 있다. 특히 메이지 후기의 영어에 대한 연구의 열의를 주목해야 하는데, 『영어 연구』도 이 시기에 창간되었다. 다카하시 고타로高橋五太郎의 『영어실연백화英語實硏百話』(日高有隣堂, 1907)에 의하면, '어학 연구의 시기'는 세 시기로 나누어지며, 1900년대 중반부터 '언어연구 각성시대言語研究覺醒時代'에 돌입했다고 한다.[7]

---

5 井田好治, 「英語雜誌の歷史」, 『現代の英語教育 第9巻 教材と教育機器』, 東京 : 研究社, 1978, 104~126면.

6 『The Rising Generation』은 1898년에 다케노부 요시타로武信由太郎, 가쓰마타 센키치로勝俣銓吉朗을 편집자로서 저팬・타임사에서 간행되었으나, 1904년부터 이름을 『영어 청년』으로 변경, 기야스 신타로喜安璡太郎 편집으로, 영어청년사로부터 간행되게 되었다.

7 大村喜吉, 「概說 : 後期」 『日本の英學100年－明治編』, 東京 : 研究社出版, 1968, 41면,

1900년대부터 1910년대에 걸쳐서 창간된 많은 영어 잡지 중에서, 1910년대부터 1920년대에 더욱더 발전한 것은, 국민영학회에 의한 이소베 야이치로磯辺弥一郎의 『중외영학신문中外英字新聞』, 정측영어학원에 의한 사가와 순스이佐川春水의 『영어의 일본』, 영어연구사[8]의 요시다 이쿠지로吉田幾次郎가 편집한 『영어 연구』, 영어청년사의 기야스 신타로喜安璡太郎가 편집한 『영어 청년』이 있었다. 이 중에서, 1900년대부터 1940년대까지 계속 간행된 잡지는 『영어 청년』과 『영어 연구』뿐이다. 그러므로 엄밀하게 말한다면, 『영어 연구』만이 아니라, 『영어 청년』도 분석의 대상으로 해야 하지만, 『영어 청년』은 영어 교사들을 대상으로 했던 잡지였기 때문에, 이 책에서는 대상을 『영어 연구』로 한정하겠다.

2. 『영어 연구』의 특징과 독자층

『영어 연구』의 제1권(1908)부터 제16권(1923) 6호까지, 주필이었던 요시다 이쿠지로1874~1933[9]는 1903년에 도쿄 고등사범학교 영어전수과東京高等師範學校英語專修科를 졸업했다. 1904년에는 초등 영어 잡지 『영학회』를 편집하였고, 그 후에는 도쿄 부립일중東京府立一中에서 영어 촉탁 교사로 근무했다. 고자카이 고이치로小酒井五一郎가 '연구사研究社'의 전신 '영어

오무라 기요시大村喜吉의 인용.

8 1907.11.3, 고자카이 고이치로小酒井五一郎가 영어연구사를 설립. 1908년, 『초등 영어 연구』 창간. 1916년에 사명을 '연구사'로 개칭.

9 大村喜吉, 「吉田幾次郎」, 『英語教育史資料』 第5巻, 東京 : 東京法令出版株式會社, 1980 참조.

연구사英語研究社'를 창립한 것이 1907년인데, 이듬해인 1908년에 요시다는 영어연구사에서 『초등 영어 연구初等英語研究』를 창간하자 주필이 된다. 덧붙여, 요시다에게는 다수의 저서가 있다.

『초등 영어 연구』는 1908년에 1책 28페이지, 정가 5전에 창간되었다. 제2권(1909) 2호는 32페이지, 제2권 10호는 48페이지에서 보는 바와 같이 페이지 수가 점점 증가하였고, 제5권(1912) 1호부터는 『영어 연구』라는 이름으로 타이틀이 바뀌게 된다. 정가는, 제6권(1913) 1호가 76페이지로 10전, 제7권(1914)부터 제16권(1923)까지는 72페이지로 30전이었다.[10] 이 기간 동안, 대상이 되는 독자층도 바뀌고, 제2권(1909)과 제3권(1910)에서는 중학 2학년을, 제6권(1913)부터 제8권(1915)까지는 중학 3~5학년을, 제9권(1916)부터 제16권(1923)까지는 중학 4~5학년을 대상으로 했다.

요시다는, 편집 방침에 대해서 '독자를 본위로 하여 오직 충실히 일한다', '일본 최고의 이상적으로 친절하고 재미있는 영어 잡지'를 슬로건으로, "잡지는 다른 강의록과 같이 질서 있게 학과를 강술講述해야 하는 성질의 것이 아니다, 요컨대 영어에 대한 취미를 개발하고, 지도해 나가야 하는 것"[11]이라고 말했다. 요시다에게 있어서, 『초등 영어 연구』의 목적은 체계적 영어 지식을 가르칠 뿐만 아니라, 영어를 쉽고 재미있게 논하는 것, 그리고 영어에 대한 취미를 개발하는 것이었다. 또한, 『초등 영어 연구』는 "각 난各欄의 전부를 주임 기자(요시다 이쿠지로 — 인용자 주)와 그 친구(구보다久保田正次 — 인용자 주) 둘이서 집필하고 있"고,

10 10・11권은 제1차 세계대전의 영향으로 종이의 가격이 폭등해서 68페이지로 줄어들었다.
11 「記者の領分」, 『英語研究』 第2巻 10号, 1909.10.

"본지는 세상의 잡지 수준으로 대가의 얼굴을 정렬하여 공연히 통일 없는 모여쓰기보다는 동인이 좁은 지식이지만 그것을 짜내서 전체에 낭비 없이, 각 란에 연락을 도모한다"[12]고 하여, 잡지 전체의 통일성을 강조하고 있다.[13]

이러한 정책하에서, 『영어 연구』는 창간 이래 끊임없이 독자를 확대해 갔다. 『초등 영어 연구』는 제1호가 제4판까지 증쇄되고, 제2권(1909) 8호에서는 "친애하는 2만 6천 독자 제군", 제4권(1911) 7호에서는, "'제6회 현상懸賞대시험'의 답안 총 수 26,250여", 제13권(1920) 1호에서는, "'전국학생경쟁대시험'은 (…중략…) 적어도 10만을 웃도는 학생이 참가하고 있다"고 쓰여 있다.

현상에의 답안이 26,250여라는 숫자에서 그 인기의 정도를 알 수 있다. 또한, 잡지에 그림엽서를 교환하는 코너가 설치되어 있어서, "아니 벌써 『영어 연구』의 판로 확대에 놀랐다. 일단 그림엽서 교환 희망의 취지를 잡지상에 발표하면 온갖 방면에서 연락이 오고 또 온다"[14]라는 독자의 문장에서도, 이 잡지의 영향력을 잘 느낄 수 있다.

『영어 연구』는 왜 이렇게 성공할 수 있었던 것일까.

사장 고자카이 고이치로는, 그 요인으로서 요시다의 재능을 지적하며, "영어를 ABC부터 설명하는 등의 일을 매우 쉽고, 재미있게 해내, 뭐 일종의 천재"[15]라고 말하고 있다. 또한, 연구사 전 잡지 부장 나가노長野

12 「記者の領分」, 『英語研究』 第2卷 4号, 1909.4.

13 오무라 기요시大村喜吉는, "그때는 아직 초창기 연구사는, 요시다를 중심으로 움직이고 있었다라고 해도 좋다"라고, 『영어 연구』에서 요시다의 중요성을 평가하고 있다. 大村喜吉, 앞의 글, 1980, 204면.

14 「讀者の領分」, 『英語研究』 第6卷 10号, 1913.10.

15 大村喜吉, 앞의 글, 1980, 204면에서 인용.

尻抱影는, “영어가 가장 어려운 학과가 돼서, 그 영어를 가르치고 있는 선생님은, 자신이 뭔가 한 단계 위에 있다는 환상을 가지고 있었던 시대였습니다”라고 지적한 후에, 요시다에 대해서 “‘저는 요시다 이쿠지로라고 합니다, 앞으로 여러분 운운’하면서 자신을 낮추는 태도를 취했다. (…중략…) 편집할 때 독자로서 학생뿐만이 아니라, 일반인을 대상으로 했기 때문에, 요시다 씨는 영어 서민화의 최초의 인물이었다고 생각합니다”라고 말하고 있다.[16] 요시다도 “영어 잡지라고 하면, 순전히 강의록풍이거나 신문풍의 것뿐이고, 그 독자들은 대부분 정해진 범위를 벗어나지 않았”지만, 『영어 연구』를 통해서 “영어를 민중화한 것”이 자랑스럽다고 말하고 있다.[17]

독자의 다음과 같은 견해도 이를 뒷받침한다. “책방의 영어 잡지를 모두 모아서 보지만, 아무리 하여도 『영어 연구』보다 뛰어난 것은 없다. 영어의 세계는 어렵지만, 『영어 연구』는 영어 잡지계의 왕이야, 무엇과 결부해도 누락 없이 취미와 실익이 풍부해, (…중략…) 애국 소년 등은 일찍 눈을 떠서 이 왕서王書가 있음을 알라.”[18] 『영어 연구』는, 영어를 습득하는 것이 엘리트에의 패스포트이며, 영어 공부가 일종의 신분 상승인 상황하에서, ‘취미와 실익’이라는 요소를 교묘히 배합하여 영어를 ‘민중화’함으로써, ‘당신도 엘리트가 될 기회가 있다’라고 독자에게 어필한 것이다.

또한 독자 내역에 관해서 보자면, 「제1회 지세 조사의 보고誌勢調査の報告」

16 「『英語研究』五十年の歩み」, 『創刊50年記念号』, 東京 : 研究社, 1959, 33면.
17 吉田幾次郎, 「二百号記念」, 『英語研究』 第18巻 7号, 1925.10.
18 青森縣廳官舍矢續壽富, 「讀者の聲」, 『英語研究』 第2巻 1号, 1909.1.

(제5권 2호)에는, 1912년의 시점에서, 3,867통의 회답 중에, 학생 1,798인, 실업 그 외 349인, 그 밖 284인이라고 기재돼 있어서, 독자들 전체 중에 학생들이 절반 가까이 차지하고 있음을 알 수 있다. 또한, 제7권부터 「입학시험 문제의 연구」란이 신설되었으며, "본지의 애독자 중에서 7월 고등학교 입학시험에 급제한 사람이 지난해보다 더욱더 많고, 급제자의 대부분 7~8할은 모두 본지 독자, 4할 5할은 투서가들로 성황이었습니다"[19] 라고 쓰여 있다. 『영어 연구』의 독자층은 학생들 중에서도 특히 고등학교를 비롯한 고등 교육 기관에 진학을 목표로 하는 사람들이었다고 할 수 있다.

덧붙여, 이 장에서 대상으로 하는 제12권(1919)부터 제16권(1923)까지의 시기에 대하여 학생의 독자 내역을 검토해 보기로 한다. 단서가 되는 것은 「전국 중등 학교 시험 문제의 연구」, 「시험 준비 영문 일어 번역」, 「시험 준비 일문 영어 작문」, 「시험 준비 영문법」, 「입학시험 문제의 연구」 등의 난이다.

이 중 「전국 중등 학교 시험 문제의 연구」에서는, 히로시마 고등사범학교 부속 중학교, 타이페이 중학교台北中學校 등 5년간 전국(식민지 포함) 87개 중학교 4~5학년 시험 문제가 다루어지고 있다.

「입학시험 문제의 연구」란에 따르면 5년간 전국 71개 학교의 입학시험 문제가 연구되고 있다. 내역은 고등학교 외에도 도쿄 고등사범학교, 육군사관학교, 해군사관학교海軍兵學校, 관립의학전문학교(지바 · 오카야마 · 가나자와 · 나가사키 · 니이가타), 체신성관리연습소(일본우선郵船고등양성소), 타이

19 「自由の天地」, 『英語硏究』 第10卷 10号, 1917.10.

완 총독부 고등상업학교, 경성고등상업학교, 여순공과대학 예과, 동아동문서원 등이 있다. 이 외에, 자격시험으로 외무성이나 농상무부의 해외 유학생 선발 시험, 고등학교 입학 자격 검정 시험, 고등 문관 시험 예비 시험 등의 시험 문제도 게재되어 있다.

이상의 목록에서 『영어 연구』의 독자는, 고등학교 입학을 목표로 하는 중학교 학생을 중심으로 하면서도, 식민지의 학교나 군 관계의 학교를 포함하는 '제국일본'을 담당할 엘리트 예비 집단이었다고 할 수 있다. 당시 10대였던 그들 가운데에서 나중에 중국과의 전쟁, 태평양 전쟁 시기에 관료나 실업계를 대표하는 인물이 배출되었다고 보아도 좋을 것이다. 그런 의미에서도, 『영어 연구』를 통해 어떤 세계관이 전달・형성되었는가 하는 것은 대단히 중요하다고 하지 않을 수 없다.

3. 시사 영어의 등장

『영어 연구』 중에서도 특히 주목하고 싶은 것은 시사 영어의 설명 방식이다. 호리우치掘內克明에 따르면, 다이쇼大正 시대의 영어 잡지는 「시문時文」을 중심으로 권두 몇 페이지에 걸쳐서 신문 잡지의 기사를 발췌하여 게재하고, 많은 경우 본문에도 「시문 연구時文研究」가 실려 있었다.[20] 이러한 경향은 『영어 연구』에서도 명확하게 보인다.

---

20 掘內克明, 「新聞・雜誌」, 『日本の英學100年－大正編』, 東京 : 研究者出版, 1968, 376면. 『英語青年』에서도 1923년 4월부터 「時報」란이 신설되고, 內報Home News와 外報Foreign News라는 영문 뉴스가 권말에 실렸다.

시사 영어는 당초「신문 연구」란에서 다루어졌다.「신문 연구」는 제1권(1908)에서부터 제16권(1923)까지 쉬지 않고 게재되었는데, 제9권(1916)부터는「시사 영작문」,「시사 회화」,「시사 일기時事日記」란이 신설되고, 제12권(1919)에는「시사 논문」란도 등장했다. 즉 제12권(1919)부터, 작문, 회화, 일기, 논문 등 모든 방면에서 '시사'라는 수식어가 붙게 된 셈이다.

시사적 내용은 시사 문제와 관련이 낮아 보이는「영작문 조립 방법」란 등에서도 나타나고 있다. 예를 들어, '새 영토의 아동'이라는 제목으로 "강화 회담에서 남양 제도가 큰 문제가 되고 있으나, 다소 어수선해도 결국은 우리 나라의 소유가 될 것으로 봐도 된다"[21]는 코멘트와 더불어, 남양 제도에 관한 영작문이 소개되고 있다.

따라서 특히 1919년부터 잡지 전체적으로 '시사'의 내용이 중요해진 이유는 무엇일까를 검토할 필요가 생긴다. 하나의 요인으로 생각할 수 있는 것은 제1차 세계대전 이후 세계의 유동적 상황이 어쩔 수 없이 '세계의 대세'에 대한 관심을 증가시킨 것이다. 또 하나, 더 직접적 요인은 입학시험을 둘러싼 동향을 생각할 수 있다.「입학시험 문제의 연구」[22]란을 검토하면, 제10권(1917, 1~5・10~12호)에는 총 16개교 중 4개교, 제11권(1918년, 2・10・11호)에는 전체 2개교 중 1개교에서 시사에 관한 시험 문제가 나온다. 제12권(1919)에서는, 시사 문제를 출제한 학교는 전

21 「英作文組立法」,『英語硏究』第12巻 4号, 1919.4.

22 미국에 유학한 야마가타 다쓰조山縣辰藏가 미국 classmates에게『영어 연구』의 '일본인의 입학시험 문제'를 보여 주자, "농담이 아니다, 나도 급제는 어렵다. 적어도, 이것을 High School boys에게 해석시켜 봐라, 할 수 있는 학생은 적다"라는 반응이 나왔다.「アメリカ日記」第16巻 4号, 1923.4, 63면.

체 33개교 가운데 14개교로 증가하고, 제13권(1920)에서는 35개교 가운데 14개교에 이르게 된다.[23] 제11권(1918)은 모집단이 적기 때문에 참고가 되지는 않지만, 1919년부터 본격적으로 「입학시험」에 시사 문제가 자주 출제된 것으로 보아 수험 잡지인 『영어 연구』로서는 이러한 시세를 무시 못 하고, 시세時勢에 뒤지지 않으려고 시사에 관한 기사를 계속 늘린 것으로 보인다.

예를 들어, 1919년 3월에 열린 '오사카 고등상업학교' 입학시험에서, '일문 영문 번역' 제1문제는 '전후 영원히 평화가 온다 해도, 상업의 전쟁은 더욱 극심하게 될 것입니다'였다. 이 문제에 대해서, 『영어 연구』의 편집자는 "올해 수험에 응시하는 사람은(게다가 고상高商에) 이런 정도의 문제는 각오해야 할 것으로 생각한다. 학교의 성격이든지 경향이든지, 시사 문제 등은 끊임없이 신경을 쓰지 않으면 안 된다. 올해라면 인종차별 문제, 보통선거 문제, 과격파, 국제연맹, 식량 문제, 양행洋行의 유행, 민본적(민주주의의) 사조 등을 생각해 두지 않으면 안 된다. (…중략…) 일본 신문의 영문란 또는 영어 잡지의 시사란을 산견散見하고 이들 단어를 영어로 뭐라고 말해야 하는지 유념하면 좋을 것이다"[24]라고 하는 코멘트가 적혀 있다. 수험 잡지의 편집자로서, 요시다는 입학시험 문제의 경향에 민감하게 반응해야 했다. 즉 입학시험을 준비하는 독자의 요구를 충족시키기 위하여, '인종차별 문제, 보통선거 문제, 과격파, 국제연맹' 등 시사 영어란을 개설, 증가시킬 필요가 있다고 생각했다.[25]

23 인종차별 문제, 보통선거 문제, 과격파, 국제연맹, 식량 문제, 양행의 유행, 민본적 사조에 근거해서, 무엇이 시사 문제인가를 판단했다.

24 「入學試驗問題の研究」, 『英語研究』 第12卷 4号, 1919.4.

25 1919년 '오사카 고등상업학교'에서는 1,700명이 지원하고, "200명 미만"의 지원자가 합격

「시사 영어」를 이해하는 것이 입시에서 '성공'을 거두기 위한 비결로서 다음과 같이 말해지고 있다. 1918년 4월에 열린 '체신성 관리연습소'의 입학시험에서는 '영어 일역'의 문제에서 '견인 불발堅忍不拔과 불요불굴의 옛날부터의 성질이 지금도 여전히 영국민의 위대한 특징인 것은, 이 3년 동안 명료하고, 한편 중유럽 제 국가는 통찰력이라면 좋을 이러한 성질은 무엇을 의미하는지를 깨달아 가고 있는 것이다'라는 문제가 출제되었다. 이를 해결하기 위해 '문제를 사고하는 방법'에서, "일독一讀해서 이번 전쟁에 종사하고 있는 영국민에 관해 쓴 것이라고 알게 되면, 이미 문제의 대부분은 풀었다고 해도 당연합니다"[26]라고 쓰여 있다. 시험 문제가 무엇을 말하고 있는지 전체적으로 파악할 수 있는 경우, 즉 문제를 낸 측의 의도를 읽을 수 있다면, 문제의 '대부분'을 푸는 셈이 된다. 이는 시사 문제에 대해 단순히 번역만 하는 것이 아니라, 출제자의 가치관을 읽는 것이 중요하다고 가르치고 있는 셈이다.

그러나 시사 문제에 관해서 출제자의 의도가 반드시 일치하는 것은 아니었다. 예를 들어, 나가사키 고등상업학교 '일문 영문 번역' 제3번 문제는 "우리 나라의 영학자英學者는 (…중략…) 영국 인민의 국왕 국회 교회 또는 자유와 정의에 대한 관념을 모르고 영어를 연구하고자 바란다면 그것은 실패로 끝나는 것이 당연하다"[27]고 영국에 있어서 '자유'와 '정의'의 가치관, 또는 국왕・국교회의 역할의 중요성에 대해서 적고 있

했는데, "첫날의 영어에서 반수가 떨어"지므로, 입학시험 중에서도 영어가 차지하는 비중이 큰 것은 금방 알 수 있다. 야마가타 다쓰조山縣辰藏, 「大阪高等商業學校」, 『英語研究』 第12卷 5号, 1919.5, 27면.

26 「入學試驗問題の硏究」, 『英語硏究』 第12卷 3号, 1919.3.

27 「長崎高等商業學校」, 『英語硏究』 第12卷 5号, 1919.5.

다. 한편, 릿쿄 대학 예과의 '영문 일역' 제1문제는 "영국 자신이 항상 탐구해 오던 정책인 자유무역 정책에 위배되고, 영국의 식민지에서는, 어디서든 보호무역의 경향을 보여주고 있다"[28]고 영국의 식민지 정책을 비판적으로 다루고 있다. 영국에 대하여 다른 이미지를 전달하는 복수의 문제가 같은 지면에 나와 있는 셈이다. 이것은 영국으로 대표되는 서양에 대한 생각이, 영어 교육 관계자 중에서도 다양했었음을 보여 주는 사실이라 할 수 있겠다.

다음으로, 『영어 연구』의 시사란이 어떻게 구성되어 있었는지에 대해 알아보기로 한다.

「시사 논문時事論文」은 권두 논설로 취급되고, 잡지의 권두를 장식하는 기사이며, 그 대부분이 영미와 일본의 영자 신문이나 영문 잡지 기사를 발췌한 것이다. 그러나 「시사 논문」 총 46편 중 출처와 저자가 명기되어 있는 것은 3편, 출처만 명기되어 있는 것은 4편, 저자만 명기되어 있는 것은 2편이며, 그 이외는 출처도 저자도 명기되어 있지 않다.

「시사 논문」에서 영어 원문에 대한 일본어 번역 및 단어와 문법 설명란이 설치되어 있기 때문에 영어 교재로 제시된 것은 확실이지만, 동시에 영어를 통해서 '세계의 대세世界の大勢'를 알린다는 의미도 있었다. 예를 들어 어느 독자는, "우리에게 가장 도움이 되는 참고서"로서 『영어 연구』를 지적하면서, 그 이유로는 "권두의 시사 논문의 연구가 매우 유익하며 단지 문장 그 자체를 알게 할 뿐만 아니라 또한 세계의 대세가 이 장에 있어서 일목요연하게 눈앞에 전개된다"[29]라고 소감을 밝히고

---

28 「立教大學予科」, 『英語研究』 第12巻 5号, 1919.5.
29 愛媛玉井重雄, 「我を最も益したる參考書」, 『英語研究』 第13巻 11号, 1920.11.

있다. 또한 1921년에 외무성 유학생 시험에 합격한 독자는 "본지의 시사 문장이나 시사 회화를 스스로 직접 고쳐서 만들어 보거나 암송하거나 해서 실력을 양성했다"고 『영어 연구』가 시험 합격에 크게 기여했다고 말하고 있다.[30]

「시사 논문」과 함께 주목되는 것은 「시사 회화」이다. 「시사 회화」는 '히데요시秀吉'와 '기요마사清正'가 한 테마의 시사 문제에 관해서 자유롭게 이야기를 나누는 모양을 취하고 있다. 이름에서 알 수 있듯이 일본인이 자신의 생각을 영어로 표현하는 난이며, 저자가 기록되어 있지 않기 때문에 편집자가 쓴 것으로 생각된다. 구성은 「시사 논문」과 같고, 왼쪽은 영어 원문, 오른쪽은 일본어 번역, 아래에 영어 단어와 숙어, 문법 설명이 이루어지고 있다. 여기서 주목해야 하는 것은 '히데요시'와 '기요마사'라는 이름이다. 어느 독자는 "시사 회화도 실로 재미있다. 히데요시, 기요마사라는 옛날 영웅이 최신 시사를 말한다는 콘트라스트도 재미있고 fluently한 영어에는 charm을 유발시킨다"[31]면서, 히데요시 · 기요마사를 일본의 현재와 관련시킨 착상의 재미있음을 말하고 있다. 「시사 논문」이 출처는 명확하지 않다 하더라도 기본적으로 신문 · 잡지 등의 기사를 전재했다고 생각되는 반면, 「시사 회화」는 편집자의 의향이 보다 직접적으로 반영된 난이라고 할 수 있다.

「현상 자유 작문」(제10권 1호~제17권 1호)란도 주목할 필요가 있다. 이 난은 1년에 네 번 편집장이 독자에게 영어 작문 주제를 주고, 이에 대해 약 100단어 정도의 영문을 독자가 투고하는 구조로 되어 있었다. 그중

30 三宅侃二, 「自由の天地」, 『英語研究』 第15巻 2号, 1922.2.
31 静岡石川生, 「讀者の領分」, 『英語研究』 第9巻 11号, 1916.11.

에서 우수한 영문을 갑상甲賞, 을상乙賞, 가작으로 선정하여 영문을 일본어 번역 없이 실어 편집자의 논평을 첨부한다. 출제 테마로는 '만약 도요토미 히데요시가 다이쇼 시대에 생존했다면'(제10권 5호), '쌀 부족에 대해서'(제13권 1호), '일본의 지위'(제13권 10호), '만약 일본이 유럽 전쟁에 참가하지 않았다면'(제14권 4호), '무엇 때문에 일부러 영어를 학습하는가'(제14권 7호), '태평양 회담에 관하여'(제15권 1호) 등 시사 문제와 관련되는 것이 많다. 이것들은 독자가 주어진 주제에 대해 자유롭게 쓴 것이기 때문에 독자의 생각을 파악하는 데 중요한 단서가 될 것으로 생각된다.

'만약 도요토미 히데요시가 다이쇼 시대에 생존했다면'이란 테마는, 제10권(1917) 5호의 '현상 자유 작문'으로 설정되었다. 이에 대한 논평의 하나로, "'중국 정복', '미국 정복', '세계의 패자覇者'와 같은 것을 써서, 굳이 이렇게 말하는 선평자選評者가 정치가 행세를 하는 것은 아니지만, 구미인이 볼 기회가 많은 본지와 같은 데에 영문으로 게재되는 것은 어떠할지 망설여지는 면이 있다"라는 코멘트가 첨부돼 있다.

제1차 세계대전의 와중에 일본을 무력으로 통일한 '히데요시'를 주제로 선택한 것 자체가 '무력으로 세계를 통일하거나 정복'하는 것을 긍정적으로 보는 편집자의 의도가 일방적으로 반영되어, 영문으로 작성될 경우 주요 독자는 일본인이라 해도 극소수라도 영미인이 읽을 가능성을 고려하지 않으면 안 되었음을 알 수 있다. 이와 같이 『영어 연구』라는 잡지는, 수험을 위한 실무적 도구이자, 영미인의 시선을 의식하면서 '세계의 대세'에서 일본의 위치를 생각하는 자리를 제공했다고도 말할 수 있다.

이 시사 영어에는 "다양한 사회 기사, 교과서 등에서는 도저히 볼 수 없는 기사가 나온다"[32]라는 독자의 감상에서도 알 수 있듯이, 시시각각 변화하는 현실에 대응할 수 없는 교과서와는 달리, 무엇보다 세계 현실과의 동시성을 특징으로, 독자에게 동시대의 세계 현실을 인지시키는 역할을 했다고 생각된다.

4. 『영어 연구』에서 '세계의 대세'와 일본

1) 미국 민주주의의 문제점

다음은 『영어 연구』의 시사란이 어떻게 구성되어 있는지를 게재된 기사의 제목에 입각하여 고찰하기로 하겠다. 〈표 1〉은 제12권부터 제16권에 걸쳐 실린 「시사 논문」과 「시사 회화」에 게재된 글의 제목을 나타낸 것이다.

〈표 1〉『영어 연구』에 있어서 「시사 논문」과 「시사 회화」란의 타이틀.

	「시사 논문」	「시사 회화」
제12권 (1919)	북경의 신문 / 시베리아와 과격파 / 몽고 독립운동 / 쌀문제 / 중국 조인 거절 / 신문 휴간사건/유럽 대전의 스무 가지 승리 요인 / 가토 자작加藤子과 산동 및 시베리아 문제 / 우리 노동 대사 출발	국제동맹 / 일본의 강화조약 / 수험 준비 / 세계의 지도 / 아오시마青島(중국)문제 / 신중국차관단借款団 / 세계의 개조 / 일본의 고립 / 일본 상공업의 장래 / 시베리아와 일본
제13권 (1920)	미국 민주주의의 위기 / 중국의 장래 / 보통선거 / 여운형 사건 / 일영동맹 / 일미 관계 / 재계의 위험 / 니코尼港[33]학살 사건 / 일본의 공업 / 일본과 신중국차관단借款団 / 다도 / 군비 제한	국제노동회의 / 스모와 마라톤 / 보통선거 / 산동 문제 / 완충지대 / 불경기 / 공업입국 / 차관단 / 금주운동 / 간도의 폭동

32 「英語の勉强法」,『英語研究』第5巻 4号, 1912.4.

제14권 (1921)	일미 문제 / 일본은 동양의 독일인가 / 일본과 조선과 선교사 / 인종차별철폐 / 동서문명의 조화 / 일본과 위험사상 / 타이완에 있어서 일본의 통치 / 영미 쟁패전 산동 환부 조건 / 태평양회의와 미국	대본교大本敎 / 미국의 배일운동 / D'Annunzio씨[34] / 황태자의 영국과 불란서 외유外遊 / 의옥疑獄사건[35] / 황태자의 영국과 불란서 방문 / 태평양회의 / 태평양 문제 / 사냥 / 일본의 인구와 워싱턴회의
제15권 (1922)	일영미 / 태평양협약 정문正文 / 일미전쟁은 결코 없음 / 소위 일불日仏 비밀 교섭 / 도쿄 신철도 계통 / 일본의 견해를 바꾸자 / 일본의 서시베리아 철병 / 일본에 있어서 광고 / 장춘長春회의 / 이중외교	황태자 전하의 섭정攝政 / 태평양협약 / 야마가타 공작과山縣公 오쿠마 후작大隈侯 / 영국 황태자 내조御來朝 / 평화박람회 / 세계의 부흥 / 중국의 정국 / 미작米作 / 장춘長春회의 / 극동의 형세 / 불경기
16권 (1923)	아인슈타인의 상대성 원리와 세계의 파멸 / 고이즈미 야쿠모小泉八雲론 / 일미 문제의 해결 / 사할린의 유전 문제 / 중국의 일중조약 파기 요구 / 유럽의 미래	카드놀이모임 / 일본의 철도 / 상대 수험 / 일본의 신문 / 중국의 도적 사건 / 중국의 배일 운동 / 도쿄의 대지진 / 지진 부흥 / 보통선거 / 목조와 콘크리트의 건물 / 화재보험 문제

〈표 1〉을 보면, 「시사 논문」 전체 46개 중 미국과 중국에 대한 기사가 거의 절반 가까이 차지하고, 미국을 논의할 때는 중국 문제와 관련 있는 기사가 적지 않고 그것은 제1차 세계대전 이후 대미 관계가 중요한 위치를 차지하게 된 것을 반영하는 것으로 생각된다.

1910년대 일본은 타이완과 조선을 소유하는 식민제국이 되었고, 열강의 하나로 중국을 둘러싼 국제 정치에 관여하게 되었다. 제1차 세계대전 동안 대중국 21개조 요구對華21カ條要求로 인해 일본과 중국의 대립 구조가 명확하게 된다.[36] 1920년대가 되면, 동아시아 미일영 3국에 의한 협조 외교의 체계로 워싱턴체제가 구축되고, '만주'에서 '특수 권익'을 지키려는 일본과, '문호 개방'주의를 내거는 미국과의 대립 구도가 점차 명확해지고 있었다.[37]

33 러시아 극동부 지역 이름 러시아어語 : Николаевский инцидент.
34 Fiume의 이탈리아에의 합병을 주장한 시인.
35 정치 문제화된 대규모 뇌물 사건.
36 千葉功, 「中國をめぐる國際秩序再編と日中對立の形成－義和団事件からパリ講和會議まで」, 川島真・服部龍二 編, 『東アジア國際政治史』, 名古屋 : 名古屋大出版部, 2007, 110면.
37 服部龍二, 「ワシントン体制下の國際政治－1920年代」, 위의 책, 114면.

이러한 상황을 반영하여 전체적으로 미국에 대한 논조는 비판적인 것이 많지만, 여기서 주목하고 싶은 것은 왜 또 어떻게 미국을 비판하는가 하는 점이다.

「미국 민주주의의 위기」[38](13권 1호, 1920.1)에서는, 다음과 같이 미국이 비판되고 있다. "외국 인민의 이익에 반해서 외국에 미국의 큰 사업이 시행될 때는 미국 민주주의는 그 큰 사업을 비난하던 모습은 지금의 시점으로는 보이지 않는다. 아니, 큰 사업을 자신의 나라에 있어서는 허락하지 않는 미국 사람은 큰 사업의 노획이 외국에서 오면 기꺼이 그 분배를 받아들일 것이다." 그리고 "일본은 중국과 시베리아에 있어서 미국의 이런 경향의 해를 입지 않도록 지켜야 하는 특수한 이해관계가 있다." "우리는 미국의 자본가들이 독점적 이익과 특별한 권리를 요구하고 있다는 것을 보여 주는 보도를 대부분 매일 접하고 있음을 어찌하랴. 예를 들면 우리는 시베리아와 중국에서 미국이 철도 관리권을 얻고자 하려고 하는 것에 대해서 당연하다고는 생각하지 않는다."

이 기사에 따르면, 미국의 민주주의는 이중 구조로 되어 있어서, 자국에서는 허용되지 않는 사업을 외국에서는 기꺼이 시행하는 자국 중심의 민주주의이다. 특히 중국에서 미국의 자본가들은 독점적 이익을 요구하고 있으며 이에 맞서 일본은 중국에서 일본의 권익을 보호해야 한다고 기술되어 있다. 이 기사는 미국 민주주의를 비판하는 것 자체보다 중국에서 일본의 권익을 보호하는 것에 역점을 둔 것으로 읽을 수 있다.

38 이 기사는 "철학자 鷲尾씨에게 신세진 점이 많다"고 적혀 있지만, 출전은 명확하게 적혀 있지 않다. 이후, 영어와 일본어 번역이 동시에 적혀 있는 경우는, 일본어 번역을 우선시해서 필자가 번역한다. 또한, 기사에 관한 출전이 쓰인 경우는 제시하겠다.

비슷한 논조는 「일미 관계」(13권 6호, 1920.6)에서도 보인다. 미일 양국의 갈등은 중국 개척을 둘러싼 '경제적' 요인에 따라 논의되고 있다. "중대한 문제는 중국의 미개척 지역에 있다. 미국은 부유해지기 위해 발전하지 않을 수 없고, 또 일본은 인구 밀도의 과잉을 해결하기 위해 또 발전하지 않을 수 없다." 그리고 뒤이어 일본이 왜 미국보다 중국을 개척하는 데 적합한지를 해명하고, "일본은 동양의 문호에 자리하고 있고, 그러므로 동양인을 알고, 그 풍속 습관을 안다. 실로 일본인의 심리는 다른 동양인의 심리와 동일하다. 그러므로 만약 일본으로 하여금 동양을 지도할 수 있게 하면, 일본 자신이 추구하고 있는 최고의 문명에 동양을 이끄는 것이 마땅하다. 동시에 일본은 이기주의가 되지 않도록, 서양인을 배척하려 하지 않는다."

이 기사에 따르면 일본과 미국은 자국의 경제 발전을 위해 중국을 둘러싸고 대립하고 있지만, 일본은 같은 '동양 국가'로 중국의 풍속 습관을 잘 알고 있을 뿐만 아니라, 일본인의 심리는 다른 동양인의 심리와 동일하고, 그러므로 일본이 동양을 지도하면 일본 최고의 문명으로 동양을 이끌 수 있다.

일본은 '동양'에 위치하고 있는 국가이기 때문에 미국을 비롯한 '서양'보다 일본이야말로 '동양'을 잘 지도할 수 있다는 논리는, 중국을 둘러싼 문제뿐 아니라, 조선이나 타이완에서의 일본의 식민지 지배의 정당화와도 연동하고 있던 것으로 보인다. 다음에는 일본의 식민지에 대한 기사를 통해, 『영어 연구』가 '동양'을 잘 지도할 수 있는 일본을 어떻게 논의했는지 분석하고자 한다.

2) 일본의 식민통치

『영어 연구』에는, 조선에 관한 기사로서는 「여운형 사건」(13권 4호, 1920년 4월)과 「일본과 조선과 선교사」(제14권 3호, 1921.3)가 있고, 타이완에 관한 기사로서는 「타이완에서 일본의 통치」(14권 9호, 1921.9)가 있다. 시간적 순서에 따라서 우선 「여운형 사건」을 검토하겠다.

'여운형 사건'이란, 조선인 독립운동가 여운형1886~1947이 도쿄를 방문할 때 그가 조선의 독립운동을 한 전력이 문제가 된 것을 계기로 발생한 일련의 사태이다.

1919년 3월 1일 서울 파고다 공원에서 33명이 서명한 「삼일독립 선언서」가 낭독되고, 이후, 각지에서 200만 명 이상이 일본 통치에 반대하는 시위에 참가했다. 이 독립운동은 천도교, 불교, 개신교 같은 종교단체가 공동으로 주도한 민족 독립운동이었다.[39]

격렬한 조선의 독립운동에 대해, 하라原敬 내각은 일정 한도의 '자치' 허용에 의한 회유를 계획하고, 그 정책 실행의 계기를 독립운동의 중심인물 여운형(당시 31세)에게서 찾으려 시도했다. 그러나 여운형 입장에서 보면, 도쿄 방문은 독립을 바라는 조선 민족의 요구를 일본 조야에 호소할 절호의 기회였으며, 상해 망명 정부의 맹렬한 반대를 무릅쓰고 실현된 것이 이 방문 여행이었다.[40]

『영어 연구』의 기사는, 귀족원에서의 여운형 사건에 관한 내무대신內務大臣 도코나미 다케지로床次竹二郎 및 사법차관 스즈키 기사부로鈴木喜

39 申昌浩, 『韓國的民族主義の成立と宗教』, 京都 : 國際日本文化研究センター, 2002, 127면.
40 鄭敬謨, 「朝鮮獨立運動の主唱者」, 『朝日新聞』, 1983.7.6(夕刊).

三郎의 답변을 주로 다룬 것이다. 도코나미 내무대신은, 여운형 초빙의 경위를 다음과 같이 설명하고 있다. 여운형은 "조선의 독립이라는 것은 도저히 불가능한 일로, 향후 조선에 자치가 허용된다면 일본의 참된 이익을 위해 진력하려 한다." 여운형이 "일본 신문 기자와 회견하고, 제도帝都 방문 목적을 설명한 것은 사실이지만, 신문 기자단에게 독립운동을 선전했다"고 하는 것은 '허위 보도'이다. 더욱이 "씨가 과거 소행을 분명히 후회한 기색이 있다. 이와 같은 사정이 있어서, 당국자는 씨를 체포할 필요는 없다"고 판단하고 있고, 스즈키 사법차관은 "사법 당국은 질문 제출자가 생각하는 것만큼 여씨의 행동을 중요하게는 생각하고 있지 않다"고 답변했다.

즉, 이 기사에서는 여운형의 일본 방문이 조선의 독립을 목적으로 하지 않은 것을 도코나미 내무대신과 스즈키 사법차관이 보장하고 있는 셈이다. 『영어 연구』의 편집자가 이 기사를 다룬 것은 일본 사회에 큰 파문을 불러 일으켰던 조선 독립운동에 대하여, 조선인 스스로는 독립을 원하지 않는다는 것을 독자에게 이해시킬 필요가 있었기 때문일 것이다. 그 근저에는 '일본'이 '서양'보다는 '동양'을 잘 '지도'할 수 있다는 논리가 3·1독립운동으로 인하여 허물어졌다는 사태가 있었다.

「일본과 조선과 선교사」라는 기사에서도 3·1독립운동을 둘러싼 동요가 나타나고 있다. 이것은 간도에 파견된 육군 군사위원장 미즈마치 다케조水町竹三大佐 대좌가 간도 캐나다인 선교사에게 보내는 선언문에 관한 기사이다. 「시사 논문」에 게재된 문장에는, "이 선언서는 일본 정부 대표가 길림성의 황야에 있는 소수의 캐나다 선교사뿐만 아니라, 조선에서 일본의 법률하에서 일하고 있는 모든 선교사와 조선의 국경에 있는 선교사에 대한 최후의 통첩"이라고 이 선언서의 성격을 일단 말하고 있는데, 그 취지를 한마디로 표현하면, "일본 정부와 협력하여 조선의 독립운동에 반대하고, 모든 관련된 사람들의 최고의 실질 이익을 위해 일하는 데에 동의하거나 그렇지 않다면 조선에서 떠나라. (…중략…) 기독교 선교사가 직접 또는 간접으로, 혹은 물질적 또는 정신적으로 조선인의 독립운동을 장려하는 것은 조선인에게 해는 있지만 결코 유익하지 않다"는 것이다.

기사 제목에서 알 수 있듯이, 일본은 물리적・정신적으로 조선 독립운동을 '격려'할 수도 있는 선교사(서양)의 존재를 결코 간과할 수 없었다. 일본은 '서양'보다 '동양'을 잘 지도할 것이며, 선교사(서양)의 일본 통치에 대한 개입은 조선에 대한 피해만 있고 이익은 없다는 견해가 이 기사의 기조가 되고 있는 것이다.

이 두 기사는 마찬가지로 조선의 독립운동을 비판적으로 거론하고 있지만, 역점을 두는 방법은 미묘하게 다르다. 전자에서는 조선인 여운형은 조선의 독립을 희망하고 있지 않고, 또한 과거 독립운동을 한 것도 후회하고 있다는 것이고, 한편 후자에서는 서양인 선교사는 조선의 독립을 장려하고 있지만, 이것은 반대로 조선에 해가 된다고 주장하고 있는 것이다. 하지만 그렇다면 왜 서양인 선교사들은 조선인이 원치 않는 독립을 지지하는가 하는 의문이 생긴다. 이에 대해 「일본과 조선과 선교사」라는 기사는 다음과 같이 주장하고 있다. "조선에 있어서 어떤 선교사는 조선의 혁명가에게 정신적 원조 혹은 그 이상의 것을 준 것을 부인할 수는 없다. (…중략…) 왜냐하면, 옛날 선교사가 그 신도에게 일본의 정치를 따라야 한다고 설명하면, 하룻밤 사이에 그 신도를 잃기 때문이다." 일본 정부로부터 추방될 위험을 무릅쓰고 선교사가 조선의 독립을 지지하는 것은 '신도'를 잃고 싶지 않기 때문이라고 설명하고 있는 셈인데, 이 글은 편집자의 의도와는 반대로, 다수의 조선인이 독립을 원하고 있음을 드러내고 있다.

이상과 같이 일본 국내에서는 3·1독립운동을 미국의 선동에 의한 것이라고 하는 논조로, 반 미국적 심정이 국가주의적 내셔널리즘에 결부 되었다.[41] 거기에 일본의 식민지 지배에 저항하는 조선인과 이를 지원하는 미국인 선교사와의 연동 관계가 발견되는데, 타이완의 경우는 이와는 다른 전개가 보인다.

「타이완에서 일본의 통치」는 전 보스턴 대학 교수 폴트니 비글로Poultney Bigelow, 1855~1954[42]에 의한 강연의 한 구절이다. 이 연설은 "타이완에서 일본은 훌륭한 식민지적 승리를 얻었다고 말할 수 있다"고 일본의 타이완 통치를 긍정적으로 평가한 위에, "웅대한 처녀림의 깊숙하고 먼 곳 아리산에 작은 신사가 세워져 있고", 이러한 신사는 "충성하는 마음과 애국심과 영혼을 지키는 마음과 자신의 국가를 위해 또한 국왕을 위해 죽음을 마다하지 않는 마음을 불러 일으키"며, 이런 결과를 가져오게 한 일본의 '식민지적 승리'는 훌륭하다고 말하고 있다.

이처럼 일본의 타이완 식민 통치를 찬양한 폴트니 비글로는 다른 저서 *The Colonial Expansion of England, America and Japan*에서는 "일본은 지금도 조선을 정복한 것에 불안을 느끼고 있지만, 일본은 조선에 도로, 철

41 小森陽一, 「マルクシズムとナショナリズム」, 『岩波講座 5－近代日本の文化史 編成されるナショナリズム 1920~30年代』 1, 東京 : 岩波, 2002, 15면.
42 폴트니 비글로Poultney Bigelow는 미국의 뉴욕시 출생, 저널리스트, 저술가.

도, 학교와 질서를 도입한 것을 인정해야 한다"[43]며 일본의 통치는 조선의 '발전'에 기여했다고 주장하고 있다. 이와 같이 폴트니 비글로는 타이완뿐만 아니라 조선에 대해서도 일본의 식민지 지배를 긍정적으로 평가했다. '애국심'이나 '질서'를 중시하는 폴트니 비글로의 가치관에서 판단한다면, 일본의 식민지 지배는 '승리'이며, '성공'이었다. 그러나 폴트니 비글로의 견해가 반드시 당시의 미국 다수파의 견해를 대표하는 것은 아니었다. 1919년 3월부터 1920년 9월 초까지 미국 신문에 조선의 독립운동에 관한 약 9,000개의 기사가 게재되었으나, 그중에서 일본에 대한 이해와 지지를 보인 것은 약 50건에 불과했다고 한다.[44] 폴트니 비글로와 같은 의견은 비록 미국에서는 소수 의견이지만, 일본 식민지 통치에 대한 '서양'의 승인을 나타내는 데 이용 가치가 있는 의견이어서, 「시사 논문」에 적극 게재되었다고 생각된다.

이 논설에서 특징적인 것은 조선과 타이완을 '서양'과의 관련 속에서 논의하고 있는 점이다. 일본인의 가치관에서 식민지화된 사람들의 의견이 무엇인지는 중요하지 않다. 왜냐하면 미국인 폴트니 비글로가 일본의 식민지 통치를 '식민지적 승리'라고 인정하고 있기 때문이다. 『영어 연구』의 편집자, 그리고 아마 많은 독자들에게 있어서도 가장 중요한 것은 '동양의 지도자로서, 일본인의 능력을 당사자인 타이완인과 조선인보다, 미국인을 비롯한 '서양사람'으로부터 더욱 인정받기 위한 것이었다고 생각된다.

43 Poultney Bigelow, *The colonial expansion of England, America and Japan*, Tokyo University of Commerce, 1921, p.29.

44 盧載淵, 『在美韓人史略』 上, Los Angeles, 1951, 159~160면(長田彰文, 『日本の朝鮮統治と國際關係－朝鮮獨立運動とアメリカ 1910~1922』, 東京 : 平凡社, 2005, 222면에서 재인용).

3) 미국의 배일 운동

이처럼 일본을 '동양'의 지도자로서 '서양'으로부터 인정받고 싶다는 강한 열망은 미국에서의 일본인 이민 배척과 같은 문제에 직면했을 때 굴절하게 된다.

인도인 R.Ponsonqy Fane가 쓴 「일본은 동양의 독일인가」(14권 2호, 1921.2)라는 기사가 있다. 거기에는 다음과 같은 기술이 있다. 일본은 아시아의 문호 개방과 기회 균등을 선언하고 있음에도 불구하고, 미국은 "일본을 동등한 국가로 대우하는 것을 거부하거나 또 미국 시민으로서 일본인을 입국시키는 것을 거부하고, 또한 여전히 일본 정부의 모든 행동을 전혀 신용하지 아니한다." "일본에도 다른 나라와 마찬가지로 군국주의라고 불리는 것이 있다." 그러나 "일본의 목적의 근본은 평화이다. 왜냐하면 전쟁은 설령 승리하더라도 일본의 목적인 상업적 개발을 저지하기 때문"이며, "일본인은 호전 국민은 아니지만 자국에 대한 모욕을 참는 국민도 아니다."

일본인은 근본적으로 평화를 원하지만 타국으로부터의 부당함에 치욕을 참을 수 없으며, 일본이 만약 전쟁을 한다면, 이것은 일본에 치욕을 느끼게 하는 서양 측의 책임이라고 말하고 있는 것이다. '일본은 동양의 독일인가'라는 타이틀이 말해 주듯이, 실제 이후 일본은 독일과 동맹을 체결하고 영미를 적으로 제2차 세계대전을 일으키지만, 이 글은 독일과 다르게 일본인은 호전적이 아님을 주장하는 내용이다. 여기서 흥미로운 것은 이러한 옹호 의견을 일본인이 아니라 인도인의 입을 빌려 표현하고 있다는 점이다. 당사자인 타이완 사람과 조선 사람의 의견은 다루지 않고, 인도 사람의 의견, 그것도 일본을 지지하는 의견만 이 유용한 것으로 인식된 것이다.

이미 논의한 것처럼, 『영어 연구』의 편집자는 영어권 독자가 잡지를 읽을 것을 상정하고 있기 때문에, 노골적으로 반미적 주장을 전개하는 데에는 주저하고 있었던 것으로 보인다. 그런 의미에서도 인도인의 의견은 이용 가치가 있는 것이었다.

그러나 같은 14권 2호(1921.2)의 「시사 회화」란에는, '미국의 배일 운동'이라는 타이틀로, "일본인 배척은 경제적 원인 때문이라고 말해지고 있으나, 결국 인종 문제"이며, 미국의 배일 운동을 '인종 문제'로 파악하여 좀 더 직접적으로 비판적 논조가 전개되고 있다. 미국에서의 일본인 이민 배척과 같은 문제에 직면했을 때, 전쟁도 불사하겠다는 주장을 왜 게재했을까. 그 배경에는 '일본인 이민 배척'이 근본적으로 해결할 수 없는 '인종차별'이라는 인식이 있었다. '유색 인종'이라서 차별받는 것으로 간주되는 순간, 문제를 합리적으로 해결하는 수단은 없어지게 된다.

「인종차별 철폐」(14권 4호, 1921.4)를 요약하면 다음과 같다. "백인종은 자신들은 매우 우수한 인종이니까 백인이 아닌 인종의 지배를 받을 수는 없다"라는 신념을 가지고 있다. 일본은 "서양 문명의 정화를 채용하고", 그 결과 "법제를 정리하고 경찰을 개량하고 사법 및 군사를 개량하여 유럽 국가와 평등한 지위에" 서게 되었다. 일본이 발전하면, "백인 중에는 일본의 발전은 자신들의 권리를 무단으로 빼앗는 것이라고 생각하는 사람도 있다. 관련된 백인은 일본에 대해 반대하는 듯한 백인 이외의 인종을 선동하거나 혹은 세계에 있어서 백인의 우월을 영속시키기 위하여 백인종의 연맹을 조직하려고 기획하고 있다." "아시아인의 대다수는 이제 유럽인과 실제 완전히 필적하고 있지만, 차별적 대우를 받고 있다. 이것은 다름 아닌, 피부색이 다르기 때문이다." "인류의 행복을 염원하는 사람들은 모두 최선을 다해 이 심상치 않은 부정을 없애기 위해 노력하지 않으면 안 된다."

이 기사에서는 일본인은 문명화를 달성한 존재로 그려지는 동시에, '동양인'으로 부당한 차별의 피해자로 이중의 입장에 놓여 있는 것으로 그려지고 있다. 미국인 폴트니 비글로가 인정했듯이, 문명화에서 뒤쳐진 타이완과 조선을 훌륭하게 통치하고 있는 일본이라는 자화상을 타자로부터 승인받고자 했지만, 그러나 '동양'의 지도자로서 일본인은 '피부색'이라는 인간의 힘으로는 도저히 어떻게 할 수도 없는 벽에 부딪히고 있었던 것이다.

4) 일미 문제에 대한 해결책

『영어 연구』의 편자는 '동양'의 지도자로서 일본인의 능력을 서양인에게 인정받기를 바랐지만, 미국에서의 일본인 이민 배척과 같은 문제에 직면할 수밖에 없었다. 서양인에게서 인정받고 싶다는 욕망이 좌절됐을 때, 다른 한편으로는 인도 사람의 의견을 빌려 '일본이 전쟁을 일으킬지도 모른다'고 주장하면서, 이 의견과 오히려 상반되는 논조의 기사도 게재하고 있다. 그 예로 들 수 있는 것은, 사업가로 유명한 시부사와 에이치澁澤榮一, 1840~1931가 재미 중 *New York Tribune*지 기자 에드워드 마셜Edward Marshall에게 했던 담화의 한 구절을 소개한 「미일 전쟁 결단코 없음」(15권 3호, 1922.3)이라는 기사이다.

시부사와[45]는 에드워드 마셜Edward Marshall에게 "미일 간의 전쟁은 도저히 생각할 수 없다"고 미일 전쟁의 가능성을 명확하게 부정하고 있다. 그뿐만 아니라 "일본 국민은 모두 미국의 역사로부터 미국이 위대한 사상을 갖고 있고 진취적 지도자이며 민주주의의 창시자임을 알고 있다"고 미국의 민주주의를 높게 평가한다.

또한 시부사와는 "미국이 중국을 개발하는 노력에 대해서는 모두 이에 찬성을 표하고 있다. (…중략…) 정당한 사업가의 노력에 의해 일본이 얻을 대중 무역에 대해서는 물론 일본은 이를 유지하는 데 노력한다"고 일미의 중국에서의 정당한 실업 활동을 서로 인정해야 한다고 말하고, 중국을 둘러싼 미국과 일본의 이견이 "일본의 동기 및 취하는 수단의 오해에서 비롯됐기 때문"이라고 원인을 들고 있다.

이에 대해 에드워드 마셜이 "전통적 미일 관계는 실로 아름다운 것이었다. 허나 지금 관계는 양쪽 모두에게 의혹과 시기심"에 빠지게 된 이유는 무엇인가라고 질문하자 시부사와는 "나는 쌍방이 나쁘다고 믿고 있"지만, "일본 국민은 기존의 오해를 풀기 위해 자신의 모든 단점을 교정하려는 용의가 있다"고 대답했다. 캘리포니아의 배일이민법과 관련하여 "일본 국민은 당연히 캘리포니아에 대해, 따라서 미국 전체에 대해 다소 분개, 최소한 불안을 느끼게 될 것입니다"라고 말하면서, "만약

45 사부사와는 '북해도탄광철도회사' 창립(1889), 한국에 '경인철도회사' 창립 · 이사 사장(1900), '국제평화의회일본지부' 회장(1912년, 72세), '일미동지회' 회장(1913년, 73세), '일미관계위원회' 상무이사(1916), '일중실업협회' 회장, '국제연맹협회' 회장(1920, 80세) 등을 지냈다. 시부사와가 일본 재계에서 어떤 위치를 차지했는지는 현직 미국 대통령으로 , 루즈벨트, 태프트William Howard Taft, 윌슨, 하딩Warren Gamaliel Harding과 만날 수 있는 기회를 가졌다는 것에서도 알 수 있다. 澁澤雅英, 『太平洋にかける橋－澁澤榮一の生涯』, 東京 : 讀賣新聞社, 1970, 374면.

캘리포니아 재류 일본인이 과실을 저지른다면, 물론 일본 국민은 캘리포니아 사람이 그 과실을 교정해도 결코 그것을 비난하지 않을 것"이라고 하는 것으로 이 논문은 끝나고 있다. 그의 의견에 대하여, 에드워드 마셜은 "상당히 솔직하게 단언하고" 있다고 코멘트를 덧붙였다.

일본 국민은 미국에게 단지 오해받고 있지만, 이 오해만 풀리면, 일미 사이에 전쟁은 결코 생각할 수 없다. 이 오해를 풀기 위해 일본 측은 모든 단점을 교정할 용의가 있다는 것이 시부사와의 주장의 골자이다.

시부사와의 이 주장은 『영어 연구』에서는 드문 의견이다. 왜냐하면, 시부사와는 일본에도 단점이 있다는 것을 전제로 하고 있기 때문이다. 시부사와는 『시부사와 에이이치 자서전』에서 "일본 이민은 보통 이민과 좀 달라서, 미국에 돈벌이하러 간 것으로 생각되고 있다. 그래서 돈이 모이면 자신의 나라로 돌아가 버리기 때문에, 일본을 사랑하는 국민이기는 하지만, 미국을 사랑하는 국민이 아니라고 생각되어, 차라리 이런 국민은 없는 편이 낫다고 생각되는 것도 무리는 아니다"[46]라 하여, 미국의 일본 이민 배척의 원인의 하나가 일본에 있다고 생각했다. 시부사와는 "유럽의 대전은 세계의 큰 동란이 되어, 그 결과 각국은 전쟁의 참해를 느꼈기 때문에, 결국은 어떤 방법으로든 공동으로 어느 국가의 침략적 욕망을 억제하는 것이 가능한 게 아닐까"[47]라고 믿고, 80세의 고령임에도 불구하고 '국제연맹협회' 회장(1920)이 되었다. 그리고 "일미 전쟁론을 주창하는 것은 국민으로서 비애국적이며, 인류로서는 자멸적 행동이라 말하지 않을 수 없다"[48]고 역설했다.

46 澁澤榮一, 小貫修一朗(筆記者), 『澁澤榮一自叙伝』, 東京 : 澁澤翁頌德會, 1937, 931면.
47 위의 책, 910면.

결국 『영어 연구』는 「일미 문제의 해결」(제16권 3호, 1923.3)에서, 시부사와가 회장인 '일미동지회'의 결의안을 "일미 양국 간의 여러 문제를 원만하게 해결하는 최상의 방법"으로 제시하고 있다. 이 해결안에는 미국 거주 일본인에 대한 귀화 권리, 토지 소유권 등 유럽 이민자와 동일한 권한을 얻는 것이 포함되어 있지만, 여기서 주목하고 싶은 것은, 해결 방안의 내용보다 어떻게 해결하는가 하는 방법이다. "만약 양국 당사자가 성의를 갖고 일에 임한다면, 공평과 솔직한 외교 방침에 근거하여 협상한다면, 문제의 해결은 결코 불가능하지 않다"고 외교의 중요성을 강조하고 있다.

인도의 저명인사 R.Ponsonqy Fane는 국제 관계를 힘과 힘의 대결의 장으로 간주하고, 힘이 약한 '동양'국가 일본은 '서양'에게 부당하게 취급되고 있음을 강조했다. 반면, 국제연맹을 지원하는 시부사와의 주장은 미국과의 대립을 외교적 협상과 문화 교류로 해소해 나가려는 자세를 보인다.[49] '세계의 대세'에 관한 이러한 견해는 영어에 의한 의사소통의 필요성을 보여주는 근거도 될 것이다. 당시의 일반적 논조와 마찬가지로, 『영어 연구』에서도 반미적 주장이 지배적이었지만, 반미, 반 '서양'의 논리를 철저히 밀고 나가면, 논리적으로 영어 학습의 의의 그 자체를 부정하는 결론에 도달하게 된다. 외교와 문화 교류를 중시하는 시부사와의 주장은 이런 점에서 「시사 논문」의 소재로서 대단히 적합했다.

48 위의 책, 865~867면.

49 실제 폴트니 비글로는 1921년 6월 7일에 시부사와를 방문하고, 이야기를 나누었는데, 구체적 내용은 확인이 안 된다. Bigelow, Poultney, *Japan and her colonies : being extracts from a diary made whilst visiting Formosa, Manchuria, Shantung, Korea and Saghalin in the year*, London : E.Arnold, 1923, pp.218~223.

5) 현상 자유 작문 — 일본의 국제적 위치

다음으로 지금까지 논한 '세계의 대세'에 대한 독자의 반응을 나타내는 것으로서, 「현상 자유 작문」란에도 주목해 보겠다. 구체적으로는 「일본의 지위」(13권 10호, 1920.10)와 「무엇 때문에 일부러 영어를 학습하는가」(14권 7호, 1921.7)을 중심으로 살펴보기로 한다.

13권 10호에는 「일본의 지위」라는 제목으로 갑상甲賞 1개, 을상乙賞 2개, 가작 4개의 총 7작품이 실려 있다.

을상의 작문은 다음과 같다. 유럽 전쟁은 일본이 세계 5대 강국이 되는 것을 가능하게 했다. 그 결과 일본은 남양의 몇 개의 섬을 갖게 되었다. 하지만 일본의 확장을 몹시 미워하는 미국이 일본의 미래의 적이 될 것이 아닐까 생각한다. 나는 미국과 일본이 언젠가 태평양 지배를 놓고 싸울지도 모른다고 우려하고 있다. 우리는 전혀 전쟁을 좋아하지 않는다. 그러나 우리가 최악에 대비하고 준비하는 데 실패한다면, 일본은 태평양 건너편에 있는 부유한 나라에 완전히 지게 될 것이다.

가작 작문의 내용은 다음과 같다. 일본은 유신 이후 모든 장면에서 주목할 만한 발전을 하여 현재 세계 5대 강국the Five Big Powers이 되었다. 일본은 '유색 인종colored races' 중에 유일하고 강력한 독립국으로 서양 문명과 동양의 문화를 조화롭게 할 수 있는 최적의 국가이다. 그러나 세계열강은 세계대전 후 그 상처를 치료하기 위해 서로 경제적으로 경쟁하고 있다. 특히 경쟁은 극동에서 치열하다. 그러므로 우리 일본인은 중국 경제 주도권을 잡기 위하여 싸워야 한다. 그러면 우리 일본인은 지배력을 보호할 수 있다.

세계 속의 '일본의 지위'에 대한 두 사람의 공통점은 일본이 세계 강국이 되었다, 그러나 태평양 · 동 아시아의 지배를 놓고 일본과 미국은 언젠가 싸울 수 있다고 강조하고 있다는 점이다. 그 위에, 후자는 일본이 '유색 인종' 중 유일하게 강력하고 독립적인 국가임을 강조하고, 중국에서의 경제 주도권의 중요성을 주장하고 있다.

또한, 「무엇을 바라고 영어를 배우는가」(14권 7호)라는 제목의 현상 자유 작문에는 갑상 1개, 을상 3개, 가작 5개, 총 9작품이 실려 있다.

갑상 작문에 따르면, 영어는 영국 언어가 아니라 세계의 언어이다. 지난 반세기 동안 일본의 놀라운 발전은 영어에 힘입은 바가 많다. 일본이 영어를 경시한다면, 일본은 미국과 유럽의 윤리적 · 사회적 · 정치적 발전을 따라갈 수 없고 시대에 뒤떨어져 버리게 될 것이다. 따라서 일본 민족의 운명은 완전히 영어의 지식에 의존하고 있다.

을상의 작문은 영어는 세계어이기 때문에, 영어를 무시하면 시대에 뒤떨어진다, 국제 정의와 인도에 따라 우리는 일본과 다른 나라 사이의 오해와 편견을 추방해야 하며, 동시에 세계 평화와 인류의 행복 증진을 위해 일본과 다른 나라의 우호적 관계를 강화하는 것이 바람직하다, 세계 속에서의 일본 제국의 현재 위치에 관해서는, 우리는 영어를 적절히 이용하고 다른 나라의 좋은 본보기를 모방하고 우리의 단점을 고쳐야 한다, 라고 주장하고 있다.

이상의 두 사람은 영어를 '세계어'로 인식한 후, 영어를 공부하는 이유는 전자는 일본의 윤리적 · 사회적 · 정치적 발전을 위해서는 미국과 유럽에서 배우지 않으면 안 된다고 논하고, 후자는 국제 정의와 인도주의에 따라 일본과 다른 나라 사이의 오해와 편견을 불식하고, 나아가 영어를 통해 다른 나라에서 배우고 일본의 결점을 교정해야 한다고 주장하고 있다.

이상의 독자 작문을 종합하면 '일본의 지위'는 국제 관계를 힘과 힘의 대결의 장으로 파악하여 특히 힘이 약한 '동양'나라 일본이 '서양'에서 부당한 취급을 받는 이상, 이 차별을 해소하기 위한 방법은 '힘'을 양성하는 수밖에 없다고 결론 내린다. 「무엇을 바라고 영어를 배우는가」에서는, 영어는 영국이나 미국의 언어라기보다는 일본이 강국이 되기 위해 배워야 하는 '세계어'로 받아들여지고 있다. 즉 세계어로서의 영어 교육의 필요성을 널리 알리기 위해서는, 국제 정의와 인도주의에 준거해야 한다는 주장은, 미국과의 문화 교류의 중요성을 호소한 시부사와의 논조와 이어지는 측면을 갖고 있다.

이 독자의 작문이 어디까지 본심인지는 확인할 방법이 없지만, 독자의 작문이 '현상'의 모양을 이루고 있는 것이 중요하다. 왜냐하면 독자가 이 작문을 쓸 때 중요했던 것은 '상'을 받는 것이고, 수험 잡지인 『영어 연구』가, 독자에 대해 본받아야 할 모범으로 이 작문에 상을 준 것은 확실하기 때문이다.

맺는 말

우리가 이 장에서 주목한 1919년에서 1923년이라는 기간은, 역사상 미증유의 재난을 가져온 제1차 세계대전이 강대국에 의한 기존의 세계 지배체제가 한계에 이르렀음을 폭로하면서, 새로운 식민지 지배의 방식을 통한 세계 질서의 재편성이 요구되던 시기이다. 이러한 세계대전 이후의 유동적 상황이 어쩔 수 없이 '세계의 대세'에 대한 관심을 증폭시켰고, 1919년부터는 본격적으로 '입학시험'에도 시사 문제가 자주 출제되도록 만들었다.

수험 잡지인 『영어 연구』는 일정한 사상적 입장에서 세계에 대해 논평하는 것이 아니라, 수험에 대비한다는 실용적 필요에서 시사 영어를 다룬 것이지만, 시사 영어에 나타나는 세계관은 무엇보다도 세계 현실과의 동시성을 의식시키는 역할을 했음에 틀림없다. 바꿔 말하면 『영어 연구』는 영어 교육을 위한 잡지였으면서도, 영어 능력의 향상뿐 아니라, '제국일본'을 담당하는 엘리트로서의 정체성 형성의 역할도 했던 것이다.

세계어로서 영어를 매개로 하는 『영어 연구』의 언설의 특징은, 영어가 모어인 미국과 영국을 비롯한 일본, 영국 식민지 인도, 캐나다, 일본의 식민지 조선 등 전 세계의 사람들이 등장하고, 영어로 일본의 입장을 대변하고 있다는 점이다. 또한 하나의 테마에 대해, 이해 당사자가 아닌 제3자가 의견을 피력하고 있는 점도 주목할 만하다. 예를 들어, 일본의 식민지 통치에 대해서는 미국인, 일본과 미국의 전쟁에 대해서는 인도인이 논평하는 형식을 취하고 있는 것이다. 이것은 당사자가 아닌 제3자적 입장에서의 관점이 객관적 의견으로 제시되는 것과 같은 효력을 일으킨다. 다양한 국적의 사람들이 일본의 입장을 '영어'로 '세계'(서양)를 향해 설명하는 것, 그 자체가 '서양'에서 승인받고 싶다는 일본의 욕망을 나타내고 있는 것이다. '서양'은 단순히 숫자로 셀 수 있는 하나의 세계가 아니라, 일본의 국민적 자존심을 보장하는 절대적 타자이다.

이러한 '서양'으로부터의 승인 욕망과 동시에 인종 차별에 대한 의심도 뿌리 깊게 존재하고 있었다. 그러나 인종 차별만을 강조하다 보면, 배외주의적 민족주의가 되고, 영어권 독자의 반응이 우려될 뿐만 아니라, 영어 교육의 근거 자체를 부정하는 것이 되어 버린다. 따라서 한편으로는 반미적 주장을 하는 동시에, 다른 한편으로는 서로 자기 이익을 주장하고, 미국과의 대립을 외교적 교섭과 문화 교류로 해소해 나가려는 자세를 보이는 것이다. '세계의 대세'에 대한 이러한 견해는 영어로 의사소통의 필요성을 보여 주는 근거도 될 것이다. 이러한 논조의 다양성이야말로 『영어 연구』의 특징인데, 한쪽에서는 반미적 민족주의를 둘러싼 일반적 풍조에 가담하면서도, 다른 한쪽에서는 그것과 상반되는 논조도 내걸 수밖에 없었던 딜레마를 『영어 연구』는 안고 있었던 것이다.

이 딜레마를 더 깊이 논의하기 위해서는, 『영어 연구』의 제2대 편집장인 구보타 마사지久保田正次(1923.7~1935.3)와 제3대 편집장인 다카베 요시노부高部義信(1935.4~1944.3)의 시대를 검토하는 것이 필요하다. 이 점에 대해서는 향후의 과제로 하지 않을 수 없지만, 이하에서 포인트가 될 만한 몇 가지 점만을 간단하게 설명하겠다.

2대 주필 구보타久保田正次는 1916년부터 연구사研究社가 창간한 『영작문 잡지』의 주필이 되었다가, 1923년 7월부터 1935년 3월까지는 연구사의 『영어 연구』의 주필이 된다. 구보타는 독자로서 '이상적 영학생英學生과 수험생'을 상정하여, 수험과 영문학의 소개를 병행했지만 시간이 흐를수록 '영문학'에 주력하게 된다.

1923년 10월부터 권두의 「시사 영어」란이 없어지고, 문학 특집호가 기획되었다. 또한 1923년 10월부터 '영서 100권 독파주의英書百冊讀破主義'

가 제창되어, 1923년 12월부터 1929년 1월까지 독자가 읽고 있는 책의 독후감 등을 쓰는 「영서 100권 독파회英書百冊讀破會」란이 만들어졌다. 그 가운데에서도 "영서 100권 독파회! 실로 듣기만 해도 소위 피가 끓고 힘이 넘친다",[50] "지금은 학교 도서관 영어 책을 독파하고 있습니다"[51]라는 문장에서 볼 수 있듯이, '영서 100권 독파주의'는 많은 독자로부터 호응을 얻었다. 그중에는 콘래드의 작품 『Almayer's Folly』, 「태풍」, 「청춘」, 「The Shadowline」, 『The Rover』, 『Under the Western Eyes』와 키플링의 『They』에 대한 독후의 감상도 들어 있다.

1923년 10월부터 1929년 10월까지는 문학 특별호가 기획되었는데, 그 각각의 테마는 다음과 같다. '근대작가 명작 역주호近代作家名作譯註号'(1924.4), '영시 감상호'(1924.9), '단편 걸작 역주호譯註号'(1924.11), '테니슨호'(1925.5), '근대 영문학의 개관호'(1925.6), '단편 역주호短編譯註号'(1925.7), '조지 깃싱호George Robert Gissing'(1925.11) 등이 바로 그것이다.

구보타가 주필이었던 시기는 『영문학총서』가 발간된 시기이기도 했으므로, 『영문학총서』에서 논의된 작가와 작품이 독자들에게 어떻게 받아들여지고 있는지를 알기 위해서도 위의 기획은 필요한 작업이었다. 또한 오카쿠라 요시사부로 및 이치카와 산키 이외에도 3장 이후에 등장하는 후쿠하라 린타로와 이와사키 다미헤이, 4장의 주인공인 사토 기요시 등도 다수의 글을 기고하고 있다.

영문학의 소개에 역점을 둔 『영어 연구』는 1930년대에 들어가면 「시문時文」이 중요시되어, 영어로 지식을 섭취할 뿐만 아니라, 영어로 말하

50 大和の燃ゆる人, 「英書百冊讀破會」, 『英語研究』 新年号, 1924.1, 1131면.
51 島人, 「英書百冊讀破會」, 『英語研究』 新年号, 1924.1, 1131면.

기, 쓰기 작업을 통해, 세계 사람들로부터 일본에 대한 이해를 얻는 것을 강조하고 있다. 그리고 문학보다는 영어를 강조하는 편집 방침으로 바뀌어서, 「상설 미국어 연구란」, 「대전 후大戰後 영어에 관하여」, 「신어 신해新語新解」, 「현대 영어의 문법적 의미」, 「최근 어법 순례」, 「미국어 검토」 등이 신설됐다. 1934년 5월부터는 「편집실에서」가 없어졌고, 이윽고 1935년 4월에는 다카베 요시노부高部義信가 3대 주필이 된다.

3대 주필 다카베 요시노부의 시기(1935.4~1944.4)는, 1931년의 '만주사태' 이후 일본의 파시즘화가 진행되어, 태평양 전쟁을 일으키고 있던 시기였다. 이 시기는 '영문학'에 대한 관심은 옅어지고, '시사 영어'에 대한 관심이 높아지면서 『영어 연구』에서도 '시사 영어'가 중심이 된다. 이 시기 『영어 연구』는 크게 세 부분, 즉 「해외 시문海外時文」, 「세계 문화 전망」, 「고등전문학교 지상교실高專紙上教室」로 구성된다.

「해외 시문」은 해외에서 간행된 신문이나 잡지에서 기사를 발췌하여 주석을 붙인 것이다. 주로 정치 논문이지만, 경제, 과학, 문학, 취미, 기행, 스포츠 등에 대한 기사도 있다. 예를 들어, 제32권 1호(1939.4)의 「해외 시문」을 보면 「현안의 러중 방수동맹防守同盟」, 「중국 오지의 항일 대군」, 「독일 황제 카이저 옛날을 이렇게 생각하다」, 「색 심리학」, 「눈에 보이지 않는 유리」, 「미 의회에 제출한 괌 해군 근거지안」, 「구미를 깊이 생각하는 일본」, 「아마추어의 과학관」 등이 실려 있다. 「세계 문화 전망」은 신어 연구, 해외 신간 소개, 영화 시나리오 연구, 소설 주석, 시사만화, 에세이 등으로 이루어져 있다. 그리고 「고등전문학교 지상교실」에서는 영문 감상, 문장의 구성, 영문 음독법, 영어 번역 연습, 영문 일역 연습, 자유 영작문 연습, 대학 입학시험 문제 연구 등에 주목하고 있다.

전시 중 『영어 연구』는 당국으로부터 벌금을 부과 받은 적이 한 번 있다.[52] 당시는 영미계 신문 잡지를 직접 구할 수가 없었기 때문에, 상해에서 발행되는 독일어계의 영문 월간지 *The XXth Century*에서 기사를 채록했는데, 그중에 진주만 공격에 참가한 특수 잠항정의 길이가 몇 미터, 폭이 몇 미터라는 표현이 있었다. 그런데, 이것이 문제가 되어, 벌금 50원을 부과 받게 된 것이다. 이러한 상징적 사건을 겪은 후, "우리 일본 편집자는 삼가 성지를 봉분하며, 성전의 본의에 철저히 맹세하며 황군 장병의 충성 용감에 보답, 철석의 의지를 갖고 언론 국방 체제의 완비를 기한다"[53]고 결의하는 등의 모습을 보였지만, 결국 출판보국회의 명령으로 『영어 연구』는 1944년 5월부터 『영어 청년』에 통합되고 만다.

또한 이 시기는 전시 중에 특히 '적'의 언어인 '영어'를 둘러싸고, 어떤 담론이 형성되었는지를 알기 위하여 중요하다. 즉, 「시사 영어」에서 중국을 포함한 구미가 어떻게 논의되고, 독일과 일본의 입장이 어떻게 설명되었는가 하는 것을 분석할 필요가 있다는 것이다. 이 점은 앞으로의 과제로 남겨 두기로 한다.

이상에서 우리는 영어 잡지를 대상으로 하여 '제국일본'의 영어 교육의 의미를 살펴보았는데, 다음 장에서는 제국을 담당하는 엘리트에게 필수 교양으로 영문학이 어떤 의미를 담당하고 있었는지를 검토하기로 하겠다.

52 이 벌금에 관한 기술은 다카베 요시노부의 회상에 의한 것이다. 高部義信, 「時事と映畫と罰金と敗戰」, 『「英語研究」の70年－もう一つの日本英學史』, 東京 : 研究社, 1975, 3면.
53 日本編輯者協會, 「決議」, 『英語研究』 第34巻 10号, 1942.1(『英語教育論爭史』, 561면).

3장

'제국일본'의 영문학 수용

오카쿠라 요시사부로 · 이치카와 산키 감수, 『영문학총서』를 중심으로

머리말

이 장에서는, 영어 교육에 있어서 커리큘럼의 중요한 구성 분야였던 '영문학', 구체적으로는 1921년부터 1932년에 걸쳐서 오카쿠라 요시사부로 · 이치카와 산키의 감수로 발행된 『영문학총서』 100권을 자료로 하여 '영문학'에 새겨진 대영 제국의 제국주의적 가치관을 어떻게 일본이 받아들였는가를 검토한다. 또한, 영국인과 일본인이 '영문학'을 읽고 이해하는 것이, 어떤 점에서 중복되고, 어떤 점에서 차이가 나는가를, 구체적으로 비교하고, 검토한다.

『영문학총서』는, 1921년부터 1932년에 걸쳐서 오카쿠라 요시사부로 · 이치카와 산키의 감수로 발행되었으며, 100권에 이른다. 이것은 영어 학습과 영어 · 영문학 연구를 잇는 획기적 출판물이었다. 영어를 학습하면서 동시에 영문학을 연구할 수 있다는 생각의 장점은, 편집 주간인 오카쿠라 요시사부로의 영어 교육론과 이치카와 산키의 영문학이 결부된 결과인데, 당시는 영문학 연구자가 동시에 뛰어난 영어 교사이기도 했음을 기억할 필요가 있다.[1] 문학 작품이 고등학교에서 사용하는 교과서의 7할[2]을 차지하고 있었던 점, 더욱이 당시 많은 입학시험 문제가 "일상 통독되고 있던 영미문학의 주요한 전적典籍에서 선정"[3]된 데에서도 알 수 있듯이, 영문학은 일본인 엘리트 남성에게 있어서 중요한 과목이었다. 이 장에서는, 그 전체적 경향을 지적함과 동시에, 특히 키플링과 콘래드 작품의 수용에 입각하여 일본인의 '영문학' 수용을 둘러싼 문제점을 제국주의적 가치관의 수용이라는 관점에서 다시 파악하고자 한다.

1. '영문학' 관념의 출현

일본에서 '영문학' 수용에 관해 논의하기에 앞서, 영국에서 '영문학'이라는 관념이 어떻게 성립되었는가 하는 점을 선행 연구에 의거해서 정리해 보겠다. 이 작업을 통해서, '영문학'을 '순수한 예술 작품'으로만 분석하는 것이 아니라, 제국주의나 내셔널리즘이라는 제도와의 관련 속에서 분석하는 것의 중요성을 또한 명확히 할 수 있다고 생각한다.

송무[4]에 의하면, '문학'이라고 번역되는 'Literature'란 단어는, 18세기까지는 인문적 교양과 교육의 대상을 광범위하게 의미하는 단어였다.

1 齋藤兆史, 앞의 책, 90~92면.
2 江利川春雄, 앞의 책, 2006, 76면.
3 原仙作, 앞의 글.
4 송무, 『영문학에 대한 반성』, 서울 : 민음사, 1997, 23~24면.

문학이라는 말은 역사적으로 의미가 변해 왔는데, 주로 라틴어와 그리스어 등으로 쓰인 고전어 문헌과 관계가 있었다. 즉 고전어 자체를 의미하거나, 고전어 문헌 또는 고전어 문헌에 대한 소양이나 학식을 의미했다. 그러므로 18세기 이전까지는, '영국인이 배워야 할 문학'이란 고전 문헌을 의미했고, 영어로 쓰인 문헌으로 배워야 할 대상에 해당하는 '영문학'이란 개념은 없었다.

'영어로 쓰인 문학'이라는 의미의 영문학의 개념은 18세기의 후반에 탄생했다. 18세기 후반부터 '영문학'은 교양의 대상으로서 고전과 경쟁을 시작하여, 19세기에는 국민교육의 일반적 대상으로 간주되기에 이르렀다. 이렇게 영문학은 새롭게 형성된 근대적 정신에 의해 규정되었다. 웰렉Rene Wellek은 근대문학의 발생은 문화의 '심미화aesthetization'와 '민족화nationalization'의 결과라고 주장하고 있다.[5]

발딕Chris Baldick[6]은, 19세기에 영문학의 지위가 향상되고, 고등교육에서 불변의 지위를 차지하게 된 요인으로, 공무원 시험에 대한 대영 제국의 특수한 수요, 성인 교육을 위한 다양한 움직임, 여성 교육을 위한 특별한 준비의 세 가지를 들고 있다.

공무원 시험에 대한 특수한 수요란 다음과 같다. 19세기에 영국에서 식민지에 대한 관심은 증대하고, 식민지에 영국문화를 이식할 필요성이 논의되었다. 1855년에 인도의 공무원으로 근무할 사람들을 채용하는 시험 제도가 수립됐는데, 이 시험에서 영어와 영문학은 중요한 과목

---

5 Wellek, Rene, *Discriminations : Further Concepts of Criticism*, New Haven and London : Yale University Press, 1970, p.6.

6 Baldick, Chris, *The social mission of English criticism 1848 ~1932*, Oxford : Oxford University Press, 1983, p.61.

의 하나가 되었다. 이 시험은 당초 대학 교육에 직접적 영향을 주지 않았지만, 후에 영국 제국의 이익을 위한다는 이유로 고등교육기관에서의 영문학 교육을 촉진하는 계기가 되었다.

성인 교육을 위한 다양한 움직임이란, 원래 영문학이 대학이라는 공간과는 인연이 멀었다는 것과 관계가 있다. 영국의 대학에서는 19세기 초두까지 영문학은 독립한 학과로서 성립되지 못했다. 나중에 런던 대학의 일부가 된 유니버시티 칼리지University College London는 1828년에 '영어영문학English Language and Literature', 킹스 칼리지King's College London, KCL는 1835년에 '영문학과 역사English Literature and History'라는 이름으로, 처음으로 영어와 관련된 과목을 가르쳤다.[7] 그러나 이것은 런던 대학이, 성직자 양성을 위한 대학이 아니라, 새로운 스타일의 대학으로 설립되었기 때문이다. '영문학'이 아카데믹한 과목으로서 최초로 제도화된 것은, 대학이 아닌, 기술전문양성기관Mechanics Institutes, 노동자전문학교Working Men's Colleges, 순회공개강좌extension lecturing 등을 포함하는 성인교육기관에서였다. 퍼블릭 스쿨이나 옥스퍼드 대학, 케임브리지 대학이라는 성역에 들어가는 것이 허용되지 않았던 계층에게, 교양 교육을 싼 값에 제공하는 수단이었던 것이다.[8] 영문학은 품위 있는 사람들의 교양의 대상이 아니라 '빈민의 고전poor man's classics'[9]에 지나지 않았다.

옥스퍼드 대학에서는 1894년이 되어서야 어렵사리 영어학부English School가 설치되었다. 또한, 1902년부터 전국의 학교에서 영어를 필수

7 Hawkes, Terence, "The Instituional of Literature : The University", *Encyclopedia of Literature and Criticism*, London : Routlege, 1990, p.928.

8 イーグルトン, T., 大橋洋一 譯, 『文學とは何か』, 東京 : 岩波書店, 1985, 43~44면.

9 Baldick, Chris, *op.cit.*, p.62.

과목으로 가르치게 되었고, 케임브리지 대학에서도 1919년에는 영어 학부English School가 설치되었다. 이와 같이 19세기 말부터 20세기에 걸쳐서 영어 영문학은 마침내 아카데믹한 장소에 처음으로 등장한다. 그러나 아카데미즘에서 중핵적 중요성을 차지한 것이 아니라, 오히려 섬세한 감정과 관계가 있는 과목으로 여성에게 적당하다고 여겨졌다. 당시, 국민문화의 재생산을 위해서, 아동 교육이 중시되고, 아동에게 영어와 영국적인 것을 가르쳐야 한다는 국가적 요청도 있었다. 그러므로 영문학 혹은 영어 교육에 적합한 교원은 여성이라고 여겨졌는데, 실제 제1차 세계대전까지 옥스퍼드 대학의 영문학부에 입학한 학생은 대부분 여성이었다고 한다.[10]

영문학이 대학에서 본격적으로 학문의 대상이 된 것은 제1차 세계대전 때였다. 테리 이글턴에 의하면, 영국은 제1차 세계대전에서의 승리 후에도 패권을 유지하기 위해, 민족적 '동질성'과 '우수성'에 대한 의식을 강조하는 것이 필요해졌다. 이 내셔널리즘이 지금까지 장기간 유보되어 왔던 영문학의 지위를 학문으로 승격시켰다. 즉, 영문학 연구는 제1차 세계대전의 애국정신의 고조에 힘입어 사회적 지위를 얻게 된다.[11] 이런 움직임을 상징하는 것이, 다음 절에서 다룰 뉴볼트 보고서이다.

10 Doyle, Brin, *English and Englishness*, London and New York : Routledge, 1989, p.3.
11 イーグルトン, T., 앞의 책, 48면.

2. 뉴볼트 보고서Newbolt Report

1919년 케임브리지 대학에서 영문학이 설치된 2년 후, 영국 문부성은 영어 교육을 위해서 위원회를 조직하고, 헨리 뉴볼트Henry Newbolt, 1862~1938를 위원장으로 임명하여, 국민적 영어 교육을 위한 구상과 논거를 제시하게 했다. 뉴볼트는 1906년 창립된 영어협회English Association[12]의 회장으로, 제국주의 시인imperialist poet으로 알려진 인물이다.[13] 뉴볼트 위원회는 『잉글랜드에서의 영어 교육*The Teaching of English in England*』이라는 보고서를 1921년에 출판했다. 이 보고서는 출판되자마자, 베스트셀러가 되었고, 학교뿐만이 아니라, 대학에서도 영어 교육의 지침서가 되었다.[14]

이 보고서의 목적과 동기는 두 가지이다. 하나는 영국인의 자국 문화에 대한 새로운 자부심을 불러일으키는 것과, 또 하나는 정부와 국민에게 교육에 관한 중요성을 인식시키는 것이다. 이 두 가지 목적을 충족시키기 위해서, '내셔널리즘 교육'이 필요하다고 여겨지게 되는데, 영문학 교육이 그중에서도 가장 중요시되었다. 왜냐하면, 영문학은 민족적 긍지를 제시하고, 그 중심적 규율로서 기능한다고 여겨졌기 때문이다.[15] 뉴볼트 보고서의 핵심은 영어와 문학에 근거한 내셔널리즘 교육 시스템을 발전시키는 데에 있었다. 이를 위해서 영어가 초등학교에서 대학까지 제도화되어, 교육되지 않으면 안 된다고 주장했다.

---

12 영어협회의 목적은 내셔널리즘의 교육에서 영어를 필수 과목으로서 조장하는 것이다. Baldick, Chris, *op.cit.*, p.93.

13 Doyle, Brin, *op.cit.*, p.31.

14 Baldick, Chris, *op.cit.*, p.94.

15 *Ibid.*, p.86.

그러나 대학에서 인문학의 전통으로서 고전이 중시되어 온 경향은 뿌리 깊게 남아 있었다. 고전 교육은 계급 간의 차이를 명확히 하는 기능이 있는데, 영어에 기반을 둔 교육은 네이션의 단일성과 계급 통합을 위해서 유리하다고 생각되었다. 뉴볼트 보고서 중의 "문화는 계급을 통일시킨다Culture unites classes"[16]는 문구가 잘 표현하고 있듯이, 같은 문화—여기에서는 영어와 영문학—를 공유하고 있다는 인식이 계급 간의 대립을 뛰어 넘어, 우리는 모두 영국인이라는 의식을 만들어 내게 된다. 즉 영국에서는 내셔널리즘의 단일성을 제시하고, 사회 계급을 통합하는 국민 양성을 위한 장치로서 '영문학' 교육이 제도화되었다.

그렇다면, 영국의 내셔널리즘을 지탱한 '영문학'을 일본인은 어떻게 도입했을까. 그 도입의 방식에서 영국인이 선택한 '영문학'과, 일본인이 선택한 '영문학'과의 사이에 차이가 있었을까. 이 문제가 바로 다음 절에서 다루려는 과제이다.

3. 『영문학총서』

1) 『영문학총서』의 취지

오카쿠라 요시사부로와 도쿄 제국대학 교수인 이치카와 산키1886~1970는 함께, 1921년부터 1932년에 걸쳐서 『영문학총서』 전 100권을 주간

16 The Departmental Committee by The President of The Board of Education, *Teaching of English in England*, London : His Majesty's Stationery Office, 1921, p.6.

으로서 편집・발행했다. 영어 교수법 이론의 대가이며 명번역가로 유명한 53세라는 원숙한 연령의 오카쿠라와, 35세의 젊은 영문법 학자 이치카와는 "Chaucer에서 시작해서 현대에 이르기까지의, 영문학사상의 거의 모든 작가를 망라한, 매우 Comprehensive한 대총서"[17]로서 『영문학총서』를 기획했다.

「연구사 영문학총서 간행 취지」[18]에서는 그 의도에 대해서 다음과 같이 설명하고 있다.

"세계의 강국 사이에서 어깨를 나란히 해도 조금도 손색없는 더욱더 국위의 신장을 꾀하는 데에는, 외국 문화의 진수를 탐색하고, 그 정화精華에 비추어 우리 나라 고유 문명의 보전補塡에 힘쓰는 것이 매우 중요"하다. 그 위에, 영미가 "열강 중에서 뛰어나게 두각을 나타내고 있다嶄然頭角"는 것은 누구든지 인정하는 것이다. 그렇기 때문에, "영미의 국민성을 가장 잘 드러내고 있는" '문학 예술'을 배우는 것은, "비단 개인으로서의 이득만이 아니라, 국가에도 또한 크게 공헌하는 면"이 있다고 주장한다. 영문학의 성과를 정리한 총서로서 외국에도 맥밀란 총서와 같은 유사한 출판물이 있지만, '일본인'을 위해서 만들어진 것이 아니라는 문제가 존재한다. "특히, 외국인의 손에 의한 주해註解는, 19세기 이전의 책에 치우쳐, 최근대 내지 현대의 명가名家의 작품에 대한 상세한 해석에 이르러서는 거의 절무絶無라고 말해도 될 형편"이다. 이 총서는 "일본의 중류 또는 그 이상의 지식 계급에 제공하는 것"을 주안으로 영

17 市河三喜, 「研究社英文學叢書のこと」, 『英語青年』 第46卷 4号, 1921.4, 123면.
18 岡倉由三郎・市河三喜, 「研究社英文學叢書刊行趣旨」, 『英語研究』 第14卷 9号, 1921.9, 55면.

문학상의 뛰어난 작품을 해석과 주해와 함께 제공하는 것이며, 이 총서를 통해서, "우리 국체의 고유의 장점도, 이것으로 인해 밖으로 나와서 스스로 대성하고 조장해서, 일층 건전한 발달을 이룰 수 있다."

이와 같이 「간행 취지」에서는, 한편으로는 영미가 본받아야 할 강국이라는 인식을 명확히 하고, 다른 한편에서는 그 영미의 문화의 정수인 문학을 배우는 것이 '우리 일본 고유의 문명'을 '보전補塡'한다고 서술하고 있다. 이 논리는 일견 명확해 보이지만, 왜, 또한 어떤 의미에서 영미 문학을 배우는 것이 일본 문명의 향상에 '공헌'하는가, 하는 점이 실은 반드시 명확한 것은 아니다. 이 점에 대해서는 총서의 내용에 의거해서 구체적으로 검토해 보겠다.

총서의 근간은 영미의 문학 그 자체이지만, 그 「Introduction」에서 저자와 작품의 개평槪評을 일본어로 소개하고, 영문에 대해서도 상세한 주석注釋을 덧붙이는 것이 중시되었다. 이 주석에 대해서, 주간인 오카쿠라와 이치카와는 면밀한 검토를 하고, 교정쇄가 시뻘겋게 될 정도로 교정 가필했다고 전해지고 있다.[19] 그때의 고심을 이치카와 산키는 「연구사 영문학총서의 건」[20]에서 다음과 같이 서술하고 있다.

> 인쇄에 대해서도 이상한 고심이 있어서, 집필자로부터 감수자를 경유해서 최후에 교정하기까지, 매 페이지 수십 회의 교정을 한 후에 말하자면, 대개 그곳에 살아 있는 우리의 준비와, 출판자의 의욕도, 스스로 추측되리라

19 成田成壽,「英文學－紹介と研究－イギリス文學」,『日本の英學一〇〇年－大正編』, 東京 : 硏究社, 1968, 57면.
20 市河三喜, 앞의 글, 123면.

생각한다. 그럼에도 불구하고 우리는 이것을 가지고도 여전히 만족 못 하고, 제대(도쿄 제대를 말함 — 인용자 주) 강사 Speight 씨에게 위촉하여, 교정의 페이지를 다시 한 번 외국인의 눈을 통해 자세하게 검사 받았는데, 놀랄 만한 것은 이렇게 함으로써 재차 우리가 미처 알아차리지 못한 오식, 탈자 등이 발견되었다는 것이다.

오카쿠라도 또한, "국가에의 최후의 봉공御奉公의 하나로 혼자서 생각하여"[21] 『영문학총서』을 출판하기에 이르렀다고 제1권의 서序에서 밝히고 있다. 오카쿠라는, 선정의 기준에 대해서는, "일본 사람으로서의 자신의 기호를 보이기보다는 우선 첫째로 그 나라의 사람들(영국인 — 역자 주) 스스로가 아름답다고 생각하는 시가詩歌를 이 나라 사람들에게 알려야 한다"[22]고 밝히고 있다. 즉 스스로의 평가보다는 '영국인'이 어떻게 평가하는가를 기준으로 선정했다는 것이다. 그러나 오카쿠라는 실제로 오로지 영국인의 평가를 답습하는 형태로 작품을 선택한 것은 아니다. 이 점에 관해서는 후술하겠다.

『영문학총서』 100권의 편집 상황은, 그 자체가 일본에 있어서 영문학의 교육과 연구가 어떤 사람들에 의해서 누구를 대상으로 이루어졌는가를 여실히 보여 주고 있다. 간행에는 오카쿠라 요시사부로와 이치카와 산키의 주도하에 당시의 대학, 고등학교, 전문학교 등의 영문학

21 岡倉由三郎, 「序」, 『New Arabian nights－by Robert Louis Stevenson : with introduction and notes by Y. Okakura』(岡倉由三郎・市河三喜 主幹, 研究社英文學叢書), 東京 : 研究社出版, 1921.

22 岡倉由三郎, 「序」, 『Old English dramatis－selected and arranged by Francis Turner Palgrave : with introduction and notes by Y. Okakura』(岡倉由三郎・市河三喜 主幹, 研究社英文學叢書), 東京 : 研究社出版, 1929.

관계자 30명이 주석注釋을 쓰기 위해서 동원되었다. 〈표 1〉에, 『영문학총서』의 주석자注釋者의 출신교(졸업년도), 해외 경험, 근무지를 정리했다.

우선 오카쿠라와 이치카와가 각자 15권의 주석을 썼다는 사실은 이 총서에서 '주간主幹'은 단지 이름만 올린 것이 아니라 주도적 역할을 수행했음을 증명한다. 주석자의 출신교[23]는 도쿄 제국대학이 47%(14명), 도쿄 고등사범학교가 23%(7명)으로, 합해서 70%(21명)가 된다. 또한, 집필 당시의 근무지는 도쿄 제국대학이 13%(4명), 도쿄 고등사범학교가 33%(10명)로, 합해서 46%(14명)였다. 출신교에 있어서도 근무지에 있어서도, 영어 영문학에 관한 지식의 재생산의 본거지인 도쿄 제국대학과, 중등교육의 총본산인 도쿄 고등사범학교에 크게 치우쳐 있음을 알 수 있다. 제4장에서 다루게 되는 사토 기요시佐藤清도 주석자 중의 한 사람으로 이름을 올렸다.

이미 서술했듯이, 영국에서는 영문학이 제1차 세계대전 후가 되어서야 가까스로 아카데미즘에 있어서 확고한 제도적 지위를 얻을 수 있었다. 그러나 같은 시기에 일본에서는 벌써 아카데미즘에 있어서 영문학이 확고한 지반을 얻고 있음을 주석자의 일람표 〈표 1〉은 보여 주고 있다.

〈표 1〉『영문학총서』 주석자 명단

이름	생몰년	출신교(졸업년도)	해외경험	근무처	권수
岡倉由三郎	1868~1936	도쿄제국대학선과(1890)	영독유학(1902~1905)	도쿄고사・릿쿄대학	15
深澤由次郎	1872~1943	도쿄전문학교 (현 와세다대학) 퇴학(1895년 입학)		와세다대학	1
平田禿木	1873~1943	도쿄고등사범학교 영어전수과(1898)	영국유학(1903~1906)	문필가	1

23 주석자 30인 중에, 27인에 대해 출신교를 조사했다.

이름	생몰년	출신교(졸업년도)	해외경험	근무처	권수
繁野天來	1874~1933	도쿄전문학교 퇴학(1894년 입학)		와세다대학	3
岡田美津	1875~1940	도쿄여자고등사범학교(1898)	웰즐리대학에유학(미국, 1901~1905)	도쿄여자고등사범학교	4
篠田錦策	1877~1976			도쿄고등사범학교	2
石川林四郎	1879~1939	도쿄제국대학(1903)	영미 유학(1920~1922)	도쿄고등사범학교	1
大橋榮三	1879~1966	도쿄외국어학교(1902)	영미 유학(1907~1909)	도쿄외국어학교 릿쿄대학	1
渡辺半次郎	1881~1964	도쿄고등사범학교(1905), 도쿄제국대학(1917)		도쿄고등사범학교	3
神保格	1883~1965	도쿄고등사범학교(1905), 도쿄제국대학(1908)	구미 유학(1922)	도쿄고등사범학교	1
細江逸記	1884~1947	도쿄고등사범학교(1900), 도쿄외국어학교(1906)	영국 유학(1923~1925)	오사카상업대학	1
澤村寅二郎	1885~1945	도쿄제국대학(1910)	바이올린 수업을 위해 18세 때 도미	도쿄제국대학	5
佐藤淸	1885~1960	도쿄제국대학(1910)	영국 유학(1917), 영불 유학(1924)	경성제국대학	1
豊田實	1885~1972	도쿄제국대학(1916)	영불 유학(1923~1925)	도쿄제국대학	6
市川三喜	1886~1970	도쿄제국대학(1909)	구미 유학(1912~1916)	도쿄제국대학	15
青木常雄	1886~1978	도쿄고등사범학교(1910)		도쿄고등사범학교	2
土居光知	1886~1979	도쿄제국대학(1910)	영불이태리 유학(1922~1924)	도쿄고등사범학교, 도호쿠제국대학	6
齋藤勇	1887~1982	도쿄제국대학(1911)	구미 출장(1923~1925)	도쿄제국대학	6
長澤英一郎	1889~1865	릿쿄대학(1913), 도쿄제국대학(1916)		가쿠슈인	3
高垣松雄	1890~1940	릿쿄대학(1919)	시카고대학(미국, 1919~1921)	릿쿄대학	2
石田憲次	1890~1979	교토제국대학(1916)		교토제국대학	2
竹友藻風	1891~1954	교토제국대학선과(1890)	예일대학・콜롬비아대학(미국, 1916~1920)	도쿄고등사범학교	4
山宮允	1892~1967	도쿄제국대학(1914)	구미 유학(1925~1926)	제육고등학교	2
岩崎民平	1892~1971	도쿄외국어학교(1913), 도쿄제국대학(1922)		도쿄외국어학교	3
中山竹二郎	1893~1975	도쿄제국대학(1926)		규슈제국대학	1
矢野禾積	1893~1988	교토제국대학(1918)	대학창설준비 재외연구원으로서 타이완 총독부로부터 영국에 유학(1926~1928)	다이호쿠제국대학	3
福原麟太郎	1894~1981	도쿄고등사범학교(1917)	영국 유학(1929~1930)	도쿄고등사범학교	5
寺西武夫	1898~1965	도쿄고등사범학교(1920)		도쿄고등사범학교	1
小椋晴次				제일고등학교	1
舟橋雄				도시샤대학	2

애초 일본에서 고도의 영문학 교육이 이루어진 것은 중학교나 고등학교 등의 남자 엘리트 교육 기관이었다. 이 점에서도 원래는 영문학이 '빈민을 위한 고전', 여성을 위한 교양으로 간주된 영국 본국과는 판이하게 다르다.

영국에서는 라틴어나 그리스어와 같은 고전어야말로 남성 엘리트의 교양의 상징이었는데, 일본에서는 영어나 독일어와 같은 근대 외국어야말로 교양의 상징이었다. 1934년에 행해진 도야마 고등학교富山高等學校 도서관의 열람 조사에 의하면, 당시의 학생에게 잘 읽히던 책으로 『영문학총서』를 들고 있다.[24] 구체적으로 어느 정도의 고등학생이 『영문학총서』에 접할 기회가 있었는지는 향후의 검토 과제인데,[25] "제諸 고등・대학・전문학생 제군! 본 총서는 제군의 실력을 활용하면 사전 없이도 자유자재로 영문학 고금의 명저를 맛보며 읽는味讀 것이 가능합니다"[26]라는 광고에서도, 고등학교의 학생도 중요한 대상이었음을 알 수 있다.

그렇다고는 하지만 『영문학총서』의 독자는 고등학교의 학생 등에 한정된 것은 물론 아니다. 이 총서의 광고는, 『영어 청년英語青年』(제46권 2호, 1921.10)과 같은 영어 교육 관계자를 대상으로 한 잡지 이외에도, 『영어 연구英語研究』(제17권 9호, 1924.12), 『중앙공론中央公論』(제36권 11호, 1921.10), 『와세다 문학早稻田文學』(제205호, 1922.12) 등과 같은 잡지에도 실려 있는 것이다. 대중적으로 인기 있는 중도적 교양 잡지 『중앙공론中央公論』에 광고가 실렸다는 점에서도 알 수 있듯이, 영어 교육 관계자를 주요한 대상으

24 旧制高等學校資料保存會 編, 『旧制高等學校全書』 第7巻, 1984, 591~592면.
25 『英文學叢書』 100권을 독파했다는 것이 쓰여 있다. 守屋理太郎, 「英書百冊讀破會」, 『英語研究』 第17巻 9号, 大阪, 1924.12.
26 「研究社英文學叢書」, 『英語研究』 第21巻 3号, 1928.6.

로 삼으면서도, 폭넓게 '중류 또는 그 이상의 지식 계급'을 독자로서 상정하고 있었음을 알 수 있다.

2) 『영문학총서』와 『영산문과 영시의 작품집』의 비교

그러면, 『영문학총서』에는 구체적으로 어떤 작품이 수록되어 있을까. 그 전체적 경향을 명확히 하기 위해서, 뉴볼트가 편찬한 『영산문과 영시의 작품집*An English Anthology of Prose and Poetry*』[27]과 작품의 선택 경향을 비교해 보기로 한다. 오카쿠라 요시사부로가 명확히 뉴볼트의 주장에 관해 언급한 자료는 현시점에서 찾지 못하였으나, 두 사람은 거의 동시대에 활동했을 뿐만 아니라, 『영문학총서』의 제1권과 『작품집』은 같은 1921년에 간행되었다는 점에서도 이 둘을 비교해 볼 만한 중요한 이유가 된다.

영어와 문학에 근거한 내셔널리즘의 교육을 강조한 뉴볼트는, 『잉글랜드에서의 영어 교육』이라는 앞에서 언급한 보고서와 동시에, 자신이 편찬한 『작품집』을 1921년에 간행했다. 이 책은 '14세기부터 19세기에 이르기까지 영문학의 주된 흐름을 소개한다showing the main stream of English Literature though six century'라는 부제에서도 알 수 있듯이 1,008페이지에 걸쳐서 14세기의 제프리 초서에서 19세기의 앨프리드 테니슨까지, 212명의 작가의 산문과 시를 편집한 것이다. 즉, 『작품집』은 중요한 텍스트를 선택해서 간단한 소개를 첨부한 것으로, 그 텍스트를 선택하는 방식

27 Newbolt, Henry, *An English Anthology of Prose and Poetry*, London : J.M. Dent & Sons Ltd., 1921. 이하는 『작품집』이라고 표기한다.

에 뉴볼트의 사상이 반영되어 있다. 이 책의 편집 의도에 대해서, 뉴볼트는 "사상에 있어서 영국의 생활을 설명"하고, "14세기부터 19세기에 걸쳐서, 틀림없이 영국의 정신을 형성시켜 온 종교, 교육, 철학, 과학과 비평을 소개한다"[28]고 주장하고 있다.[29]

〈표 2〉『영문학총서』

제목	저자	생몰년			주석자	주석자 직업	간행년
The Canterbury Tales	G. Chaucer	1340?~1400	N		市河三喜	도쿄제국대학	1926
The faerie queene	E. Spenser	1552?~1599	N		細江逸記	오사카상업대학	1929
Marlowe's Tragical history of Doctor Faustus and Goethe's Faust, part I	Bayard Taylor	1564~1593	N		土居光知	도호쿠제국대학	1925
Romeo and Juliet	W. Shakespeare	1564~1616	N		市河三喜	도쿄제국대학	1929
King Henry the Fourth	W. Shakespeare	1564~1616			市河三喜	도쿄제국대학	1929
Venus and Adonis	W. Shakespeare	1564~1616			岡倉由三郎	릿쿄대학	1928
The merchant of Venice	W. Shakespeare	1564~1616			市河三喜	도쿄제국대학	1928
A midsummer night's dream	W. Shakespeare	1564~1616			市河三喜	도쿄제국대학	1931
Asy ou like it	W. Shakespeare	1564~1616			市河三喜	도쿄제국대학	1928
Julius Caesar : and, The tempest	W. Shakespeare	1564~1616			市河三喜	도쿄제국대학	1922
Hamlet : prince of Denmark	W. Shakespeare	1564~1616			市河三喜	도쿄제국대학	1922
Othello	W. Shakespeare	1564~1616			市河三喜	도쿄제국대학	1925
King Lear	W. Shakespeare	1564~1616			市河三喜	도쿄제국대학	1921
Macbeth	W. Shakespeare	1564~1616			市河三喜	도쿄제국대학	1925
Antony and Cleopatra	W. Shakespeare	1564~1616			市河三喜	도쿄제국대학	1923
Old English dramatists			N		岡倉由三郎	릿쿄대학	1928
The compleat angler, or, The contemplative man's recreation	I. Walton	1593~1683	N		岡倉由三郎	도쿄고등사범학교	1926
Paradise Lost	J. Milton	1608~1674	N		繁野天來	와세다대학	1926
Samson Agonistes And Comus	J. Milton	1608~1674			繁野天來	와세다대학	1929
The Pilgrim's Progress	J. Bunyan	1628~1688	N		長澤英一郎	가쿠슈인	1928

28 Newbolt, Henry, *An English Anthology of Prose and Poetry*, London : J. M. Dent & Sons Ltd. 1921, p. vii.

29 "Chaucer에서 시작해서 현대에 이르기까지, 영문학사상 거의 전부의 작가를 망라한, 매우 Comprehensive한 대총서"(市河三喜, 앞의 글, 123면)인『영문학총서』와 기획이 유사하다.

	제목	저자	생몰년				주석자	주석자 직업	간
21	The Spectator(selections)			N			篠田錦策	도쿄고등사범학교	
22	The history of Tom Jones : a foundling	H. Fielding	1707~1754	N			豊田實	규슈제국대학	
23	A sentimental journey through France and Italy	L. Sterne	1713~1768	N			岡倉由三郎	릿쿄대학	
24	The vicar of Wakefield	O. Goldsmith	1728~1774	N			長澤英一郎	도쿄여자고등사범학교	
25	The Good-natur'd man : and she stoops to conquer : or the mistakes of a night	O. Goldsmith	1728~1774				岡倉由三郎	도쿄고등사범학교	
26	The life of Samuel Johnson, LL.D	J. Boswell	1740~1795	N			小椋晴次	제일고등학교	
27	The rivals : and, The school for scandal	R. B. Sheridan	1751~1816	N			市河三喜	도쿄제국대학	
28	Select poems of William Blake	W. Blake	1757~1827	N			山宮允	제육고등학교	
29	Select poems of Robert Burns	R. Burns	1759~1796	N			岡倉由三郎	도쿄고등사범학교	
30	Select poems of William Words worth	W. Wordsworth	1770~1850	N			澤村寅二郎	도쿄제국대학	
31	The lady of the lake	Sir W. Scott	1771~1832	N			渡辺半次郎	도쿄고등공업학교	
32	Kenilworth	Sir W. Scott	1771~1832				渡辺半次郎	도쿄고등사범학교	
33	Principles of criticism from Biographia literaria	S. T. Coleridge	1772~1834	N			佐藤清	경성제국대학	
34	Pride and prejudice	J. Austen	1775~1817	N		여	岡田美津	도쿄여자고등사범학교	
35	Essays of Elia	C. Lamb	1775~1834	N			平田禿木	문필가	
36	Select essays of William Hazlitt	W. Hazlitt	1778~1830	N			竹友藻風	도쿄고등사범학교	
37	Confessions of an Englishopium-eater : and, The Englishmail-coach	T De Quincey	1785~1859	N			長澤英一郎	가쿠슈인	
38	Childe Harold's pilgrimage	L. Byron	1788~1824	N			岡倉由三郎	도쿄고등사범학교	
39	Prometheus unbound	P. B. Shelley	1792~1822	N			土居光知	도호쿠제국대학	
40	Select poems of Percy Bysshe Shelley	P. B. Shelley	1792~1822				齋藤勇, 土居	도쿄제대 · 도쿄고사	
41	Endymion : apoeticromance	J. Keats	1795~1821	N			齋藤勇	도쿄제국대학	
42	Select poems of John Keats	J. Keats	1795~1821				齋藤勇, 福原	도쿄제대 · 도쿄고사	
43	Sartor Resartus	T. Carlyle	1795~1881	N			土居光知	도호쿠제국대학	
44	Representative men	R. W. Emerson	1803~1882	N	미		石田憲次	교토제국대학	
45	The Scarlet Letter	N. Hawthorne	1804~1864	N	미		深澤由次郎	와세다대학	
46	Prosetales	E. A. Poe	1809~1849	N	미		豊田實	도쿄제국대학	
47	In memoriam	A. LordTennyson	1809~1892	N			齋藤勇	도쿄제국대학	
48	The autocrat of the breakfast-table	O. W. Holmes	1809~1894		미		岡倉由三郎	도쿄고등사범학교	
49	Cranford	E. C. Gaskell	1810~1865			여	岡田美津	도쿄여자고등사범학교	
50	The history of Henry Esmond, Esq.	W. M. Thackeray	1811~1863	N			岡倉由三郎	도쿄고등사범학교	

제목	저자	생몰년				주석자	주석자 직업	간행년
The adventures of Oliver Twist	C. Dickens	1812~1870	N			澤村寅二郎	도쿄제국대학	1923
Select poems of Robert Browning	R. Browning	1812~1889	N			石川林四郎	도쿄고등사범학교	1925
Jane Eyre	C. Brontë	1816~1855	N		여	岡田みつ	도쿄여자고등사범학교	1928
Walden	H. D Thoreau	1817~1862		미		篠田錦策	도쿄고등사범학교	1922
Wuthering Heights	E. Brontë	1818~1848	N		여	豊田實	도쿄제국대학	1923
ThemillontheFloss	G. Eliot	1819~1880	N		여	岡田みつ	도쿄여자고등사범학교	1931
Silas Marner : the weaver of Raveloe	G. Eliot	1819~1880				豊田實	도쿄제국대학	1921
Melville's Moby Dick or The white whale	H. L. Hawley	1819~1891		미		豊田實	규슈제국대학	1931
Leaves of grass	W. Whitman	1819~1892	N	미		舟橋雄	도시샤대학	1928
Essay sin criticism	M. Arnold	1822~1888	N			土居光知	도쿄고등사범학교	1923
Select poems of Matthew Arnold	M. Arnold	1822~1888				矢野禾積	다이호쿠제국대학	1931
The golden treasury of the best songs and lyrical poems in the English language	F. T Palgrave	1824~1897				岡倉由三郎	릿쿄대학	1929
Select poems of Dante Gabriel Rossetti	D. G. Rossetti	1828~1882	N			竹友吊雄,福原	도쿄고등사범학교	1927
The Egoist	G. Meredith	1828~1909	N			繁野天來	와세다대학	1923
Erewhon, or, Over the range	S. Butler	1835~1902	N			石田憲次	도쿄제국대학	1924
The adventures of Huckleberry Finn	M. Twain	1835~1910		미		大橋榮三	도쿄외국어학교	1923
Select poems of Algemon Charles Swinburne	A. C. Swinburne	1837~1909	N			齋藤勇	도쿄제국대학	1926
The Renaissance : studies in art and poetry	W. Pater	1839~1895	N			竹友虎雄	도쿄고등사범학교	1921
Tess of the d'Urbervilles	T. Hardy	1840~1928	N			神保格	도쿄고등사범학교	1921
The dynasts	T. Hardy	1840~1928				澤村寅二郎	도쿄제국대학	1931
Daisy Miller : An international episode : and, The death of the lion	H. James	1843~1916	N			福原麟太郎	도쿄고등사범학교	1924
Virginibus puerisque, and other papers	R. L. Stevenson	1850~1894	N			岡倉由三郎	도쿄고등사범학교	1922
New Arabian nights	R. L. Stevenson	1850~1894				岡倉由三郎	도쿄고등사범학교	1921
Spreading the news : Hyacinth halvey & other plays	Lady I. A. Gregory	1852~1932			여	矢野禾積	다이호쿠제국대학	1930
Confessions of a young man	G. Moore	1852~1933				豊田實	규슈제국대학	1927
The importance of being earnest, Salomeand An ideal husband	O. Wilde	1854~1900				青木常雄	도쿄고등사범학교	1925
Saint Joan : achronicle play in six scenes and an epilogue	G. B. Shaw	1856~1950				青木常雄	도쿄고등사범학교	1930
Man and superman : a comedy and a philosophy	G. B. Shaw	1856~1950				岡倉由三郎	도쿄고등사범학교	1922

	제목	저자	생몰년				주석자	주석자 직업
79	The private papers of Henry Ryecroft	G. Gissing	1857~1903				市河三喜	도쿄제국대학
80	Typhoon, and The nigger of the "Narcissus"	J. Conrad	1857~1924				福原麟太郎	도쿄고등사범학교
81	The admirable Crichton : Peter Pan : When Wendy grew up : What every woman knows : Mary Rose	J. M. Barrie	1860~1937				澤村寅二郎	도쿄제국대학
82	Plain tales from the hills	R. Kipling	1865~1936				岩崎民平	도쿄외국어학교
83	Kim	R. Kipling	1865~1936				岩崎民平	도쿄외국어학교
84	Select poems of William Butler Yeats	W. B. Yeats	1865~1939				矢野禾積	다이호쿠제국대학
85	Tono-Bungay	H. G. Wells	1866~1946				渡辺半次郎	도쿄고등사범학교
86	The old wives' tale	A. Bennett	1867~1931				中山竹二郎	규슈제국대학
87	The Silver Box, Strife And Justice	J. Galsworthy	1867~1933				澤村寅二郎	도쿄제국대학
88	Plays	J. M. Synge	1871~1909				市河三喜	도쿄제국대학
89	Charles Dickens	G. K. Chesterton	1874~1936				寺西武夫	도쿄고등사범학교
90	Bound east for Cardiff : The Emperor Jones : Desire under the elms : & "Marco Millions"	E. O'Neill	1888~1953		미		高垣松雄	릿쿄대학
91	Old English ballads						岡倉由三郎	도쿄고등사범학교
92	English essays						岡倉由三郎	도쿄고등사범학교
93	English short stories						岩崎民平	도쿄외국어학교
94	Longer English poems						竹友虎雄	도쿄고등사범학교
95	Modern English essays						高垣松雄	릿쿄대학
96	Modern English poems						福原麟太郎	도쿄고등사범학교
97	Select letters of English poets						土居光知	도호쿠제국대학
98	English Critical Essays						齋藤勇	도쿄제국대학
99	American poets						山宮允	제육고등학교
100	The Bible						舟橋雄選	도시샤대학
				49	9	6		

※ '미'는 미국을 의미하고, '여'는 여성 작가를 의미한다.

〈표 2〉에 정리한 『영문학총서』의 목록에서 보는 바와 같이, 이 총서는 셰익스피어의 12작품을 포함해서 70인의 작가를 수록한 90권과, 성서 1권, 그리고 다양한 인물의 에세이 · 시 · 발라드 · 희곡 · 편지를 모은 앤솔러지anthology 9권을 합쳐서 전 100권으로 구성되어 있다. 〈표 2〉에서 'N'은 『작품집』에도 실린 작품을 의미한다.

작가의 시대적 분포를 보면, 『영문학총서』는 18세기(약 26%), 19세기(약 59%), 기타(약 15%)로 되어 있는 데에서 알 수 있듯이, 16세기 이전은 거의 없으며, 19세기에 편중되어 있고, 20세기의 작품도 포함되어 있는 것이 특징이다. 이에 비해서, 『작품집』의 작가의 시대적 분포는 16세기(약 26%), 17세기(약 20%), 18세기(약 25%), 19세기(약 24%)로, 16세기에서 19세기에 걸쳐서 균등하게 분포되어 있다.[30] 『영문학총서』에서 다루는 저자 중에 『작품집』에서도 공통으로 다루고 있는 저자는 약 70%(70인 중 49명)이다. 19세기 전반, 즉 1850년까지 태어난 작가 49명에 대한 선택은 100% 중복되고 있다. 다시 말하면, 『영문학총서』는 19세기까지 활약했던 작가에 대한 평가에 관해서 실질적으로 『작품집』과 일치하고 있다고 말할 수 있다. 이 점에서는, "그들의 나라의 사람이 스스로 아름답다고 생각하는 시가詩歌"를 선택해야 한다는 오카쿠라의 주장이 구체화되었다고 할 수 있다. 그러나 1851년 이후 출생한 15인의 작가는 『작품집』에는 한 사람도 포함되어 있지 않다. 이 차이는 일본과 영국에서 영문학을 어떻게 위치 짓는가 하는 점에서 중요하다.

『작품집』에서는, 영국 국민을 통합시키는 것을 목표로, 이미 비교적 명확한 평가를 얻은 19세기까지의 작가를 중심으로 '영문학의 역사와 전통', 즉 '고전'이 중요시되고 있다. 즉, 뉴볼트는 영국의 '국민의 역사'를 형성하기 위해서 '영문학의 역사'를 쓰려고 했던 것이다. 영문학은 빈곤한 남성이나 여성을 위한 교양에서 출발했으나, 바로 그렇기 때문에 영문학에도 존재하는 '역사와 전통'이 특히 강조되고 있다.

---

30 성별상 여성이 차지하고 있는 %는, 『영문학총서』가 9%이고, 『작품집』이 5%이며, 미국인이 차지하는 비율은, 『영문학총서』가 13%이고, 『작품집』이 2%이다.

이에 비하여, 오카쿠라가 『영문학총서』를 통해서 강조한 것은 동시대의 영미의 '사상 감정'을 배우는 것이었다. 그러므로 『영문학총서』에는 과거·현재·미래라는 시간 축을 말하는 역사적 측면은 비교적 배경으로 물러나 있다. 그 대신에 강조되고 있는 것은 현대 문화의 대표자로서의 영문학이라는 측면이다. 즉, 오카쿠라의 경우는, 시간 축을 중시하기보다는, '중심 / 주변周縁'이라는 '문학 공간'상의 '배치'에 필요한 '장치'로서, '영문학'을 기능시키려 했다고 볼 수 있다. 그러므로 '문명'의 중심인 영미의 근현대의 가치관을 공유함으로써, '문명국'으로서의 일본에의 '공헌'이 기대되었던 것이다.

원래 오카쿠라가 영어 교육에 관심을 가진 계기는 대영 제국의 번영이었다. 그러므로 대영 제국이 가장 번영한 시대인 '최근대 혹은 현대의 명가名家'의 작품을 무시할 수 없었으며, 그 15명의 '최근대 혹은 현대의 명가' 중에서, '제국문학'의 대표자로서 알려져 있는 키플링과 콘래드가 포함되어 있다는 사실은 특히 주목해야 한다. 이 두 작가는, 『작품집』에는 수록되어 있지 않고, 『영문학총서』에만 수록되어 있는데, 이 차이는 『작품집』과 『영문학총서』의 성격의 차이를 단적으로 보여 주며, 오카쿠라가 '영문학'이라는 제도를 수용하는 데 있어서 중시한 점을 상징적으로 보여 준다고 말할 수 있다.

그래서 이하, 『영문학총서』 중에서, '제국문학'의 개척자로서 알려져 있는 키플링 작, 이와사키 다미헤이岩崎民平 해설 『킴*Kim*』, 키플링의 계승자로서 당시 영국에서도 높이 평가받던 콘래드 작, 후쿠하라 린타로福原麟太郎 해설 『나르시서스호의 검둥이*The Nigger Of The Narcissus*』를 선정해서, 그 주석注釋과 해설이 어떤 특징을 보여 주고 있는지, 구체적으로 작품 내용에 들어가 논의해 보고자 한다.[31]

3) 키플링 지음, 이와사키 다미헤이岩崎民平 해설, 『킴Kim』

키플링1865~1936은 인도의 봄베이에서 태어난 영국의 시인・소설가이다. 그는 편잡 지방의 유력지 『군인관보』의 부주임으로 문필 활동을 시작하여, 1888년(23세)에 『산중야화』를 인도에서 간행하였는데, 1890년 6월에는 영국판이 런던에서 나왔고, 이것이 신문 *Time*에서 호평을 받으면서 일약 문명을 날렸다.

키플링은 다작 작가이며, 시집에는 『병영의 노래』(1892), 『7대양』(1896), 『The Five Nations』(1903) 등이 있고, 장편 소설로는 『정글북』(1894), 『킴』(1901) 등이 있다.

이와사키 다미헤이는, 키플링의 『킴』이 '인도를 종합한' 것이며, 인도의 거리 로맨스라고 단언했다. 이와사키에게 『킴』에 나타난 인도인 늙은 라마승은 처음부터 끝까지 일관되게 뜬구름을 잡는 허황된 인물이며, 그에 반해 영국인 주인공 킴은 사랑스러운 인물이다.

라마승은 인도인 노승이며 피지배자이다. 그는 현실적 삶에 집착하는 대신에 도道를 추구했다. 그러나 그가 추구한 도는 현실의 문제를 구조적으로 해결하려고 하는 합리적 방법이 아닌, 개인의 인간으로서의 완성을 추구하는 것으로 현실에 만연해 있는 문제를 해결하려는 도덕적 방법이며 비정치적인 것이었다. 그래서 그는 현실적으로 무능하고 킴의 도움 없이 자신이 원하는 도조차도 이룰 수 없는 노승으로 그려져 있다.

---

31 『영어 연구』에 키플링과 콘래드의 작품을 게재해 달라는 독자의 요구가 자주 보인다. 예를 들면, "조지 깃싱의 작품이 그만큼 실렸는 데 비해 최근 삼년간 콘래드・쇼・키플링 등이 한 편도 실리지 않은 것은 불공평하게 느껴진다." 井上○, 「日本語談話室」 第20巻 2号, 1927.5. 그 이외에도 독자 돗토리, J・H(「日本語談話室」, 第18巻 12号, 1926.3)와 도야마 고등학교, H・B生(「日本語談話室」, 第21巻 1号, 1928.4)의 글이 있다.

반면 킴은 백인이고, 소년이면서도 통치자이다. 그는 삶에 집착하고 그리고 간첩으로 대영 제국의 인도 정부를 위해 일하고 있다. 그의 경쟁자는 모두 인도인이었기 때문에 출발부터 근본적으로 유리한 입장에서 일을 즐길 수 있었다. 라마승의 존재는 스파이 활동으로 인한 킴의 도덕적 피로를 씻어내는 영적 안식의 자리였다. 라마승은 비현실적 해결 방법을 설파함으로써 킴이 섬기는 대영 제국에 전혀 위협이 되지 못했다.

키플링은 1907년에 영국인 최초로 노벨 문학상을 받았지만, 그때 스웨덴 왕립 과학 아카데미는 "『7대양』이라는 제목의 시집에서 키플링은 제국주의자, 즉 세계에 걸쳐 제국의 시민으로서의 모습을 보여 주고 있다"[32]라고 말했다. 흥미로운 것은 여기에서 "제국주의자"라는 말에는 부정적 의미가 없으며 그의 시각의 넓이를 가리키는 찬사였다는 점이다.[33]

이 문학상의 '제국주의자' 키플링에 대해 도쿄 외국어학교 교수 이치카와 산키의 제자인 이와사키1892~1971는 다음과 같이 설명하고 있다.

> Kipling이 등장할 무렵 영국 문단의 추세를 보면, 일반 독서 계급은Victoria조 중기 문예의 단조로움과 상식화에 점차 권태를 느끼고 어떤 진기한 것, 참신한 것을 바라는 간절함이 있었다. 이 기운을 가장 먼저 느끼고 80년대에 일어난 새 문예 운동이 소위 '세기말' 문예로, 90년대에 이르러 바로 그 전성기를 맞아, 대륙의 문예 운동에 자극 받아 그것과 호응해 일어난 이 새로운 운동의

32 Frenz, H.(ed.), *Literature 1901 ~1967*, Amsterdam・London・New York : Elsevier Pub. Co.1969, p.59.

33 大澤吉博, 『ナショナリズムの明暗－漱石・キプリング・タゴール』, 東京 : 東京大學出版會, 1982, 46면.

기세가 치우치는 곳에 이르러 극단에 빠지고, 장식도 관능적, 퇴폐적 색채를 띠어 세상의 반감을 사기에 이르렀다.[34]

이와사키는 키플링이 빅토리아 문예의 단조로움과 상식화에 싫증이 나서, 세기말 문예에 권태를 느끼고 있던 영국인을 향해 "정서와 감각과 문학에 대한 힘과 행위의 문학을 고창하고", "퇴폐적 비사회적 사상에 대해서는 국가주의 사상을 고취하기" 위해 노력했다고 보았다.[35]

이와사키에 따르면, 이처럼 국가주의 사상을 고취한 키플링은 "문학상의 인도의 발견"[36]을 가능하게 한 자요, "영국과 인도의 거리를 수에즈 운하보다 줄인He brought India nearer to England than the Suez Canal has done"[37] 작가이다. 수에즈 운하가 건설되어 아프리카를 경유하지 않아도 인도에 갈 수 있게 됨으로써, 인도는 현실적으로 영국에 가까워진 셈이지만, 그것보다 키플링의 문학이 영국과 인도의 상상상의 거리를 가깝게 했다는 것이다. 이글턴의 지적대로, 문학 형식은 경험을 일종의 대리체험으로 표현하고, 채워지지 않는 경험의 대가를 제공한다.[38] 즉, 돈도 시간도 없는 사람이 인도에 여행하고 싶을 때, 키플링를 읽으면, 간접적으로나마 인도 여행을 언제나 '체험'할 수 있게 되는 것이다.

키플링의 '문학상의 인도의 발견'을 높이 평가한 이와사키는, 뒤이어,

34 岩崎民平, 「introduction」, 『Plain tales from the hills－by Rudyard Kipling : with introduction and notes by Tamihei Iwasaki』(岡倉由三郎・市河三喜 主幹, 研究社英文學叢書), 東京 : 研究社出版, 1930, xv~xvi면.

35 위의 책, xvi면.

36 위의 책, xviii면.

37 위의 책, xix면.

38 イーグルトン, T., 앞의 책, 43면.

"우리는 조선의 문학, 타이완의 문학에 대해 과연 무엇을 갖고 있는가"[39]라고 일본의 독자에게 묻는다. 여기서 이와사키에게 키플링을 읽는 의미는 '문학상의 조선, 타이완'을 발견하고 창조하기 위하여 필요하다고 인식되고 있었다.

'문학상의 지리'는 물리적 지리가 갖고 있는 '거리'를 쉽게 뛰어 넘는 것을 가능하게 한다. 이것이야말로 문학이 가지고 있는 최대의 정치적 효과의 하나이다. 그리고 이와사키는 키플링의 예를 참고로 하면서, '제국일본'과 그 식민지인 조선·타이완과의 거리를 줄일 필요를 주장하고 있는 셈이다. 이 설명에서 이와사키가 영국과 인도, 일본과 타이완·조선의 관계를 서로 비교 가능한 일로 파악하고 있었음을 알 수 있다. 이 점에서 이와사키는 제국주의에 자각적이었다. 그럼 키플링의 '문학상의 제국주의'를 이와사키는 어떻게 평가했을까. 이와사키는 당시 영국에서 어떻게 키플링이 평가되고 있었는지에 대해 자신의 의견을 덧붙이면서 참고 문헌을 소개하고 있으므로, 이와사키가 언급한 참고 문헌을 단서로 검토하겠다.

이와사키가 '예찬적 비평'이라고 평가한 폴스[40]에 의하면, 키플링은 영국의 우월성을 철저하게 확신하는 영국인이며, 그의 시와 산문은 영국 국민들에게 많은 사랑을 받았다. 폴스는 또 '제국주의'는 영국인에게 있어서의 '영광'이며, 제국주의의 문학에 가장 기여한 작가는 키플링이라고 주장하고 있다.

한편, 이와사키가 '장식 칭찬 없는 비판飾り褒めない批評'이라고 말한

39 岩崎民平, 앞의 책, xix면.
40 Falls, Cyril, *Rudyard Kipling : a critical study*, London : M. Secker, 1915, pp.185～187.

르 갈리엔[41]에 따르면, 키플링은 영국인 사이에서 자고 있던 제국주의의 감각을 깨우고 가르쳐 일깨운 인물이다. 갈리엔에 의하면, 우리가 선천적으로 완전히 이기적이며, 무역을 확대하기 위한 목적을 위해 지역을 정복한다고 말한다. 키플링은 이 정복을 '백인의 짐the white man's burden'으로 표현하고 있지만, 실은 '백인의 짐'이 이익은 많고, 손실은 적다는 것을 잘 알고 있었다. 그리고 키플링은 전쟁을 찬양했을 뿐만 아니라, 일부러 점잔뺀 스타일로, 살인을 할 수 없는 평화로운 본국의 사람들에게 자신의 의견을 부딪치게 하는 것을 항상 게을리 하지 않았다.[42] 이렇게 키플링의 역할에 대해 냉소적으로 말한 후, 갈리엔은 "작가로서의 키플링은 즐거움이지만, 그의 영향력은 위험하다As a writer, Mr. Kipling is a delight, as an influence he is a danger"[43]라고 결론을 내린다. 즉 갈리엔은 제국주의자로서의 키플링에 대해 비판적이었다.

그러나 이러한 평가는 드물었다. 많은 사람들이 브레이부르크[44]와 같이 '제국주의자', '군국주의자'로서의 키플링을 옹호했다. 브레이부르크는 키플링이 '군국주의자a militarist'라는 비난에 대해서, 키플링은 군인을 사랑하고, 군인이 보장하는 평화를 사랑한 것이라고 답했다. 또한 키플링이 '제국주의자an Imperialist'라는 비난에 대해, 그가 영국을 사랑하고 영국이 대표하는 모든 것을 사랑했기 때문이라고 옹호했다. 브레이부르크의 결론은 "영국과 키플링은 동의어이다England and Kipling are synonymous"라는 것이다.

---

41 Le Gallienne, R. *Rudyard Kipling : a criticism*, London : J. Lane, 1900, pp.127~163.

42 *Ibid.*, pp.152~153.

43 *Ibid.*, p.162.

44 Braybrooke, Patrick, *Kipling and his soldiers*, London : C. W. Daniel, 1926, pp.165~180.

이와 같이 긍정적이든 부정적이든, 키플링은 '제국주의자'로 평가되고 있었다. 이와사키는 이러한 평가를 소개하면서도, 거기에 특히 자신의 의견을 덧붙이지 않았다. 폴스, 브레이부르크의 키플링 예찬론에 동조하는 것도 아니고, 갈리엔의 '장식 칭찬 없는 비판'을 비판하지도 않았다. 오히려 이와사키는 팔머John Palmer의 『러드야드 키플링』을 "재미 있고, 요령있는 비판"이라고 높이 평가하고, 이 책의 특징은 키플링을 정치적 관점에서 '제국주의자'가 아니라 '문학자'로 평가한 것에 있다고 지적했다.

팔머[45]에 의하면, 키플링은 동시대의 문학자들보다 세상 돌아가는 데 관심을 더 많이 가졌고 흥미가 많았다. 그러나 문학자로서의 평가를 둘러싼 중심적 문제는 거기에 존재하지 않았다. 키플링이 작품을 통해 독자에게 보이는 세상은 저자로서의 권리, 창조력의 권리, 스타일의 권리이다. "한마디로 말하면, 그는 문학가Mr. Kipling, in short, is a man of letters"이다.

이와사키는 이렇게 키플링을 한 사람의 위대한 '문학자'로 평가한 팔머를 높이 평가했다. 이러한 이와사키의 관점은 '문학'은 '제국주의'와 같은 '정치'적 문제와는 본질적으로 무관한 '순수한 인간의 창조적 정신의 산물'이라고 하는 문학관에 근거한 것으로 생각된다.[46]

『영문학총서』의 해설자로 이와사키는, 갈리엔처럼 키플링을 제국주의자로서 비판하든가, 폴스처럼 제국주의자로서 옹호하든가라는 물음을 독자에게 들이대는 것이 아니라, 오히려 그러한 물음 자체를 '통속

45 Palmer, John, *Rudyard Kipling*, London : Nisbet & Co. Ltd. 1915, p.766.

46 키플링이 오랜만에 *Limits and Renewals*(London : Macmillan, 1932)을 출판했을 때, 신문사 요크셔 · 포스토에서 R.C.K.Ensor는 "옛날의 장점은 잃지 않고 있다. 그러나 그의 목소리는 과거의 목소리이다. 그의 사상은 19세기 말을 반영하고 있다. 그래서 이것이 20세기 30년대에 무리해서 비집고 들어온다는 것은 하나의 역설이다"라고 평하고 있다. X · Y · Z生,「シャンデリア」,『英語研究』第25巻 5号, 1932.8.

적'인 것으로 물리치려고 했다. 이러한 문학관이 어떤 문제를 내포하는지는 이와사키가 어떻게 키플링을 소개했는지를 구체적으로 검토함으로써 드러낼 수 있다고 본다.

키플링은 보어 전쟁 무렵부터 열렬하게 정치가 체임벌린Chamberlain과 함께 제국주의의 고취자가 되는데, 그러나 이와사키는 특히 그의 "A Song of the English"(1893)에 이러한 경향이 노골적으로 나타나고 있다고 말한다. 이와사키에 따르면 키플링이 제국주의에 기울어진 것은 다년간 인도, 미국에 살았고, 호주와 뉴질랜드 여행을 한 결과, 섬나라에 틀어박혀 영광스러운 고독을 지키는 '소영국주의little Englandism'에 만족할 수 없게 됐기 때문이라고 한다.[47]

> 그가 하나의 정치사상을 위해서 지은 시, Services를 위하여 영국인을 위하여 쓴 이야기가, 깊이 인간성에 뿌리를 둔 작품이라기보다 작품의 양이 더욱 돋보이고, 또 journalist 출신의 폐해로, 현재에만 의거한 나머지, 영원의 모습相에서 사물을 보는 데에 자주 실패하고 있음을 인정해야 하지만, 그 뛰어난 작품에서는 이러한 폐단에서 벗어나, 그 묘사하는 곳은, 크고 강한 바람에도 있지 않고, 지진에도 있지 않고, 불에도 있지 않고, 조용하고 섬세한 목소리에 있는 것이다.[48]

이와사키는, 이러한 제국주의자로서의 키플링의 사상은 영원히 지속되는 방식으로 사물을 보는 데 실패했다고 하면서도, 그것은 '문학자'

47 위의 책, xiii.면

48 岩崎民平, 앞의 책, x~xi면.

로서의 키플링에게 반드시 본질적인 것은 아니라고 간주한다.

이렇게 이와사키는, 키플링이 정치적 언동으로 상찬 받거나 때로는 비판도 있다는 것을 잘 알면서도, 말하자면 키플링의 문학을 탈정치화된 형태로 파악하려고 했다. 그러나 키플링의 정치적 언동에는 그렇게 넘어갈 수 없는 측면이 근원적으로 존재했을 터이다.

이와사키는, 키플링이 항상 역설하는 것은 "동서의 다름에 있어서, 그 text는 'East is East and West is West, and never the twain shall meet'"이며, "그에게 있어서 West는 'We'며 East는 'They'인 것 같다"라고 이해하고 있다.[49]

키플링은 이러한 '동양', '서양'관에 따라 일본인을 "교활하고 빈틈없는, 인색한 무리"로 간주했는데,[50] 이 사실을 이와사키가 알고 있었는지 여부에 대한 자료는 현재로서는 찾을 수 없다. 그러나 이와사키는 키플링의 '동양', '서양'관을 깊이 파고들지는 않았다. 한편, 오카쿠라는 이와사키가 다룬 키플링의 문장에 관해, 더욱더 깊이 파고들어 논구論究하고 있다. 즉 "'동양은 동양, 서양은 서양, 서로 나타나 만날 일은, 설마 없겠지'라는 생각이 내게는 도저히 들지를 않는다"라면서 다음과 같이 자신의 의견을 밝히고 있다.

> 흰색 인종과 노란 인종이란, 그 사이에 우열의 구별을 마련 안 해도, 움직일 수 없는 피부라는 탈출이 불가능한 천연 철조망이 온통 덮여 있다는 것을

49 위의 책, xxviii면.

50 키플링은1903년 9월 2일, 오래된 친구 해군의 군인 W・J・하딩에게 보내는 편지에서, 일본 재주의 어느 영국인에게서 들은 일본인에 대한 감상을 적었다. キプリング, H. コータッツィ・G. ウェッブ 編, 加納孝代 譯, 『キプリングの日本發見』, 東京 : 中央公論新社, 1992, 482면.

우리는 잊어서는 안 된다. 학문에 국경이 없다는 둥, 사해동포라는 둥 이야기한다. 유식 계급의 한 구석에, 게다가 어렴풋이라도 때론 인정받는 기쁨, 즐거움을 진실로 받아들여, 열등하다고는 자신도 반드시 생각하지 않는 것도 아닌 노란 피부 인종의 사람으로 아무리 잊으려 해도, 우등하다고 단독면허의 백색 피부 인종의 사람은 결코 잊으려고 하는 생각은 없다.[51]

오카쿠라 같은 영문학자는, 영문학을 동경, 영국인에 반은 심리적으로 동일시하면서도, 그렇기 때문에 사실 '백인'으로부터 '동양인' 혹은 '황인종'으로 멸시받고 있다는 것을 강하게 자각하고 있었다. "탈출이 불가능한 천연 철조망이 온통 덮여 있다"라는 표현은, 이것을 잘 말해주고 있다. 하지만 여전히 『작품집』에 포함되지 않은 키플링을 총서에 수록하고 있음은 주목할 만하다. '백인'과 '동양인' 사이에는 결코 좁혀지기 어려운 거리가 있다고 자각하고 있었기 때문에 '백인'에 대한 동일화의 욕망은 더욱 깊어지게 된다. 『영문학총서』라는 시리즈의 편찬, 해당 텍스트의 선택에는, 이 같은 심리가 작동하고 있었다고 생각된다.

4) 콘래드 지음, 후쿠하라 린타로 해설, 『나르시서스호의 검둥이*The Nigger Of The Narcissus*』

콘래드1857~1924는 폴란드 출신의 영국 소설가로, 1875년부터 선원이

51 岡倉由三郎, 『紅涅雜筆』, 東京 : 洋々塾, 1926, 48면.

되었는데, 1886년에는 영국에 귀화하여 선장 자격을 얻었다. 『나르시서스호의 검둥이』(1897), 『청춘』(1898), 『암흑의 핵심』(1899) 등이 초기의 작품으로, 『태풍』(1903), 『노스트로모』(1904), 『서구인의 눈으로』(1911) 등이 후기의 작품이다. 콘래드는 영국문학뿐만 아니라 20세기 세계문학에 끼친 영향도 적지 않다.

콘래드는 『올마이어의 집』(1895)의 출판을 계기로 작가 생활을 시작했다. 잡지 *The Spectator*는, 이 작품을 평한 후에, 이 작가는 후년, "말레이 제도의 키플링"이 될지도 모른다고 예측했다고 한다.[52] 계속해서 『섬의 방랑자』(1896)와 『나르시서스호의 검둥이』(1897)라는 장편 소설을 발표했다. 네 번째 작품집 『불안의 이야기』(1898)는 1898년도의 주간 서평지 『아카데미』의 최우수 작품으로 뽑혀, 콘래드는 상금으로 50기니를 받게 된다.[53] 1899년 1월 14일에 발행된 『동지同紙』 56호는 수상 이유가 "콘래드 씨의 공적은 동양을 바로 우리의 문 앞까지 데려온 것이다. (…중략…) 동양의 감촉이나, 그 매력과 아름다움과 경이까지도 데리고 온 것이다. 콘래드 씨야말로 탁월한 문학적 식민자the notable literary colonists의 한 사람이다"[54]라고 되어 있다. 즉, 콘래드는 머나먼 존재인 '동양'을 손을 뻗으면 닿을 그 느낌을 손바닥으로 즐길 수 있을 정도로 친밀한 것으로 해 준 것이다.

---

52 福原麟太郎, 「introduction」, 『Typhoon and The Nigger Of The Narcissus by Joseph Conrad : with introduction and notes by R. Fukuhara』(岡倉由三郎・市河三喜 主幹, 研究社英文學叢書), 東京 : 研究社出版, 1923, ⅳ면.

53 Knowles, O・Gene M. Moore, *Oxford reader's companion to Conrad*, Oxford : Oxford University Press, 2000, p.191.

54 Sherry, Norman. *Conrad : The critical heritage*, London : Routlege & Kegan Paul Ltd., 1973, p.110.

여기에서 알 수 있듯이, 영국에서 콘래드에 대한 평가는 '동양'을 '서양'에 친밀한 것으로 만든 '문학적 식민자', 즉, 콘래드가 바로 문학의 텍스트 공간에서 식민지화를 실현했다는 점에 있었다.

오카쿠라의 제자로, 도쿄 고등사범학교의 영어과 조교수인 후쿠하라 린타로1894~1981[55]는, 『나르시서스호의 검둥이』의 해설에서, 콘래드를 "영국에 집착하는 이 문호도, 전반생은 어딘가에 정착할 틈도 없는 뱃사람 노릇이 생업이었고, 그 전에는 또 망국 Poland 지사의 자식으로 출생한 박복한 청년이었던 것은, 사실은 불가사의한 팔자 아닌가"[56]라고 소개하고 있다.

또한, '영국인'이 되고 싶었던 콘래드는 10대에, "If a seaman, then an English seaman"이라고 스스로 외치고, "조용한 그리고 명예로운 후반 삶을 시작했다"라고 후쿠하라는 말하고 있다.[57] 후쿠하라는, 박복한 청년인 콘래드가 '폴란드인'에서 '영국인'으로 변신한 것에 대해 어떤 마음의 갈등이 있었는지, 이 '귀화'라는 경험이 작품에 어떻게 영향을 미쳤는지에 대해서는 전혀 언급하지 않고, 오로지 '명예'를 얻었다고만 말하고 있다. 거기에는 '영국인'으로서의 삶이 '망국 Poland 지사'로서의 삶보다 '명예' 가치가 더 있다는 후쿠하라의 가치관이 여실히 드러난다.

---

55 후쿠하라는 1922년 『나르시서스호의 검둥이』의 자서自序에서 "오카쿠라 선생님이, 옛날 오쓰카의 학창에서 처음으로 영어를 배우는 것의 마음가짐을 강의한 이후, (…중략…) 불민한 나 같은 문하생도, 버리지 않고 지도해 주셨다"(「自序」, 福原麟太郎, 앞의 책, 1923)고 적고 있다. 더욱이, "나는 생각해 보면 특히 영어 교육의 일이 되면, 어느 만큼이 내 자신의 생각이고, 어느 것이 선생님의 생각인지, 확실치 않은 부분이 많다"라고 스스로 오카쿠라의 영향을 크게 받은 것을 인정하고 있다. 福原麟太郎, 「吳岸先生の教室」, 『英語青年』 第76巻 第8号, 1937.1, 266면.

56 福原麟太郎, 위의 책, 1923, i면.

57 위의 책, ii・iv면.

그러나 폴란드 비평가 페루스키Jan Perlowski에 따르면, 콘래드는 폴란드에 대한 충의를 잃은 사람이고, "충의의 결여는 중대한 죄가 된다"[58]고 평하고 있다. 이러한 평가의 낙차 자체가 콘래드라는 존재의 경계적 성격을 드러내고 있다. 그것은 스스로 '영국인'임을 자랑하는 키플링과는 대조적이다.

콘래드의 '망국의 백성'의 흔적은 작품 속에서도 지워질 수 있는 것이 아니었다. 예를 들면, 그 언어적 특징은 'Conradesque'라고 불리는데, 그것에 대해서는 후쿠하라도 인정하고 있다.[59] 이렇게 콘래드의 존재 자체의 경계선에 대응하는 것처럼, 그 작품도 복잡한 음영을 잉태하고 있다. 『영문학총서』에 수록된 『나르시서스호의 검둥이』는, 제목에서 알 수 있듯이, 주인공은 흑인 지미이다. 후쿠하라의 요약에서도 이야기는 처음부터 끝까지 지미를 중심으로 전개되고 있다.

범선 나르시서스호가 봄베이에서 런던으로 돌아가는 묘사는 제국주의의 비유로 간주될 수 있다. 대영 제국이 '식민지 항해'를 차질 없이 추진하기 위해서는 희생이 요구된다. 이 희생의 대상이라는 것이 피지배자를 상징하는 흑인이었다. 흑인 지미가 배를 타기 전에 병이 든 것은, 제국주의의 세계에서 흑인 세계가 문명화되지 않은 증명이며, 흑인의

58 Perlowski, *Jan 'On Conrad and Kipling' Conrad under familial eyes*, Cambridge : Cambridge University Press, 1937, p.170.

59 콘래드의 문장을 "내가 영어를 쓰는 재능은, 타고난 다른 재능과 같이 지극히 자연스러운 것이다. 나는 영어가 지금까지 항상 나의 일부분으로 나에게 내재적 존재인 것처럼 생각되는 불가사의한 압도적 느낌을 갖고 있다. (…중략…) 내가 영어의 정신에 채용된 것이다"(福原麟太郎, 앞의 책, 1923, vi면)라고 소개되고 있다. 즉, 후쿠하라는 콘래드는 어디까지나 "외국어로 소설을 쓴다"고 생각했다. 福原麟太郎, 「又五郎の死, など」, 『新文芸－海外文學之紹介及評論』 第1巻 第1号, 1920, 48면. 후쿠하라는 Conradesque라는 특징을 일종의 일본의 사투리처럼 느꼈다고 생각된다.

희생을 합리화하는 구실이 된다. 그러나 문명화되지 않았다고 평가된 흑인은, 제국주의라는 항해에 개인의 권리를 주장하면서 태업하는 방법으로 맞선다. 이 태업은 선주민의 취업 거부로 유럽의 침략에 대한 가장 이른 시기의 저항 형태를 의미한다.[60] 제국주의라는 배는 스스로의 모순 때문에 누군가의 희생 없이는 전진할 수 없다. 하지만 배에 탄 승무원들은 배가 나아가지 않는 것은 흑인의 죽음의 저주에 의한 것이라고 믿고 동요한다. 결국 흑인 지미는 병사하고, 배는 무사히 런던으로 돌아간다. 그러나 제국주의의 항해에 평생을 걸쳐 일한 선원에게 지급된 보수는 최소한의 생활비와 조롱이었다.

그런데 후쿠하라는, "그 제목이 보여 주는 것처럼 흑인을 표면상의 간판으로 하고 흑인과 얽히는 이야기를 진행시켜 간다"[61]고 하면서도, 흑인의 존재를 진짜 주인공이 아니라, "Jimmy는 배경이다. 가짜 hero"[62]라고 결론을 내린다. 왜냐하면 이러한 배경 설정은 "다른 선원들의 생활을, 바다라는 절대적 위력과 위엄을 겸해서, 그동안 선원의 다양한 성격에 나타나는 기분의 balance를 묘사하고, 나아가서 바다의 세계와 배의 사회와의 윤리적 필연적 관계도 그리기 위해"[63]서였다고 설명한다.

이와 같이, 후쿠하라는 흑인의 존재를 책의 주인공이 아니라 어디까지나 작품에 관심과 긴장을 주는 장치로 파악했다. 이 시대, 피지배자가 소설의 주인공으로 그려지지 않았던 이유 중 하나는 피지배자를 주인공으로 그릴 경우 노출될 수밖에 없는 제국주의의 모순을 은폐하는

60 サイード, E. W., 앞의 책, 2001, 109면.
61 福原麟太郎, 앞의 책, 1923, x면.
62 위의 책, xi면.
63 위의 책, 같은 곳.

사상적 배경이 있었다고 생각된다. 즉, 소설을 어떻게 그릴 것인가 하는 것이 현실 정치 바로 그것이었다. 따라서 흑인 주인공을 어디까지나 '배경'의 하나로 간주하는 후쿠하라의 해설은 그 자체가 제국주의에 동조하는 정치적 모습을 보여 주고 있다고 하겠다.

또한 키플링은 콘래드의 문체에 대해 부정적 견해를 갖고 있었던 사실을 여기에서 부언해 두고 싶다. 즉 키플링은 콘래드의 작품에 대해 "그의 구어체 영어는 때때로 이해하기 어렵지만, 필력은 우리 중 최고"라고 칭찬하면서도 "나는 그의 책을 읽을 때, 항상 외국 작가의 뛰어난 번역서를 읽는 인상을 받고 있다"[64]고 평가하고, "마찬가지로 콘래드의 도덕적 세계는 영국적이지 않다"[65]고 단언하고 있다. 키플링은 콘래드 문학의 '필력'을 높이 평가했음에도 불구하고, 도덕과 같은 공동체의 규칙과 관련된 차원에서는 영국적이지 않다고 배제했다.

또한 키플링은 『나르시서스호의 검둥이』의 주인공인 흑인에 대해 "흑인에 대한 콘래드의 순수한 인간적 태도는 영국인의 정신과는 맞지 않는다"[66]고 말했다. 흑인의 장점과 단점을 함께 묘사한다고 하는, 어떤 의미에서 흑인에 대해 매우 '공평'한 태도를 취하는 콘래드의 문학은, 사이드가 밝힌 것처럼 제국주의와 식민지 지배에 대한 의문을 제기하게 될지도 모르는 가능성을 준비하고 있었다. 키플링이 콘래드를 결국 '영국적'인 것으로부터 배제하게 된 것은 영국제국주의의 모순된 어두운 부분을 콘래드의 '순수하게 인간적 태도'가 밝혀 낼 위험성이 있다

64 Perlowski, *op.cit.*, pp.162~163.
65 *Ibid.*, pp.162~163.
66 *Ibid.*, p.163.

고 판단했기 때문은 아닐까.

그럼 영문학 총서에 콘래드의 작품을 수록하면서 주석을 쓴 후쿠하라 및 주간인 오카쿠라는 콘래드의 작품의 이러한 성격을 어떻게 인식하고 있었을까. 이 점에 관해서는 현재로서는 확정적인 것을 말할 수 없다. 다만 중요한 논점으로 생각할 수 있는 것은, 키플링이 보았을 때에 콘래드는 '영국인'일 수 없었지만, 후쿠하라의 관점에서 보았을 때에는 콘래드는 '영국인'이라는 차이가 존재한다. 후쿠하라에게는 폴란드인인 콘래드도, 영국인인 콘래드도 '서양인'이며, 폴란드인에서 영국인이 된 콘래드는 대단히 중요했다. 왜냐하면 만약 콘래드를 모방한다면 후천적 노력을 통해 아시아인인 일본인은 영국인이 될 수 있으며, 또한 조선인이나 타이완인도 '일본인'이 될 수 있고, 또한 그렇게 되어야만 하기 때문이다.

맺는 말

영국에서 영문학이 아카데미즘에서 확고한 제도적 지위를 얻은 것은 제1차 세계대전 후였다. 그러나 같은 시기에 일본에서는 이미 아카데미즘에서 영문학이 확고한 지반을 얻고 있었음을 주석자의 일람표는 보여 주고 있다. 원래 일본에서는 영어 교육의 시간 수가 많았고, 고도한 영문학 교육이 이루어지고 있던 것은 중학교 및 고등학교 등의 남자 엘리트 교육 기관에서였다. 이 점도 원래는 영문학이 '빈민을 위한 고전', 여성을 위한 교양으로 간주된 영국 본국과 다른 점이다.

그 영국에서 간행된 뉴볼트 『작품집』은 영국 국민을 통합하는 것을 목표로 이미 비교적 명확한 평가를 얻은 19세기까지의 작가를 중심으로 한 '영문학의 역사와 전통', 즉 '고전'이 중요시되었다. 다시 말해, 뉴볼트는 영국의 '국민의 역사'를 창출하기 위해 '영문학의 역사'를 쓰려고 한 것이다. 영문학은 빈민과 여성을 위한 교양에서 출발했는데, 그렇기 때문에, 영문학에 존재하는 '역사와 전통'이 특히 강조되었던 것이다.

반면 오카쿠라가 『영문학총서』를 통해 강조한 것은 영국 국민이 되기 위해 '영국 문학사'를 배우는 것이 아니라, 영미의 '사상 감정'을 배우는 것이었다. 따라서 『영문학총서』에서는 과거・현재・미래라는 시간 축을 중심으로 하는 역사적 측면은 후경後景으로 물러나 있다. 대신 강조되고 있는 것은, 교양으로서의 영문학, 현대 문화의 대표자로서의 영문학이라는 측면이다. 그리고 영문학에서 '보편적 문명'을 배우고, 일본의 '건전한 발달'을 이루는 것이 목표였다. 즉, 오카쿠라의 경우는, 시간 축을 중시하기보다는 '중심 / 주변'이라는 '문학 공간'상의 '배치'에 필요한 '장치'로서 '영문학'을 기능시키려 했다고 볼 수 있다. 그리고 '문명'의 중심인 영미의 근현대의 가치관을 반영하는 영문학을 공유함으로써 '문명국가'로서의 일본에 '공헌'이 기대되었던 것이다.

『영문학총서』 전 100권은, 대부분 영국문학과 에세이로 구성되어 있다. 그중에서도 주목할 가치가 있는 것은 '제국문학'의 개척자로 알려진 키플링과 키플링의 계승자 콘래드 양자의 작품이 포함되어 있다는 사실이다. 이 두 사람의 작품이 수록되어 있는 것은, 『영문학총서』가 작품의 선정에서는 대체로 영국의 가치관을 따랐으면서도 동시대의 일본인 남성 엘리트에 적합한 것을 선정하기 위해, 작품 수록의 기준의 폭을 넓힌 사실을 상징적으로 보여 주고 있다. 그러나 키플링도, 콘래드도 그 문학이 일본인에게 갖는 의미는 결코 간단한 것일 수가 없었다.

오카쿠라와 이와사키나 후쿠하라에게, '문학상의 인도의 발견'을 가능하게 한 키플링, 동양을 서양에 친근한 것으로 만든 '문학적 식민자' 콘래드를 읽는 의미는, 문학 텍스트 공간으로 식민지를 공유하는 것에 있었다고 생각된다. 그것은 달리 말하면, 종국적으로는 '문학상의 조선, 타이완'을 발견하고 창조하기 위해 필요했던 것이다. 이렇게 발견하고 창조된 '문학상의 지리'는 물리적 지리가 갖고 있는 '거리'를 쉽게 뛰어 넘는 것을 가능하게 한다. 동시에 식민지적 문학상의 공간을 가진다는 바로 그 점이 일본을 영국에 비유하는 것을 가능케 했던 것이다.

이렇게 하여 일본에서는 '영문학'을 통해 대영 제국의 번영의 비밀을 배우고 '문명'과 '보편성'을 몸에 익히는 것이 목표가 되었다. 하지만 이렇게 하면 할수록, 역설적이게도, 대상이 되는 문학의 '영국성'이나 '특수성'이 두드러진다. 오카쿠라와 이와사키, 후쿠하라 같은 영문학자는 영문학을 동경하고, 심리적으로 동일시하면서도 실은 '백인'으로부터 '동양인' 혹은 '황인종'으로 멸시되고 있다는 것을 자각하고 있었다. 다시 오카쿠라의 말을 빌리면, 영문학 공간에서 동일화를 추구하면 할수록, 일본인에게 '피부라는 탈출 불가능한 천연 철조망'이 어쩔 수 없이 모습을 드러내는 것이다.

그렇다면 영문학은, 이 '거리의 자각'과 '동경과도 닮은 동일화'의 이중 구속을 구성하는 장치로 기능하고 있다고 볼 수 있지 않을까. '동경'을 불러일으키는 '동일화'에 대한 '욕망'은, '결코 뛰어 넘을 수 없는 거리의 자각'에 의해 생산된다. 즉, '동일화할 수 있다'는 담론과 '동일화할 수 없다'는 담론은 영문학을 둘러싼 '보편과 특수'가 경쟁하면서 생산된다. 거리를 없애려는 욕망과, 그것이 흔들림 없이 유지되고 있는 거리의 자각. 영문학은 이 논리를 바로 문자 그대로의 것으로 구성하는 것이라고 할 수 있을 것이다.

일본인은 영문학을 모델로 하여 문학상의 제국을 지향했다. 그런데 『영문학총서』의 편집자 오카쿠라는 조선인의 영어 학습은 이익이 적다고 단언했다. 오카쿠라에 따르면, 영미 근현대의 가치관을 표현하고 있는 영문학은 일본인이 배워야 하며, 조선인은 '아시아의 영국'인 일본문학을 배워야 하는 것이 된다. 그러나 실제로 식민지 조선에서도 '영문학' 교육은 이루어지고 있었다. 그 조선에서 '영문학'을 배우는 의미는 무엇이었는가. 다음 4장에서는 이 문제를 검토하겠다.

4장

경성제국대학에 있어서의 영문학의 위치

사토 기요시佐藤清, 1885~1960의 영문학관을 중심으로

머리말

이 장에서는 경성제국대학의 영문학 강좌에 초점을 맞추어, 식민지 조선에서의 영문학의 위치에 대해 검토해 보겠다. 1926년 경성제국대학의 설립은 근대 조선의 지적・문화적 상황에 대단히 큰 변화를 초래했다. 고등 교육 제도는 엘리트에게 학문적 기초를 제공하고, 그 사회의 문화, 정치, 이데올로기에 폭넓게 영향을 미치는 중요한 지적 제도였다. 따라서 일본 본국의 '제국 대학 모델'을 조선에 이식함으로써, 식민지 조선에서 제국에 필수적인 '지知'의 생산을 제국이 독점하게 되었다.

그러나 경성제국대학에서 국어학・국문학 강좌와 동일한 비중으로 영어학・영문학 강좌가 마련된 이유는 무엇인가. 또한 영문학 강좌에서 무엇이 어떻게 연구・교육되었는가를 고찰하기 위하여, 1926년부터 1945년 3월에 정년퇴직할 때까지 영문과 주임교수였던 사토 기요시의 영문학관을 분석한다. 사토의 영문학관을 '제국일본'의 식민지 조선에서 영어 영문학 수용을 둘러싼 문제와 관련시키면서 새로운 관점에서 파악하려고 한다. 또한 사토 기요시는 『영문학총서』의 집필진 중의 한 사람[1]이며, 『영어 연구』[2]에도 다수 기고했다는 점에서, 지금까지 논의해 온 일본에서의 영문학을 둘러싼 문제점들을 잘 자각하고 있었을 것이다. 그런 만큼 사토의 영문학 이론은 영문학계에서 내부 비판의 가능성을 보여 주는 것으로 중요하다.

사토 기요시에 관한 선행 연구로는 임전혜任展慧,[3] 정창석鄭昌石,[4] 사노마사토佐野正人[5]의 연구가 있다

임전혜는 경성제국대학이 설립된 1926년부터 1945년 3월에 정년퇴직할 때까지의 사토 기요시의 조선에서의 활동을 전반기와 후반기로 나누어 논의하고 있다. 임전혜에 의하면, 전반기의 사토는 조선에서 일본인의 '정복자' 의식을 부정하고, 조선에서 벗어날 수 있기를 바랐지만, 현실적으로 꼼짝도 못 하고, 그 대신 자신을 납득시키고 안심시키는 해답을 찾아보려고 고민했다. 그러나 후반기의 사토는 조선문인협회(1939), 일본문학보국회 회원(1942), 조선문인보국회의 회원 및 이사(1943)로 활동하며 친일적 잡지 『국민문학』에 창간 당시부터 기고하게 된다. 하지만 이들은 반드시 권력 측의 일방적 강요에 의한 것이 아니라, 사

1 佐藤清, 「Introduction」, 『Principles Of Criticism from Biographia Literaria－by Samuel Taylor Coleredge : with introduction and notes Kiyoshi Sato』(岡倉由三郎・市河三喜 主幹, 研究社英文學叢書), 東京 : 研究社出版, 1922.

2 佐藤清は, 「愛蘭文學の本質」(『英語研究』 第20巻 第4号, 1927.7)을 필두로, 『영어 연구』에 다수 기고하고 있다.

3 任展慧, 「佐藤清と朝鮮」, 『海峽』 第11号, 朝鮮問題研究所, 1982.

4 鄭昌石, 「植民과 原住民-注入과 感染－崔載瑞와 佐藤清」, 『日本學報』 제54집, 2003.

5 佐野正人, 「佐藤清・植民地的な主体として植民地・京城帝大・英文學」, 『'翻譯'の圏域 文化・植民地・アイデンティティ』, 筑波大學文化批評研究會, 2004.

토 자신이 그것을 명예로 여겼다고 임전혜는 결론짓고 있다.

정창석은 1940년대의 사토 기요시와 그의 애제자인 문학 평론가 최재서와의 관계에 관해서 논하고 있다. 정창석에 따르면, 최재서는 일찍부터 '취미 및 교양'이라는 관점에서 일본 제국주의에 소년적 동경을 안고 있었다. 이러한 최재서의 일본 체험이, 경성제국대학 영문학 강좌의 은사인 사토 기요시와의 관계에서 '주입'과 '감염'이라는 형태로 구체화되고, 급기야 '황민화'와 '내선일체'에 적극 협력하기에까지 이르렀다고 평한다. 그리고 사토 기요시와 그 뒤에서 안주하고 있는 일본제국주의 앞에서, 최재서는 힘에 의한 지배・피지배 관계의 긍정을 기본으로 하는 강자의 논리에 매몰되어 간 것으로 결론을 내렸다.

사노 마사토는 일본의 '근대'와 식민지 조선의 '근대'를 매개하며, 영문학이나 시라는 현대적 제도를 통해 식민지 조선의 '근대'에 깊이 관여하고 있는 인물로서의 사토에 주목했다. 특히 사토의 영문학 교육에 대한 태도는 영문학을 객관적이고 학문적인 대상으로 보기보다는 오히려 문학 창작을 위한 실천적 학문으로 교육하는 자세를 보였다고 말하고 있다. 사노는 사토의 이러한 자세가 대표적으로 나타난 것으로서 조선에 관한 시집 『벽령집碧靈集』(인문사, 1943)을 분석하여, 사토가 조선의 풍토에 대한 애착과 애정을 보였으며, 조선을 자신의 '고향'으로 느끼기에 이르렀다고 지적하고 있다. 그리고 사토의 이러한 감각은 일본의 새로운 모습을 재발견하는 관점을 제공했다고 주장하고 있다.

임전혜와 정창석의 연구에서 지적하고 있듯이, 사토도 최재서도 1940년대에는 '전향'이라고 평할 수 있는 논의의 전회轉回를 하고 있다. 그 요인을 어떻게 분석하는지도 중요한 문제이지만, 거기에 앞서 사토의 영문학관이 어떻게 제국주의 비판의 가능성을 보여 주었는지를 검토하는 것이 필요하다고 본다. 이러한 문제의식은 사노의 연구에도 공통되는데, 사노의 사토론은 유일하게 『벽령집』에만 준거하고 있어서 『벽령집』에 수록되지 않은 시는 간과하고 있다는 문제를 안고 있다. 또한 조선의 풍토에 대한 애착이라는 논점에 대해서도 추상적 논의에 그치고 있다.

또한, 임전혜, 정창석, 사노 마사토는, 모두 사토 기요시의 조선에서의 활동에만 눈을 돌리고 있으며, 사토가 조선에 오기 이전에 어떤 영문학관을 가지고 있었는지에 대해서는 언급하지 않고 있다. 이 장에서는 사토가 조선으로 오기 이전에 영국제국주의를 비판한 아일랜드의 시인 예이츠에 대해 어떻게 논의했는지에 착안하여, 사토의 제국주의 비판의 사정射程을 좀 더 구체적으로 밝혀 보고자 한다.

이를 위하여 먼저 경성제국대학 영문학 강좌의 창설과 영문학 강좌의 전반적 특징을 지적한 위에, 사토 기요시의 영문학관을 조선에 오기 전으로 거슬러 올라가 검토한다. 이러한 작업을 통해, '제국일본'의 식민지 조선이라는 맥락에서 영문학이 어떤 의미를 가지고 있었는지를 분석해 보려고 한다.

1. 식민지기 조선에 있어서 영어 · 영문학의 위치

1) 경성제국대학과 기독교계 학교의 관계

경성제국대학은, 1924년에 일본에서 여섯 번째로 설립된 제국 대학으로, 같은 해에 우선 예과를 개설하고 2년 후인 1926년에 법문학부·의학부의 2학부를 개설하였으며, 1941년에 이공학부를 증설했다. '제국대학령'에 근거한다는 점에서는 다른 제국 대학과 같지만, 식민지 조선에 설치되었다는 점에서, 타이완의 다이호쿠 제국대학과 함께, 전전 일본의 고등 교육의 역사 속에서도 독특한 위치를 차지한다.[6]

우마코시 도루馬越徹[7]에 의하면, 구미 열강은 종주국 측의 최량의 모델을 식민지로 이식한 것이 아닌, 다시 말해 엘리트 양성이 목적이 아닌 낮은 수준의 대학을 수출한 반면, 일본은 일본 본국의 '제국대학 모델'을 조선에 이식했고, 경성제국대학은 '일본형 식민지 대학'이 됐다고 자리매김하고 있다. 반면, 정선이는 결과적으로 경성제국대학은 식민지 통치의 일환으로 국가를 위한 대학이며, 일본 제국에 협력하는 '친일파'를 양성하는 기관이 되었다고 지적했다.[8]

이처럼 식민지 통치의 일환으로 설립된 경성제국대학 법문학부에는 법학과, 철학과, 사학과, 문학과의 4학과가 있었고, 문학과에는 국어학·국문학 전공, 조선어학·조선문학 전공, 중국어학·중국문학 전공, 외국어학·외국문학 전공[9]이 있었다. 경성제국대학이 설립된 1926년에는 조선어·조선문학 전공만 2강좌[10]가 있었는데, 1928년에는 국어학·

6 通堂あゆみ, 「京城帝國大學法文學部の再檢討－法科系學科の組織·人事·學生動向を中心に－」, 『史學雜誌』 第117編 第2号, 東京大學文學部內史學會, 2008, 58면.

7 馬越徹, 『韓國近代大學の設立と展開』, 名古屋 : 名古屋大學出版會, 1995.

8 정선이, 『경성제국대학의 연구』, 서울 : 문음사, 2002, 183~187면.

9 외국어·외국문학 전공의 교수진이 전부 영어·영문학을 전공한 결과, 외국어·외국문학 전공은 실질적으로 영어·영문학 전공을 의미한다.

10 일본의 대학 제도에 강좌제가 도입된 것은 1893년이었다. 강좌제의 성립은 종래 그다지 명확하지 않았던 일본의 고등 교육의 근대적 학문의 여러 영역이 명확하게 되고, 안정적 제도적 기반을 획득한 것과, 직무 연봉의 도입으로 교수의 경제적 지위가 현격히 향상하고, 학문직의 자율성이 상대적으로 높아진 것을 의미한다. 鄭圭永, 『京城帝國大學に見

국문학 전공과 외국어·외국문학 전공도 각각 2강좌가 개설되었다.

제국 대학의 원형이라고 할 도쿄 제국대학에서는 1928년 시점에서 국어학·국문학이 3강좌, 영어학·영문학이 2강좌, 식민지에 건설된 다이호쿠 제국대학에는 국어학·국문학이 2강좌, 외국어·외국문학이 1강좌였다.

이로 미루어 도쿄 제국대학과 다이호쿠 제국대학에서는 국어학·국문학 강좌가 외국어·외국문학 강좌보다 큰 비중을 차지하고 있었음을 알 수 있다. 반면 경성제국대학의 외국어·외국문학 강좌는 국어학·국문학 강좌와 동일한 비중을 차지하고 있어 영어학·영문학이 상대적으로 중시되고 있었음이 주목된다. 제국 대학의 강좌 수는 특정 학문 영역이 어느 정도 중요시되는가 하는 지표이기 때문이다.

〈표 1〉 제국대학의 강좌 수

학부 강좌	대학 이름	1928	1930	1933	1937	1940
국어학, 국문학	경성	2	2	2	2	2
	도쿄	3	3	3	3	3
	다이호쿠	1	2	2	2	2
영어학, 영문학	경성	2	2	2	2	2
	도쿄	2	2	2	2	2
	다이호쿠	1	1	1	1	1
독어학, 독문학	경성					
	도쿄	2	2	2	2	2
	다이호쿠					
불란서어학, 불란서문학	경성					
	도쿄	1	1	1	1	1
	다이호쿠					
중국어(철학), 중국어문학	경성	1	1	1	1	1
	도쿄	3	3	3	3	3
	다이호쿠					

る戰前日本の高等教育と國家』, 東京大學教育學研究科博士學位論文, 1995, 82면.

조선어학, 조선문학	경성	2	2	2	2	2
	도쿄					
	다이호쿠					
범어학梵語學, 범문학梵文學	경성					
	도쿄	1	1	1	1	1
	다이호쿠					
동양문학	경성					
	도쿄					
	다이호쿠		1	1	1	1

출전 : 경성제국대학일람; 도쿄 제국대학일람; 다이호쿠 제국대학일람

그러면, '일본형 식민지 대학'을 표방한 경성제국대학에서 영어학·영문학이 왜 중시된 것인가. 이 문제는 항일 운동과의 길항拮抗 관계에서 이해되어야 하는데, 이에 대해서는 기독교계 학교의 교과 과정과 대표적 민족 신문이었던 『동아일보』의 영어에 대한 견해를 참고하여 고찰하고자 한다. 여기에서 기독교계 학교의 교과 과정에 주목하는 이유는 식민지기 조선에서 기독교계 학교가 중요한 비중을 차지하고 있었고, 조선총독부가 그 존재를 위험시하고 있었기 때문이다. 특히 3·1독립운동에서 기독교계 학교의 학생들이 많이 운동에 참여했기 때문에, 일본 국내에서는 3·1독립운동을 미국의 선동에 의한 것으로 보는 논조가 강했다.[11] 즉, 일본에서는 3·1독립운동을 일본의 식민지 지배의 실패로 보기보다는, 일본에 저항하는 조선인과 그들을 지지하는 미국인 선교사의 책략으로 간주하는 경향이 강했다.

식민지기 조선에서 대표적 기독교계 고등 교육 기관으로는 평양의 숭실전문학교, 서울의 연희전문학교와 이화여자전문학교가 존재한다.

11 小森陽一, 「マルクシズムとナショナリズム」, 『岩波講座 5−近代日本の文化史 編成されるナショナリズム 1920~30年代』 1, 東京 : 岩波書店, 2002, 15면.

이러한 고등 교육 기관에서 영어 교육은 큰 비중을 차지했다.

기독교계 고등 교육 기관에서 영어 교육이 큰 비중을 차지하고 있는 것은, 제1차 조선교육령에 의해 고등보통학교에서 일본어가 중요시되고, 영어는 상대적으로 경시된 것과 극명한 대조를 이루고 있다. 경성고등보통학교를 1919년에 졸업한 이태규는 다음과 같이 증언하고 있다.

> 京畿 : 그때는 京城高等普通學校라고 그랬는데, (…중략…) 4年課程을 마치고, 1年課程인 그 學校의 師範科를 다녔는데, 여기서도 普通學校教師가 英語를 알 필요가 없다고 해서 가르치지 않았습니다. (…중략…) 廣島高師(廣島高等師範學校 — 인용자 주)에 들어가 보니 내가 알고 있는 英語라는 것은 A, B, C, D, E, F, G, H, I까지이고, 다음에 J부터는 모르고 있었어요(웃음). I까지는 어떻게 알고 있었느냐 하면 代數나 幾何를 푸는 데 그것이 필요했거든요(웃음). (…중략…) 이러한 教育을 받고, 廣島高師에 入學한 후에 겪은 고생이라는 것은 이루 말할 수 없습니다. (…중략…) 그때, 日本 사람들은 原書를 가지고 하고 있었거든요. 英語로 된 教科書들이지요. 책을 읽지를 못하고, '테크니칼 · 텀'은 英語을 많이 쓰니까 말하는 것도 알아 듣지 못하고, 黑板에 써주는 것을 베끼지도 못하고 ……. 한1年동안 죽어 났지요.[12]

이 회고는 조선인이 일본 내지의 상급 학교에 진학하려면 영어가 큰 장벽이었음을 보여 주고 있다. 이러한 관립학교가 영어를 경시한 반면 기독교계 학교는 영어를 중시했다.

12 「홍승면 대담 : 유타 대학 화학교수 이태규 씨」, 『新東亞』, 1964.11, 191면.

숭실전문학교는 1898년에 미국 북장로교회의 선교사에 의해 설립되었다. 1919년 3·1독립운동 때는 졸업생 박희도와 김창준이 민족 대표 33명의 일원으로 활약하는 등, 민족 독립투사를 많이 배출한 학교이다. 특히 3·1독립운동 때 미국 선교사들이 운동의 주도자를 집에 숨겨 준 것이 큰 문제가 되었다. 1930년대가 되면, 이 학교가 신사 참배를 거부했기 때문에, 1937년 10월 29일에 폐교된다.[13] 이와 같이 일본 측에서 위험시된 학교에서 영어 교육은 중요한 위치를 차지하고 있었다. 예를 들어 1912년부터 1913년까지의 교과 과정에 따르면, 어학에 영어(3시간)와 일본어(3시간), 역사에 영국 역사(3시간)로 구성되어 있었다. 당시의 교수진은 거의 선교사로 구성되었고, 그 밑에 조선인 조수가 있었다.[14]

연희전문학교는 1915년에 미국 장로교회 선교사 원두우Horace Grant Underwood에 의해 창립되었다. 문과, 신과, 농과, 상과, 수물과, 응용화학과가 있었는데, 1921년의 연희전문학교 학칙에 따르면, 문과 1학년 때 일본어(2시간), 영어(5시간), 영문학(3시간)이 설치되어 있었다.[15] 연희전문학교도 다수의 재학생이 3·1독립운동에 관련되어, 1918년에 94명이었던 전교생의 수가 1919년에는 19명까지 감소했다.[16]

이화여자전문학교는 1886년에 이화학당으로 시작하였지만, 1925년에 미국 감리교 선교사 홀Ada B. Hall의 명의로 전문학교로 총독부에서 허가를 받았다. 1925년의 교과과정에 따르면, 문과와 이과가 있었으며,

13 『숭전대학교80년사』, 서울: 숭전대 출판부, 1979, 324~340면. 숭실전문학교의 역사에 관해서는 李省典, 「帝國·近代·ミッションスクール」, 『帝國と學校』, 京都: 昭和堂, 2007 참조.
14 위의 책, 156~157면.
15 『연세대학교백년사 1－연세통사(상)』, 서울: 연세대 출판부, 1985, 163면.
16 위의 책, 346면.

문과 1학년 때 일본어는 2시간, 영어 작문과 회화가 3시간, 문법 해석이 2시간, 영문학이 5시간 제공되고 있었다.[17] 1926년의 교수진을 보면, 선교사 10명과 조선인 4명을 확인할 수 있지만, 일본인은 한 명도 없었다.[18] 1914년부터 1925년까지 대학과를 졸업 한 29명 중 13명이 미국에 유학하였고, 귀국 후에는 교육계와 여성 사회단체에서 주목할 만한 활약을 했다. 특히 간과해서는 안 되는 것은 항일독립운동과 연결되는 여성 활동가 중 이화 출신이 리더 역할을 했다는 것이다.[19]

숭실, 연희, 이화여자 전문학교는, 기독교계 학교라는 점, 이들 학교의 학생들이 3・1독립운동에 적극적으로 참여했다는 점, 그리고 영어 교육에 역점을 두었다는 점에서 공통점을 가지고 있다. 이 학교들은 모두 대학설립운동을 전개했는데, 총독부는 그것을 인정하지 않았고, 오히려 그러한 대학설립운동을 가라앉히기 위해 경성제국대학을 설치했음이 선행 연구에서 지적되었다.[20]

이화 졸업생의 진로에도 나타나고 있는 것처럼, 영어 학습에 대한 동기는 서양사회의 유학과 긴밀하게 연결되어 있었다. 당시의 대표적 조선어 신문인 『동아일보』 또한, 영어 학습과 구미 유학의 필요성을 역설하고 있었다.

예를 들어, 1921년 3월 23일 「學期時感 卒業者와 入學者」[21]라는 기사에서, "英語는 現代의 世界的 用語가 되얏는지라, 商業과 政治와 科學에 此를 未解하면 이는 常識의 欠乏을 表示하는 觀이 有할 뿐 아니

17 『이화백년사자료집』, 서울 : 이화여대 출판부, 1994, 346면.

18 위의 책, 130면.

19 『이화백년사』, 서울 : 이화여대 출판부, 1994, 148면.

20 阿部洋, 「日本統治下朝鮮の高等教育－京城帝國大學と民立大學設立運動をめぐって」, 『思想』 第565, 1971.7.

21 인용은 원문 그대로이나 띄어쓰기만 필자가 현대적으로 바꿨다. 이하 같음.

라, 또한 列邦의 文明을 綜合하야 一大文化을 期成함에 障害됨이 不少하니, (…중략…) 그럼으로 吾人은 兄弟에게 告하고자 하노라. (…중략…) 世界文明의 空氣를 마음끗 吸收코자 할진대 몬저 英語을 힘써 學得하라 하노라"라고 입학자에게 희망한다.

또한 이날 졸업 시즌을 맞이한 조선인 학생을 향해 사설 「歐米留學을 勸하노라, 新學期에 臨하야」에서 다음과 같이 말하고 있다.

> 日本의 文明史를 檢討하면, 그 進化發達의 原理가 特出하나, 그중 一은 遣外留學生 制度라 할 것이니, 新羅와 百濟가 物質的 精神的 諸般 學術을 伝한 以來로, 日本은 自勉하여, 或隋에, 或唐에, 或明에 特히 留學生을 派遣하여, 仲介을 待하지 아니하고, 直接 文化 本源地에 就하야 그 寶貨을 探査하며, 그 精粹를 輸入하얏스며 至於 明治維新하야는 特히 '知識을 넓히 世界에 求할 것'을 興國의 大策으로 決定하야, 或英或米에 或仏或獨에 陸?不絶히 留學生을 派遣하야, 그 文化 取來에 寧日이 無하얏으니 (…중략…) 日本의 今日이 그 緣由한 바 實노 深長하도다. 吾人은 今日 各地 卒業生에 對하여, (…중략…) 特히 提唱하고자 하는 바는, 歐米의 留學이니

위의 기사는 일본이 세계열강이 될 수 있었던 가장 큰 이유는 유학생을 통해 구미에서 직접 선진 문물을 받아들인 때문이라고 주장하고 있다. 이 사설에서는 또한 조선도 '문명'의 중심인 구미에서 직접 문화를 수입하기 위해서, 구미에 유학해야 하는 이유를 네 가지 들고 있다. 첫째는 서양 문명은 동양과 달리 독특한 면이 많이 있지만, 일본을 통해 수입된 서구 문명은 '일본화된 문명'에 불과하기 때문에 조선은 '순수한 서양 문

명'을 직접 받아들여야 한다는 것. 둘째는 일본을 거치지 않고 서양에서 직접 문명을 수입함으로써, 서양 사정에 정통하게 되고, 조선 사회의 개혁에도 큰 영향을 미칠 수 있다는 것. 셋째는 문명의 본원도 구미이며, 세계의 패권도 구미가 쥐고 있기 때문에, 그 사정에 정통할 필요가 있다는 것. 넷째는 오늘 영미가 강대하고 부유한 것은, 그 국민이 세계 각지에서 활동하고 있기 때문이고, 따라서 조선인도 조선에만 머무르지 말고 세계 각지에서 활약하기 위해서도 유학해야 한다는 것이다.

여기서 우리는 구미에서 '직접' 문화를 수입해야 한다는 주장이 '식민지 통치자로서의 일본의 개입이 없어야 하는' 중요성을 역설하고 있음에 주목해야 한다고 생각한다. 그것은 반드시 직접적 항일 주장은 아니더라도, 일본인의 측면에서 보면, 간과하기 어려운 것이었을 터이다.[22]

그렇다면, 조선인 유학생의 문제를 일본인 관계자는 어떻게 파악하고 있었던 것일까. 총독부가 간행한 『조선인』(1920.12)에 게재된 다카하시 도루高橋亨의 논고에 근거하여 밝히고 싶다. 다카하시 도루는, 조선총독부의 교육・문화 정책에 깊이 관여했을 뿐만 아니라, 경성제국대학 설립에서도 중심적 역할을 했으며, 조선어・조선문학 제일강좌 교수로 부임했던 사람이다. 그는 3・1독립운동의 원인으로 외래 사상과 감정에 감염된 조선 청년의 사상을 지적하고, 그 대책으로서 '조선에서 일본인의 손에 의해 잘못되지 않은 일본인의 사상을 통하게 할 교화 시설'을 조선에 설치하는 것이 '통치 백년의 장계長計'라고 주장하면서, 다

22 실제 조선인의 유학생 수는, 도쿄 조선유학생감독부에 의하면 1931년에 3,639명, 재미조선학생연합회에 의하면 1933년 493명이다. 李如星, 金世鎔, 『數字朝鮮硏究』 第4輯, 京城 : 世光社, 1933, 122면.

음과 같이 말하고 있다.

> 지난해 소요의 중심은 실로 이들 반일본화 선인半日本化鮮人 반미국화 선인半米化鮮人에 있다. 더구나 그 후 내지에 유학하는 청년이 점점 많이 미국 교회에 출입하는 사람 점점 그 수를 더한다. 현재 일본에 있어서 소위 사상 문제는 반서구화한 일본인을 중심으로 일어나고 자칫하면 국가 사회의 질서를 계속해서 어지럽히려 하고 있다. 반일본화하는 조선 청년은 더욱더 반서구화하는 일본인에 영향을 받아 이를 일본인의 말을 자기 생각인 것처럼 받아 조선 사상계를 혼란시키고 있다. 이런 의미에서 반일본화한 선인鮮人과 반미국화한 선인鮮人은 서로 연락을 취하고 의지가 통한다. 그들은 함께 파괴적이며, 잘못된 자각자이며, 선동적이 되고, 사회와 개인의 진보 순서를 무시한다. 장래 조선인 행복을 저해하는 장본인은 실로 그들이 된다. 조선 백 년 대계는 어떻게 현재 그들을 처분하며 어떻게 장래 이와 같은 선인鮮人의 발생을 막아 내는지에 달려 있다.[23]

이와 같이 유학생 등 '반서양화'한 조선의 지식청년을 '국가 사회의 질서를 어지럽'히는 자들로 판단한 후, 다음과 같은 제안을 독립 사상의 대책으로 제시하고 있다.

> 조선 지식 계급 청년의 감정을 완화하고 안정적으로 내선융화內鮮融和의 초석을 자리 잡게 하려면 그들이 만족할 만한 교육을 성심성의를 다해 학

23 高橋亨, 『朝鮮人』, 京城 : 朝鮮總督府學務局, 1920, 69면.

식풍부한 내지인 교육자에 의하고 이것을 수여받은 그 졸업자를 또는 조선에서 또는 내지에서 재능에 따라서 관계에 민간에 사용하는 것 이상의 유력한 방법은 없다.

우마코시가 지적하듯이, 총독부 측에서는 경성제국대학과 같은 "최고 학부를 건설하여 식민지 통치의 문화 존중을 내외에 강조하는 상징효과를 활용하는 한편, 또 한편에서는 식민지의 최고 엘리트를 체제내화시키지 않으면 안 된다"[24]고 생각했다. 하지만 조선인은 서구 문명의 불완전한 모방에 지나지 않는 '일본적 근대' 대신에 '서구적 문명'과 직접 연결된 기독교계 학교를 환영했다.[25] 단순히 '서구적 문명'을 배워서는 안 된다고 억압하는 것만으로는 '조선 지식인 청년의 감정을 완화'할 수 없었다. 따라서 경성제국대학도 또한 영어학 ·영문학 강좌를 설치하여 기독교계 학교를 견제하고, 또한 구미에 유학하는 조선인을 체제내에 유인하려고 했던 것이다.

2) 경성제국대학에 있어서 영어학 · 영문학 강좌

경성제국대학에서는 일본인도 조선인도 배우고 있었다. 영어학 · 영문학 강좌는 각각의 학생들에게 어떤 위치를 차지하고 있었던 것일까.

24 馬越徹, 앞의 책, 104면.

25 정준영, 「1910년대 조선총독부의 식민지교육정책과 미션스쿨—중 · 고등학교의 경우」, 『사회와 역사』 제72호, 2006, 219면.

1929년도부터 1941년도까지의 법문학부 졸업생 수를 보면, 일본인은 60%(129명)이고 조선인은 40%(67명)이다. 그중 문학부의 국어학・국문학 강좌는 일본인이 97%(71명), 조선인이 3%(2명)로 일본인이 차지하는 비율이 압도적으로 높고, 조선어・조선문학 강좌는 일본인이 11%(2명), 조선인이 89%(17명)로 반대로 조선인이 차지하는 비율이 높다. 중국어학・중국문학 강좌는 일본인이 60%(12명), 조선인이 40%(8명), 영어학・영문학 강좌는 일본인이 51%(36명), 조선인이 49%(35명)로 민족별 비율이 길항하고 있다. 영어학・영문학 강좌는 조선인은 물론 일본인에게도 인기 있는 학과 중 하나였던 것이다. 특히 문학부 전체에서 조선인이 차지하는 비율이 34%에 지나지 않음을 고려하면 영어학・영문학 강좌에서 조선인이 차지하는 비율이 49%라는 것은 조선인의 영어학・영문학 강좌에 대한 높은 관심을 가지고 있었음을 말해 주는 데에 부족함이 없다.

이러한 조선인의 영어에 대한 높은 관심은 일본인 교사에 의한 영어 교육의 질이 낮은 것에 대한 학생들의 반발에서도 나타났다. 예를 들어, 1920년 5월 10일, 경성의 보성고등보통학교 3학년 학생들은 일본인 영어 교사 '전중용승田中龍勝' 씨가 발음이 나쁘다는 이유로 영어 교사를 바꿔 줄 것을 요구하고 동맹 휴교를 했다. 이에 대해 보성고등보통학교의 정대현 교장은 "이는(일본 교사의 발음—인용자 주) 일본 사람의 영어요, 영국 사람의 영어가 아니라 하여 영어 교사를 바꾸어 달라는 요구이었음이라는 사실이외다. (…중략…) 조선 사람으로 영어 선생을 얻기도 어렵고 하여 그 일본 사람을 둔 것인데 지금 이같이 학생 측에 반대가 일어나니 학교라 하는 것은 학생을 위하는 것인데 장차 어찌하여야 좋을는지 아직까지 선후책을 결정치 못하였"다고 말했다.[26] 발음 면 등에서 조선인 교사가 우위에 있다고 인정하면서 총독부의 정책과 관련하여 조선인을 고용하는 것이 주저되는 상황임을 시사하고 있다. 어느 쪽으로 해도 학생들의 휴업 사실은 위에서도 언급한 것처럼 조선인의 영어에 대한 열정과 노력의 주체성을 나타내고 있음은 변함이 없다고 생각된다.

그러면 학생들은 무엇을 얻고 싶어서 영어 영문학을 배우려고 한 것일까. 〈표 2〉는 경성제국대학에서 영어학・영문학을 배운 학생들의 취직 상황을 나타낸 것이다.[27]

〈표 2〉 경성제국대학 영어학・영문학의 취직 상황

	일본인	출신지	조선인	출신지	취직처	출전
1930	津崎逸朗	구마모토			도바타 고등여학교	경성제대영문학회회보
	森永龍之弼	야마구치				경성제국대학일람
	岩山 勝	미야기				경성제국대학일람
	寺本喜一	교토			경성제국대학 영문학연구실 조수	경성제대영문학회회보
	諸留 寛	도쿄				경성제국대학일람
			김영준	경북	성흥농업학교	경성제대영문학회회보
			김용환	충남		경성제국대학일람
			이효석	강원	총독부	경성제대영문학회회보
1931	梶原 俊	오이타			부산제일상업학교	경성제대영문학회회보
	西川 融	미에			군산중학교	경성제대영문학회회보
			현영남	경기		경성제국대학일람
			최재서	황해	대학원 진학	경성제대영문학회회보
			조규선	경기	광명고등여학교(간도)	경성제대영문학회회보
			정준모	경기	중앙불교전문학교	경성제대영문학회회보
			이혜구	경기	경성방송국	『이혜구 박사 송수기념 음악학 논총』, 1969
1932	黑瀨卓朗	야마구치			군산중학교	경성제대영문학회회보

26 「두 번째 普成校의 休學」, 『조선일보』, 1920.5.12; 『普成80年史』, 普成80年史編纂委員會, 1986, 346면.

27 학생의 이름・출신지는 『京城帝國大學一覽』에 의함.

	일본인	출신지	조선인	출신지	취직처	출전
	杉本長夫	히로시마			경성제국대학 영문학연구실 조수	경성제대영문학회회보
	勢一 斐	야마구치			신의주고등여학교	경성제대영문학회회보
	安藤直之	오카야마			경성방송국	경성제대영문학회회보
			조익준	황해	성흥농업학교	경성제대영문학회회보
			조용만	경기	세브란스 의학전문학교 영어 전임 강사	『이호근, 조용만 양교수 화갑기념문집』, 1969
			전봉빈	평남	법문학부 진학	경성제국대학일람
1933	小山政憲	구마모토				경성제국대학일람
	府中 敵	이시카와				경성제국대학일람
	町井貞次郎	비에			안산중학교鞍山中學校	경성제대영문학회회보
			김충선	충남	평양숭인상업학교	경성제대영문학회회보
			홍봉진	경기	경성여자상업학교(법학사, 1936)	홍봉진, 『양촌일지』, 일심사, 1986
			차준담	경기		경성제국대학일람
1934	舟津重輝	효고				경성제국대학일람
	諸橋哲夫	니이가타				경성제국대학일람
	白井芳朗	니이가타			대련 제이중학교(법학사, 1931)	경성제대영문학회회보
			김해균	전북	대학원 진학	경성제대영문학회회보
			김업	경기		경성제국대학일람
			최종성	충북	김천고등보통학교	경성제대영문학회회보
			박정휘	경기		경성제국대학일람
			이호근	경기	경성제국대학 영문학연구실 조수	경성제대영문학회회보
			김윤석	경기		경성제국대학일람

〈표 2〉를 분석해 보면 영어학・영문학 강좌의 학생 중 졸업 후 진로가 판명된 24명 가운데 대학원 진학이나 영문학 연구실 조수가 5명, 중등학교 교사가 15명, 기타가 4명이다. 영문학을 선택한 사람들의 일자리는 대학원 진학이나 영문학 연구실 조수, 중등학교 교사 등 대부분이 학교와 관련되어 있다. 영문학 강좌는 총독부 관료로서의 '출세'를 약속하는 루트는 없었지만, 조선인으로서는 상대적으로 안정된 고용으로 이어지는 진로를 보장하는 것이었다. 예를 들면, 조용만(1932년 졸업)

은 "法科를 하려면 總督府 官吏를 目標로 할 수밖에 없는데, 나는 植民地 官吏가 되고 싶지 않았고, 집에서도 그것을 좋아하지 않았다. (…중략…) 英文科를 졸업한댔자 中學校 英語敎師밖에 할 것이 없지만, 官吏보다는 나을 것이라는 생각이 들었고, 조용히 책이나 읽으면서 지내리라는 消極的인 隱遁生活이 日本治下의 선비의 生活態度일 것같이 생각되었다"고 회상하고 있다.[28] 홍봉진(1933년 졸업)도 "法科로 進出하는 것인데 世波에 놀아나서 法科로 내가 成功한다면, 잘 되었자 日帝의 高官이 되어서 走狗 노릇을 해야 할 것이다. 남은 감옥살이도 하는데 世俗의 功名心 하나쯤이야 抛棄하지 못하겠느냐. (…중략…) 이름없는 한 개의 文士가 되더라도 내 마음만 편하다면 다행한 일이 아닐까"[29]라고 영문학을 선택한 이유를 밝혔다.

2명이 모두 영문학을 전공한 이유로 법과를 선택해 총독부의 관리가 되는 것에 대한 거부감을 들고 있는 것은 매우 흥미롭다. 한편, '은둔생활'이나 '문사'라는 단어는, 『동아일보』 사설이 논의했던 것처럼, 직접 '서양 문명'을 배워, 조선의 부강에 유용하게 하자는 지향으로부터도 거리가 있음을 보여 준다. 즉, 영어학・영문학을 선택한 적극적 이유는 말하지 않았다고도 할 수 있다. 이것은 '일본형 식민지 대학'인 경성제국대학에서 조선인이 일본인에게서 영문학을 배우는 것이 아이러니컬한 상황이었음을 보여 주고 있다고 할 수 있다.

---

28 조용만, 「나의 영문학 편력기」, 『Phoenix』 제13집, 고려대 영문학회, 1969, 431~432면.
29 홍봉진, 『陽村日誌』, 서울 : 一心舍, 1986, 97~98면.

2. 사토 기요시와 영문학

경성제국대학에서 영어학・영문학 강좌의 주임 교수로 취임한 사람이 사토 기요시였음은 이미 앞에서 말한 바 있다. 〈표 3〉에서 보는 바와 같이 사토는 1945년까지 그 지위에 있었다.

〈표 3〉 경성제국대학의 영어학・영문학 강좌의 교수진

담당과목	이름	1926	1927	1928	1929	1930	1931	1932	1933	1934
영어학, 영문학	佐藤清	교수	교수	교수	교수	교수	교수	교수	교수	교수
영어학, 영문학	寺井邦男					조교수	조교수	조교수	교수	교수
영어학, 영문학	中島文雄						조교수	조교수	조교수	조교수
영어학	吉村定吉					조교수	조교수	조교수		
담당과목	이름	1935	1936	1937	1938	1939	1940	1941	1942	
영어학, 영문학	佐藤清	교수	교수	교수	교수	교수	교수	교수	교수	
영어학, 영문학	寺井邦男	교수								
영어학, 영문학	中島文雄	조교수	조교수	조교수	조교수	교수	교수	교수	교수	
영어학	吉村定吉									

출전 : 경성제국대학일람

1) 이력

사토 기요시1885~1960는 센다이仙台에서 태어난 시인이며, 영문학자다. 1906년 도쿄 제국대학 문과대학 영문과에 입학하여, 나쓰메 소세키로부터 영문학 강의를 들었으며, 1910년에 졸업하였다. 사립 도쿄 학원(현 關東學院大學), 사립 고베 간세이 학원(현 關西學院大學), 도쿄 여자고등사범학교東京女子高等師範學校, 경성제국대학 교수를 역임하고, 전후에는 동양대학東洋大學, 아오야마 학원대학青山學院大學의 교수로 근무했다.

사토는 1917년에 사립 고베 간세이 학원 재직 중 영국에 2년간 유학하였으며, 1924년에는 경성제국대학 예과 교수로서 1년 6개월간 영국과 프랑스에 유학을 했다. 특히 사토의 이력 중에서 주목되는 것은 첫 번째 유학이다. 사토가 제1차 세계대전 중 런던에 머물면서, 「체영 통신」 및 영국의 생활을 주제로 한 일련의 문장을 『육합잡지六合雜誌』에 계속 기고하고 있었다. 그중에서 사토가 쓴 「전시 중의 애란의 반란과 애란 시인의 무리」가 검열에서 문제가 되어 『육합잡지』는 일시 발행 정지가 되기도 했다.[30]

사토는 『니시나다에서西灘より』(자가출판, 1914), 『사랑과 음악』(자가출판, 1919), 『바다의 시집』(자가출판, 1923), 『구름과 새』(자가출판, 1933), 『벽령집碧靈集』(인문사, 1943) 등의 시집을 간행했을 뿐만 아니라, 『메이지 다이쇼 시선 전明治大正詩選・全』(시화회 편, 1925)과 『현대 일본 시선』(1925)에도 시를 게재한 유명한 시인이기도 했다. 번역서로는 『주홍글씨』(이와나미 문고, 1917, 37쇄까지 출판), 연구서로는 『애란문학 연구愛蘭文學硏究』(연구사, 1923), 『키이츠의 예술』(연구사, 1924), 콜리지의 『문학 전기』(영문학총서, 연구사, 1928), 『영시의 정수』(연구사, 1931), 『워즈워스』(영미문학 평전 총서, 연구사, 1934) 등이 있다.

또한, 사토는 『京城日報』의 「京日詩壇」의 선자選者(1929.1~1931.3), 조선시인협회가 창간한 시집 『朝鮮詩壇』의 투고 시편의 선자選者(1934) 등도 역임했으며, 그 밖에도, 전시기戰時期에는 일본문학보국회日本文學報國會 회원, 조선문인보국회朝鮮文人報國會의 회원 및 이사로도 활동했다.

야노 호진矢野峰人은, "그는 자신의 세계를 가지고 있다고 하지만, 시

30 佐藤清, 「佐藤清年譜」, 『佐藤清全集 3－散文・譯詩』, 東京 : 詩聲社, 1964, 325면.

간과 함께 움직이는 시인으로, 아직 시샘의 고갈과 유로流露의 정체가 보이지 않는다. 그럼에도 불구하고, 시단의 표면에 나타나지 않는 것은, 이른바 striking한 소재가 부족한 데다, 중앙에서 멀리 오랫동안 떨어져 살고, 세인의 주의를 끌 수 있는 것이 적었기 때문이다"[31]라고 평하고 있다. 사토가 영문학자로서뿐만 아니라 시인으로서도 식민지 지배에 대해 중요한 언급을 하고 있는 것에 대해서는 후술하겠다.

2) 자국문학과 외국문학

사토는 영문학뿐만 아니라 외국문학을 배우는 의미에 대해 다음과 같이 말하고 있다.

> 외국문학 연구는 이종이양異種異様한 것을 맞아, 자신의 부족한 부분을 보충하는 것을 주목적으로 한다. (…중략…) 나는, 과거의 일본문학과 유럽 문학을 비교하여, 그 정신의 상이, 표현의 치밀함과 거칠음에 첫째와 둘째의 순위를 매기는 우를 배우고자 하는 것은 아니지만, 오늘 세계 사상의 본류에 편승하여, 세계정신과 함께 움직이는 것이어야 위대한 것을 창조할 수 있을 것이라고 생각한다. (…중략…) 오늘날 우리가 존중해야 할 정신은 자부의 정신이 결코 아니다. 오히려 각자에게 용서 없는 비판을 하지 않으면 안 된다. 외국문학은 이제 남의 일이 아닌 것이다. 모든 인간에게 귀중한 유산인 것이다.[32]

31 矢野峰人, 「解說」, 『日本現代詩大系　第五卷』, 東京 : 河出書房, 1951, 366면.
32 佐藤清, 「はしがき」, 『Principles Of Criticism from Biographia Literaria－by Samuel Taylor

사토는 외국문학을 연구하는 목표는 세계정신을 배우고, 이 세계정신에 기준해서 일본정신을 비판하는 힘을 기르는 것이라고 주장하고 있다. 또한 외국문학 연구는 위대한 문학의 '창조'를 동반할 때 처음으로 의미를 가지는 것이며, '창조'를 매개로 한 외국문학 연구는 자국문학에 공헌하는 것으로 생각했다.

이것은 경성제국대학에서 영문학을 가르치는 데 있어서 중요한 방침이기도 했다. 사토는, 전후에 기록한 회상에서, 경성제국대학의 정년퇴임 기념 모임에서 다음과 같이 말했다고 쓰고 있다. "나는 대학의 외국문학이라는 것은, 예술 학교나 음악 학교와 같은 곳이 아니면 안 된다고 생각하고 있는데, 문학 창작과 비평 방면에서 일하는 사람들을 위해서도 준비를 시키지 않으면 안 된다고 생각하고 있으며, 항상 그런 마음가짐을 가지고 일해 왔습니다. 외국문학을 위한 외국문학이 아니라 자국문학을 위한 외국문학이라는 생각으로 일해 왔습니다."[33] 또한 최재서도 "제자들 중 실제로 문학 활동에 참가하는 학생이 나오는 것을 선생님(佐藤清 — 인용자 주)은 가장 기뻐했다"[34]고 증언하고 있다.

또한 사토는 예술가의 모범이 되는 자세에 대해서 다음과 같이 말하고 있다.

> 근대 예술가가 일개의 인간으로서 경험하고 상상하는 인간 고뇌의 모습

Coleredge ; with introduction and notes Kiyoshi Sato』(岡倉由三郎・市河三喜 主幹, 研究社英文學叢書), 東京 : 研究社出版, 1928.

33 佐藤清, 「京城帝大文科伝統と學風」, 『佐藤清全集 3－散文・譯詩』, 258면. 이것은 사토가 정년퇴임 기념회에서의 '인사'인데, 당시에 인쇄 발표된 것이 아니라, 『佐藤清全集 3－散文・譯詩』에서 처음으로 공간된 것이다.

34 崔載瑞, 『轉換期の朝鮮文學』, 京城 : 人文社, 1943, 254면.

은 더없이 복잡하다. 종교, 교육, 정치, 신문, 과학, 철학 등의 평화로운 삶에서, 전쟁, 국제 관계, 탐험 등의 광대한 범위에 이르기까지 인간 생활의 영상은 광대하고 복잡하다. 그리고 이 문화인으로서의 인간 생활을 기초로 하는 동물적 본능 생활은 대낮에는 완전히 은폐되고 있지만, 예술가는 (…중략…) 이 은폐의 비밀도 찾지 않으면 안 된다. 심지어 더욱이 그는 이것을 표현하기 위해서 예술가로서의 고뇌를 맛보지 않으면 안 된다. (…중략…) 위대한 오늘날의 예술가는 예술가의 고뇌를 해방함으로써, 위대한 가치를 수립하지 않으면 안 된다.[35]

사토에게 있어서 외국문학 연구는 자기에 대한 비판 정신이 요구되는 것이어야 했다. 이 비판 정신은 말하자면 이념의 수준에 안주하지 않고, 평화로운 일상생활에서 전쟁과 국제 관계에 걸쳐서 은폐된 인간의 '동물적 본능 생활'을 벗겨 내고 표현하지 않으면 안 되는 것이었고, 그것 때문에 '동물적 본능'에 얽매이기 쉬운 인간의 '고뇌'를 부각하지 않으면 안 되었다. 이러한 사토의 논의는, 예를 들어 '문명화의 사명'이라는 미사여구로 식민지 지배를 정당화하는 논의의 기만성을 날카롭게 비판할 수 있는 가능성을 준비하고 있었다. 그렇다면 사토는 식민지 지배라는 정치적 현실에 의해 만들어지는 '고뇌'를 어떻게 파악하고 있었던 것일까. 다음에 이 문제에 대하여 영국[36]과 아일랜드의 관계를 인식하는 방법에 의거하여 생각해 보려고 한다.

---

35 佐藤清, 「苦惱と表現」, 『文學評論』 第6巻 6号, 1931(佐藤清, 『佐藤清全集 3－散文・譯詩』, 25면).

36 이하 이 장에서 말하는 '아일랜드'와 대립되는 의미에서의 '영국'은 '잉글랜드'를 의미하는 것임을 덧붙여 둔다.

3) 영국과 아일랜드

사토는 『애란문학 연구愛蘭文學硏究』의 「서」에서 "애란문학에 커다란 관심을 가지기 시작한 것은, 4~5년 전 Yeats를 조금 연구할 생각으로, 그의 시를 정리하고 읽기 시작했을 때부터이다. 그 사이에 나는 나에게 완전히 미지의 세계인 켈트 민족의 고뇌와 동경을 알게 되었다"[37]고 말하고 있다. 여기서 말하는 "4~5년 전"이란 사토가 영국에 체재했던 1917~1918년의 기간을 가리킨다. 그러나 "체영 때는 준열한 제한 아래에" 아일랜드 문학을 연구할 수 없어서, 본격적으로는 일본으로 귀국한 후에 시작했다고 말한다.

사토는 왜 예이츠Yeats에 흥미를 갖게 된 것일까. 사토가 『애란문학 연구』에 참고 문헌으로 올린 Ernest A. Body는, 『아일랜드 문예 부흥』이라는 제목의 책에서, "많은 사람들에게 예이츠는 아일랜드 문예 부흥과 동의어이며, 예이츠는 아일랜드 문예 부흥의 시작이며 끝이라고 믿어지고 있다"[38]고 서술하고 있다. 여기에서는 오로지 '문예 부흥'이라는 문학적 맥락에서만 논의되고 있지만, 예이츠가 반제국주의 저항 운동이 한창일 때, 대안對岸의 강국 영국의 압제 아래 신음하는 아일랜드 사람들의 경험과 원망과 부흥의 비전을 이야기할 수 있었던 인물임은 1910년대 당시에도 널리 알려져 있었다.

한편, 1910년대부터 1920년대에 걸쳐 일본에서 예이츠는 어떻게 받아들여지고 있었을까. 예이츠를 특집으로 다룬 기사로는 「예이츠호」

37 佐藤清, 「序」, 『愛蘭文學硏究』, 東京 : 硏究社, 1923.

38 Body, Ernest A., *Ireland's Literary Renaissance*, John Lane Company, 1916, p.122.

(『성배』, 1913.7), 「회상의 예이츠호」(『일본 시인』, 1924.1), 「예이츠 기념호」(『영어 청년』, 1924.2) 등이 있다. 뒤의 두 기사는 1923년에 예이츠가 노벨상을 받은 것에 대한 대응으로 기획된 특별호이며, 사토의 『애란문학 연구』가 출판된 이후의 기사이다.

1913년의 『성배』의 「예이츠호」에서는 예이츠의 희곡과 시 등이 번역되어 예이츠의 고전상징희古傳象徵戱(평론), 소전小傳, 서사書史 등이 적혀 있다. 그 가운데 와세다 대학 재학 중에 시지詩誌 『성배』를 창간한 시인이자 영문학자인 히나쓰 고노스케日夏耿之介는, "아일랜드 문학 부활 운동의 기원은 아일랜드가 자기 문제라고 말하는 실제적 민족 운동의 지맥으로서 그것에 의해 자극된 것"[39]이라고 아일랜드 문예 부흥의 성격을 규정하고, 예이츠가 쓴 희곡 〈Kathleen Ni Hoolihan〉는 "애국주의 정신을 최고의 정도로 진행시킨 것이다"[40]라고 쓰고 있다. 식민지 지배와 제국주의라는 말은 사용되고 있지 않지만 '민족 운동'에 있어서의 '애국주의'라는 맥락에서 예이츠가 자리매김되고 있음을 알 수 있다.

1924년 『영어 청년』에서, 영문학자 우치다 세이이치内多精一는 "잉글랜드 정부의 압박 정치에 반항한 아일랜드의 불평은, 정치적으로는 Parnell이나 Redmond의 자치안이 되고, 혹은 신페인당Sinn Féin党의 독립운동이 되어 나타났고, 문학에서는 A. E., 예이츠 씨, 그레고리 부인 등이, 잠자고 있는 애란인을 자각시켜, 순진한 시가詩歌가 되어 울려 퍼졌다"[41]며, 아일랜드 문예 부흥의 배경을 설명하고 있다.

---

39 日夏耿之介, 「イェイツの古傳象徵戱」, 『聖盃』, 1913.7, 44면.

40 위의 글, 51면.

41 内多精一, 「目覺めたる愛蘭人 愛蘭文芸復興の背景」, 『英語青年』 第50巻 第10号, 1924.2, 294면.

이상과 같은 기사에서, 1910년대에서 1920년대에 걸친 예이츠에 관한 논의는 영국의 아일랜드에 대한 제국적 지배와 무관하게 논의된 것이 결코 아님을 알 수 있다. 이러한 상황하에서 사토가 예이츠에 착안하여 '켈트 민족의 고뇌와 동경'에 공감한 것도, 영국의 아일랜드에 대한 제국적 지배를 의식한 것으로, 게다가 일본에서 아일랜드를 주목한 것으로는 가장 이른 시기의 것이라고 생각된다.

이미 언급했듯이, 사토는 체영통신滯英通信 및 영국의 생활을 주제로 기고한 것 중에서 「전시 중의 애란의 반란과 애란 시인의 무리 1~2」(1920)[42]가 검열에서 문제가 되어, 그 글을 실은 『육합잡지』는 임시로 발행이 정지된 적이 있었다.

「전시 중의 애란의 반란과 애란 시인의 무리」는 1916년에 일어난 아일랜드 반란(부활절 봉기)에 관한 기사이다. 제1차 세계대전 때 아일랜드는 독립과 자치를 얻기 위해, 영국에 협력할 것인지, 독일에 협력할 것인지, 혹은 중립적 입장을 취해야 할 것인지와 같은 선택지들이 있었다. 사토는 이러한 다양한 정치 단체와 정치인의 의견이 존재한다는 견해를 소개하고 있다. 그중에서도 특히 주목을 끄는 것은 '신페인당의 이론가 아서 그리피스Arthur Griffith'의 발언을 사토가 인용하고 있는 점이다.

> 대영 제국이란 명칭은 애란의 부정을 의미한다. …… 제국주의의 관념을 진리라고 생각하고, 새로 발견한 복음처럼 이것을 국민에게 설명하는 것은, 그들이 설명하는 제국주의가 실현되어 대영 제국을 작성하고 있는 한,

42 佐藤淸, 「戰時中の愛欄の叛亂と愛欄詩人の群 (一)(二)」, 『六合雜誌』, 1918(佐藤淸, 『佐藤淸全集 3－散文・譯詩』, 193~200면).

이것은 실로 세력 낭비이다. …… 대영 제국을 용인하는 것은 영국의 우월권을 용인하는 것임을, 애란국민당(신페인당 — 인용자 주)은 알고 있다. 그래서 애란국민당은 영국의 우월권을 인정하지 않는다. 왜냐하면 우리의 본능은 분열함으로 자멸하게 됨을 경계하기 때문이다.

사토는 이상과 같이 그리피스의 발언을 인용하면서, "그리피스는 애란의 국민성과 영국의 제국주의와는 서로 용인할 수 있는 것으로 생각하지 않았다"라고 코멘트하고 있다. 그리피스의 제3회 자치 방안에 대한 영국 측의 의견은, 그리피스에 따르면, 다음과 같은 것이다. "이 제안된 의회는, 법률을 만들 수 있을지도 모르지만, 이를 강행할 권력은 없다. 지갑을 한가득 채울 수는 있지만, 그 지갑을 소유할 수는 없다. 즉 이것은 애란의 국민인 것을 인정하지 않는 방식이다." 이처럼, 사토는 영국제국주의가 아일랜드인의 국민으로서의 권리를 부정하고, 경제적으로 착취하고 있다는 사실에 주목하여, 명확하게 비판적 자세를 취하고 있다.

위에서 본 바와 같이 사토는 제국주의적 식민지 지배에 대해 비판적 관점을 가지고 있었다. 그러나 사토는 대영 제국의 문화를 종합적으로 부정한 것은 아니었다. 예를 들어, 대영 박물관의 대영 도서관에 대해서는 다음과 같이 말하고 있다.

진정한 연구자를 위해, 거의 완벽에 가까운 시설을 갖추고, 빈부귀천을 초월하여, 어떤 종류의 사람들에 대해서도, 완전히 공평하게, 문호를 개방하고, 그 이용에 맡기고 있는 거대 도서관의 존재는, 그 나라의 문화를 끌어올리는 데 공헌하는 바가 많다는 것은 말할 필요도 없다. 이것을 무상으로 이용하도록 허용된 다른 나라 학생들을 통해, 다른 나라의 문화를 끌어올리는 데 공헌하는 바가 많다는 것도 인정하지 않을 수 없다. (…중략…) 돌아가는 것을 잊을 뿐만 아니라, 거기에 살지 않는다는 것을 살고 싶게 만드는 쾌적한 도서관을 소유한 영국 국민은 행복하다고 생각한다.[43]

사토는 대영 제국의 문화의 힘이 문명의 보고라고 말할 수 있는 도서관을 모든 자국 국민은 물론, 다른 국민에게도 무료로 개방하여, 자국은 물론 타국의 문화의 향상도 도모하고 있는 데에 있다고 생각했다.

또한 영국 체류 중의 다음과 같은 발언도 사토의 영국관을 잘 보여 주고 있다. 맨발로 걷는 것을 좋아했던 사토는 일본이 그리워서 견딜 수 없을 때, 아는 노인이 "일본은 아직 semi civilized네요"라고 말한 것에 대하여 "semi civilized한 것이 얼마나 인간다운 생활인지 모른다"고 생각하지 않을 수 없었다. 그렇지만 이렇게 생각하는 순간에 그는 "양심의 자유, 사상의 자유, 학술 연구의 자유를 얻을 수 없는 나라는 맨발로 걸을 수 있는 정도의 것으로, 보상이 되어질 리 만무하다. (…중략…) 이 나라(영국 — 인용자 주)의 사람들이, 이미 엄청난 자유를 즐기면서, 게다가, 또한 완전한 자유를 획득하려고 대담한 운동을 시작하는 것을 생각하면, 부러워서 나의 숨통이 끊어질 정도였다"고 말하고 있다.[44]

사토는 자연과 함께 생활하는 데에 대한 동경이 있었지만, '양심의 자유'와 '사상의 자유'를 얻기 위해 씩씩하게 싸워 온 영국인에 대해 존

43 佐藤清, 「外國の図書館生活」, 『現代随筆全集』 第11巻, 1935(佐藤清, 『佐藤清全集 3 — 散文・譯詩』, 190면).

44 佐藤清, 「沙翁聖地をたづねて」, 『六合雜誌』 第39巻 4号, 1919(佐藤清, 『佐藤清全集 3 — 散文・譯詩』, 170면).

경을 느끼고 있었다. 그것은 비판 정신을 기르기 위하여 외국문학을 배우는 사토에게 있어서 영문학을 배워야 할 결정적 이유 중 하나였다.

따라서 사토의 영국에 대한 감정은 상반되는 감정을 지니고 있었다. 도서관과 같은 시설의 공공성과 '양심의 자유'라는 관점에서는 영국을 높이 평가했지만, 아일랜드와의 관계에 대해서는 영국에 호의를 느끼지 않았다.

사토는 두 번째로 영국에 체류했을 때, 1925년에 설립된 '아일랜드 자유국'을 방문하고 난 다음, 그 '기행문'에서, 아일랜드에 대하여 다음과 같이 묘사하고 있다.

> 가난한 여자들은 아기를 안고, 까만 숄을 입고 그야말로 외로운 듯이 걷고 있다. 이상한 것은, 이런 사람들이 사람에게 구걸하지 않는 것이다. 런던이라면, 우리 같은 외국인을 보면, 자신은 기회를 잡았다는 듯이, 돈을 구걸하는 사람들이 얼마나 많은지 모른다. 가난한 것은 교만이다. 탄압받은 사람은 부끄러움을 알고 있다. 나는 이런 가난한 사람들을 보고, 외관이 그야말로, 맥없는 아일랜드의 가난한 사람들 앞에서, 머리가 수그러드는 생각이 들었다. 게다가 이 사람들이 사는 골목 안쪽에는, 역시 폐허가 된 파괴의 흔적이 보이는 것이다. (…중략…) 이 켈트 민족이 과연 어느 날 평화로운 생활을 하게 될까. 아니, 세계 민족이 언젠가, 자유, 평화, 평등의 생활을 영위할 것인가를 생각하며, 민족 나아가 인류 전체의 운명의 위기를 깊이 생각하지 않을 수 없었다.[45]

45 이 기행문은, 집필 당시에는 출판이 되지 않았는데, 가나표기법만 수정해서 전집에 처음으로 게재되었다. 佐藤清, 「アイルランド紀行」, 佐藤清, 『佐藤清全集 3－散文・譯詩』,

또한 사토는 아일랜드에서 영국으로 돌아갈 때, 영국(정확하게는 대 브리튼 연합왕국)의 일부로 남아 있는 북 아일랜드의 벨파스트에 들렀다.

> 벨파스트는 조선업으로 유명한 순 잉글랜드풍 공업지다. 점포가 북적이는 것, 근면 그 자체처럼 보이는 사람들의 모습 등, 더블린과는 전혀 다른 세계관이 있다. (…중략…) 현실에서만 살아 있는 사람들의 외관적 번영이, 또한, 인간으로서, 민족으로서, 얼마나 가치가 있는지 등, 빈정거리고 싶은 반항적 기분마저 일어난다.[46]

순 잉글랜드풍의 공업지 벨파스트의 사람들은 근면하고 현실적으로 살아가고 있고, 번영하고 있다. 반면 아일랜드인은 외관에서는 "맥없어 하고 있"으며, 가난하다. 하지만 벨파스트의 사람들의 이 번영은 인간으로서 어떤 가치가 있을까, 사토는 그것을 자문하고 있다. 탄압받는 아일랜드인은 수치를 알기 때문에 가난해도 구걸하지 않는다. 이것은 인간으로서의 존엄을 지키기 위한 것이다. 그러나 런던과 벨파스트의 사람들은 자신에게 경제적으로 이익을 가져다주는 기회를 호시탐탐 엿보고 있다.

사토의 아일랜드를 보는 관점은 '동물적 본능'에 대항하는 인간성이며, 영국을 평가하는 관점은 문화, 즉 '양심의 자유', '사상의 자유', '학술 연구의 자유'이다. 사토의 아일랜드를 보는 관점과 영국을 보는 관점은 기준이 다르다. 그러나 영국도 아일랜드도 경제적 번영이 아니라 인간성이라는 관점에서 평가하려고 하고 있는 점은 공통된다고 할 수 있다.

183～184면.

46 위의 글, 185면.

사토의 영국 평가에 대한 양의성은, 당시 영국이라는 국가가 안고 있던 양의성이기도 하다.

그렇다면, 영국과 아일랜드에 대한 사토의 인식은 조선에서의 일본과 조선에 대한 인식과 어떻게 연결되는지를 다음 항에서 검토해 보기로 하겠다.

4) 조선과 일본

유학 후 1926년에 경성에 부임한 사토는 경성제국대학의 교수로 임용된 과정을 다음과 같이 회상하고 있다.

> 어느 날, 핫토리 우노키치服部宇之吉[47]라는 이름의 친전서를 받았습니다. 그것을 읽어 보니, 나의 일신상의 일로 상담하고 싶은 것이 있으니 와 달라는 편지였습니다. 나는 그때까지 핫토리 우노키치라는 이름을 전혀 몰랐기 때문에, 이유도 모른 채 곤란했지만 수신인 주소를 보면 정확히 도야마가하라戸山ヶ原의 건너편에 있었으므로 찾아가서 용건을 묻자, 이번에 경성제국대학을 창립하면서 당신을 외국문학 강좌 담임으로 추천했으니까 내일부터라도 양행洋行의 준비를 해 달라는, 그야말로 느닷없이 일을 시작해야 하는 이야기였습니다.[48]

47 핫토리 우노키치는 한학, 중국 철학이 전문으로, 도쿄 제국대학 문학부장을 역임하고 경성제국대학 초대총장이 된 인물이다.

48 佐藤清, 「京城帝大文科伝統と學風」, 258면.

사토는 경성제국대학의 교수가 되기 이전에는 초대 총장 핫토리와 안면이 없었기 때문에, 왜 핫토리가 자신을 추천했는지는 알 수 없었다. 그러나 결과적으로, 사토는 이 핫토리에 의한 위촉을 감사하게 된다. 사토는 "나는 항상 내 생애에 가장 큰 혜택을 준 두 개의 학교가 있다는 것을 기억하고 있다. 하나는 간세이 학원關西學院이고, 또 하나는 경성제국대학이다. (…중략…) 경성제국대학 총장 고 핫토리 우노키치 박사에게 내 깊은 감사의 뜻을 영원히 바칠 수 있도록 기도한다"[49]고 말하고 있다.

경성에 온 사토를 따뜻하게 맞이한 것은 시인 우치노 겐지內野健兒와 그 동료들이었다. 우치노 겐지는 1926년에 '경성시화회京城詩話會'를 창립하였는데, 나중에는 이를 '아시아 시맥협회亞細亞詩脈協會'로 개칭하고, 기관지로서 『아시아 시맥亞細亞詩脈』을 간행했다. 또한 이 잡지는 1927년 6월호가 발매 금지를 받는 등의 탄압을 받다가, 결국 같은 해 11월에 폐간된다. 우치노 겐지는 『아시아 시맥』의 창간호(1926.11)에서 「사토 기요시 씨 환영」이라는 문장을 기고하여, "학자와 작가의 양면을 겸비하고 있는 탁월한 인물은 세상에 드물어서, 씨와 같은 선배를 맞이해서 얻은 것은 시의 처녀지로도 불리는 반도에 있어서 더할 수 없는 기쁨이다"[50]라고 말하고 있다. 같은 잡지에서 사토는 다음과 같이 화답했다.

> 조선에 와서의 감상을 말씀 드린다면, 왠지 물건이 둘로 보입니다. 초점

49 佐藤清, 「回想記 文學的自伝の一面」(未發表原稿, 1951), 佐藤清, 『佐藤清全集 3-散文・譯詩』, 162면.

50 佐藤清, 「記念會記」, 『亞細亞詩脈』 創刊号, 1926.11(佐藤清, 『佐藤清全集 3-散文・譯詩』, 98면에서 재인용).

이 맞지 않는다. 내지에 있으면 하나로 보이는 것이 두 개로 보인다. 그것을 하나로 보려고 하는 것은 매우 힘에 겹다. 내지에 있는 것보다 어렵습니다. 그러나 그것을 관철한다면 고통의 예술이 태어나는 것이라고 생각한다. (…중략…) 내지에 있는 사람은 고통이 부족하다. 조선에 있는 사람은 주위가 괴로워하지 않을 수 없는 상황에 놓여 있다. 그것을 괴로워하면서 꿰뚫어 나가는 것이 자신들의 행복이 아닐까 생각합니다.[51]

사토는 조선에 와서 물건이 둘로 보인다고 한다. 아마 두 개의 초점은 지배자 일본과 피지배자 조선을 의미하는 것일 것이다. 그리고 내지 사람들의 고통은 부족하지만, 조선인은 고통 받고 있다고 느꼈다. 이것은 영국과 아일랜드의 갈등, 영국의 경제적 번영에 반해 이를 뒷받침하는 관계에 있는 아일랜드의 가난을 경험하고 얻은 감각일 것이다. 그리고 일본의 식민지에 와서 눈앞에 보이는 조선인의 고통을 실감한 것이다. 사토가 조선에 와서 처음으로 쓴 시는 「경성의 비」(1927)였다.

미루나무 가지 끝이 휘어, 휘어져 땅을 쓰는 듯한 비다.
비스듬히 기운 지붕 지붕의 물보라에 날개 젖은 까치가 날아가 버리는 비이다,
이미 북한산의 들쑥날쑥도 물보라에 숨겨지고,
총독부의 흰 벽 따위 어디에서도 보이지 않고,
비는 한인의 저주보다도 심하고, 하염없이, 오고 있었다.

51 任展慧, 앞의 글, 98면에서 재인용.

뱀처럼 목을 쳐드는 정복자의 검은 의식에,

얼굴을 외면하고 유리창 너머로 미쳐 날리는 비를 응시했다.

(…중략…)

뇌신경을 깨부수는 듯한 공포 앞에,

고개를 숙여서 생각에 잠겨도, 몇 명에게 잘못을 빌어야 좋을까.

비야, 언제까지 내리려 하는가? 나는 울고 싶어졌다.

—「경성의 비」[52]

미루나무 가지 끝이 흔들려, 구부러지고, 땅을 쓸어갈 정도로 강한 비가 내리고 있다. 비는 '한인의 저주'의 신음조차 떠내려가 감쪽같이 없애 버릴 정도로 격렬하게 쏟아지고 있다. 이 비는, 지배당하는 조선의 현실도(북한산), 지배하는 통치자(총독부)도 감춰 버린다. 그러나 비가 그칠 기미는 전혀 없다. 즉, 조선인의 슬픔이 끝날 기미는 전혀 보이지 않는다. 그리고 그것을 본 사토는 "울고 싶어졌다."

이 시는 사토가 조선에서 '정복자'로서의 자신의 위치를 자각하고 있었음을 나타낸다. 임전혜의 지적대로, 사토는 자기 내부에서 끓어오르는 '정복자' 의식을 깊이 부끄러워하고, '정복자'의 한 사람으로서 조선에 있는 것을 스스로 거부했다.[53] 이처럼 식민지 조선의 현실에 직면한 사토는 「무제」(1929)에서 조선의 현실에서 도망치고 싶은 심정을 노래한다.

52 佐藤清, 「京城の雨」, 『森林』, 1927.1(佐藤清, 『佐藤清全集 2－詩』, 東京 : 詩聲社, 1964, 212~213면).

53 任展慧, 앞의 글, 99면.

아아, 이 지옥의 소리에서 떨어져,
멀고 먼 여행을 떠나고 싶다.
조용한 생각과 사랑의 속삭임으로서,
다다를 곳 없는 먼 여행을 떠나고 싶다.
이 차가운 사슬을 찢어,
이 무거운 사슬을 찢어,
사랑하는 사람아, 아아 그냥 두 사람,
다다를 곳 없는 먼 여행을 떠나고 싶다.

산문山門에 석양이 희미해져,
유리문 넘어,
수양버들의 하얀 솜이 조용히 흐르고,
아카시아의 흰 꽃이 흔들리고 있다.
눈 아래에서 놀고 있는 비둘기여,
녹색 그늘에 붙은 불빛이 보이지 않는가.
아아, 망한 나라의 수도에 살고 있는 한,
이 이상한 고민을 어떻게 하지.
———「창백한, 납작한, 얼굴, 얼굴, 얼굴.」

—「무제」 일부[54]

망해서 일본의 식민지가 된 조선에서, 사토는 이 '한인의 저주'와 '지

54 佐藤清, 「無題」, 『愛誦』, 1929.6(佐藤清, 『佐藤清全集 2－詩』, 214면).

옥의 소리'에 무관심할 수 없었다. 조선에서의 '정복자'로서의 일본인 의식과 싸웠던 사토는, 조선에서 떨어져 '먼 여행'에 나설 것을 희망했지만, 일본으로 돌아가지는 않았다.

사토는 또한 조선어의 울림이 섞여서 들리는 일본어에서 느끼는 위화감을 표현하고 있다. 1931년 9월과 11월에 발표한 시 「밤거리」와 「어느 여름의 오후」에서는 하숙집의 조선인 마을에서 조선인의 일본어가 다음과 같이 표현되고 있다.

> 일본어가 녹슨 못이 되어
> 한 걸음마다 귀에 내리 꽂힌다.
> 녹슨 못이 연속해서 베어 상처를 내고 있다
> (…중략…)
> 녹슨 금속의 둔한 덩어리가 되어
> 일본어가 야만인의 화살처럼 귀를 스쳐 온다
>
> —「밤거리」 일부[55]

> 녹슨 일본어의 화살이 내리 꽂히며
> 뇌수가 하늘거리는 잎에 구원을 청하고 있다
> 둔한 금속성 신음소리에 찔린
> 청동 잎이 흐슬부슬 잡아 떼어진다
>
> —「어느 여름의 오후」 일부[56]

55 佐藤清, 「夜の街」, 『ポエチカ』, 1931.9(佐藤清, 위의 책, 51면).
56 佐藤清, 「或る夏の午後」, 『日本詩論』, 1931.11(佐藤清, 위의 책, 51~52면).

이 시에 대해서 임전혜는 "'녹슨 일본어의 화살'에 찔린 사토 기요시는 조선의 자연을 노래하는 것에서 '구원'을 구했다. 현실도피이다"[57]라고 해석하고 있으나, 이것은 오히려 강제된 일본어를 구사하는 조선 사람들에 대한 사토의 공감과 그에 따른 고통이 나타난 시로 해석해야 한다고 생각한다.

조선인이 사용하는 일본어는 일본인의 그것과는 일치하지 않는다. 따라서 조선인이 말하는 일본어에 '강제'의 흔적을 발견한 순간, 자연스럽게 들려야 할 일본어가 '녹슨 못'이 되고 '한인의 저주'로 들려, 사토의 귀에 내리 꽂힌다. 왜 이렇게 조선인은 일본어를 사용하지 않으면 안 되는가? 그 사실 앞에서 사토는 일본어가 '야만인의 화살'인 것처럼 느끼지 않을 수가 없었다.

과거 검열 처분을 받은 경험이 있는 사토는, 조선에도, 조선 현실의 비참함과, 그 안에 있는 지배자인 일본인의 일원으로서의 죄악감을 시에 그렸다. 이것은 은폐된 인간의 '동물적 본능'을 비판적으로 끌어내는 문학 작품을 통해 위대한 가치를 수립할 수 있다고 생각한 사토의 문학 실천이었다.

사토는 조선에 대해 노래한 시를 정리하여 유일한 시집으로 『벽령집碧靈集』(인문사, 1943)을 출판했다. 『벽령집』에서 사토는 조선에서 노래해야 할 것으로 추위, 일광, 창공을 지적하고, "이에 비바람을 덧붙여, 네 가지 요소는 적어도 조선에 존재하고 있는 모든 예술적인 것을 결정한다"[58]고 말했다. 또한, 사토의 제자인 가와바타 슈조川端周三는 『벽령

57 任展慧, 앞의 글, 106면.
58 佐藤清, 「あとがき」, 『碧靈集』, 京城 : 人文社, 1943(佐藤清, 『佐藤清全集 2－詩』, 73면).

집』에 관하여, "추위, 쏟아지는 햇빛, 창공, 음기音幾에, 이 정도의 이해와 애착을 보여 준 시인은 아마도 반도의 역사 이후, 선생을 효시로 한다 해도 과언이 아니라고 생각한다"고 높이 평가하면서, "이것을 반도의 문학자에게 한 번 질문하고 싶다고 생각하고 있다"[59]며 조선인 독자의 반응을 알고 싶어한다.

한편, 사토는 『국민문학』이라는 잡지의 좌담회에서 조선인의 감상을 다음과 같이 적고 있다. "나의 시집을 가진 사람이, 학교의 선생님을 하고 계신 조선 분에게 빌려 주고, 그 사람이 읽고 나서 …… 그 분은 시에 대해 아무것도 모르는 사람이라고 하는데, 그러나 학교 선생님이니까 …… 그 사람이 말하기를, 조선의 자연은 노래하고 있으나 조선 사람에 대해서는 한마디도 말하고 있지 않다는 거예요."[60] 가와바타 슈조로부터, 조선의 풍토에 대한 이해와 애착을 보인 시인의 '효시'로 극찬받은 사토는, 조선의 추위, 햇빛, 창공, 비바람 같은 자연을 표현했지만, 그 자연 속에 살고 있는 조선 사람들은 직접적으로는 말하지 않았다.[61] 즉, 사토가 아일랜드인에 대해 느낀 것 같은 존경감, 빈곤, 차별은 조선을 그린 시에서는 직접적으로 표현되지 않았던 것이다.

1945년 1월, 20년간의 조선에서의 교수 생활을 마치고, 정년퇴임 기념 모임에서 '인사'하는 중에 사토는 다음과 같이 말했다고 한다.

---

59 川端周三, 「佐藤清氏と朝鮮詩壇」, 『國民文學』, 1945.2, 26면(監修・解題(大村益夫), 『日本植民地文化運動資料』 11, 東京 : 綠蔭書房, 1997~1998. 이하는 『國民文學』으로 표기한다).

60 懇談會, 「詩壇の根本問題」, 『國民文學』, 1943.2, 22면.

61 또한, 최재서는 사토가 추위, 햇빛, 창공, 비바람의 위압에 대해서, 놀라고, 싸우고, 황홀해지고, 절망하고, 기쁨의 비명을 지르며, 흔들리는 시혼詩魂에 자신을 맡긴 모습이라고 평했다. 崔載瑞, 「覺書－現代的な知性に關して」, 『조선일보』, 1937.5.15.

문학부에 오는 학생은 소수였지만 영문과에 모이는 학생은 가장 많은 편이며, 수재도 적지 않았다. 특히, 우수한 조선인 학생이 모인 것은 제국 대학의 이름을 동경했다기보다는 외국문학에 대한 그들의 갈증을 풀어 주는 것이 제국 대학에 있었기 때문이며, 20년 동안 조선 학생들과 친하게 교제하면서, 얼마나 그들이 민족의 해방과 자유를 외국문학 연구에서 찾아내려 했는지를 알고 충격을 받지 않을 수 없었다.[62]

이것은 정년퇴직 기념 파티에서 했던 '인사'인데, 『사토 기요시 전집 3－산문・번역시』에 처음으로 발표했을 때 '약간의 보충'을 덧붙인 것이며, 여기에서 인용한 부분은 '보충'에 해당된다. 따라서 1945년 1월의 시점에서 실제로 사토가 '민족의 해방과 자유'를 언급한 것은 아니며, 당시의 상황을 고려하면, 이와 같은 발언은 어려웠을 것이라고 생각된다. 그러나 1943년의 시점에서, "조선의 자연은 노래하고 있으나 조선 사람에 대해서는 한마디도 말하고 있지 않다는 거예요"라는 조선인의 비판을 스스로 언급했었음을 감안하면, 외국문학에 '민족의 해방과 자유'를 구하고 있던 조선인에게 충격을 받았을 가능성은 부인할 수 없다.

맺는 말

1926년에 경성제국대학이 설립된 후, 근대 조선의 지적・문화적 상

62 佐藤清, 「京城帝大文科伝統と學風」, 259면.

황에 큰 변화가 생겼다. 고등 교육 제도는 엘리트를 양성하고 학문적 기초를 제공하고, 문화, 정치, 이데올로기에 폭넓게 영향을 미치는 중요한 지적 제도이기 때문에, 일본 본국의 '제국대학 모델'을 조선에 이식함으로써 제국에 필수적 '지식'의 생산을 제국이 독점하게 되었다. 이 '제국대학 모델론'은 제국대학의 학문 연구를 조선 지배를 위한 통치의 도구로서의 '지知'의 성립으로 파악할 수 있다.

그 경성제국대학에서 국어학・국문학 강좌와 동일한 비중으로 영어학・영문학 강좌가 마련된 이유는 무엇인가. 본 장에서는 3・1독립운동 이후 조선에서 일본을 매개하지 않고 세계 패권을 쥐고 있는 구미에서 직접 문화를 수입하기 위해 영어를 배우고, 구미에 유학해야 한다는 논조가 존재하는 데에 주목하여, 이러한 조선인의 생각을 실현하기 위한 회로의 역할을 한 기독교계 고등 교육 기관을 견제하기 위하여 경성제국대학에 영어학・영문학 강좌를 설치하지 않을 수 없었던 것이라고 해석했다. 이 영어학・영문학 강좌는 일본인에게도 조선인에게도 인기가 있었고, 조선인의 경우는 엘리트이면서 총독부 관료로서의 '출세'는 원하지 않는 문학 지향 청년의 진로가 되었다.

이 영어학・영문학 강좌에서 20년간 주임 교수를 지낸 사람이 사토 기요시이다. 구체적으로 사토가 경성제국대학에서 어떻게 영문학을 강의했는가 하는 것을 직접 엿볼 수 있는 자료는 존재하지 않기 때문에 이 장에서는 사토의 영문학관을 매개로 경성제국대학의 연구・교육 내용을 파악하려고 했다.

경성제국대학에 부임하기 이전 사토는 예이츠에 착안하여 '켈트 민족의 고뇌와 동경'에 공감하고 있었다. 그것은 영국의 아일랜드에 대한 제국적 지배를 의식한 것이며, 일본에서 주목한 것으로는 가장 이른 시기의 것이었다. 또한 사토는 영국의 제국주의가 아일랜드인 국민으로서의 권리를 부정하고 경제적으로 착취하고 있다는 사실에 주목하고 명백하게 비판적 자세를 취하고 있었다. 이러한 사토의 아일랜드 문학 이해가 경성제국대학 부임 후, 시작詩作이라는 모습으로 실천에 옮겨진 것으로 판단된다.

사토에게 있어서, 외국문학을 연구하는 목표는 세계정신을 배우고, 이 세계정신에 따라 일본정신을 비판하는 힘을 기르는 것이며, 외국문학 연구는 자국문학의 창조를 동반할 때 처음으로 의미를 갖는 것으로 자리매김했다. 즉, 아일랜드 문학이라는 외국문학에 대한 사토의 인식은 시작을 통하여 실천적 위상으로 옮겨진 것이다. 지금까지 경성제국대학 부임 후 사토의 시에 반식민주의적 성격이 선행 연구에서 지적되어 왔지만, 이 장에서는 이러한 사토의 영문학관과 관련지으면서, 그러한 해석의 타당성을 더욱 설득력 있는 형태로 나타내 보려 한 것이다.

사토의 영문학관과 시작은 경성제국대학 영문학 강좌의 저변에 반식민주의적 기류가 하나의 가능성으로 존재했다는 것으로 해석할 수 있다. 일본에서의 영문학 연구는 '문명'의 중심인 영미의 가치관을 반영하는 영문학을 공유함으로써 '문명국가'로서의 '제국일본'의 위상을 높이는 데에 '공헌'하는 것이 기대되고 있었지만, 식민지 조선에서의 영문학 연구는 '민족의 해방과 자유'를 위하여 제국주의에 대한 비판의 도구로서 기능할 가능성을 가지고 있었다. 키플링과 같은 영국제국주의의 옹호자의 작품뿐만이 아니라, 제국주의에 대한 가혹한 비판자 예이츠의 작품 또한 '영문학'의 일부였기 때문이다. 이러한 가능성을 1940

년대 이전의 사토의 사상에서도 찾을 수 있을 것으로 보인다.

그러나 사토의 일본 제국에의 비판적 관점은, 1940년대에 들어서면서 미묘하게 변해 간다. 그리고 사토는 1940년대에 일본문학보국회 회원과 조선문인보국회의 회원 및 이사 등이 되어 '내선일체'를 적극적으로 옹호하고 전쟁을 찬양하게 된다. 왜 그런 변화가 생겼을까. 하나의 논점으로 생각할 수 있는 것은, 사토의 영문학관이 '반문명'에 공감을 표시한 점이며, '대동아전쟁'으로 '근대의 초극'이 주창되게 되자 그러한 경향에 공명해 나갈 가능성을 갖고 있었다는 점이다. 이러한 문제점을 의식하면서, 5장에서는 경성제국대학에서 사토 기요시의 애제자였던 최재서의 문학관을 검토해 보고자 한다.

5장

식민지 조선의 영문학자 최재서1907~1964의 문학관

머리말

앞 장에서는 '제국일본'의 식민지에 부임한 일본인 영문학자 사토 기요시의 고투의 자취를 더듬었지만, 이 장에서는 그 사토의 애제자로, 식민지 사람 최재서에 초점을 맞춰, 조선인에게 있어서의 영문학의 의미를 탐구해 보고자 한다. 이것은 달리 말하면, 일본의 식민지 지배하에 있던 조선인에게 있어서 영문학은 어떤 의미를 가지고 있었는지에 대한 고찰이기도 하다.

조선은 일본의 식민 지배를 받고 있었으므로, 필연적으로 일본문화의 우수성이라는 이데올로기가 조선 사람에게도 강요되고 있었다. 그러한 상황에서 조선인이 영문학을 배운다는 것은 일본이 근대 이후 '따라잡고 앞지르기'를 목표로 경쟁하게 된 영미문화에 접한다는 것을 의미했다. 그러므로 어느 면에서는 그러한 영미문화에 접함으로써 일본의 공식 이데올로기를 상대화할 가능성을 가지고 있었다고도 말할 수 있을 것이다. 적어도 그러한 가능성을 모색해 보려는 노력의 일환으로 파악해 볼 필요도 있지 않을까 한다. 이것은 조선인이 배워야 할 언어가 '일본어'라고 주장했던 오카쿠라 요시사부로가 가장 경계했던 사태라고 생각된다. 이러한 문제의식에서 식민지 조선의 대표적 영문학자 최재서의 문학관을 검토해 보는 것이 이 장의 목적이다.

최재서는 조선의 유일한 대학인 경성제국대학에서 영어 영문학을 전공했지만, 그에게 다른 선택이 없었던 것은 아니다. 언어・문학 연구에 한해서 보더라도, 조선어 조선문학을 전공하여 민족의 독립운동의 길을 갈 수도 있었을 것이고, 일본어 일본문학을 배워 조선을 일본처럼 근대화하는 데에 힘을 보탤 수도 있었을 것이다. 그러나 최재서는 영어 영문학을 선택했다. 왜, 라는 질문을 먼저 던지고, 그에 대한 대답으로 필자는 다음과 같은 가설을 세웠다. 최재서는 '조선 근대문학의 창출'을 위해서 영문학을 선택했다. 문명의 본원인 '영문학'을 통해 조선문학을 창출함과 동시에 일본의 식민지 지배를 문화적 힘으로 극복하고자 한 것이라고. 이러한 가설의 타당성을 그의 생애의 사상 편력을 따라가면서 밝혀 보고자 한다.

그런데 최재서에 관해서는, 문학 사상사와 문학 비평사의 관점에서, 기존 문단의 것과는 다른, 독자적 비판 이론의 체계를 수립하려고 한 비평가로 보는 연구가 있다.[1] 한편, 일제 말기에 친일 문학의 논리를 주

1 김흥규, 「최재서 연구」, 서울대 국어국문학과 석사논문, 1972; 홍경표, 「主知主義批評論의 受容과 그 限界－崔載瑞를 中心한 30年代 主知論의 成果에 對하야」, 『한국어문학회』(백강 서수생 박사 환갑기념 특집), 1981; 김윤식, 『한국 근대문학사상 연구』 1, 서울 : 일지사, 1984; 김동식, 「최재서 문학비평 연구」, 서울대 국어국문학과 석사논문, 1993; 임환모, 『문

도적으로 담당한 근대 지식인으로서 논의한 연구도 있다.[2] 그런 가운데 이 장의 문제의식으로 이어질 시각, 즉 영문학이라는 관점에 주목한 연구로는 미하라 요시아키三原芳秋와 김윤식의 업적을 들 수 있다.

미하라 요시아키[3]는 문학 평론가・지도적 지식인으로서 최재서의 사상 기록을 그의 경성제국대학에서의 영문학 연구는 물론, 사후 출판된 셰익스피어에 관한 연구까지 여러 저작을 통해 검토했다. 미하라에 의하면, 초기의 최재서는 낭만주의적 '상상력'의 이론을 계보학적으로 탈구축하고, 그 기원에 '주지적' 요소를 찾아, 짝으로서 모더니즘 / 반낭만주의적 문학의 진면목을 윈덤 루이스Wyndham Lewis의 풍자에서 찾아냈다고 말한다. 그리고 이 '풍자문학론'을 통해, '질서'가 항상 외부로부터의 '명령'으로 도래하는 식민지 상황의 어려움을 볼 수 있다고 한다. 특히 주목해야 할 것은, 최재서가 발행인이자 편집인을 역임한 『국민문학』을 검토하여, 그것이 '제국일본'의 폭력적 포섭에 대해 '조선문학'의 주체성을 이론화하려는 시도였음에도 불구하고, 그 주체가 식민지

학적 이념과 비평적 지성』, 서울 : 태학사, 1993; 이은애, 「최재서 문학연구」, 서울대 국어국문학과 박사논문, 1995; 안수진, 「비평적 주체의 정체성에 대한 연구」, 『문학교육학』 여름, 1999; 이양숙, 「崔載瑞 文學批評 研究」, 서울대 국어국문학과 박사논문, 2003; 川村湊, 「朝鮮近代批評の成立と蹉跌－崔載瑞を中心に」, 『岩波講座 '帝國' 日本の學知』 第5巻, 東京 : 岩波書店, 2006; 이양숙, 「일제 말기 비평의 존재양상」, 『비평문학』 제28호, 2008; 이진형, 「소설, 서사시, 국민문학」, 『한국근대문학연구』 제18호, 2008.

2 한원영, 「親日誌國民文學攷」, 『국어교육』 제71・72호, 1990; 정창석, 「'內朝一体'論理様相」, 『日本學報』 제42집, 1999; 정창석, 「'戰爭文學'에서 '받들어모시는 文學'까지－日帝下 所謂 '國民文學' 論議」, 『日語日文學研究』 제35집, 1999; 박노현, 「內戰人과 국민문학 : 신민족에 의한 신문학 고안의 기획－최재서의 민족문학과 국민문학 개념을 중심으로」, 『한국어문학연구』 제42집, 2004; 고봉준, 「지성주의의 파탄과 국민문학론－중일 전쟁 이후의 최재서 비평을 중심으로」, 『한국시학회』 제17호, 2006; 田村榮章, 「『國民文學』の受容－崔載瑞1941～1945」, 『한국일본어문학회』 제32호, 2007; 서승희, 「1940년대 '국민문학'과 좌담회의 문화정치」, 『현대소설연구』 제43권, 2010.

3 三原芳秋, 「崔載瑞のOrder」, 『間』 第4号, 2008.

조선에서 '제국일본'으로 '전향'해 버렸다는 점이다. 그 결과, 최재서는 1945년부터 '제국의 Order'가 붕괴한 후 정치를 거부하고 '문학 Order'에 주체화의 계기를 발견하게 되었다는 것이다. 결국 최재서는 주지주의(정치주의 비판)－정치주의－비정치주의와 같이 전향・재전향했다는 것이 미하라의 주장이다.

이상과 같이, 미하라가 최재서의 문학론을 영문학 비평사에서 자리매김하고자 한 것은 새로운 관점의 연구로 평가할 수 있다. 또한 조선이 해방된 후에 나온 저작까지를 연구 대상으로 삼아 최재서의 사상 편력을 논한 것은 최재서를 종합적으로 이해하기 위한 필수 작업이다. 그러나 미하라의 글에서는 전전기戰前期의 조선어로 작성된 문장은 충분히 검토되지 않았음을 문제로 지적하지 않을 수 없다.

한편 김윤식[4]은, 최재서의 문화 자본이 경성제국대학의 영어학・영문학 강좌에 있다고 간주하고, 경성제국대학의 영어학 영문학 강좌의 검토를 통하여, 최재서의 한국 근대문학사에서의 위치를 재설정하려고 시도했다. 당시 경성제국대학의 영어학・영문학 강좌에서 20년간 주임 교수를 맡은 사토 기요시의 영향이 무척 컸음은 말할 필요도 없다. 사토는 창작을 중시한 데다가, 자국문학을 위한 외국문학을 강조하였는데, 최재서는 이런 사토의 영향을 받아, 영문학에서 배운 이론을 바탕으로 조선의 문학・사회 비판에 참가했다. 그런데 전쟁과 동원의 시대가 되면, 그러한 논리에 의한 비평 활동은 어려워진다.

4 김윤식, 「한국근대문학사의 시선에서 본 『국민문학』」, 『서강인문논총』 제24집, 2008; 김윤식, 『최재서의 '국민문학'과 사토 기요시 교수－경성제대 문과의 문화자본』, 서울 : 역락, 2009.

김윤식은 그 상징적 사건이 사토의 시 「상추」라고 본다. 사토가 최재서에게서 배운 조선적 감각이 시 「상추」에 나타나는데, 「상추」에서는 사상과 이데올로기는 후경으로 후퇴하고 감각이 우선시된다. 이때부터 최재서의 경성제국대학의 영어학·영문학 강좌라는 문화 자본은 파탄했다고 김윤식은 결론짓는다.

최재서가 조선문학을 위해 영문학을 연구했다는 김윤식의 지적은 정곡을 찔렀다고 할 수 있다. 그러나 이 지적은 구체적 자료 분석에 근거했다기보다는, 사토 기요시의 가르침을 받았다는 사실의 지적에 머물러 있으며, 전시하의 최재서의 사상적 변화에 대해서도 구체적으로 설명하고 있지 않다.

그래서 이 장에서는 이상의 선행 연구를 바탕으로 하면서, 문학 평론가 최재서의 사상 편력을 경성제국대학의 영문학 연구에까지 거슬러 올라가, 『경성제대영문학회회보』는 물론이거니와, 『조선일보』 및 『동아일보』 등의 신문, 『비판』과 『사해공론』 등의 잡지, 최재서 자신이 발행한 『인문평론』과 『국민문학』까지를 대상으로 삼아 검토한다. 그리고 문학과 정치, 민중, 작가(지식인)와 소설, 세계문학, 국민문학과 조선문학을 둘러싼 최재서의 언설의 추이와 그 흔들리는 폭을 검토하고, 각각의 테마에 의거하여 최재서의 딜레마와 갈등 모순을 찾아보겠다. 특히 초기의 경성제국대학 시절에는 진보적이었던 영문학 연구가, 후에 "일본인이 되기 위해서는 조선인임을 어떻게 처리하면 좋을지" 자문하고, 마침내 "일본인이란, 천황을 받들어 모시는 국민이다"[5]와 같이 전형

5 崔載瑞, 「まつろふ文學」, 『國民文學』, 1944.4, 5~6면. 원문은 일본어. 『國民文學』은 大村益夫 감수·해제, 『日本植民地文化運動資料』 11, 東京 : 綠蔭書房, 1997~1998에 수

적 친일 담론에 이르게 되는 그의 사상적 이력의 내실을, 시대 상황과 관련시켜 해명하려는 것이 이 장의 목적이다. 또한 이러한 작업을 통하여 최재서에 관한 기존 연구의 사각死角을 부상시켜 보고자 한다.

1. 최재서의 발자취

앞에서도 여러 번 거론했던 한국의 저명한 문학 평론가 김윤식은, 한국의 근대 학문의 출발이 1926년에 설립된 경성제국대학과 밀접하게 관련되어 있다는 사실을 강조하고, 그래서 현대 학문의 훈련을 받은 사상가 중 가장 중요시해야 할 존재로 조윤제와 최재서 두 사람을 들고 있다.[6]

그 두 사람 가운데에, 이 책에서는 최재서에 한정하여, 식민지 시대의 발자취를 간략하게 더듬어 보기로 한다. 그는 황해도 해주군에서 태어나 1926년에 경성제국대학 예과 문과에 수석으로 입학하여 1928년에는 경성제국대학 법문학부 영어학・영문학 강좌에 진학하였는데, 1931년에 논문 「The Development of Shelly's Poetic Mind」를 쓰고 졸업하였다. 그 후 1931년에 석사 과정에 진학하고 난 다음에는 Romantic Types of the Poetic Mind를 연구 주제로 삼았다. 그동안 최재서는 사토 기요시의 지도에 큰 영향을 받았다. 1933년 졸업과 동시에 야마모토山本智道의 후임으로 경성제국대학의 강사로 임명되어 사회적으로 큰 관심을 끌었지만,[7] 이듬해인 1934년에 해임된다. 해임 후에는 1934년부

록된 것이다. 이하 『國民文學』으로 표기한다.

6 김윤식, 『한국 근대문학사상 연구 1－陶南과崔載瑞』, 서울 : 一志社, 1984, 210면.

터 1935년까지 경성법학전문학교의 교수로 근무하다가,[8] 1936년에는 학교를 그만둔다. 학교를 사직한 다음에는 스스로 출판사를 차려 그곳을 거점으로 문필 활동을 전개했다.

또한 최재서는 일본의 영문학회에도 등장하는데, 이것은 은사 사토 기요시 덕분이었다. 「T.E. 흄의 비평적인 사상」[9](『사상思想』, 1934.12)으로 일본 문단에 등장하여, 영어영문학회의 제7회(1935.10.19)와 제10회(1938.10.20)의 발표에도 은사 사토 기요시와 함께 참석하여, 주로 영국 평단의 흐름을 소개했다. 최재서는 「John Dennis의 시론 연구」(『영문학 연구』 제15권 1호, 1935.1), 「현대 비평에 있어서 개성의 연구」(『영문학 연구』 제16권 1호, 1936.4), 「현대 비평의 성격」(『영문학 연구』 제19권 2호, 1939.4) 등을 발표한 이외에도, 당시의 종합 잡지 『개조改造』에도 진출하여 「영국 평단의 동향」[10](1936.3), 「Huxley의 풍자소설」(1937.2), 「비평과 모럴의 관계」(1938.8)를 발표하였고, I. 배비트의 명저 『루소와 낭만주의』(개조문고, 1939)를 번역했다. 이와 같이, 최재서는 일본의 저명한 영문학 잡지나 종합 잡지에서 원고의 의뢰를 받을 수 있는 소장의 영문학자이면서, 당시 영문학 평단의 동향과 현대 비평을 중심으로 연구하던 학자였다.

1939년 10월에는 잡지 『인문평론』를 창간하지만, 당시 조선총독부의

---

7 『조선일보』, 1933.4.30(成尹子, 「崔載瑞의 親日文學論 연구」, 서울대 국사학과 석사논문, 2000, 21면에서 재인용).

8 위의 글, 24면.

9 이 평론은 「편집후기」에서 "조선 분이 본지에 집필한 것은 처음이다. T.E. 흄에 대해서는 이미 몇 가지 소개가 있는 듯하지만, 간명하게 그 설의 요항要項을 요약한 것으로서, 특히 본지에 처음 소개되었다는 것은, 의미가 있다고 믿는다"라고 평가됐다. 『사상』, 1934.12.

10 이 평론은 「편집후기」에서 "신진의 영문학자 최 씨는, 대단한 필력을 가지고, 영국 평단의 동향을 논평했다. 침체된 우리 평단에 좋은 시사가 될 것이다"라고 높이 평가했다. 『개조』, 1936.3.

조선어 문예 잡지에 대한 통합 정책으로, 이태준이 주관하는 『문장』과 최재서가 주간이던 『인문평론』은 통합이 되어, 1941년 11월에는 『국민문학』이 창간된다. 『국민문학』은 연 4회 일본어, 연 8회 조선어로 발행할 예정이었지만, 조선어로의 발행은 2회에 그치고, 1942년 5월호부터는 일본어만으로 출판되었다.

2. 문학과 정치

염형운[11]에 의하면, 3·1독립운동에 실패한 후 1920년대 허무와 절망을 겪고 있던 지식 계층은 사회주의를 만나 거기에서 활로를 찾으려 했는데, 사회주의를 대표하는 문학 단체 '카프'가, 현실에 맞닿지 않는 관념적 이데올로기를 선행시켜, 종파적 이론 투쟁에 몰두한 결과, 결국 자멸의 길을 걸었다고 한다. 이에 따라 기존의 사회주의 문학 이론에 입각한 비판은 힘을 잃고 해외 문학 이론을 습득한 이론가들이 전면에 등장하게 되는데, 그 대표적 비평가로 염형운은 최재서를 들고 있다. 급진적 문학 운동의 조락과 교대로 대두하게 된 최재서이지만, 그도 식민지 상황에 대해 무감각했던 것은 아니다. 그 자신이 지배당하는 민족으로서의 비애를 속으로 삭이고 있었던 것이다.

대학을 나온 뒤에 나를 가장 괴롭힌 것은 사회가 불공평하다는 것이었

11 염형운, 「소설 위기상황 인식의 전체주의로의 귀결」, 『한국어문학연구』 제16집, 2002.

다. 대학에서는 늘 우수한 성적으로 다른 학생들을 리이드 했었지만, 졸업장을 받는 순간에 저울대는 단연코 기우러져 나는 땅바닥에 떨어지고, 다른 학생들은 하늘로 올라가 춤을 추고 있었다. 여기서 다른 학생들이란 일본인 학생들을 의미한다.[12]

최재서는 성적으로 서열이 결정되는 대학에서는 우수한 학생으로 차별을 느낄 기회가 적었다. 그러나 일단 사회로 나오자, 식민지 사회의 현실에 직면하지 않을 수 없었다. 일본인보다 아무리 뛰어난 능력을 가지고 있어도, 그는 조선인이었고 일본인 사회에 받아들여지지 않는 주변인이었다.[13]

식민지에 있어서 '문학'이라는 제도는 제국의 직접적 통제하에 있고, 표현 양식의 허용 범위도 결정된다.[14] 그 속에서 생산된 작품의 출판이나 배포의 허가 권한을 쥐고 있던 것은 제국의 현지 기관이었다. 예를 들어 조선에서는 '신문지법'에 의해 신문 발행은 허가제였고, '출판법'에 의해 문서, 도서를 출판하려고 하는 자는 원고稿本를 첨부하여 지방관청에 신청을 해서 허가를 얻는 것이 의무였다.[15] 즉, 조선의 언론과 문학 활동은 정치와 직접 관련되어 있었던 것이다. 그러한 상황하에서 최재서가 '문학'과 '정치'의 관계를 어떻게 인식하고 있었는지 차례로 살펴본다.

12 최재서, 『印象과 思索』, 서울 : 연세대 출판부, 1977, 102면.
13 이은애, 「친일문학에 대한 일고찰－최재서를 중심으로」, 『덕성여대논문집』 제26집, 1996, 10면.
14 ビアッシュクロフト, B. その他, 木村茂雄 譯, 『ポストコロニアルの文學』, 東京 : 青土社, 1998, 19면.
15 金根洙, 「1920年代의 言論과 言論政策－雜誌를 中心にの로」, 『三・一運動50周年記念論集』, 서울 : 東亞日報社, 1969, 731～732면.

1) 자유와 전제와의 싸움

최재서는 졸업 논문으로 「The Development of Shelly's Poetic Mind」를 썼고, 그 셸리론은 그의 초기 영문학관을 이해하는 데에 중요한 자료라고 생각되지만, 졸업 논문이 현존하지 않기 때문에 같은 시기에 그가 단편적으로 셸리를 논한 자료를 가지고 검토하기로 한다.

최재서는 셸리가 "詩人일뿐아니라 一世의 革命家"[16]라고 지적하면서, 『해방된 프로메테우스』를 평하여, "自由와 專制의 투쟁이 그 中心項目이요, 自由의 最後勝利가 그 結末"[17]이라고 주장했다. 더욱이, 최재서는 "중요한 것은 자유의 이론을 들려주는 것이 아니라, 자유의 가치를 살리는 것"[18]이라고 높이 평가했다. 그리고 "우리들이 셸리의 『해방된 프로메테우스』를 읽고 자유의 귀중함을 정말 통감하고, 자유를 사회적으로 확충하기 위해 일찍이 없는 흥분을 느끼"는 것이야말로 '문학보존의 유일한 길"[19]이라고 주장했다.

이와 같이 셸리론에서는 '자유의 귀중함'이라는 형태로 논의된 문제는, 다음의 「사회적비평의 擡頭」[20]에서는, 자유 언론이 억압된 상황에 대해, 문학가가 취해야 할 태도로 부연敷衍하여 논의되고 있다.

「사회적비평의 擡頭」는 『빽맨』 5월호에 발표된 설문 조사의 소개로,

16 최재서, 「未熟한文學」, 『新興』 5号, 1931, 98면.

17 최재서, 「英文壇의 現狀」, 『조선일보』, 1933.4.29. 최재서는 일부 잡지를 제외하고, 거의 『동아일보』와 『조선일보』에 기고했다. 두 신문의 독자 수는 1930년에 『동아일보』가 37,802명, 『조선일보』가 23,486명, 1935년에 『동아일보』가 55,923명, 『조선일보』가 43,118명이었다. 崔民之・金民珠, 『日帝下民族言論史論』, 서울 : 日月書閣, 1978, 193면.

18 崔載瑞, 「文學の保存」, 『京城帝大英文學會會報』 第11号, 1933, 20면.

19 위의 글, 20면.

20 崔載瑞, 「社會的批評の擡頭－1934年度の英國評壇回顧」, 『동아일보』, 1935.1.30～2.2.

18명의 작가에 대한 세 가지 질문과 그에 대한 답변으로 구성되어 있다. 최재서는 편자 죠브레이 웨스트의 서문을 다음과 같이 인용하고 있다.

> 自由言論의 基本的인 權利는 나날이 消失되어, 그 地域은 急速度로 확대되어 간다. 目前엔 挫折된 自己의 生活을 바라다 보고, 周囲에 荒廢된 社會을 보고, 머리 위에 새로운 野蛮狀態(그것이 戰爭에 基因하였든 파시즘에 淵源되었든)의 脅威을 보는 사람들은 우리들의 文明은 到底히 참을 수 없다고 부르짖게 된다. 그리고 어떤 犧牲을 내서라도 이 現狀을 治療치 안혀서는 아니 되겠다고 생각하기 始作.[21]

최재서는 이 서문을 "英國社會의 切迫한 情勢을 알기엔 매우 便利한 一文"이라고 평가했다. "英國社會의 切迫한 情勢"란 전쟁과 파시즘에 의한 "새로운 野蛮狀態"가 도래하고 문명이 위협받고 있는 것을 가리킨다. 구체적으로는 문명의 일익을 담당하는 언론의 자유가 억압되고 있는 것이 문제시되었다. 그리고 이 설문 조사는, 문명의 위기와 조우하여, 그러한 현상의 해결책을 모색하기 위해 행해졌다. 그 질문은 다음과 같다.

> 질문1 : 당신은 一個人으로서 今日의 사회상태를(적어도 영국에 限하여서 만이라도) 全体的으로 보아, 人間的으로 참을 수 잇다고 생각합니까?
>
> 질문2 : 萬若 참을 수 없다면, 당신은 芸術家로서 그 現狀을 無視할 수 잇습니까?

21 위의 글, 1935.1.31.

질문3 : 萬若 無視할 수 없다면, (…중략…) 당신은 芸術과 現存狀態와의 관계를 어떠케 規定합니까?[22]

질문 1에 대해 최재서는 '참을 수 없다'는 답변을 보낸 10명은 '정직한 작가'라고 코멘트하고 있다. 질문 2에 대해서는, "芸術家는 自己個人의 苦惱에 관심을 가지고 있다. (…중략…) 純正한 芸術家는 材料를 收集하기 위하야 外部世界"[23]로 나가지 않는다고 주장한 '가―하―디'의 의견을 가장 상식적이고 전통적 의견으로 소개한다. 그리고 최재서는, 이 의견에 대한 반론으로 전년에 간행된 씨실 이 루이스 작 『詩에 對한 希望』의 문장을 인용하고 있다.

詩人은 政治思想이나 經濟思想이 自己의 詩에 對하야 刺激과 材料를 提供하는 程度以外엔 政治的 또는 經濟的 組織과 關係해서는 못쓴다는 正統派批評에 對하야, 나는 아까 말한 人間으로서의 詩人과, 詩人으로서의 詩人의 區別를 强調함으로써 對答하랴한다. (…중략…) 大部分 詩人에 잇어선 詩的自我와 人間的 自我사이에 間歇的으로 鬪爭이 이러난다. 그리고 이 두 自我 중 어느것이나 하나를 除去함에 缺하여서가 아니라, 그들을 妥協시힘에 依하야서 그들은 비로소 위대한 詩人으로 完成된다.[24]

최재서에게 예술은 개인의 고뇌와 사회의 고뇌에 마주하여, 그 둘을

22 위의 글, 1935.1.31.
23 위의 글, 1935.2.1.
24 위의 글, 1935.2.1.

타협시키는 가운데, 완성하는 것이기 때문에, 예술가는 현실을 무시할 수도, 무시할 리도 없다.

질문 3에 관해서는, 최재서는 예술가라는 것은 '예술의 영원성'을 믿는 경향이 있으므로, 예술과 사회 현상과의 관계를 진정으로 파악하고 있는 답변이 적다고 코멘트하며, 그것과 반대 의견으로 동 잡지의 1월호에 실린 에른스트 롤렐의 「현대 작가와 유럽의 장래」를 소개하고 있다. 에른스트 롤렐은 독일에서 영국으로 망명한 시인이다.

> 現代作家의 任務는 歷史冊의 아름다운 ○○를 破壞하고, 그 代身에 不愉快한 眞理를 宣言함니다. 眞理에 對한 意思와 勇氣가 없이는 우리는 決코 世界의 모든 問題를 解決함에 이르지 못할 것이다.[25]

현대 작가는 '불유쾌한 진리'를 선언하는 의지와 용기가 없으면 안 되며, 이 '불유쾌한 진리'를 저술 속에서 구체화하는 것이 예술가의 임무이다.

최재서에게 '정직'한 작가라고 하는 것은, 자유 언론이 억압받고, 전쟁과 파시즘에 의한 야만의 상태가 문명을 위협하는 것을 참을 수 없는 사람들이며, 예술가의 임무는 이런 '불유쾌한 진실'을 직시하고 개인의 고뇌와 사회의 고뇌에 마주하면서, 이 둘을 타협시키는 것이다.

예를 들어, 언론의 자유의 억압 상황에 대해, 그가 해결책을 제시했다고 간주할 수 있는 자료가 다음에서 보는 「영국의 전통과 자유—E.M. 포스터의 연설 요지」(1936.1.4~5)[26]이다. 이것은 1935년 6월 21일 파리

25 위의 글, 1935.2.2.
26 최재서, 「英國의 伝統과 自由—E.M.포스터—의 演說要旨」, 『조선일보』, 1936.1.4~5.

에서 '문화 옹호를 목표로' 개최된 국제 작가 대회에 영국 대표로 참석한 E.M. 포스터의 연설 요지이다. 최재서는 E.M. 포스터의 연설이 '영국 일반의 태도'를 잘 나타내고 있다고 판단하고, 이를 소개했다.

> 英國에 잇서서 伝統과 自由는 密接하게 連結되야 잇다. (…중략…) 그것은(영국의 자유 — 인용자 주) 英吉利人에 對한 自由를 意味하나, 英帝國의 모든 臣民에 對한 自由를 意味하지 안는다. 萬一에 諸君이 普通英國人을 보고, 그 自由를 印度나 케니아의 百姓들과 함께 나누라고 한다면, 保守党은 "千萬에!"라, 對答하고, 自由党이면 "그들에 資格이 잇다고 생각할 때까지는 될수 업다"고 말할 것이다. 다음에 階級에 關하야서 말하드래도 英國에 잇서서 自由는 富裕階級의 專有物이다. 下層階級에 對하야 自由는 한 접시의 甘藷料理만한 意味도 업다.[27]

E.M. 포스터에 의하면, 영국의 전통은 자유와 밀접하게 연결되어 있었지만, 이 자유는 현대에서는 민족적, 계급적으로 제한되어 있다. 또한 "모든 곳에서 國家的 機密의 必要를 力說한다든지, 或은 '通信'을 달래고 얼려서, 反對意見을 沈默식히는 것과 가튼 陰密한 手段을 부리는 獨裁的인 精神의 脅威을 밧고 잇다."[28] 이 구체적 위협으로서, 포스터는 영국의 치안법의 성질과 그 영향에 대해, "『少年』을 出版한 某書店이 이 法律에 걸려서 거의 亡하는십히된 억울한 實例를" 들었다.

포스터는 자유를 보장하기 위해 공개적으로 비판의 필요성을 역설

27 위의 글, 1936.1.4.
28 위의 글, 1936.1.5.

하고, 공개적 비판은 "아즉까지 少數富裕階級과 白人種에만 制限되엿든 自由를 모든 階級과 人種에게 擴張함으로써 實現될 것이다"라고 역설했다.

그런데 이상과 같이, 최재서가 활발히 해외문학을 소개하고 있었을 무렵에, 최재서 자신의 현실인 조선의 상황은 어떠한 것이었을까. 시기는 조금 거슬러 올라가지만 당시 조선의 '언론의 자유'에 관한 상황을 보면, 1929년에 조선인이 발행하는 일간 신문은 4종류이고 잡지는 7종류로 총 11종류였고, 반면에 일본인이 발행하는 일간 신문은 31종류, 일간 통신은 8종류, 잡지는 12종류로 총 51종류나 되었다.[29] 당시 조선인 인구가 2천만이었고, 조선에 정착한 일본인이 약 45만이었는데, 인구 비율로 말하면, 조선인은 약 100만 명당 한 종류의 간행물밖에 없는 반면, 일본인은 1,000명당 한 종류의 간행물을 가진 셈이 된다.[30]

문제는 이러한 숫자에 머무르지 않았다. 언론의 내용에 관해서도 큰 차이가 있었다. 1920년대에, 신문 잡지에 대한 정해진 안녕 질서(치안)를 방해하는 '검열 표준' 28사항 중에는, ① 皇室의 尊嚴을 冒瀆할 憂慮가 있는 事項, ④ 國旗·國章·軍旗 또는 國家에 對하여 이를 冒瀆함과 같은 憂慮가 있는 事項, 朝鮮獨立을 扇動하든가, 또는 그 運動을 示唆하든가, 혹은 賞揚함과 같은 事項, 朝鮮民族意識을 昂揚함과 같은 사항事項 등이 있었다.[31] 이 '검열 표준'은 조선인의 자유로운 정신을 '감옥'으로 몰아넣는 틀림없는 치안 조항이었다.[32]

29 1929년 8월 23일 『조선일보』의 통계(朴晟義, 「일제하의 언어·문자정책」, 韓基彦 외, 『日帝의 文化侵奪史』, 서울 : 民衆書館, 1970, 302면에서 재인용).

30 위의 글, 302면.

31 金根洙, 앞의 글, 731~732면.

실제로 대표적 민족 신문 『동아일보』와 『조선일보』는 1920년 창간 이래 1929년 5월까지 각각 288회와 318회의 발행 정지 처분을 받았으며, 또한 각각 2회와 4회의 정간 처분을 받았다. 반면 일본인 발행 신문은 총독부의 여러 정책을 충실히 대변했기 때문에 검열의 처분을 받은 일은 거의 없었다.[33]

이상의 상황을 단적으로 보여 주는 사건이 일어난다. 1936년 8월 베를린 올림픽 마라톤에서 우승한 손기정 선수의 일장기 말소 사건이 바로 그것이다. 『동아일보』는 손 선수의 가슴에 붙은 일장기를 지운 사진을 『동아일보』에 게재하였는데, 그 결과 279일간의 정간 처분을 받았다. 올림픽에서 우승한 적이 없었던 조선 사람들은 승리에 열광했지만, 우승은 조선 민족의 것으로 인정되지 않는 비통함을 일장기 말소로 표현한 것이다.[34] 이처럼 언론의 자유가 억압되고, 또한 인종적 민족적 차별이 횡행하는 것이 조선의 당면 문제이기도 했다.

이러한 상황을 직시한 최재서는 일본의 통치와 조선의 언론의 자유 등에 대해 '공개적으로 비판'할 수 있는 권리를 포스터의 문장을 인용하여 독자에게 호소하려 했던 것으로 보인다. 영국인의 입을 빌려 조선에서의 언론의 자유를 주장한 최재서는, 다음의 「풍자문학론」에서는, 더욱 이론을 발전시켜서, 조선 작가에게 직접 '비평적 태도'를 취할 것을 요구하게 된다.

32 鈴木敬夫, 『朝鮮植民地統治法の研究』, 北海道 : 北海道大學図書刊行會, 1989, 124면.
33 朴炳采, 앞의 글, 303면.
34 崔民之・金民珠, 앞의 책, 222면.

2) 풍자문학론

최재서가 영문학의 문학 이론을 비판적으로 수용함으로써 수립한 문학적 태도와 관점을, 조선문학에 적용하여 조선문학의 방향성을 설정하려는 최초의 진지한 노력이 「풍자문학론」(1935.7.14~21)이다.[35] 그것은 '카프'의 해체로 인한 조선 문단의 위기 타개책으로 작성된 것이다. 최재서는 과거 문학이 정치 사상의 지위를 과대평가했다고, 다음과 같이 비판하고 있다.

> 우리는 過去의 文學에잇서서의 政治思想의 地位를 너무도 過大視한 허물이 잇다. (…중략…) 그 社會의 政治가 實質的으로 停止하거나, 或은 危機에 설 때 아즉까지 그에게 追從하야 모든 文學은 別안간 方向轉換할 機智도 理性도 發見치 못하는 法이다. 따라서, 文學世界는 一般的 世界의 葛藤이 풀려 나오기를 期待려 袖手傍觀할 수 박게 업시 된다. (…중략…) 社會가 逼迫하드래도 아니 逼迫하면 할사록 文學은 文學獨自의 使命과 活動이 잇서야 할 것이고 또 그가튼 實例를 우리는 만히 본다.[36]

최재서는 문학이 정치에 종속되는 것은 문학을 위기에 빠뜨릴 수 있고, 문학에는 "文學獨自의 使命"이 있다고 주장한다. 문학은 정치의 가치를 절대화하는 것이 아니라, 비록 정치가 억압하려 해도, "文學獨自

35 임환모, 『문학적 이념과 비평적 지성 '1930년대 김남천의 리얼리즘론과 최재서의 모더니즘론'』, 서울 : 태학사, 1993, 188면.

36 최재서, 「풍자문학론」, 『조선일보』, 1935.7.14.

의 使命”에 노력해야 한다. 그리고 “文學獨自의 使命”의 확립을 위해서, 문학이 ‘국민적’인가 ‘사회주의적’인가 하는 사상적 관점보다는, 외부 세계에 대한 작가의 태도를 중요시하고, 그것을 ‘수용적 태도’, ‘거부적 태도’, ‘비평적 태도’로 분류하고 이론을 발전시켰다.

‘수용적 태도’는 “外部世界를 現在잇는 그대로의 狀態에서 承認하고 接하는” 태도이지만, “大部分의 現代作家는 위선 社會人으로서 이가튼 態度를 取할 수 업지 안을가 하고 생각한다.” ‘거부적 태도’는 “外部世界을 全体的으로 不認하고, 拒絶하랴는 態度”로, “新社會의 콘트라스트對照로서, 或은 안티테시스反對로서 그를 拒否하는 外엔 現在社會에 對하여 아모런 關心도 가지지 안는다.” 그래서, 작가는 눈앞에 살아 있는 사람과 제도를 비판하는 ‘비평적 태도’를 가져야 한다고 그는 결론 내린다. 그리고 그런 다음 ‘비평적 태도’에 근거하여 시대에 상응하는 문학으로 ‘풍자문학風刺文學’을 들고 있다.

최재서는 “自己風刺는 무엇보다도 現代의 產物”이라고 보았다. 현대인에게 있어서는 맹목적 일상적 자아와 높은 곳에서 그러한 자아를 관찰하는 또 다른 ‘비판적 자아批判的自我’가 분열하면서 공존하고 있다. 맹목적으로 행동하는 순간 비판적 자아가 이것을 관찰, 비판, 조롱한다. 이 자기분열을 성실하게 드러내는 방법이 ‘자기풍자自己風刺’이다. 이 방법은 특히 삶과 사회에 절망한 사람에게 효과적이다. 왜냐하면 삶과 사회를 풍자의 대상으로 생각할 수 있는 사람들은, 자기 풍자에 의해 자기 자신을 재음미함으로써, 재출발의 계기가 될 수 있을지도 모르기 때문이다.

조선 사회를 지배하는 것은 일본이며, 조선 사회를 개선하기 위한 사회적, 경제적, 정치적 힘을 조선인은 갖고 있지 않다. 그래서 그만 절망에 빠질 수 있지만, 그러한 약자에게도 마지막 무기로 자기 자신을 풍자하는 방법이 남아 있다. 이것은 일본의 지배를 정면이 아니라, 측면 또는 뒷면에서 공격할 수 있을 뿐만 아니라, 자신의 재출발의 계기가 될 것이라고 최재서는 믿었다. 그리고 그 좋은 실례로 이상을 들었다.

최재서는 이상이 지식인의 자기 분열을 그린 작가라고 생각하였는데,[37] 그중에서도 『종생기終生記』(1937.5.18)를 그 좋은 예로 들고 있다.[38] 『종생기終生記』의 곳곳에 "나는 …… 終生하얏다"라고 쓰여 있는데, 이 '終生'은 육체적 사멸이 아니라, "그의 에스토리가 現世的 苦惱에서 脫却함"을 의미意味한다. 즉, "苦惱을 感覺하는 自己", "批評的 自己를 죽여버리랴는 것이다." 그러나 "自己가 自己를 批評하고, 그 괴로움에서 버서나랴고 自己의 一面을 죽이려 하나 그 亦不可能함을 깨닷"게 되는 자기분열이 『종생기終生記』의 주제이다. 『종생기終生記』는 이상으로 대표되는 조선의 지식인, 최재서 자신의 "自己分裂과 自意識의 피무든 記錄"이리라.[39]

그런데 그러한 상황에의 돌파구로 쓰인 「풍자문학론」까지도 출판물 금지요항에 따라, 1938년에 간행된 『문학과 지성』에 수록할 수 없게 된다. 그 이유는 다음과 같다

37 최재서가 국내 작가 중에서 가장 주목하고 충격적 공감을 표시한 사람은 이상이다. 김흥규, 「崔載瑞研究」, 서울대 국어국문학과 석사논문, 1972, 93면.

38 최재서, 「覺書 3－現代的 知性에 關하야」, 『조선일보』, 1937.5.18.

39 『終生記』의 해설에 이어서, 崔載瑞는, "大學卒業程度의 微賤한 學識을 가진 사람에게 活動의 機會를 줄 余裕조차 現代社會엔 드물다는 것이다. 活動의 機會라 함은, 그 知識의 活用을 말함이라"고 한탄한다. 1937년 당시에는 대학은커녕 고등보통학교에 다니던 조선인 남성이 1.3%에 불과했다는 것을 감안하면, 당시 조선의 지식인들이 처한 상황이 얼마나 심각했었는지를 상상하는 것은 어렵지 않을 것이다. 박철희, 「植民地期 韓國 中等教育 研究 ─ 1920~30年代 高等普通學을 中心으로」, 서울대 교육학과 박사논문, 2002, 44면.

> 본편 「풍자문학론」의 제목하에 조선은 민족주의 문학과 사회주의 문학의 양대 분야 이외에는 다른 문학의 존재를 허용하지 않는 것 또한 최근 촉발한 사회 정세는 필연적으로 사회주의 문학의 위기를 초래한다고 논하면서 사회적 위기에 수반하는 조선문학의 당면의 타개책으로서 또한 신흥문학의 준비 공작으로서 조선작가는 현대의 사회 제도 내지 내면적 불합리를 측면으로부터 가장 효과적으로 폭로 전술에 의해 풍자문학을 수립하지 않으면 안 된다고 반드시 장래의 조선문학이 취할 방향을 아주 노골적으로 제창해서 곤란하다.[40]

여기서 문제가 된 부분을 정리해 본다. 최재서에 따르면, "朝鮮은 過去에 國民主義文學을 가젓섯다. 그러나 그것은 얼마 아니하야 社會主義文學에 壓迫을 밧어 蠶食하고 말엇다. 그런데 이 新興文學도 最近에 勃發한 여러 가지 社會情勢로 말미암아 活動不能에 빠지고 마럿다. 이리하야 朝鮮文學은 現在 막다른 골목에 다다르고 마럿다." 최재서는 조선문학의 위기의 원인을 "最近에 勃發한 여러 가지 社會情勢", 즉 '사회적 위기'라고 보고, 그 결과, 작가는 "自我全体을 統一할 만한 態度"와 "生活全体을 規律할 만한 主義나 原理"을 잃어버리게 되었다. 즉, 현재 사회 제도에 의해 작가가 내면적 불합리에 빠지게 되었다. 그리고 문학의 위기의 타개책으로, 작가는 "그 時代의 罪惡을 正面으로부터 攻擊치 안코 側面 或은 裏面으로부터 攻擊"하는 풍자문학을 선택해야 한다. 최재서는 문학의 위기의 원인을 사회 문제로 해석하고,

40 「出版物禁止要項—安寧禁止(出版法に依るもの)—『文學と知性』」, 『朝鮮出版警察月報』 第117号, 1938.5.7(국사편찬위원회 홈페이지 한국사 데이터 베이스, 2010.5.13).

그 타개책으로 '시대時代의 죄악罪惡', 즉 '사회 제도 내지 내면적 불합리를 측면으로부터 가장 효과적으로 폭로 전술'하는 풍자문학을 제시했다. 이 점에서 경찰의 검열은 빗나가지 않았다.

조선인은 교육을 받아도 자신의 가치관을 실현할 기회를 가질 수 없다. 사회 제도의 불합리에 대한 비판은 물론, 자아 풍자조차 할 수 없는 것이다. 최재서는 이상의 좌절에 직면할 수밖에 없었다. 그러나 '비판적 자아批判的 自我'를 방기하지는 않았다. '비판적 자아批判的自我'는 다음의 「歐羅巴新秩序와 東洋新秩序」에서는 '문학'과 '정치'가 다른 형태로 존재한다고 주장된다.

3) 전환기의 문화 이론

1940년 6월 파리가 함락된 직후, 『인문평론』 8월호 권두언 「歐羅巴新秩序와 東洋新秩序」에서, 최재서는 '문학'과 '정치'는 다르다고 주장한다.

> 文學은 政治와 外交와는 自然히 다르지 않을 수 없다. 오날 英仏이 歐羅巴의 主人公席에서 물러선다고 해서 당장에 그 文學芸術이 価値를 잃는 것도 아닌 同時에 獨伊가 별안간에 世界的인 文學을 創造해내는 것도 아니다. (…중략…) 要는 무엇이 価値있는 文學이며 또 世界文學의 王座에 올라설 運命을 가진 文學이냐를 洞察하야 그것을 우리의 文化財로 吸收하는 同時에, 어데까지나 우리의 立場을 堅持하면서 우리 自身이 世界의 文化的 發展에 寄与할 것이다.[41]

최재서는 파리 함락 사태에 접해서, "文學은 政治와 外交와는 自然히 다르지 않을 수 없다"고, 문학의 가치와 정치의 논리를 구별하고, 또한 세계문학으로서 가치를 가질 수 있는 조선문학을 통찰하고, 그것을 실현하기 위해서는 세계문학에서 배우고 세계 문화 발전에 기여하는 것이 필요하다고 주장한다.

최재서는 1931년 만주사변을 "第一次大地震", 1937년 중일전쟁을 "第二次의 좀더 强烈한 地震"[42]이라고 말하고, 그 '대지진大地震'으로 전쟁이 사회에 미치는 영향에 대해 다음과 같이 말한다.

> 戰爭은 一定한 期間後에는 決定的으로 새로운 生活條件을 맨들어낼 것이다. 움지길수 없는 嚴然한 事實로서, 우리 앞에 가로 놓여 있다. 이렇게 생각할 때, 今番戰爭은 우리가 卽時的인 轉換을 行해야 할 것을 警告하는 同時에, 그 轉換의 目標를 우리에게 提示하고 있다는 事實을 解得할 수 있다.[43]

최재서에 따르면, 전쟁은 혁명처럼 모든 면에서 변화를 가속해 단기간에 사람들의 의식을 전환하는 힘을 가지고 있다. 그리고 각 국민은 "政治의 優位을 깨닫고, 非合理的인 權力으로써 各自의 生存을 決定치 않으면 아니되게 되었다." 그리고 그러한 '전환'에 직면해 최재서가 선택한 길이 '문화文化의 국민화國民化'이다.

---

41 권두언의 필자 이름은 적혀 있지 않아 누구의 글인지 특정할 수 없지만, 게재지『人文評論』의 편집 겸 발행인 최재서의 인식에 반하는 것은 아니라고 판단하여 인용했다.「區羅巴新秩序와 東洋新秩序」,『人文評論』, 1940.8, 4면.

42 崔載瑞,「轉換期의 文化理論」,『人文評論』, 1941.2, 19면.

43 崔載瑞,「文學精神의 轉換」,『人文評論』, 1941.4, 8~9면.

> 佛巴里의 陷落은 우리에게 많은 教訓과 同時에 많은 問題를 던저 주었다. (…중략…) 佛蘭西는 一七九〇年의 革命 以來 스스로 그 搖籃이 되었던 文化의 고스모포리타니즘 때문에 文化의 國家性을 等閑視하지 않었던가? 自律的으로 發達하여 가는 文化의 純粹性때문에 國民的 文化는 重大한 欠陷을 가지게 되지 않었든가? (…중략…) 이리하여 文化의 擁護와 國家의 擁護가 決코 別다른 두가지 것이 아니라 不卽不離의 한가지 것이라는 것을 우리는 佛蘭西의 悲劇에서 배웠다. (…중략…) 國家의 羈絆을 벗어나서만 文化는 純粹하게 發達할 수 있다는 文化主義的 思考形式은 十九世紀的 幻想과 더부러, 大砲 소리에 깨어지고 말았다. (…중략…) 現代文化가 取할 바 轉換의 目標란 거지반 自明에 屬한 일이 되고 만다. 文化의 國民化 — 이 以外에 길은 없을 것이다.[44]

자율적 문화가 국민적 문화에 중대한 결함을 일으키는 것을 최재서는 프랑스의 비극에서 배웠다. 그래서 각 국민이 '政治의 優位'를 깨닫고, 즉 "우리의 경우 국체를 비판하는 것은 허용되지 않는다"[45]고 언론의 한계를 지적한다. 검열이라는 정치적 폭력을 경험한 최재서는, 반면에 파리가 대포라는 물리적 폭력에 전혀 저항하지 않고 무너져 버리는 것을 목격한 것이다. 그 결과 '문학'의 옹호는 '국가'라는 '정치'적 힘이 없으면 불가능하다는 방향으로 최재서의 논리는 전개된다. 그리고 최종적으로는 '국민문학'을 주창하게 되는데, 이에 대해서는 제4절에서 상술하겠다.

44 위의 글, 9~10면.
45 崔載瑞, 「新体制下の文芸批評」, 『轉換期の朝鮮文學』, 1943, 45면. 이 글은 신체제 실시 후 『京城日報』에 발표했던 「新体制下의 文學」을 다소 수정한 것이다. 원문은 일본어.

최재서의 '문학과 정치'에 관한 논의는, 전제에 대한 자유, 파시즘 비판, 언론 자유의 옹호를 통해 정치적 · 인간적 해방의 이미지를 명확하게 밝히고 있었다. 그리고 아카데미즘을 포기하고, 스스로 출판사도 만들고, 잡지도 발행한 데에서부터 알 수 있듯이 최재서는 일반 독자와의 의사소통을 중요시했다. 아무리 뛰어난 주장을 가지고 있더라도 그것이 동시대의 작가가 독자와 공유할 수 없다면 그 주장은 실현될 리가 없다. 최재서는 지속적으로 작가가 민중 속에 비집고 들어가야 한다고 주장했다. 그래서 다음은 민중, 작가(지식인)와 소설에 대한 논의를 통해서, 최재서가 조선의 작가와 민중에게 구체적으로 무엇을 기대하고, 요구했는지를 검토한 후, 재차 '정치와 문화'의 문제, 그리고 그것과 밀접한 관계가 있는 '국민문학'의 문제에 대하여 논하겠다.

3. 민중, 작가 · 지식인과 소설

조선총독부는 '신문지법' 또는 '출판법' 등으로 조선의 '문학' 활동을 직접 통제했다. 이러한 제약 아래에서 자율적 조선문학의 발전을 위해서 정치를 자유롭게 비판하는 것은 불가능했다. 그래서 최재서는 작가가 민중 속에 비집고 들어갈 것을 주장했다.[46] 왜냐하면 조선 사회 전체를 통합할 수 있는 조선문학을 찾고 있었기 때문이다. 그리고 작가는 자신의 개성을 표현하는 것보다 조선 사회를 대표하는 '민중의 발견'이

46 「文學發見時代」(『朝鮮日報』, 1934.11.21~29)부터, 「勤勞と文學」(『國民文學』, 1943.5)까지, 최재서는 일관해서 작가가 민중 속으로 들어가야 한다고 주장했다.

필요하다고 주장하기에 이른다. 최재서가 작가와 민중에게 무엇을 기대하고 무엇을 요구했는지, 그것을 시대에 입각하여 검토하겠다.

1)「문학 발견 시대」

최재서가 조선 또는 조선문학에 대해 처음으로 논의한 것은「文學發見時代」(1934.11.21~29)[47]인데, 거기에서는 비평가와 학생의 대담 형식을 빌려 현황을 분석하고 있다.

비평가는 학생에게 "위선 現在의 朝鮮文學에 對하야 어떠한 感想을 품고 있나?"라고 질문하고, 학생은 "大體로 말하야 滋味가 없읍니다"고 답했다. 비평가는 "日本內地新聞의 夕刊小說에서 맛 보는 것과 가튼 興奮을 여기선 맛 볼 수 업단 말인가? 場面과 背景의 物理的華麗, 行動의 機械的速度, 事件의 社會的 政治的 關聯, 人物들이 걸머지고 있는 運命의 劇的變動 이 모든 機構로부터 發生하는 心理的 興奮, 卽 文明의 陶醉가 이곳 文學에선 求해 볼수 업다는 말인가"라고 물은 후, "朝鮮에는 그런 作品을 쓸 作家가 업는 것이 안이라 그런 生活의 實體가 업는 것일세"라고 설명한다.

또한 비평가들은 조선문학의 건설을 생각하는 사람들은 "文學의 創造와 表現時代는 지나가고, 文學의 發見과 記錄時代"가 돌아오는 것을 생각해야만 한다고 역설했다. 최재서에 따르면, 그리스와 로마의 고

47 최재서,「文學發見時代」,『朝鮮日報』, 1934.11.21~29. 임환모는,「文學發見時代」가 최재서의 비평태도를 알아보는 결정적 열쇠를 제공한다고 보았다. 임환모, 앞의 책, 166면.

전 시대는 창작이 아닌 모방의 시대였다. 모방이라는 것은 인류가 공유하는 전형적 인간성을 모방하는 것이고, "古典時代의 作家들은 한 社會, 한 國家, 더나가서는 人類의 全体를 觀察하고, 거기에 나타난 普遍的 特性을 捕捉하야 讀者에게 全体的 人生觀을 주는 것을 目的"으로 했다. 그 후 고전적 전통의 속박에서 개성을 해방했던 16세기의 르네상스 시대가 되자, 무한한 가능성을 가진 개성을 완벽하게 표현하는 '개성의 문학' 시대가 온다. 하지만 선善으로 보였던 개성이 20세기 초두에 세계 대전을 일으켰고, 사람들은 인간성은 악惡임을 깨닫게 되었다. 그 결과, "個性에 對한 失望 — 이것은 今後의 文學을 予想하고, 理解함에 絶對로 必要"해지고, '個性表現' 대신에 "民衆의 發見"[48]의 시대가 온다. 이것은 "作家가 임이 蕩盡하야 枯渴한 個性을 억지로 誇張하야 表現하랴고 애쓰지안코 社會로 튀여나가서 民衆의 感情과 意欲과 叡智을 發見"하는 것이다. 이를 위해 작가는 민중 속에서 자연 발생적으로 생긴 민요를 수집하고 통일하는 '민요작가民謠作家'를 만들어 내야 된다.

조선 작가는 내일의 조선문학을 위해, 자신의 개성을 표현하기보다는 '민중民衆의 발견發見'이 중요하다고 최재서는 말한다. 여기서 민중은 하나의 사회를 대표할 수 있는 보편적 특성을 가진 민중이다. 작가가 민중을 발견하고 작가와 민중이 함께 문명의 도취를 경험할 수 있는 '조선문학朝鮮文學'을 창조하는 것, 이것이 최재서가 내세운 방향이었는데, 그러나 최재서에게 '민중'은 무조건적 긍정의 대상이 아니었다.

---

48 최재서는 작가와 독자를 구분하지만, 독자와 민중을 구분하지 않았기 때문에, 특별한 경우를 제외하고는, 앞으로는 독자를 민중으로 논의하기로 한다. 최재서의 '民衆'과 '知識人'의 구별은 교양과 지성에 의한 것이다. 이양숙, 「崔載瑞 文學批評研究」, 서울대 국어국문과 박사논문, 2003, 74면.

一般民衆에잇서 火急한 關心事는 늘 社會改革보다는 그들의 出世이다. 그들은 理想的 社會의 出現을 苦待치 안음이 아니나 그 보다도 自己自身과 밋 家族이 어느 一定한 社會的 水準에 올라스기에 焦心한다.[49]

일반 민중은 개인적 이해에 민감하고, 그런 그들에게 사회의 개혁을 기대하는 것은 무리이다. 그래서 최재서는 그러한 '민중'과는 거리를 둔 '이상적 인간의 모습'을 찾아 제시하게 된다.

1935년 4월 1일부터 3일까지 니스의 지중해대학 강당에서 '현대인現代人의 형성形成'을 주제로 지적협력국제협회知的協力國際協會가 열렸다. 이것은 현대의 위기를 해결하는 하나의 방안으로 "將次 맨드러내야할 理想的 人間"을 규정하는 동시에, "맨드러내서는 못쓸 人間"을 검토했다. 최재서는 토마스 만이 한 서한에서 언급한 현대 문명의 '민중'을 다음과 같이 소개한다.

集団的生活은 이것을 個人的生活에 比하면 便利한 活動範圍이다. (…중략…) …… 卑俗한 流行歌와 新聞記事의 混合物인 노래의 리즘에 발을 맞추워 列을 지여 가지고 行進할 때 이들 젊은 사람들이 느끼는 集団主義的 陶醉는 全然 利己的 享樂이고 (…중략…)自我와 思惟의 義務로부터 開放됨이고 結局 一切의 道德과 一切의 理性을 脫却함이다 …… (…중략…) 오늘에 잇서선 粗雜한 民衆心理의 操縱術을 完全히하야 …… 教育대신에 宣伝의 힘으로써 民衆을 支配하는 것이 더욱 重要하고 또 더욱 容易하다는

49 최재서, 「風刺文學論」, 『조선일보』, 1935.7.19.

것을 사람들은 確信하고 잇다. 民衆은 操縱할 수 있는 물건이고 또 그들은 그들을 鼓舞하는 精神이 무엇이든 — 設令 그것이 暴力의 精神일지라도 — 모든 組織을 感謝의 念으로써 바더드린다.[50]

최재서는 토마스 만의 말을 빌려 "文化에 關한 個人的 努力을 忌避하고 集團的 行動가운대에 陶醉하고 있다"고 조선의 상황을 간접적으로 문제시하고 있는 것으로 보인다. 그리고 그 위에 "人間은 個人으로선 國家에 編入되고, 人格으로선 國家을 超越한다. 人間은 自己經驗의 自由와 自己自身의 責任의 負担을 自律的으로 질머지는 權利를 가지고 잇다"와 같이, 이상적 인간상을 제시한다.

최재서는 '민중'과 '인간'이라는 말을 명확하게 구분해서 쓰고 있다. 민중은 자아와 사유의 의무에서 벗어나, 개인의 자유와 책임을 기피하고, 집단주의에 도취, 심지어 폭력의 정신도 마다하지 않는 조종의 대상이 되어 버렸다. 이것과 대조적으로, '인간'은 개인으로서는 국가에 편입되지만, 국가를 초월하는 인격, 자유와 자기 자신의 책임을 자율적으로 부담하는 정치적 · 문화적 권리를 가지고 있다. 이것이야말로 지식인의 모습이며, '민중'과 '지식인' 사이에 다리를 연결해 그 거리를 없애는 것이야말로 최재서에게 중요한 과제였다.

50 최재서, 「理想的 人間에 對한 規定－知的協力國際協會談話會報告」, 『조선일보』, 1937.8.23.

2) 민중과 소설

최재서는 고대 서사시가 영웅문학이었고, 중세기의 로맨스가 기사의 문학이었고, 현대 소설은 '민중문학'이라고 정의한다. 민중은 고대 영웅이나 기사와 달리, 생활에서 분리할 수 없는 존재이며, 소설은 민중의 삶을 그 테마로 하기 때문에, "小說은 한 作家가 짓는 것이 아니고 그 세기의 民衆이 짓는다"고 생각했다. 그러므로 "作家가 民衆의 한 사람으로서 그 자신 내부에서 民衆과 같은 에토스를 의식하고 같은 感情을" 갖고 생활하지 않으면 안 된다.

그런데, 민중은 "멜로드라마틱한 스토오리와 추잡한 감각과 煽情的인 묘사와 평범한 인생관과 상식적인 모랄을 좋아한다. 小說이 그 이상 들어가면 도리어 小說의 흥미를 감쇄하게 된다."[51] 작가는 이 사정을 알고 있으면서도, 교양의 차이에 의해, 민중과의 거리를 어떻게 할 수가 없었다. 최재서는 이렇게 작가가 자신과 주위를 질서화할 수 없는 상태를 발레리의 말을 빌려 "事實의 世紀"라고 표현했다.

> 現代 作家는 과거의 문화 유산으로서 結晶된 그 자신의 藝術的 個性과 그의 주위에서 소리 높이 부르짖으며 도도히 흘러가는 民衆과의 사이에 진실한 연결을 찾지 못하여 놀래고 초초하고 고민한다. (…중략…) 時代의 大河에 밀려 가면서도 자기 자신과 주위와를 秩序化하지 못하는 心理를 발레리

51 최재서, 「小說과 民衆」, 『동아일보』, 1939.11.7~12. 「小說과 民衆」은 1939년 11월 7일 자 자료 이외의 기사는 원본을 구할 수 없는 관계로 『崔載瑞批評集』, 서울 : 青雲出版社, 1961에 실린 「小說과 民衆」(386면)에서 인용하였다.

는 '事實의 世紀'라는 新用語로써 표현하였다. (…중략…) 새로운 시대의 탄생을 위하여 舊 秩序가 파괴되고 있다. 우선 事實이 나타나고 또 事實이 결정한다. 이 事實에 의미를 부여하고 가치를 발견하고 아울러 그를 질서화하는 것은 뒷 일이다. 이리하야 作家가 事實의 世紀를 솔직히 인정하였다는 것은 十九世紀的 知性의 헤게모니를 스스로 부인한 셈이 되었다. 모두 것은 역사의 힘이다.

(…중략…) 散文精神이란 藝術的 自我가 고갈에 빠지려 할 때에 언제나 民衆 속에로 뛰어 들어가서 거기서 새로운 활력을 찾아내랴는 정신이다. 그것은 現實을 거부하지 않는 정신이요 民衆을 숭배하는 정신이다.[52]

소설은 한 명의 작가가 만드는 것이 아니라, 그 시대의 민중이 만든다. 그러나 현대 작가는 자신의 예술적 개성과 그 주위의 민중 사이에 커다란 거리를 느끼고 있다. 이를 해결하기 위해 최재서가 선택한 길은, 작가가 지성을 스스로 부인하고, 눈앞의 민중을 '사실'로서 받아들이는 것이었다. 이러한 최재서의 민중 인식은 매우 일면적이며, 그것이 후에 그에게 큰 과오를 범하게 하는 계기가 된다.

민중은 작가, 지식인보다는 문화적 교양은 부족할지 모르지만, 항상 시류에 휩쓸려 있었던 것만은 아니다. 그것은 수많은 역사가 말해 주고 있다. 예를 들어, 미야타 세츠코宮田節子의 선구적 연구에 따르면, 중일전쟁에 대해 언론은 열광하고 연일 일본군의 연전연승을 보도했지만, 조선 민중의 유언비어는 "일본이 자기 민족을 위해 타민족과 싸우고 있

52 위의 책, 387면.

는데 우리 식민지 민족과 무슨 관계가 있겠는가"(무직, 1937.9), "자신은 일본군의 통역으로 종군하고, 북중국 일선에서 활약했지만, 일본군은 중국군의 포로를 모으고 참살하는 등 매우 참혹했다"(경기, 1939.4.12)는 표현에서 알 수 있듯이, 민중은 전쟁의 실태를 상당히 정확하게 알고 있었다.[53] 이것이야말로 일본인의 지배자에게는 보여 주지 않았던 '도도하게 흐르고 있는 민중'의 본심이었다고 할 수 있지 않을까. 그런데 최재서에게는 민중의 '비판적 자아'가 보이지 않았던 것 같다. 최재서는 "외부의 소리가 우리의 집안에까지 도달하지도 않았다"[54]고 회상하고 있듯이, 넓은 집에서 자란 지주 계급 출신으로, 사념思念으로서밖에 민중을 이해할 수 없었다고 할 수 있겠다.

4. 세계문학, 국민문학, 조선문학

최재서는 조선 사회 전체를 통합할 수 있는 조선문학을 추구해 작가가 민중 속으로 비집고 들어가야 한다고 주장했지만, 그때의 민중은 국책을 따를 수밖에 없는 민중만을 전제했기 때문에, 이 민중 현실에서 배운다는 것은 결국 최재서의 문학론이 현실에 순응, 국책화된다는 의미가 된다.[55] 그러나 최재서는 '비평적 자아'를 스스로 말살한 후에도 조선의 '언어' 혹은 '토지'에 집요하게 집착한다. 이미 직접적 정치성은

53 宮田節子, 『朝鮮民衆と '皇民化' 政策』, 東京 : 未來社, 1985, 24면.
54 崔載瑞, 『印象과思索』, 서울 : 연세대 출판부, 1977, 53면.
55 이성혁, 「식민지 말기 최재서의 '탈근대 문학론' 비판」, 『인문과학연구』 제7호, 1998, 297~298면.

약해지고, 어디까지나 협의의 문학의 영역으로 퇴각하고 있었지만, 최재서가 도저히 양보할 수 없었던 것은 '조선문학'이었다. 따라서 이하에서는 최재서의 '조선문학'론을 검토하기로 한다.

1) 상실한 자기의 전통에 대한 긍지의 회복

최재서는 조선이 '문화 기여자文化寄與者로서' 세계문화에 기여하는 것을 바랐다.

> 世界에는 政治的, 地理的 地図 外에 또 文化的, 精神的 地図가 잇다. 이것은 文化王國의 精神的分布를 表示한 地図이다. 그러나 二十世紀 文化地図에서 우리는 우리의 땅을 發見할 수 업다는 섭섭한 事實을 是認치 안흘 수 업다. (…중략…) 내 것을 가지고 一單位로서 世界文化王國을 登頂하는 데에 나는 榮光과 喜悅을 予想한다. 우리는 國民인 外에 또한 文化人이라는 自覺을 가질 때에 卽 世界文化王國에 忠誠할 때에 비로서 우리의 文化를 開發할 수 잇고 또 文化寄与者도 될 수 잇다고 생각한다.[56]

또한, 언제든지 런던이나 파리의 청년과 만나, "語學力이야 不足하든 衣服이야 초라하든 그를 만나 十年知己와 가튼 共感性을 가지고 精神的 交友을 매즐만한 水準엔 올라서고 십다"[57]고 문화인으로서의

56 최재서, 「文化寄與者로서」, 『조선일보』, 1937.6.9.
57 최재서, 「메가로포리타니즘」, 『조선일보』, 1937.10.24.

포부를 밝혔다.

최재서의 눈은 조선뿐만 아니라 세계를 향하고 있었고, 일본제국보다 세계문화왕국에 대해 문화 기여자로서 충성을 맹세하려고 했다. 조선이 세계의 정치지도상에는 존재하지 않지만, 조선의 문화가 세계의 문화지도에 한 단위로서 위치를 차지하는 것은 가능하다고 보았다.

'조선문학'을 가지고 세계문화왕국에 등정하기 위해서는, 무엇보다 '조선어'가 중요해진다. 그래서 조선적 정서를 가진 순수한 조선의 예술화에서, 외국 문단에 소개할 만한 시인으로 정지용을 든다. 정지용은 당시 인기를 얻고 있었지만, 그 인기의 비밀은 조선어였다. 정지용 언어의 마술은 "우리들이 항용 모르는 純粹한 朝鮮말의 語彙를 만히 알고" 있는데, "그의 손에 들어 갈 때 朝鮮말은 참으로 놀랄만한 能力을 發揮한다." 정지용은 말의 사용이 정교해서, 표현 충동을 극력 억제하고, 억제가 한계에 다다른 마지막 순간에 말을 놓아 주기 때문에, 독자는 "朝鮮말에도 이러케 풍부한 或은 微妙한 表現力이 잇섯는가" 놀라게 된다.[58] 정지용은 조선어로도 뛰어난 문학을 쓸 수 있다는 것을 독자에게 보여 주고, 독자가 스스로 조선어를 자랑스럽게 여기는 것을 가능하게 했다. 이 자부심은 '세계문화왕국'에 당당한 자세로 등정할 수 있게 한다. 즉, 최재서는 조선어에 의한 조선문학의 창출을 목표로, 일본문학의 우수성이라는 지배 논리에 내적 저항을 시도한 것이다. 당시에 최재서가 참조한 것은 예이츠였다.

1939년 2월 5일부터 8일까지 『동아일보』에 게재된 「예이츠의 生涯

58 최재서, 「文學・作家・知性－朝鮮的作家와知性」, 『동아일보』, 1938.8.20~23.

와 芸術－그의 訃電을 接하고」는, 최재서가 예이츠의 부고에 접하고는 예이츠의 생애와 예술을 기리기 위해 쓴 것이다.

최재서는 예이츠를 "아일랜드의 詩人, 劇作家로서 뿐만아니라 實로 英文壇을 代表하야 最近三四年間 그만큼 文學的 政治的 脚光을 입어가며 世人의 興味를 끄은 作家도 없을 것이다"라고 소개하고 있다. 최재서는 아일랜드 문예 부흥 운동이 실현될 수 있었던 요소로서 일반 민중의 정치의식, 역사서, 켈트 고전의 발굴, 예이츠의 활약을 들고 있지만, "예이츠와 같은 天才的 詩人이 出現치 안헛더라면 그 運動은 다만 一部 先覺者의 單純한 希望에 그치고 말엇을 것이다"라고, 예이츠와 아일랜드 문예 부흥 운동이 불가분의 관계에 있었음을 지적하고 있다.

또한, "예이츠의 一連의 作品을 通하야 아일랜드인은 喪失된 自己에의 伝統과 자랑을 回復할수 잇엇고 유럽인 一般은 이 새로운 文學에서 일직이 꿈도 꾸지 못하였던 美와 神秘를 發見하엿다. 이리하여 그 後에 나온 許多한 靑年아일랜드 作家는 安心하고 그들의 神話와 伝說을 그들의 테마로 쓸 수 잇엇다"고, 예이츠의 창작 활동이 아일랜드뿐만 아니라 유럽에도 기여했다고 지적한 후, 마지막으로, 예이츠와 조선의 관계에 대해 다음과 같이 말하고 있다.

> 예이츠와 우리 文壇의 關係를 말한다면 비록 그의 伝記나 作品이 詳細하게 紹介되지는 못하엿을망정 그의 이름은 퍽 귀익은 이름인 것이고 筆者의 아는 範囲만에서도 그의 愛讀者는 퍽 만타. 그러한 중 昨年에 人文社 版 『海外抒情詩集』에서 林學洙氏가 예이츠의 作品으로 『이니스프리로 가자』, 『黃昏으로』, 『비단하늘』 以下 余篇을 아름답게 翻譯 紹介한 것은 퍽 愉快한 일이라 하겠다.[59]

최재서는 예이츠의 작품이 조선에서 그다지 소개되지 않았음에도 불구하고, 애독자들이 많이 있다는 것, 또 자신이 경영하고 있는 출판사에서 간행된 『해외 서정시집海外抒情詩集』에서 예이츠의 작품을 번역 소개하고 있다고 말하고 있다. 최재서가 예이츠에 주목한 것은, 예이츠가 작품을 통해 "喪失된 自己에의 伝統과 자랑의 回復"을 가능케 하고, 더욱이 '세계에 기여'할 수 있는 '아일랜드 문학'의 건설을 추구했기 때문이라고 생각된다. 최재서는 세계에 기여하는 '아일랜드 문학'의 건실에서 '조선의 근대문학'의 모델을 보았다고 할 수 있다.

'조선의 근대문학'의 건설을 위해서는 무엇보다도 '조선어'가 중요하다. 최재서는 영국의 웨일스어의 사용 문제를 논의함으로써, 조선어에 대한 탄압이 점점 강화되는 상황을 문제시한다. 방골 대학 철학 교수 H.D. 루이스는 웨일스어 사용의 중요성에 대해 다음과 같이 말했다.

> 웨일스어의 価値와 存續과 威嚴에 關한 問題이다. 言語란 法廷이나 事務官廳이나 地方官廳과 같이 民衆의 實際問題가 處理되는 世界에서 除外될 때 民衆에 關하얀 그 意義를 減하는 法이다. (…중략…) 言語가 國民의 日常語 卽 그 國民이 나날이 學校나 市場이나 家庭에서 思惟하고 感覺하는 言語가 되지 않을 때엔 그 文化는 死滅의 運命에 빠진 것이다. (…중략…) 文化의 根本的 條件은 그 多樣性이다. (…중략…) 우리들의 國民的 或은 地方的 或은 職業的 傳統에 있어서, 特異하고 獨特한 것을 助長한다는 것은 民主主義的 社會의 特別한 任務가 된다.[60]

59 최재서, 「예이츠의 生涯와芸術－그의 訃電을 接하고」, 『동아일보』, 1939.2.8.

60 「文化와國民生活」, 『人文評論』, 1940.6, 36~37면. 번역자가 적혀 있지 않아서, 누가 번

웨일스어가 생존하기 위해서는, 웨일스어의 발전에 유리한 환경을 만들어야 하지만, 그 근본적 조건은 "웨일스語를 保存하고 그것을 모든 部分에서 使用"[61]하는 것이다. 아직 웨일스어로 된 문학적 걸작이 지속적으로 나오고 있진 않지만, 실망할 필요는 없다. "만일 웨일스가 日常語로서 存續하고 또 國民이 그 必要를 切實히 느낀다면 그 體驗을 表現하고 解釋하는 天才는 반듯이 나오리라."[62] 이번 유럽 전쟁은 "國民의 獨立과 데모크라시-와 自由를 위하여 開始"[63]되었다고 말해지고 있다. 그러나 영국 내에 웨일스어의 문화생활에 위협을 일으키는 모든 사건에 대해 대책이 강구되지 않는다면, 이 전쟁의 목적은 의미를 상실하게 된다.

최재서는 조선문학을 세계문학에 관련시켜 문화의 차원에서 논의했지만, 루이스를 인용하여 '제도'와 '정치'와 같은 공적 분야에서 조선어의 보존을 호소하고 있다. 이것은 황민화정책의 강행에 의해 조선어의 생존에 위기를 느끼고 있었기 때문일 것이다. 최재서는 '사실의 세기'를 말하기 시작하며, 일본에 충성을 맹세하고 나서도, 당분간은 조선어에 대한 애착을 계속해서 갖고 있었다.

역했는지는 확정할 수 없지만, 『人文評論』의 편집 겸 발행인인 최재서의 인식에 반하지 않는 것으로 판단되므로 인용했다.

61 위의 글, 38면.

62 위의 글, 같은 곳.

63 위의 글, 같은 곳.

2) 「국민문학의 요건」

1940년 이후, 전시 물자 부족의 해결과 국어의 보급, 또한 사상 동원 정책의 일환으로 조선어로 발간되던 신문과 잡지가 강제로 폐간 통합되었다. 최재서도 총독부의 장려로, 자신의 『인문평론』과 이태준의 『문장』을 통합하여 『국민문학』을 창간하기에 이르렀다.

앞에서 이미 본 바와 같이, 『국민문학』은 1941년 11월부터 1945년 5월까지 총 40호를 발행했는데, 그중 1942년 2월과 3월호의 일부만 조선어이고, 나머지는 모두 일본어로 간행되었다. 『국민문학』 창간호에서, 최재서가 자신의 국민문학론을 피력한 것이 「國民文學의 要件」(1941.11)이다. 그의 논의를 따라 가 본다.

'국민문학'은 "오늘 고도 국방 국가 체제의 필요에 따라 일어난 혁신의 문학"[64]으로, '국민문학'의 사명은 "유럽의 전통에 뿌리를 둔 소위 근대 문학의 한 연장으로서가 아니라, 일본정신에 의거한 통일된 동서 문화의 종합을 지반으로 새롭게 비약하려는 일본 국민의 이상을 노래한 대표적인 문학으로 향후 동양을 지도해야 한다."[65]

국민문학에 있어서의 국민 의식은, "자기 혼자서는 의미도 가치도 없는 존재여서, 국가에 의존함으로써 처음으로 자신에게 의미와 가치가 부여된다는 자각에서"[66] 출발하고, 작가는 "국민이라는 자각에 철저하고, 국가의 이상을 현현顯現하는 데 매진"[67]해야 한다. 그러나 최재서는

64 최재서, 「國民文學の要件」, 『國民文學』, 1941.11, 35면. 원문은 일본어.
65 위의 글, 같은 곳.
66 위의 글, 36면.
67 위의 글, 같은 곳.

'국민문학'의 범위를 공연히 좁히는 것에 대해 다음과 같이 주의 깊게 경계했다.

> 국민적이라는 문학을 간단하게 생각하는 사람도 곤란하지만, 그러나 이 때 국민문학을 너무 편협하게 생각하는 것도 금물이다. 국민문학은 앞으로 국민 전체가 일찍이 구축하지 않으면 안 될 큰 문학이다. 지금부터 울타리를 만들어서 비좁게 틀어박힐 필요는 없다. (…중략…) 국민문학은 마땅히 높은 목표와 넓은 범위를 갖고 있어야 한다. 중심에 국민적 지지만 견고하다면, 무리하게 작게 굳힐 필요는 없는 것 아닌가?[68]

최재서는 국민문학이 일본 국가가 요구하는 이상을 실현하는 것이라고 정의했다. 그러나 '국민문학'의 목표와 범위를 어떻게 해석할지는 최재서에 있어서 '조선문학'의 존망에 관계되는 중대한 문제였다. 최재서는 '국민문학'의 독자로, "반도 이천만이 아니라 일억의 전 국민이고, 십억의 대동아 제 민족"[69]을 설정하고, "조선문학의 본연의 자세"에 대해 다음과 같이 말했다.

> 조선문학은 규슈 문학과 동북문학 내지는 타이완 문학 등이 갖고 있는 지방적인 특이성 이상을 갖고 있다. 그것은 풍토적으로, 기질적으로, 그러므로 사고 형식에서도 내지内地(일본 본토 — 인용자 주)와는 다르며, 또 현실도 내지와는 다른 문제와 요구가 있기 때문에, 내지에서 생산되는 문학과는

68 위의 글, 34면. 원문은 일본어.
69 위의 글, 8면. 원문은 일본어.

상당히 다른 문학이 완성되는 것이 아닐까. 굳이 예를 구한다면, 그것은 영국문학에 있어서 스코틀랜드 문학과 같은 것이 아닐까. 그것은 영문학의 일부이지만, 스코틀랜드적 성격을 견지하며, 수많은 공헌을 하고 있다.[70]

최재서는 조선문학이 국민문학의 일부분이라고 말하면서도, 규슈문학과 동북문학, 타이완 문학과는 달리 영국의 스코틀랜드 문학과 같이 지방적 '특이성 이상의 것'을 가졌음을 강조한다. 조선문학의 국민문학화는 조선문학의 특수성을 배제하는 것이 아니라, 특수성을 활용하여 '신일본문화 건설에 기여'해야 한다. 최재서는 "조선문학이 국민문학체제를 받아들인 것은, 일본문학의 질서에 어떤 종류의 변화를 가져오지 않을 수 없게 하기 위해서다"[71]라고 예견했다.

향후 일본문학은 한편 그 순수화의 정도를 더욱 높이는 동시에, 다른 한편 그 확대 범위를 더욱 넓혀나갈 것이다. 전자는 전통의 유지와 국체의 명징과 관련된 일면이며, 후자는 이민족의 포용과 세계 신질서의 건설과 관련된 일면이다. (…중략…) 내지에서 순수화의 일면을 강하게 추구하는 반면, 한반도에서는 확대의 일면이 더욱 열심히 계획된다고 말하는 것은 자연의 추세일 것이다.[72]

일본문학의 과제는 일본정신의 순수성을 발전시키면서 일본 제국에 편입되는 다양한 이민족을 포용할 수 있도록 재구성하는 것이다. 이러

70 최재서, 「朝鮮文學の現段階」, 『國民文學』, 1942.8, 14~15면. 원문은 일본어.
71 위의 글, 15면.
72 위의 글, 17~18면.

한 과제의 해결에 결정적 열쇠를 쥔 것이 바로 '조선문학'이라는 것이, 최재서의 암묵적 의견이다.[73] 조선문학이 재빨리 일본문학에 편입되었기 때문에 새로 편입되는 다른 민족에 하나의 본보기가 된다. 따라서 조선문학의 발전은 일본문학이 "더 큰 전통을 이루고, 그럼으로써 진보에의 추진력"[74]이 된다. 이것은 조선문학을 적극적으로 국민문학에 통합하면서도, 어디까지나 조선의 특수성을 유지하려고 하는 적극적 사태 판단이었다.[75]

그러나 조선문학의 지위를 둘러싸고 조선인과 일본인 사이에서는 의견이 크게 달랐다. 『국민문학』의 좌담회 「시단詩壇의 근본 문제」(1943.2)가 그것을 여실히 보여 준다.

4) 지방문학으로서의 '조선문학'

이 좌담회 '시단의 근본 문제'에는, 사토 기요시佐藤清, 데라모토 기이치寺本喜一, 스기모토 나가오杉本長夫, 최재서, 김촌용제, 조우식, 김종한이 참가했다. 사토 기요시는 『경성일보』의 시단을 주도한 인물이며 최재서의 든든한 후원자였다. 또한 데라모토 기이치와 스기모토 나가오는 최재서와 선후배 관계로, 『조선시인 선집』을 출판하고, 『조선시단』을 이끈 인물들이다. 그런 그들 사이에 '조선문학'을 둘러싸고 논쟁

73 이원동, 「식민지말기 지배담론과 국민문학론」, 『우리말글』 제44집, 2008, 290면.
74 최재서, 앞의 글, 1942.8, 16면.
75 박노현, 「內戰人과 국민문학 : 신민족에 의한 신문학 고안의 기획—최재서의 민족문학과 국민문학 개념을 중심으로」, 『한국어문학연구』 제42집, 2004, 264면.

이 일어났다. 다음은 좌담회에서 발췌한 것이다.[76]

① 최재서 : 조선문학은 일본의 국민문학의 일익으로서 국어로 쓰고, 그러나 그것은 여전히 조선문학이다. 반도 사람이 쓴 것이든, 내지인이 쓴 것이든 특히 조선의 생활과 그 문제를 취급하고, 오늘날 일본이 살아가는 길을 걸어가는 것, 그것이 국민문학으로서의 조선문학의 본연의 자세이지만, 그런데 그 경우 한반도에서 내지인 문인의 차분하지 못함이 신경이 쓰인다.(13페이지)

② 최재서 : 조선의 문제와 생활을 취급한다는 의미에서 조선문학이다. 그래서 결국 도쿄에 있어도 쓸 수 있을 듯한 문학은 그다지 의미가 없다.(13페이지)

③ 스기모토 나가오 : 우리는 오랫동안 조선에서 생활하고 있다. 그래서 조선의 생활과 문제를 노래하면, 그것으로 조선시가 되는 것이지, 우리가 내지에 가도 그것은 조선문학으로 남는다.(14페이지)

④ 데라모토 기이치 : 그러나 어쨌든 옛날만큼 조선문학의 특수성이라는 것은 없어지고 있군요. 규슈 문학 홋카이도 문학이라고 말은 하고 있으나 단지 지역으로서 그런 것이 말해지는지 모르겠지만, 진정한 의미에서 규슈 문학, 홋카이도 문학이란 것은 존재하지 않는다고 생각합니다. 그래서 조선의 경우도 그런 특수성은 사라져 가는 경향이 있다고 생각한다.(14페이지)

⑤ 최재서 : 큰 국민성 안에서 활용되는 특수성, 즉 그 속으로 들어가지 않고서는 살아남을 수 없는 특수성이네요, 풍토적인 것, 그리고 산업 입지

76 동그라미 숫자는 필자가 붙인 것이다.

의 측면에서도 조선에는 아직 내지와는 다른 생활과 문제가 있지 않으면 안 되는데.(14페이지)

⑥ 데라모토 기이치 : 그러나 그와 같은 특수성은 뭐든지 조선에만 있는 것이 아니고, 큰 의미에서 도쿄까지 가는 것입니다. 그래서 도쿄에 돌아가는 것을 나는 두려워할 필요는 없다고 생각한다.(15페이지)

⑦ 최재서 : 결국 반도 이천사백만이 완벽하게 황민화되고 그렇게 되고자 하는 기분, 그것이 지금의 조선의 시의 가장 큰 소재로, 그것이야말로 가장 지금의 조선에서 발이 땅에 붙은 것 아닌가.(15페이지)

⑧ 최재서 : 반도 사람들이 도쿄에 가고 조선의 현재의 그와 같은 절실한 문제를 전혀 잊고, 완전히 내지인처럼 말해도, 그것이 얼마나 가치가 있는가? (16페이지)[77]

데라모토 기이치와 스기모토 나가오는 조선인이 일본어로 문학을 하는 것을 전제로 하고 있다. 또한 두 사람은 일본어로 조선을 노래하면, 과연 조선문학은 되지만, 그 조선문학이라고 해도 어디까지나 일본문학의 일부분에 지나지 않는 것으로 이해하고 있다. 이에 대해 최재서는 조선에는 조선 고유의 것이 있고, 조선과 일본은 생활도 다르므로, 조선문학의 특수성은 없어지지 않는다고 강조했다. 또한 최재서는 도쿄에 있는 조선인이 쓰는 문학을 '조선문학'으로 인정하려 하지 않았다.

양자 모두, 조선인은 '국어'로 쓴다는 점에서는 대립하지 않았다. 대립각은 조선 거주 일본인이 쓰는 문학도 조선문학이라고 하는 일본인

77 「詩壇の根本問題」, 『國民文學』, 1943.2. 원문은 일본어.

의 의견에 대해 최재서는 이의를 제기하지 않는 것처럼 보이지만, '내지인 문인의 차분하지 못함이 신경이 쓰인다'라는 형태로 은근히 부정적 입장을 나타내고 있다. 하지만 그보다는 조선문학이 국민문학에 포섭된다 하더라도, 그 독자성은 결코 없어지지 않는다고 하는 최재서의 고집이야말로 최대의 대립점이라고 할 것이다. 식민지 지배에 있어서, '제국일본'에의 철저한 황국화를 통해 민족적 서열을 뛰어 넘으려는 모순과 고뇌에 찬 비약의 충동, 그에 대한 논리화를 할 수 없다는 절망, 그것이 일본 제국에 대한 최재서의 최대치의 충성이었다.

그런데 최재서의 '조선문학'론은, 조선인의 대부분이 일본어를 이해할 수 없다는 지극히 현실적인 벽에 부딪혀 버린다. 일본어를 할 수 있는 조선인은 1939년 말 총인구 2,209만 8,310명 중 306만 9,032명으로, 13.98%에 불과했다.[78] 조선의 생활과 문제를 대변해야 할 '조선문학'이 일본어로 쓰이는 한 86%의 조선인을 배제하고, 약간의 조선 지식인과 일본인의 생활과 문제를 반영하는 것으로 전락하게 된다. '조선'문학의 목적이란 처음부터 달성될 수가 없었던 것이다.

5) 『때 아닌 꽃非時の花』(1944.5~8)

'조선문학의 특수성'을 주장한 최재서는 스스로 소설 『보도연습반』(1943.7), 『때 아닌 꽃』(1944.5~8), 『부싯돌』(1944), 『민족의 결혼』(1945.2)을 쓰게 된다.

78 『朝鮮社會教育要覽』, 朝鮮總督府學務局社會教育課, 1941, 62면.

소설을 쓰는 이유를 그 자신은 다음과 같이 말하고 있다.

> 나는 평론을 그만두고 소설에 전적轉籍한 것은 아니다. 나는 동포의 사람들과 함께 생각하고 싶은 다양한 주제를 가지고 있다. 그것을 평론에서는 표현할 길이 없다. 지나치게 생각하지 않고 말한다면, 나는 더욱 많은 독자를 갖고 싶다.[79]

독자에게 전하고 싶은 주제를 평론에서는 잘 표현할 수가 없다. 게다가 더 많은 독자를 갖고 싶었다. 그래서 소설을 쓰게 되었다고 말한다. 그렇게 해서 태어난 소설 중에서도 최재서가 "조선의 청년에게 자신감을 갖게 하려"[80]는 의도에서 쓴 것이 『때 아닌 꽃非時の花』이다.

『때 아닌 꽃非時の花』은 '역사소설'의 모양을 취한 우화 소설이다. 이 소설에 등장하는 원술은 신라에 귀화한 가야의 자손이며, 가야는 조선, 신라는 일본, 당나라는 일본을 둘러싼 서구 열강을 암시한다. 이러한 은유가 이 소설의 틀을 구성하고 있다. 원술은 조선과 일본의 역사에 농락된 '귀화 조선인', 그리고 신라의 왕족 남해 공주는 일본인이고, 원술이 신라를 위해 당과 싸운다는 것은, 즉 일본에 동화되어 서구 열강과 싸우는 것이지만, 비록 승리하더라도 원술은 부모에게 인정받지 못했다. 원술은 "위대한 아버지를 영원한 실망 속에서 죽음을 맞이하게 하고, 사랑하는 어머니를 출가하게 만들고, 그 아름다운 공주를 그대로

79 崔載瑞, 「燧石」, 『新半島文學選集－國民文學作品第二輯』, 京城 : 人文社, 1944, 34면; 大內隆雄・杉野要吉監修, 『日本植民地文學精選集－朝鮮編』 9, 東京 : ゆまに書房, 2001. 원문은 일본어.

80 石田耕造(崔載瑞), 「徵兵と文學」, 『國民文學』, 1944.8, 17～18면. 원문은 일본어.

시들어 말라 버리게 하고 있다"[81]라고 비통한 심정을 토로한다. 마지막으로 불문에 귀의하여, 그곳에서만 남해 공주와 동등하게 엮어진다는 것은, 사념思念의 세계에서 아무리 민족의 벽을 뛰어 넘었다 하지만, 현실 세계에서는 동포인 조선인에게 결코 인정받을 수가 없었음을 암시한다. 즉, 이 소설이 일본과 조선 두 민족의 화합을 노래한다는 의미는, '국민문학'의 선봉에 섰는데 일본인에도 완전히 동화하지 못하고, 조선 측에서도 소외되는 최재서의 자의식을 시사하고 있다고 읽힐 수 있다.[82] 이 소설은 당초의 제작 동기였던 '조선의 청년에게 자신감을 갖게 하려'는 것보다는, 전쟁이 조선인과 조선 사회에 가져온 고통을 여실히 그려 내고 있을 뿐이다. 이것이야말로 최재서가 말하는 '국민문학'의 숨길 수 없는 실태였다.

맺는 말

이 장에서는 최재서가 문명의 본원인 '영문학'을 통해, 조선문학의 '근대화'를 촉진하고, 일본의 식민지 지배를 문화적 힘으로 극복하고자 한 시도를, 문학과 정치, 민중・작가・지식인과 소설, 세계문학, 국민문학과 조선문학을 둘러싼 최재서의 언설에 입각하여 검토했다.

식민지의 '문학'이라는 제도 자체가 제국의 지배 계급의 직접적 통제하에 있기 때문에, 식민지 조선에서의 문학 활동은 정치와 직접 관련되

81 石田耕造, 「非時の花 その四」, 『國民文學』, 1944.8, 85면. 원문은 일본어.
82 이은애, 앞의 글, 1996, 100면

어 있었다. 최재서가 자율적 조선문학의 발전을 위해 '혁명선동'의 셸리와, 식민지 사람들의 언론의 자유를 주장했던 포스터 등 진보적 영문학자들을 소개한 것은, 영문학자의 입을 통해, 당시 조선이 처한 상황을 간접적으로 비판하고 독자에게 그 해결을 요구하기 위함이었다. '문학과 정치'에 관한 논의는, 전제에 대한 자유, 파시즘 비판, 언론 자유의 옹호를 통해 정치적・인간적 해방의 이미지를 명확하게 밝히고 있었다.

최재서는 한편으로 작가는 스스로 민중 속에 침투해야 한다고 계속 주장해 왔다. 아카데미즘을 포기하고 스스로 출판사도 만들고 잡지도 발행한 최재서는, 일반 독자와의 의사소통을 중요시하고, 지속적으로 작가가 민중 속에 비집고 들어갈 것을 주장했다. 조선 사회 전체를 통합할 수 있는 '조선문학'을 추구하고 있었기 때문이다. 이 '조선문학'은 작가와 민중이 함께 문명의 도취를 경험할 수 있는 문학, 조선의 모든 민중과 함께 '세계문화왕국'의 절정에 오를 문학이었다.

그러나 최재서의 민중상은 그리 단순하지 않았다. '민중'은 자아와 사유의 의무에서 벗어나, 개인의 자유와 책임을 기피하고, 집단주의에 도취하기 쉽기 때문에, 조종의 대상이라고 생각했다. 반면, 지식인은 개인으로서는 국가에 편입되지만, 국가를 초월하는 개성, 자유와 자기 자신의 책임을 자율적으로 부담하는 정치적・문화적 권리를 가지고 있으며, 그러한 지식인들이 '민중'과 '지식인' 사이에 다리를 놓아 그 거리를 없애는 것이야말로 최재서에 있어서 중대한 과제였다. 그런데 최재서는 국책에 복종하는 민중만을 전제했기 때문에, 결국은 지성을 버리고 민중이 현실에 복종하듯이, 현실에 순응하는 국책화 문학을 최종적으로 선택하게 된다.

결국 최재서는, 국책화하는 '국민문학'을 선택하게 되지만, '비평적 자아'를 스스로 말살한 후에도 조선의 '언어' 혹은 '토지'에 집요하게 집착한다. 직접적 정치성은 약해지고 어디까지나 협의의 문학의 영역으로 퇴각하고 있었지만, 최재서가 무슨 일이 있어도 끝까지 양보할 수 없었던 것은 '조선문학'이었다.

최재서에게 있어서 '조선문학'의 입지는 절실한 문제였다. 최재서는 '조선문학'이 '국민문학'에 포섭된다 하더라도, 그 독자성은 결코 잃지 않으며 조선문학의 발전은 일본문학의 '진보에의 추진력'이 된다고 주장한다. 조선문학의 독자성에 대한 집념은, 황국화를 통해 민족적 서열을 뛰어 넘으려 할 때의 모순, 그것을 논리화할 수 없는 고뇌를 노정露呈한다.

최재서는 '국민문학'을 논리적으로 말할 뿐만 아니라, 스스로 소설도 쓰기 시작했다. 최재서는 『때 아닌 꽃』을 조선의 청년들에게 자신감을 갖게 하기 위해서 썼다. 제목에서도 알 수 있듯이 『때 아닌 꽃』은 비상시에 핀 '수꽃'(결실하지 않는 꽃 — 인용자 주), 즉 있어서도 안 되고, 역사에도 남지 않는 특수한 비극의 일순의 '아름다움'을 나타낸다.

최재서에게는 출구가 보이지 않은 것으로 생각된다. 자신은 엘리트이며, 그 엘리트 의식에서 벗어날 수가 없었다. 그래서 사람들을 지도하고 질타하고, 격려하지 않으면 안 된다는 책임감이 그를 묶는다. 한편, 자신이 하고 있는 일의 정당성을 찾지 못하고 있었다. 즉 그 자신이 분열하고 있었기 때문에, 본인이 의식하지 못해도 그러한 분열이 '소설'을 통해 결국 노출된다. 그러한 노정이야말로 문학의 본질일지도 모른다.

이 소설이야말로 완벽하게 황민화되려는 열망이 이루어지지 못한 최재서의 내면의 풍경이며, 당시의 어려운 상황에서 최재서가 보여 줄 수 있었던 최대한의 조선문학의 본연의 자세가 아니었을까.

결론

이하에서는, 먼저 본론의 내용을 요약한 다음, '제국일본에서의 영어 영문학 및 국어 국문학'과 '영문학 수용에 있어 일본과 조선'이라는 관점에서 그 논지에 관한 재고를 시도하고, 마지막으로 앞으로의 과제를 제시한다.

1. 요약

제1장에서는 오카쿠라 요시사부로의 영어 교육론을 주로 오카쿠라가 만든 영어 교과서에 입각해서 분석했다.

오카쿠라는 일본의 영어 교육에는 두 개의 가치가 있다고 말한다. 하나는 인류는 세계 어디서나 동일한 가치를 가지고 있다는 것을 일본에 알리는 교육적 가치이며, 다른 하나는 서양의 신선하고 건전한 사상의 조류를 일본 국민의 뇌리에 쏟는 실용적 가치이다. 언뜻 보면 모순되는 것으로 보이는 이 두 가치의 주장은, 오카쿠라에게 '인류'는 '서양' 사람들이며, 그중에서도 특히 영국인을 의미함으로써 공존이 가능하게 된다. 오카쿠라는 그러한 주장을 스스로 편집한 영어 교과서 『THE GLOBE READERS』(1907)와 『THE OCEAN READERS』(1925)을 통해서 실천하고자 했다.

이 교과서들에는 영국의 역사, 사회, 문화가 자세히 소개되어 있어서, 오카쿠라가 영어 교육에서 영국을 대단히 중요시하고 있음을 알 수 있다. 당시 일본에서는, 일본을 '아시아의 영국'으로 보려는 생각이 널리 퍼져 있었는데, 그중에서도 오카쿠라의 주장은 가장 으뜸가는 것이었다. 그러한 인식하에, 『THE GLOBE READERS』와 『THE OCEAN READERS』는 영국인의 관점에서, 아시아, 미국 등이 그려져 있다. 이러한 경향은 『THE OCEAN READERS』에서는 약간 상대화되지만, 여전히 영국문화에 대한 평가는 높은 반면, 아시아・아프리카의 사회와 문화에 대한 멸시는 계속되고 있다. '대영 제국'의 강대함을 인식하는 것이, 영어 교육을 통해 가르쳐져야 할 '건전한 사상'이라고 오카쿠라는 생각했다. 즉, 오카쿠라의 영어 교육론은 '대영 제국'의 제국주의를 일본이 배우고, 일본에서도 제국주의적 가치관을 퍼뜨리는 것이었다.

제2장에서는 잡지 『영어 연구』를 분석했다.

『영어 연구』는 당시 학생들의 수험에 대비한다는 실용적 필요에서 시사 영어를 다루는 등, 전적으로 수험 잡지였다. 그럼에도 왜 시사 기사가 중요하게 되었는가. 제1차 세계대전 후의 어지러운 정세 변화가 사람들에게 어쩔 수 없이 그들의 '세계의 대세'에 대한 관심을 증폭시키고 있었으며, 이에 따라, 사람들의 일상의 문제로서 입학시험에 '시사 문제'가 빈번하게 출제되게 되었다. 그 결과, 수험 잡지를 목적으로 한

『영어 연구』 또한 시대의 물결에 뒤지지 않고 세계의 실시간 기사를 계속해서 게재했다. 시시각각 변화하는 현실에 대응하기 어려운 교과서의 약점을 보완하면서 독자성을 발휘하고 구독자를 확보한다는, 상업 월간지 특유의 다그치는 수법이었지만, 결과적으로는 독자에게 세계의 현실과 조류를 의식시키는 큰 역할을 했다고 생각된다.

영어를 매개로 하는 『영어 연구』 담론의 특징은, 영어를 모(국)어로 쓰는 미국이나 영국이나 캐나다뿐만 아니라 영국의 식민지 인도, 심지어 일본과 그 일본의 식민지 조선인 등 다양한 세계인의 문장이 게재되고 있다는 것이다. 그러나 그 다양성이 수렴되는 방향이 있다. 다양한 나라의 사람들이 세계를 향해서 일본의 입장을 대변하도록 구성되어 있는 것이다. 예를 들어, 일본의 식민지 지배에 대해서는 미국인이, 일본과 미국의 전쟁에 대해서는 인도인이 논하는 방식이다. 당사자인 일본이 아니라, 그 문제에 전혀 관계가 없어 보이는 제3국 사람의 의견을 소개함으로써 그 의견은 마치 객관적인 것 같은 인상을 독자에게 제공한다. 제3자가 이렇게 말하고 있으니까, 그 의견의 신빙성은 높다고 독자에게 생각하게 하는 것이다. 또한 다양한 국적의 사람들이 일본의 입장을 '영어'로 '세계'(서양)를 향해 설명하고 있다. 이것은 '서양'으로부터 승인받고 싶다는 일본인의 욕망의 표현이다. 일본에 있어서의 '서양'은 단순히 세계의 수많은 문화 중의 하나, 지역의 하나가 아니었다. 그것은 일본의 국민적 자부심의 절대 보상자이자 보증인이었다. 이러한 '서양'으로부터 인정받고 싶은 욕구와 정반대로, 일본에서는 서양인의 일본인에 대한 인종 차별을 우려하는 목소리도 강하게 터져 나오고 있었다. 하지만 우려의 목소리에 동조하여, 인종 차별 기사를 클로즈업하면, 잡지가 본래 목표했던 영어에 의한 의사소통의 필요성을 보여 주는 근거 그 자체를 부정하는 것이 되어 버릴 수도 있었다. 반대로, 우려를 반박하면 인종 차별을 긍정하게 되어 버릴 가능성도 있었다. 그래서 해결책으로 선택된 것이 반미적 주장을 부정하지 않고 게재하는 동시에 미국과의 갈등을 해소하기 위하여 외교적 협상과 문화 교류의 체제를 유지하는 기사도 함께 게재하는 것이었다. 이러한 논조의 다양성이야말로 『영어 연구』의 딜레마가 가진 특징이었다.

제3장에서는 오카쿠라 요시사부로와 이치카와 산키가 감수한 『영문학총서』를 분석했다.

『영문학총서』의 목적은 '영문학의 역사와 전통', 즉 '고전'보다 영미의 근현대의 '사상감정'을 배우는 것이었다. 따라서 『영문학총서』에서는 과거 · 현대 · 미래라는 시간 축에 준거한 역사적 관점은 후경後景으로 물러나고, 대신 강조되고 있는 것은 교양으로서의 영문학, 현대 문화의 대표자로서의 영문학이다. 오카쿠라에 따르면, '문학 공간'에서 '중심 국가'는 영국이며 일본은 아직 '주변국가周緣國家'였다. 그 '위치 배치'를 바꾸기 위하여, 즉 '주변국가 일본'을 '중심국 영국'으로 근접시키기 위하여 필요한 '장치'의 역할을 '영문학'에 요구한 것이다. 영문학은 '문명'의 중심국인 영미의 근현대의 가치를 반영하고 있기 때문에, 그 영미 문명이 집약된 영문학을 공유함으로써 '문명국가'로 일본에 '공헌하기'를 오카쿠라는 기대한 것이다.

『영문학총서』 전체 100권은 그 대부분이 영국문학과 에세이로 구성되어 있다. 그중에서도 특히 주목해야 할 것은 '제국문학'의 개척자로 알려진 키플링과 키플링의 계승자라고 말해지고 있는 콘래드의 작품이 포함되어 있는 점이다. 대체로 영국의 가치관에 따른 『영문학총서』에 수록된 작품 중에서 이 두 사람의 작품도 선정되었다는 것은 일본인 남성 엘리트를 '제국문학'에 가까워지도록 하겠다는 의도를 상징적으로 보여 준 것이라 할 수 있다.

오카쿠라 요시사부로 및 이와사키 다미헤이, 후쿠하라 린타로가 '문학상의 인도의 발견'을 가능케 한 키플링, '문학적 식민자' 콘래드를 읽는 의미는 '문학 공간'에서 '주변 식민지'를 소유하기 위한 포석을 하는 데 있었다고 생각된다. 그것은 궁극적으로는 일본인이 '문학의 조선, 타이완'을 발견하고 창조하기 위하여 두 사람의 문학이 필요했던 것이다. 이렇게 발견하고 창조된 '문학상의 위치'는 물리적 지리가 갖고 있는 '거리'를 자연스럽게 뛰어 넘는 것을 가능케 한다. 동시에 '문학 공간' 상에 식민지적 공간을 가지면서, 일본을 영국에 비유하여 '문학의 주변 국가 일본'에서 탈각할 수 있게 해 주었다고 할 수 있다.

제4장에서는 경성제국대학 영문학 강좌에 초점을 맞추고, 식민지 조선에서 영어 교육의 의미, 특히 '제국일본'에서 식민지 조선으로 보낸 영문학자 사토 기요시의 영문학관을 검토했다.

당시 조선에서 유일한 대학이었던 경성제국대학에는 국어학・국문학 강좌와 동일한 비중으로 영어학・영문학 강좌가 설치되어 있었다. 조선인의 황민화를 도모하기 위하여, 최우선적으로 가르쳐야 할 강좌가 국어학・국문학이었을 것임에도 불구하고, 영어학・영문학이 같은 비중으로 다뤄진 것은 왜인가. 3・1독립운동 이후 조선은 일본을 거치지 않고, 세계의 패권을 쥐고 있는 구미에서 직접 문화를 수입하기 위하여 영어를 배우고, 구미에 유학해야 한다는 논조가 형성되어 있었다.

영어학・영문학 강좌는, 기독교계 고등교육기관을 중심으로 한 동향을 견제하고 대항하기 위해 설치된 것이 아닐까. 그렇게 설치된 영어학・영문학 강좌는, 조선인뿐만 아니라 일본인에게도 인기가 있었는데, 특히 출세를 바랄 수 없었던 조선인 및 출세를 원하지 않는 조선인 문학청년을 위한 지적 욕망을 보장하는 진로가 되었다.

이 영어학・영문학 강좌에서 20년간 주임 교수를 지낸 사람이 사토 기요시인바, 이 강좌에서 무엇을 어떻게 교수했는지가 과제인데, 경성제국대학에서의 사토의 영문학 강좌에 대한 구체적 자료는 존재하지 않기 때문에 이 책에서는 사토의 영문학관에 주목했다. 20년 동안 경성제국대학에서 영문학을 가르쳤던 그의 영문학관은 경성제국대학의 연구・교육의 내용을 어느 정도 시사해 준다고 보았기 때문이다.

사토는 경성제국대학에 부임하기 이전에 이미 예이츠의 '켈트 민족의 고뇌와 동경'에 공감하고 있었다. 사토는 일본에서 초창기에 예이츠에 주목한 인물 중 한 사람이다. '켈트 민족의 고뇌와 동경'이란, 영국의 제국적 아일랜드 지배의 양상, 즉 아일랜드인의 국민으로서의 권리가 영국의 제국주의에 의해 부정되고, 경제적으로 착취당하고 있다는 사실을 분명히 밝히었다. 사토는 그것에 촉발되어, 아일랜드 사람에게 동정, 공감하게 되었고, 반면에 대영 제국에 명확하게 비판적 태도를 취하게 되었다.

이러한 사토의 아일랜드 문학에 대한 이해는 경성제국대학에 부임한 후에는 시작詩作의 형태로 나타난다. 세계정신을 배우고, 그렇게 배운 세계정신에 따라 일본정신을 객관적 눈으로 바라보고 판단하는 힘을 기르는 것이 사토가 외국문학을 연구하는 목적이며, 외국문학 연구는 자국문학의 창조와 함께 처음으로 완성한다고 사토는 생각했던 것이다.

사토의 영문학관과 그것을 기반으로 한 시작은 경성제국대학 영문학 강좌에 반식민주의적 사상이 존재했음을 나타내 준다. 제1장에서 제3장까지 논의한 바와 같이 일반적으로는, 일본에서의 영문학 연구는 '제국일본'의 '문명국'으로서의 지위를 높이기 위해 빠뜨릴 수 없는 것이었으며, 이미 '문명국'으로 유명한 영미의 영문학을 접하고 이해하는 것이 일본이 '문명국'이 되는 지름길로 여겨졌다. 반면 사토가 모범을 보이고 있는 식민지 조선에서의 영문학 연구는 제국주의에 대한 일종의 비판 도구로서의 가능성도 보여 주고 있었다. '영문학'에는 키플링과 같은 영국제국주의의 옹호자의 작품뿐만 아니라, 제국주의에 대한 혹독한 비판자 예이츠의 작품도 포함되어 있었던 것이다. 사토는 영미의 영문학을 이해하고자 한다면, 예이츠와 같은 제국주의 비판자의 작품도 또한 이해해야 한다고 믿었다. 사토의 이러한 자세는, 그에게 배운 조선인 학생들의 '민족의 해방과 자유'에 대한 의식을 높였음에 틀림없다.

제5장에서는, 사토 기요시의 제자로 경성제국대학에서 배운 최재서의 문학관에 대해 검토했다.

일반적으로 말해서 식민지에서 '문학'은 압도적 지배자의 관리하에 있으며, 일본 제국의 식민지 조선에서의 문학 활동도 예외 없이 정치의 지배하에 놓여 있었다. 최재서는 그러한 지배에 대항하여, 자율적 조선 문학의 발전을 위해 '혁명'을 '선동'한 셸리와 식민지인들의 언론의 자유를 주장한 포스터 등 진보적 영문학자들을 소개했다. 조선인의 입을 통하여 의견을 주장할 경우 검열을 받을 우려가 있으므로, 그러한 외국 작가의 입을 통하여 간접적으로 조선이 처한 상황을 비판한 것으로 생각된다. 자신의 의견을 외국인에게 대리시키는 수법은 이미 기술한 『영어 연구』를 방불케 하지만, 『영어 연구』에서는 '제국일본'을 긍정하는 말을 제3자에게 말하게 하였으나, 최재서는 '제국일본'을 비판하는 단서를 제3자로부터 이끌어 냈다.

최재서는 한편으로 작가는 스스로 민중 속으로 침투해야 한다고 계속해서 주장했다. 대학 교수라는 안정된 길을 버리고, 스스로 자신의 출판사도 만들고, 잡지도 발행한 최재서는 일반 독자와의 의사소통의 중요성을 깨닫고 있었다. 최재서는 조선 전체를 하나로 통합하는 '조선문학'을 찾고자 했다. 작가와 민중이 함께 문명의 도취를 경험할 수 있는, 조선의 모든 민중이 함께 세계문화왕국의 절정에 올라갈 수 있는 문학이 '조선문학'의 필수 조건이었다.

그러나 그 민중상은 '조선문학'의 개념과 일치하는, 쌍수를 들어 공감할 수 있는 내용이 아니었다. 최재서의 이해로는 민중은 개인의 자유와 책임을 기피하고, 집단주의에 도취되기 쉽고, 결과적으로 조종이 가능한 대상이었다. 반면 지식인은 개인으로서는 국가에 편입된다 하더라도, 그와 동시에 국가를 초월하는 인격, 자유와 자기 자신의 책임을 자립적으로 부담하는 정치적 문화적 권리를 갖고 있다. 그러한 지식인들이 '민중'과 '지식인' 사이에 다리를 놓아, 그 거리를 채우는 것이 최재서가 가장 중요시한 과제였다. 그러나 최재서는 머지않아 그 민중상에 함몰되어, 지성을 버리고 현실에 순응하는 것을 긍정하게 된다.

이리하여 최재서는 '제국일본'의 국책 문학인 '국민문학'을 선택하고, '비평적 자아'를 스스로 말살했지만, 역시 조선의 '언어'와 '토지'에의 집착을 집요하게 보여 주었다. 직접적 정치성은 약해지고, 어디까지나 협의의 문학의 영역으로 퇴각했음에도 불구하고, 최재서는 '조선문학'이라는 이상을 버릴 수는 없었다. 최재서에게 있어서 '조선문학'의 입지는 중요한 문제였다. 최재서는 '조선문학'이 '국민문학'에 포함된다고 하더라도, 그 독자성은 결코 잃지 않으며, 조선문학의 발전은 일본문학의 '진보에의 추진력'에도 도움이 된다고 주장했다. 그러나 조선문학의 독자성에 대한 집념은, 황국화를 통해 민족적 서열을 뛰어 넘고자 할 때의 모순, 그 모순을 잘 논리화할 수 없다는 고뇌의 벽에 부딪히게 된다.

이윽고 최재서는 '국민문학'을 논리적으로 설명하는 것만으로는 모자라 스스로 소설까지도 쓰게 된다. 예를 들어, 조선의 청년들에게 자신감을 갖게 하려고, 최재서는『때 아닌 꽃』이라는 작품을 쓰게 된다. 그러나 제목에서도 알 수 있듯이『때 아닌 꽃』은 비상시에 피는 '수꽃', 즉 원래는 존재하지 않는, 역사에도 남지 않는 특수한 비극의 일순의 '아름다움'을 나타낸다. 사토와 최재서에게 영문학은 오카쿠라와 달리 제국비판의 도구이기도 했지만, 그 비판은 큰 곤경의 벽에 부딪히게 된다.

이상 각 장별로 본론을 간단히 요약하였다. 다음은 영어 영문학과 국어 국문학, 영문학 수용에 있어서 일본과 조선이라는 관점에서, 본론의 내용을 정리, 분석하겠다.

2. '제국일본'에서 영어 영문학과 국어 국문학

이미 설명했듯이, 오카쿠라의 영어 교육론은 일본에서 '대영 제국'의 제국주의적 가치관을 보급하려는 경향이 있었다. 이러한 서양에 대한 모방과 서양에서 인정받고 싶다는 욕망은『영어 연구』와『영문학총서』에서도 드러난다. 즉, 일본의 '영문학'은 대영 제국의 번영의 비밀을 배울 수 있는 도구이며, 이 도구를 활용하여 대영 제국의 '문명'과 '보편성'을 몸에 익히는 것이 목적이었다고 말할 수 있다. 그러나 영문학에 접하면 접할수록, 일본인에게는 받아들이기 어려운 것이 있었는데, 그것은 '영국성', 즉 영국의 특수성이 전면으로 드러날 때이다. 영문학을 동경한 영문학자 오카쿠라 요시사부로 및 이와사키 다미헤이・후쿠하라 린타로는 영문학에 자신을 일체화하려고 했다. 그러나 그렇게 하면 할수록 '동양인'이나 '황인종'이 '백인'에게 어떤 눈으로 비춰지는가 하는 현실을 오히려 자각하게 해 준다. 그 딜레마는 어떻게 처리되었을까.

사카이 나오키酒井直樹는 다음과 같이 커다란 시사점을 제시하고 있다. 절대적 '타자'와의 사이에 존재하는 견고한 벽에 대한 자각은 그러한 '타자'에의 관념적 동일화를 촉진한다. 주체는 '배움' 그리고 '흉내 내기'의 욕망으로부터 스스로를 만들어 낸다. 그 지적을 참고하여 위의 딜레마 해소법을 생각해 보면, 영문학이 '벽의 자각'과 '관념적 동일화'를 구성하기 위한 장치로서 파악되고 있다면, 인식된 '벽'은 '동일화'에의 '욕망'을 불러일으킨다 할 것이다. 즉, '동일화가 가능하다'라는 담론과 '동일화는 불가능하다'라는 상반된 담론이 영문학을 '보편적'으로 간주할까, 또는 '특수'로 간주할까 하는 논의로 나타난다는 것이다. 벽을 걷어치우고자 하는 욕망과, 그 사실을 뒷받침하는 벽의 자각. 영문학은 이 복잡한 상관관계를 문자의 형태로 구현한 것이다.

이러한 영문학자의 욕망은 국어학자와 국문학자의 끊임없는 시기와 의문의 시선에 노출된다. 예를 들어, '국어학자' 우에다 가즈토시上田万年

로 대표되는 언어 내셔널리즘과 '영어 교육자' 오카쿠라의 언어관 및 영어 교육론 사이에는 미묘한 긴장이 조성돼 있었다. 우에다의 말처럼 '일본어'란 '정신 혈액'이 일본 국민의 '혈액 단체'를 보증할 경우, 일본인이 '영어'를 배우면 '순수한 피'를 혼탁하게 하는 것이 된다. 그러한 논리를 명확하게 인식하고 있던 것이 국어학자 후지무라 쓰쿠루의 논의였다. 후지무라 쓰쿠루는 일본에게 '모방의 시대는 지났다'고 선언한다. 지금 일본이 강국이 된 이상, 이제 와서 더 이상 영어를 학습할 필요가 없고, 영어를 배운다면, 오히려 백인에 대한 열등 민족이라는 자각에 빠질 위험이 있다. 따라서 모방의 대상은 자기 자신(일본)이 아니면 안 된다고 주장한다. 즉, 우에다의 언어 내셔널리즘이 규정한 논의의 연장선상에서 외국어 교육이 불필요하다는 후지무라의 논의가 위치 지어진 것이다.

반면 오카쿠라 요시사부로는 외국어를 배우고 그것을 무기로 하여 외국에서 유용한 문화를 획득해야 한다고 생각했다. 그 '유용한 문화'란 강대한 '대영 제국'의 문화를 지칭하며, 일본의 영어 교육은 '대영 제국'에서 제국주의를 배우고, 그 제국주의적 가치관을 전파함으로써, '제국일본'의 발전에 이바지할 수 있다는 것이다.

위에서 논의한, 우에다, 후지무라, 오카쿠라 삼자 모두, 민족주의라는 의미에서는 공통되지만, "국어는 국민의 정신적 혈액"이라고 하는 우에다와 모방의 대상은 자기 자신(일본)이라고 하는 후지무라에게 있어서, 오카쿠라의 일본정신은 불순하고 배척해야 할 것으로 비쳐진다. 반면 오카쿠라는, 언어는 사상을 전달하고 의사소통을 위한 도구에 지나지 않으므로, 언어와 민족과는 본질적으로 관계가 없다고 하면서도,

영어 교육의 목표는 '문화적 교양의 정신'과 '유용한 문화의 획득'이라고 언급하고 있다. 이것은 영어 교육이 '수단'이며 동시에 '목표'라는 불가피한 형태로 결합되어 있음을 보여 주고 있다.

따라서 '수단'과 '목적'을 교묘하게 구별해서 사용하는 '이중 전략'이라 할 영어 교육을 통하여, 오카쿠라는 영국의 '제국의 정신'을 배우고, 궁극적으로는 영국 '제국의 정신'의 모순을 지양한 '제국일본의 정신'을 추구했다고 할 수 있겠다.

3. 영문학 수용을 둘러싼 일본과 조선

그다음은 일본인 오카쿠라 요시사부로와 일본의 식민지 조선인 최재서의 영문학관을 비교하여, 제국의 사람과 그 제국에 의하여 지배된 식민지 사람들과의 사이의 영문학에 대한 의식의 차이를 밝히고자 한다.

일본이 본받아야 할 강국은 영미라는 인식을 강화한 오카쿠라는, 그 영미문화의 정수인 문학을 배워야만 '우리 나라 고유의 문명'을 '보충'할 수 있다고 판단했다. 영미문학을 배우는 것이 일본 문명을 향상시키는 데 '공헌'하는 것과 연결된다고 본 것이다.

그러나 오카쿠라는 반면에, 그렇게 하는 데에는 '번민'이 있고 '싸움'이 있다고 생각했다.[1] 즉, 자기를 개인으로서 뻗어가는 것은 선천적인 것이지만, 그렇게 하기 위해서는 어떻게 하면 좋은가, 그것을 생각해야

1 岡倉由三郎, 「文學の境地」(原題 「英文學漫談」), 『駒澤大學英文學研究』, 1931, 9면.

한다는 것이다. 오카쿠라와 같은 영문학자는 영문학을 동경하며, 영국인에게 심리적으로 반은 동일시하면서도, 다른 한편으로, 혹은 그렇기 때문에 더욱, '백인'이 '동양인' 또는 '황색인종'을 멸시하고 있음을 강하게 자각하고 있었다. 오카쿠라의 "탈출이 불가능한 천연 철조망이 온통 덮여 있다"[2]라는 표현은 그 것을 잘 보여 주고 있다.

또한 오카쿠라는, 서양 학도가 일본을 연구할 때, 최초로 조우하는 난관은 서양과는 전혀 다른 사회 조직의 구성이기 때문에, 서양인이 일본을 근본적으로 이해하는 것은 불가능하다고 생각했다.[3] 하지만 그렇다고 하면, 필연적으로, 일본인인 오카쿠라가 영미문학을 통해, 영미를 이해하는 것도 불가능한 것이 되고 만다. 그러나 오카쿠라는 이에 대해서는 아무런 진술도 하고 있지 않다. 이상으로부터, 오카쿠라의 가치관은 고정적이고 폐쇄적이었음이 확실해진다.

한편, 최재서의 경우는 어떠했는가. 최재서가 영문학에서 가장 주목한 작가는 셸리와 예이츠였다. 셸리는 시인이지만, 최재서는 그가 '일세의 혁명가'라고 보았다. 셸리의 작품 『해방된 프로메테우스』가 자유와 전제와의 싸움에서 결국 승리하는 것은 전제가 아니라 자유라고 말하고 있다. 그뿐만이 아니다. 『해방된 프로메테우스』에서 말하는 자유라는 것은 개개의 묘사, 비유, 암시 등 다양한 용법으로 생생하게 구현되어, 사람들에게 자유의 귀중함을 통감시키는 것이었다. 그렇게 자유의 귀중함을 마음에 새기는 문학이야말로, 문학 보존의 유일한 길이라

2 岡倉由三郎, 앞의 책, 1926, 48면.

3 Okakura, Yoshisaburo, *The life and thought of Japan*, London : Archibald Constable and Co., 1919, p.20.

는 것이 최재서의 주장이다.

또한, 최재서는 아일랜드 문예 부흥 운동이 실현될 수 있었던 요인의 하나로 '예이츠와 같은 천재적 시인의 출현'을 역설하고 있다. 예이츠는 아일랜드인에게 '상실한 자기의 전통과 자랑을 회복'시켰을 뿐 아니라, 유럽인에게도 '아름다움과 신비를 발견'하게 했다. 최재서는 예이츠의 이러한 공적에서 배울 것이 많다고 여겼다. 조선인의 '전통'을 부활시킬 수 있다면, 조선인의 '자랑'은 부활할 수 있다. 그것은 곧 '세계에 기여'하는 '조선의 근대문학'의 건설로 이어진다고, 최재서는 생각했던 것이다.

아일랜드의 독립을 위해 싸운 예이츠, 그리고 셸리는, '자유와 전제의 투쟁'을 독자에게 간접적으로 경험시킨다. 최재서가 그들을 연구한 이유는 바로 거기에 있었다. 그들이 그려내는 '전제'를 쳐서 이길 '자유'의 힘이 당시 일본 제국에 의해 행해지고 있던 조선의 '전제' 상황을 타파하는 하나의 길이 될 것으로 판단하고 있지 않았나 짐작된다. 길게 이어지는 지배 속에서, 조금씩 잃어 가는 조선인의 전통과 자랑을 짧은 기간에 회복하려면 전투가 필수적이었다. 자기, 그리고 일본과의 싸움이다. 이 '투쟁심'이 '자랑스러움'을 되불러 일으키고, '자유'에의 기폭제가 된다. 또한 '독재'와의 싸움을 민중에게 체험시킬 수 있다면, 그것은 문학의 사회적 존재 이유도 되고, 세계에 기여할 수 있는 새로운 조선문학, 즉 '조선의 근대문학'을 낳는 것도 된다. 이것이 영문학을 매개로 최재서가 발견한 '조선의 근대문학'의 길이었다.

오카쿠라는 '영문학'의 '일본 문명'에의 '공헌'은 예상했지만, 일본이 영미 또는 세계에 '공헌'할 수 있다고는 기대하지 않았다. 그의 눈은 어디까지나 일본 내부로 향하고 있어서, 외부 세계는 일본을 '보충'하는 것에 지나지 않았다. 또한 오카쿠라는 영문학을 동경하는 한편, 일본을 포함한 아시아인에 대한 '백인'의 평가, 즉, '동양 사람', '황색인종'을 멸시하는 현실도 자각하고 있었다. 이 현실이 있는 이상, 오카쿠라에게 '동양인'과 '백인'은 대등한 입장이 아니었다. 그렇기 때문에 오카쿠라에게 비대칭적 관계를 극복하기 위해, 일본은 어디까지나 '동양의 영국'이어야 하지 않았을까.

이러한 오카쿠라와 대조적 인물이 최재서였다. 일본에만 눈을 돌리고 있던 오카쿠라에 비하여, 최재서의 눈은 조선뿐만 아니라 세계로도 향하고 있었다. 일본 제국보다도 '세계문화왕국'에 대해, '문화 기여자'로 충성을 맹세하려고 한 것이다. 즉, 영문학에서 일방적으로 배우는 수동적 입장에 머물지 않고, 세계에 기여할 수 있는 '조선의 근대문학'이라는 능동적 입장을 지향했다. 또한 최재서는 런던과 파리의 청년과의 정신적 교류를 희망하며, '백인'과 '동양인'의 교류는 가능하다고 보았다. 즉, 최재서는 오카쿠라와 달리 동양인과 서양인을 대등하다고 보고 있었던 것이다.

이러한 오카쿠라와 최재서의 영문학관을 둘러싼 낙차는 최재서와 오카쿠라 사이에서만 존재했던 것은 아니다. 다음에서 우리는 『영문학총서』의 이와사키 다미헤이의 키플링론이나 후쿠하라 린타로의 콘래드론을 최재서와 사토 기요시의 경험과 영문학관과 대조하여, 지금까지 논의해 온 문제점들을 보다 구체적으로 부각하고자 한다.

1) 키플링

이와사키 다미헤이는 키플링이 인도에서 태어나 토착 백성과 친하게 지내며, 영어뿐만 아니라 힌두스탄어도 구사할 줄 아는 인도 편중의 인물이면서 제국주의자이기도 하다고 소개하고 있다. 이와사키에게는 키플링의 인도에 대한 제국주의적 애정은 모순이라기보다는 공존 가능한 것이었다. 게다가 이와사키는 키플링이 제국주의에 쏠린 이유가 영광스러운 섬나라의 고립을 지키는 소영국주의little Englandism에 만족할 수 없었던 데에 있다고 생각했다. 이와사키에게 제국주의는 부정적 이념이 아니었던 것이다.

이와사키 다미헤이는, 키플링의 『킴』이 '인도를 종합한' 것이며, 인도의 대도大道 로맨스라고 단언했다. 이와사키에게는, 『킴』에 나타난 인도인 늙은 라마승은 처음부터 끝까지 일관되게 뜬구름을 잡으려는 허황된 인물이며, 그에 반해 영국인 주인공 킴은 사랑스러운 인물이다.

인도의 독자라면 '킴'을 인도 사람을 열등 민족으로 그린 작품으로 독해하겠지만, 이와사키는 식민지를 소유한 통치자의 눈으로 '킴'을 해석하고 있었던 것이다.

반면 일본 제국의 식민지 조선 출신인 최재서는, 인류라는 보편적 입장에서 키플링 문학을 해석하고, 키플링의 제국 의식이 자국 우월주의이며, 국민적 열정의 노예가 된 것이라고 비판하고 있다.[4]

또한, 이와사키 다미헤이는, 키플링을 '문학상의 인도의 발견'을 가

4 최재서, 「覺書—現代的 知性에 關하야」, 『조선일보』, 1937.5.15.

능하게 한 문학상의 제국주의자로 간주하고, 식민지 '제국일본'도 그것을 본받아 '문학상의 조선・타이완'의 발견이 필요하다고 말했다. 그리고 그 연장선상에서, 최재서의 스승인 사토 기요시는 작시作詩로 그 '문학상의 조선'을 구현했으나, 그것은 키플링에게 있어서 인도의 의미와 비슷하면서도 다른 것이었다.

사토 기요시는, 식민지 인도에서 태어나고 자란 키플링과 같이, 일본의 식민지 조선에서 20년간 살면서, 조선에 관한 시를 계속 써 왔다. 그리고 사토의 조선에서의 경험에는, 정복자로서의 관점과 고통 받는 조선인으로서의 관점, 즉 자신의 출신국인 지배자 일본과 피지배자 조선의 관점이 겹쳐져 있었다. 사토는 식민지 조선인의 고통에 대해, 내지 일본인의 고통은 부족하다고 말했다. 현지에서 조선인의 고통을 가까이서 보고, '정복자'로 자신을 자각하고, 자신의 내부에 뿌리 깊게 존재하는 '정복자' 의식을 깊이 부끄럽게 여겼다.

그리고 얼마 안 있어 사토는 조선인이 말하는 일본어에서 '강제'의 흔적을 찾아낸다. 그 이후, 사토에게 있어 가장 친밀하고 친근한 언어여야 할 일본어가 '녹슨 못'이 되어, 조선인이 말하는 일본어가 그들의 '저주'의 말이 되어 사토의 귀에 꽂혀 온다. 왜 조선인은 이렇게까지 해서 일본어를 쓰지 않으면 안 되는가. 사토에게는 일본어가 '야만인의 화살'처럼 느껴졌다.

사토의 조선에 대한 유일한 시집 『벽령집』은, 가와바타 슈조와 최재서에게 있어서, 조선의 냉기, 햇빛, 창공, 비바람에 대한 이해와 애착을 보여 준 드문 작품으로 높게 평가되었다. 지배자인 일본인의 눈에도, 피지배자인 조선인의 눈에도 사토의 조선의 자연에 대한 이해와 사랑이 잘 느껴졌던 것이다.

이상과 같이, 키플링과 사토 기요시는 모두 제국주의적 경험을 작품의 주제로 다룬 작가이지만, 그 내실은 대조적이었다. 키플링은 영국 독자에게 『킴』을 통해 백인의 우월 의식을 노골적으로 드러내며, 영국의 해외 식민지를 즐거운 오락으로 가지고 들어왔다. 반면 사토 기요시는 일본인의 '정복자' 의식으로 고통 받고 있었으며, 식민지 지배가 조선 사회에 가져온 야만성을 시작詩作을 통해서 증언했다.

2) 콘래드

후쿠하라 린타로는 망국 폴란드 지사의 자식으로 태어난 콘래드의 불운을 지적하며, 이처럼 불운한 콘래드는 폴란드인에서 영국인이 될 수 있었던 것은 그에게 있어 명예에 다름 아니라고 평했다. 후쿠하라는 콘래드의 영국인으로서의 '출세'를 칭찬만 할 뿐, 콘래드 본인이 귀화하여 겪었을 고통에 대해서는 전혀 무관심했다. '영국인'으로서의 인생이, '망국 Poland 지사'로서의 인생보다 더 '명예'로운 것이며, 가치가 있다는 것이 콘래드에 대한 후쿠하라의 견해였다. 영문학, 대영 제국 지상주의에 대한 후쿠하라의 가치관이 여실히 드러난다.

콘래드의 작품 중에는 '망국의 백성'의 흔적이 역력하다. 예를 들어, 언어적 특징은 'Conradesque'이라고 불렸으며, 그것에 대해서는 후쿠하라조차도 인정하고 있다. 이처럼 영국과 폴란드 사이에 있는 콘래드의 경계선에 호응하여 그의 작품 또한 복잡한 음영을 내포하고 있다.

예를 들어, 콘래드의 작품 중 『나르시서스호의 검둥이』는 그 제목에서도 알 수 있듯이, 주인공은 흑인 지미이며, 이야기는 처음부터 끝까지 이 흑인을 중심으로 전개된다. 그럼에도 불구하고, 후쿠하라는 제목을 『나르시서스호의 검둥이』가 아닌 'Narcissus호 항해기'로 해야 한다고 주장하며, 흑인의 존재는 작품에 흥미와 긴장을 주는 장치에 불과하다고 말한다.

소설의 피지배자를 주인공으로 인정해 버리면, 제국주의의 모순이 드러날 수도 있다는 위구危惧심이 후쿠하라에게 작용한 것이다. 흑인 주인공을 어디까지나 '배경'으로 보는 후쿠하라의 해설은, 그 자체가 제국주의에 동조하는 지극히 정치적인 문학의 한 단면을 보여 주고 있다.

후쿠하라 린타로에게 콘래드는 '동양'을 '서양'에 친밀한 것으로 하는 '문학적 식민자'이다. 그런데 최재서에게 콘래드는 영국인이라면 전혀 쓸 수 없을 것 같은 영문학의 새로운 경지를 연 개척자이다.[5] 즉, 콘래드의 작품은 제국주의의 모순을 여실히 드러낸 문학이었다는 것이다. 그리고 최재서는 그것을 모범으로 하여, 스스로의 방향을 설정했다. 그는 제국주의 권력의 압력을 받아, 최종적으로는 '국민문학'을 선택하게 되지만, 그럼에도 불구하고 '조선문학'의 독자성을 집요하게 계속해서 주창했다. 최재서의 입장에서 보면, 후쿠하라의 콘래드론은 '조선문학'을 '국민문학'에 수렴시키는 논리로 수긍할 수 없는 것이었으며, 최재서 본인에게 콘래드는 '국민문학'과는 다른 '조선문학'의 존재 이유를 설명하는 데에 필수불가결한 존재였다.

5 座談會, 「朝鮮文壇の再出發を語る」, 『國民文學』, 1941.11, 80면.

콘래드는 대영 제국의 기존 메커니즘을 예리하게 이해하면서도, 다른 한편으로 피식민자의 희생을 피할 수 없는 것으로밖에 묘사하지 못했다. 이와 대조적으로 최재서는 소설 창작을 통해 식민지 지배에 의한 민족적 서열을 뛰어 넘는 길을 모색했으나, 그 또한 현실 세계에서 그 길을 발견할 수 없었다.

최재서가 '국민문학'의 실례로 쓴 『때 아닌 꽃』은 이와사키와 후쿠하라의 '문학상의 조선'과 비슷하면서도 다른 것으로, 최재서의 의도가 어떠하든 『때 아닌 꽃』은 결과적으로 이와사키와 후쿠하라가 추구한 '문학상의 일본 제국'의 모순을 폭로하는 것으로 나타나고 있다.

4. 앞으로의 과제

본론에서는, 제국주의적 국제 질서가 구성・재구성되는 과정에서 영어・영문학이 '제국일본'과 어떻게 관련되어 있었는지를, 두 축을 설정하여 분석했다. 그중 하나가 일본 내지에서의 영어・영문학이고, 다른 하나가 일본의 식민지 조선에서의 영어・영문학이다.

영어 교육의 중요한 지도자 오카쿠라 요시사부로는 영어 교육의 목표를 '유용한 문화의 획득'이라고 판단했다. 이것은 영어 교육이 수단(형식)이면서 동시에 목적(내용)을 의미할 수 있다는 것이다. '독해력'의 양성이 실용적 목적이라는 것은 영어 교육의 구체적 내용이 오카쿠라에게는 항상 '영문학'이라는 사실과 밀접하게 관련되어 있다. 그것은 철저하게 텍스트를 읽고 이해하며 문화를 섭취하고 정신을 함양하는 것이 목적이었기 때문이다.

오카쿠라는 '영문학'을 통해 문화의 섭취와 '일본정신'을 창조하는 것을 시도하고 있었다. 그러나 이 경우 '일본정신'은 단순한 '일본정신'이 아니라, '제국일본'을 지탱하는 '일본정신'이었다. 그때 '영문학'은 개개의 특수성을 뛰어 넘어 보편적 '정신'이 되며, 일본정신이라는 개별 속에 거처하며 새롭게 소생한다. 그것에 의하여, 일본정신은 보편성을 띤다. 그 보편성이란, 물론 '제국주의'를 의미하며, 영어 교육은 이러한 제국주의의 이른바 '무당'의 역할을 담당했다고 볼 수 있다.

최재서는 '영문학'을 통해 조선문학의 근대화를 추구했다. 여기에서 '조선문학'은 단지 조선 고유의 문화를 발굴, 보존하는 등 전통으로 회귀하는 것이 아닌, 새롭게 창조된 '현대성'을 말한다. 최재서에게 '현대성'은 지성을 의미하며, 이 지성이란 국가를 초월하는 인격, 자유와 자기 자신의 정치적 문화적 책임을 자립적으로 부담하는 정신을 의미한다. 그러한 원리에 따른 '조선문학'은 '세계문화'에 기여하는 '보편성'을 갖게 된다. 즉, 이 '보편성'은 인간과 제도를 비판할 수 있는 '비판정신'에 다름이 아니며, 그러한 최재서의 논리는 해방 이후 조선에서도, 또 일본에서도 충분히 살려서 활용되지 못했다.

전후 일본에서는 후지무라와 같은 논의에 대한 반성은 이루어졌지만, 오카쿠라와 같은 논의에 대한 반성은 충분히 이루어지지 않았던 것은 아닐까. 오카쿠라가 영어 교육의 필요성을 역설하고, 그 한도 안에서는 외국문화에 열려 있었다는 점으로 일관했기 때문에, 협소한 민족주의와 대립하는 것처럼 이해되어 온 것은 사실이다. 그러나 언뜻 타인에게 열린 관용적이고 부드럽게 생각되는 오카쿠라와 같은 논리야말로 제국주의와 내셔널리즘을 강화하면서 그 억압을 교묘하게 은폐하려 했던 것은 아니었을까. 전후에도 당분간은 계속되고 있던 교양주의적 외국어 교육은 1970년대 후반부터는 거의 흔적도 없이 사라져 버려, 지금은 실용주의적 언어 교육이 주류를 이루고 있지만, 거기에도 교양주의적이 아닌 실용주의적 제국주의가 연면히 계속되고 있을 터이다. 이러한 방향으로의 연구・비판을 계속하기 위해서는, 지금까지 언급한 식민지 지식인의 고투에서 드러난 비판적 논의는 크게 참고할 가치가 있다고 보아도 틀리지 않을 것이다.

그런데, 영어 영문학을 내셔널리즘과 제국주의와의 관계 속에서 논의할 때 발생되는 문제는 산더미처럼 쌓여 있는데, 여기에서는 본론과 밀접하게 관련되어 있음을 알면서도 충분히 실증・분석하지 못했던 사항들을 세 분야로 좁혀 제시하고 향후의 과제로 삼고자 한다.

첫째는 전쟁에서 제국주의적 가치관이 어떤 미디어를 통해 어떻게 침투했는지를 『영어 연구』(1923.7~1944.4)에 기초하여 더욱 상세하게 재검토하는 일이다. 이 책에서는 『영어 연구』의 제1대 주필인 요시다 이쿠지로가 편집한 1907년에서 1923년까지를 분석했지만, 제2대 주필인 구보타 마사지가 편집한 시기인 1923년 7월부터 1935년 3월까지, 그리고 제3대 주필인 다카베 요시노부가 편집한 1935년 4월부터 1944년 4월까지는 전혀 분석하지 못했다.

둘째는 후쿠하라 린타로가 어떤 영문학관에 따라 콘래드를 이해하고 설명했는지를 해명하기 위하여, 후쿠하라가 시대에 따른 '제국일본'의 격렬한 변화에 어떻게 대응했는지에 대한 내재적 연구 또한 필요하다는 점이다. 후쿠하라는 1918년부터 『영어 청년』의 편집에 관여하였고, 1931년부터 1944년 4월에 『영어 청년』이 『영어 연구』에 합병될 때까지 RF라는 서명署名으로 「영학英學 시평」을 연재했다. 「영학 시평」은 일본의 영어 교육계의 큰 지침[6]으로, '귀축미영鬼畜米英, 치고야 말리라'라는 광기의 시대에 『영어 청년』이 폐간되지 않고 살아남을 수 있었던 중요한 이유로 말해지고 있는데, 이것은 달리 말해 후쿠하라 린타로의 덕분이라고 해도 좋을 것이다.[7]

전시 중에, 후쿠하라 린타로는 "우리는 미력하다. 그러나 우리는 국가에게 있어서 정말 중요한 학문의 일익을 떠맡고 있다. 자중해야 한다"고 일견 모순되는 것 같은 말을 하면서도, "영어를 읽을 수 있는 사람이 있기 때문에 영미인이 무슨 생각을 하고 있는지 여부를 알 수 있어 안심이라는 평을 얻고 싶다. 우리는 전망대이다. 안테나이다"라고 단언하고 있다.[8] '적'을 잘 알았던 영문학자 후쿠하라 린타로가 '적'과 '일본인'을 어떻게 바라봤는지, 이를 통하여 영문학을 둘러싼 내셔널리즘과 제국주의와의 관계를 시기적 변화에 따라 보다 구체적으로 부각할 수 있었음에 틀림없다.

셋째는 사토 기요시와 최재서는 둘 다 문학을 매개로 식민지 지배에 비판적 견해를 표명했는데, 그 자세한 과정을 당시 조선의 사상 상황, 사회 상황에까지 넓혀, 재차 검토할 필요가 있다는 점이다. 사토 기요시와 최재서는 결국 식민지 지배 권력의 압력에 굴복하여 그 견해를 유

6 高梨健吉, 「福原麟太郎」, 大村喜吉・高梨健吉・山來成訓 編, 『英語教育史資料 第5巻 －英語教育事典・年表』, 東京 : 東京法令出版株式會社, 1980, 179면.
7 高杉一郎, 「『英語青年』を生き残らせたR.F.閑談」, 『別冊英語青年 創刊100周年記念号』 別冊, 1998.8.
8 R.F., 「英語時評」, 『英語青年』 第90巻 1号, 1944.1.

지할 수 없었지만, 적어도 식민지 지배에 대한 비판의 가능성을 추구하기 위하여 노력했음은 인정해야 한다. 특히 최재서가 이를 위한 사상적 모색을 계속한 사실만은 결코 지나칠 수 없다. 그 상세한 과정, 그리고 궁극적 정치적 패배(전향)의 원인을, 최재서 개인의 사상적 편력은 물론, 식민지하 조선의 사상 상황, 사회 상황에까지 넓혀 다시 한 번 검토할 필요가 있다.

영어로 인해 영국・일본・조선이 서열화되어, 영어 교육은 따라서 지배의 장치 역할을 했다. 그러나 교육은 때로는, 위정자의 그러한 의도를 초월하거나, 또는 그러한 의도와 대립되는 결과를 초래하기도 한다. 지배의 장치였을 영어 교육이 역으로 지배의 모순을 날카롭게 드러내는 것과 같은 결과를 가져올 수도 있는데, 사토와 최재서의 사상적 갈등이 그 좋은 증거라 할 수 있다. 서양 대 일본, 일본 대 조선, 서양 대 조선이라는 중층적 계층 구조를 상징하는 '영어'를 축으로 하여, 식민지하 조선의 사상의 드라마가 새로운 빛을 받을 가능성이 열려 있는 셈이다.

참고문헌

사료목록

1. 일본어

市河三喜,「研究社英文學叢書のこと」,『英語青年』第46巻 第4号, 1921.

________,「岡倉先生を追慕して」,『英語青年』第76巻 第8号, 1937.

岩崎民平,「introduction」,『Kim－by Rudyard Kipling : with introduction and notes by Tamihei Iwasaki』(岡倉由三郎・市河三喜 主幹, 研究社英文學叢書), 東京 : 研究社出版, 1923.

________,「introduction」,『Plain tales from the hills / by Rudyard Kipling / with introduction and notes by Tamihei Iwasaki』(岡倉由三郎・市河三喜 主幹, 研究社英文學叢書), 東京 : 研究社出版, 1930.

上田万年,『國語のために』, 東京 : 富山房書店, 1895.

內多精一,「目覺めたる愛蘭人 愛蘭文芸復興の背景」,『英語青年』第50巻 10号, 1924.2.

S. K. 生,「研究社英文學叢書のTrial List」,『英語青年』第45巻 第9号, 1921.

『英語研究』第1巻～16巻, 東京 : 研究社, 1907～1944.

大村喜吉・高梨健吉・山來成訓,『英語教育史資料 第1巻 英語教育過程の変遷』, 東京 : 東京法令出版株式會社, 1980.

________________________,『英語教育史資料 第2巻 英語教育理論・實踐・論爭史』, 東京 : 東京法令出版株式會社, 1980.

________________________,『英語教育史資料 第3巻 英語教科書の変遷』, 東京 : 東京法令出版株式會社, 1980.

________________________,『英語教育史資料 第5巻 英語教育事典・年表』, 東京 : 東京法令出版株式會社, 1980.

岡倉士朗,「蹇翁の映像」,『英語青年』第125巻 第7号, 1937.

岡倉由三郎,「方言の性質及び其調査」,『東京人類學會雜誌』第9券 1号, 1893.

_________,「朝鮮國民教育新案」,『東邦協會會報』第2号 付錄, 1896.

_________,『応用言語學十回講義』, 東京 : 成美社, 1902.

_________,「本邦に中等教育に於ける外國語の教授についての管見」,『英語教育』,

東京：研究社, 1906.
_________,「中等學校における外國語の問題」,『英語教育』, 東京：研究社, 1906.
_________,『THE GLOBE READERS BOOK ONE』, 高梨健吉・出來成訓監修,『英語教科書名著選集』第13巻, 東京：大空社, 1907.
_________,『THE GLOBE READERS BOOK TWO』, 高梨健吉・出來成訓監修,『英語教科書名著選集』第13巻, 東京：大空社, 1907.
_________,『THE GLOBE READERS BOOK THREE』, 高梨健吉・出來成訓監修,『英語教科書名著選集』第13巻, 東京：大空社, 1907.
_________,『THE GLOBE READERS BOOK FOUR』, 高梨健吉・出來成訓監修,『英語教科書名著選集』第14巻, 東京：大空社, 1907.
_________,『THE GLOBE READERS BOOK FIVE』, 高梨健吉・出來成訓監修,『英語教科書名著選集』第14巻, 東京：大空社, 1907.
_________,『英語教育』, 東京：研究社, 1911.
_________,「戰爭と國語」,『英語教授』Vol. 7, No.5, 1914.10.
_________,「『風物』知識の必要」,『英語教育』, 東京：研究社, 1917.
_________,「解題」,『あはゝのアンナ』, 東京：研究社, 1921.
_________,「introduction」,『New Arabian nights－by Robert Louis Stevenson：with introduction and notes by Y. Okakura』(岡倉由三郎・市河三喜 主幹, 研究社英文學叢書), 東京：研究社出版, 1921.
_________,「introduction」,『Childe Harold's pilgrimage－by Lord Byron：with introduction and notes by Y. Okakura』(岡倉由三郎・市河三喜 主幹, 研究社英文學叢書), 東京：研究社出版, 1922.
_________,「introduction」,『Man and superman－a comedy and a philosophy－by George Bernard Shaw：with introduction and notes by Y. Okakura』(岡倉由三郎・市河三喜 主幹, 研究社英文學叢書), 東京：研究社出版, 1922.
_________,「introduction」,『Old English ballads：with introduction and notes by Y. Okakura』(岡倉由三郎・市河三喜 主幹, 研究社英文學叢書), 東京：研究社出版, 1923.
_________,「introduction」,『Virginibus puerisque and other papers－by Robert Louis Stevenson：with introduction and notes by Y.Okakura』(岡倉由三郎・市河三喜 主幹, 研究社英文學叢書), 東京：研究社出版, 1923.
_________,「introduction」,『Select poems of Robert Burns－by Robert Burns：with

introduction and notes by Y.Okakura』(岡倉由三郎・市河三喜 主幹, 研究社英文學叢書), 東京 : 研究社出版, 1923.
_________, 「introduction」, 『The good-natur'd man / and She stoops to conquer / or the mistakes of a night－by Oliver Goldsmith : with introduction and notes by Y.Okakura』(岡倉由三郎・市河三喜 主幹, 研究社英文學叢書), 東京 : 研究社出版, 1925.
_________, 「英文學の精華－譯者と釋家との仕事」, 『東京朝日新聞』, 1925.4.29.
_________, 『THE OCEAN READERS BOOK』 1, 東京 : 大日本図書株式會社, 1925.
_________, 『THE OCEAN READERS BOOK』 2, 東京 : 大日本図書株式會社, 1925.
_________, 『THE OCEAN READERS BOOK』 3, 東京 : 大日本図書株式會社, 1925.
_________, 『THE OCEAN READERS BOOK』 4, 東京 : 大日本図書株式會社, 1925.
_________, 『THE OCEAN READERS BOOK』 5, 東京 : 大日本図書株式會社, 1925.
_________, 「introduction」, 岡倉由三郎・市河三喜 主幹, 『English essays : with introduction and notes by Y.Okakura』, 東京 : 研究社出版, 1925.
_________, 「『英文學覺帳』を前に置いて」, 『東京朝日新聞』, 1926.10.14.
_________, 『紅涅雜筆』, 東京 : 洋々塾, 1926.
_________, 「藤村作氏の反省を促す」, 『現代』 第8巻 8号, 1927.8.
_________, 「文學と語學の關係」の中の「畢竟は個性の相違」, 『鐘』, 東京 : 富文堂, 1927.
_________, 「introduction」, 『Old English dramatists : with introduction and notes by Y. Okakura』(岡倉由三郎・市河三喜 主幹, 研究社英文學叢書), 東京 : 研究社出版, 1928.
_________, 「introduction」, 『Venus and Adonis / The rape of Lucrece / and Sonnets－by William Shakespeare : with introduction and notes by Y. Okakura』(岡倉由三郎・市河三喜 主幹, 研究社英文學叢書), 東京 : 研究社出版, 1928.
_________, 「introduction」, 『Old English dramatists－selected and arranged by Francis Turner Palgrave : with introduction and notes by Y. Okakura』(岡倉由三郎・市河三喜 主幹, 研究社英文學叢書), 東京 : 研究社出版, 1929.
_________, 「introduction」, 『A sentimental journey through France and Italy－by Laurence Sterne : with introduction and notes by Y. Okakura』(岡倉由三郎・市河三喜 主幹, 研究社英文學叢書), 東京 : 研究社出版, 1931.
_________, 「文學の境地」(原題 「英文學漫談」), 『駒澤大學英文學研究』, 東京 : 駒澤大學英文學課會, 1931.
_________, 「新光」, 『英語教育』, 東京 : 研究社, 1932.

________, 「英語教育」, 『岩波講座教育科學』 第8冊, 東京 : 岩波書店, 1932.
________, 「國語の整理と淨化」, 『英語教育』, 東京 : 研究社, 1933.
________, 『英語の國際補助化運動』, 東京 : 新英米文學社, 1933.
________, 『スターン』(研究社英米文學評伝叢書 22), 東京 : 研究社, 1934.
________, 「基本英語の檢討」, 『英語教育』, 東京 : 研究社, 1935.
________, 「ユーモアの正体」, 『英語青年』 第76巻 8号, 1937.
________ · 市河三喜, 「研究社英文學叢書刊行趣旨」, 『英語研究』 第14巻 第9号, 1921.9.
________ · 佐藤東四郎 · 飯島淳秀 譯, 「日本精神」, 『英米文學』 第9号, 立教大學英文學會, 1937.
川端周三, 「佐藤淸氏と朝鮮詩壇」, 『國民文學』, 1945.2.
「研究社英文學叢書」, 『英語研究』 第21巻 3号, 1928.6.
キプリング, H. コータッツィ · G. ウェッブ 編, 加納孝代 譯, 『キプリングの日本發見』, 東京 : 中央公論新社, 1992.
佐藤淸, 「戰時中の愛蘭の叛亂と愛蘭詩人の群(一)(二)」, 『六合雜誌』 1918(『佐藤淸全集 3－散文 · 譯詩』, 東京 : 詩聲社, 1964).
_____, 「沙翁聖地をたづねて」, 『六合雜誌』 第39巻 第4号, 1919(『佐藤淸全集 3－散文 · 譯詩』, 東京 : 詩聲社, 1964).
_____, 「京城の雨」, 『森林』, 1927.1(『佐藤淸全集 2－詩』, 東京 : 詩聲社, 1964).
_____, 「はしがき」, 『Principles Of Criticism from Biographia Literaria－by Samuel Taylor Coleredge : with introduction and notes by Kiyoshi Sato』(岡倉由三郎 · 市河三喜 主幹, 研究社英文學叢書), 東京 : 研究社出版, 1928.
_____, 「無題」, 『愛誦』, 1929.6(『佐藤淸全集 2－詩』, 東京 : 詩聲社, 1964).
_____, 「苦惱と表現」, 『文學評論』 第6巻 第6号, 1931(『佐藤淸全集 3－散文 · 譯詩』, 東京 : 詩聲社, 1964).
_____, 「夜の街」, 『ポエチカ』, 1931.9(『佐藤淸全集 2－詩』, 東京 : 詩聲社, 1964).
_____, 「或る夏の午後」, 『日本詩論』, 1931.11(『佐藤淸全集 2－詩』, 東京 : 詩聲社, 1964).
_____, 「外國の図書館生活」, 『現代隨筆全集』 第11巻, 1935(『佐藤淸全集 3－散文 · 譯詩』, 東京 : 詩聲社).
_____, 「あとがき」, 『碧靈集』, 京城 : 人文社, 1943(『佐藤淸全集 2－詩』, 東京 : 詩聲社, 1964).
_____, 「回想記　文學的自伝の一面」(未發表原稿), 1951(『佐藤淸全集 3－散文 · 譯詩』, 東京 : 詩聲社, 1964).
______, 「アイルランド紀行」, 『佐藤清全集 3－散文・譯詩』, 東京 : 詩聲社, 1964.
______, 「京城帝大文科伝統と學風」, 『佐藤清全集 3－散文・譯詩』, 東京 : 詩聲社, 1964.
______, 「佐藤清年譜」, 『佐藤清全集 3－散文・譯詩』, 東京 : 詩聲社, 1964.
澁澤榮一, 『澁澤榮一自叙伝』(筆記者 : 小貫修一朗), 東京 : 澁澤翁頌德會, 1937.
澁澤雅英, 『太平洋にかける橋－澁澤榮一の生涯』, 東京 : 讀賣新聞社, 1970.
杉木喬, 「立教に於ける岡倉先生」, 『英語青年』 第76卷 第8号, 1937.
高杉一郎, 「『英語青年』を生き殘らせたR.F.閑談」, 『別冊英語青年 創刊100周年記念号』 別冊, 1998.8.
高橋亨, 『朝鮮人』, 京城 : 朝鮮總督府學務局, 1920.
高部義信, 「時事と映畵と罰金と敗戰」, 『「英語研究」の70年－もう一つの日本英學史』, 東京 : 研究社, 1975.
崔載瑞, 「文學の保存」, 『京城帝大英文會會報』 第11号, 1933.3.
______, 「國民文學の要件」, 『國民文學』, 1941.11.
______, 「朝鮮文學の現段階」, 『國民文學』, 1942.8.
______, 「詩壇の根本問題」, 『國民文學』, 1943.2.
______, 「新体制下の文芸批評」, 『轉換期の朝鮮文學』, 1943.
______, 『轉換期の朝鮮文學』, 京城 : 人文社, 1943.
______, 「まつろふ文學」, 『國民文學』, 1944.4.
______, 豊原芳彰, 「福原先生の文學」, 『英語青年』第127卷 3号(福原麟太郎氏追悼特集), 1981.6, 「燧石」, 『新半島文學選集－國民文學作品第二輯』, 京城 : 人文社, 1944(『日本植民地文學精選集－朝鮮編』 9, ゆまに書房, 2001).
石田耕造(崔載瑞), 「非時の花 その四」, 『國民文學』, 1944.8.
______________, 「徵兵と文學」, 『國民文學』, 1944.8.
朝鮮社會教育要覽』, 京城 : 朝鮮總督府學務局社會教育課, 1941.12.
寺西武夫, 『TEACHERS' COMPANION TO THE OCEAN READERS』 4, 東京 : 大日本図書株式會社, 1927.
豊田實, 『日本英學史の研究』, 東京 : 岩波書店, 1939.
成田成壽, 「『英語研究』『英語青年』合併の頃」, 『「英語研究」の70年－もう一つの日本英學史』, 東京 : 研究社, 1975.
日夏耿之介, 「イェイツの古傳象徵戱」, 『聖盃』, 1913.7.

福原麟太郎,「又五郎の死, など」,『新文芸 : 海外文學之紹介及評論』1巻 1号, 東京 : 新文芸社, 1920.
________,「introduction」,『Typhoon and The Nigger Of The Narcissus－by Joseph Conrad : with introduction and notes by R. Fukuhara』(岡倉由三郎・市河三喜 主幹, 研究社英文學叢書), 東京 : 研究社出版, 1922.
________,「岡倉由三郎先生－人間に遊ぶこと」,『現代随想全集』第2巻, 東京 : 創元社, 1935.
________,「呉岸先生の教室」,『英語青年』第76巻 8号, 1937.1.
________,「叡智の文學」,『新潮』, 1940.1(『福原麟太郎著作集 10－英文學評論』, 東京 : 研究社).
________,「年譜」,『福原麟太郎著作集 8－随筆 4 : 日記・芸能』, 東京 : 研究社, 1969.
R. F.,「英語時評」,『英語青年』第90巻 1号, 1944.1.
藤村作,「英語科廢止の急務」,『現代』第8巻 5号, 1927.5.
_____,「英語科處分の論爭に就いて」,『現代』第8巻 10号, 1927.10.
「出版物禁止要項－安寧禁止(出版法に依るもの)－『文學と知性』」,『朝鮮出版警察月報』第117号, 1938.5.7.
『英文學叢書』, 東京 : 研究社, 1921～1932.
『京城帝國大學一覽』, 京城 : 京城帝國大學, 1926～1942.
『京城帝大英文學會 會報』, 京城帝大英文學會, 1929.12～1934.6.
旧制高等學校資料保存會 編,『旧制高等學校全書』第七巻, 東京 : 昭和出版, 1984.
『台北帝國大學一覽』, 台北 : 台北帝國大學, 1929; 1930; 1933; 1937; 1940.
『東京帝國大學一覽』, 東京 : 京城帝大英文學, 1929; 1930; 1933; 1937; 1940.
「座談會 : 朝鮮文壇の再出發を語る」,『國民文學』, 1941.11.

2. 한국어

「두 번째 普成校의 休學」,『조선일보』, 1920.5.12(『普成80年史』, 普成80年史編纂委員會, 1986).
『숭전대학교80년사』, 서울 : 숭전대 출판부, 1979.
『연세대학교백년사 1 — 연세통사(상)』, 서울 : 연세대 출판부, 1985.
李如星・金世鎔,『數字朝鮮硏究』第4輯, 京城 : 世光社, 1933.

『이화백년사』, 서울 : 이화여대 출판부, 1994.
『이화백년사자료집』, 서울 : 이화여대 출판부, 1994.
조용만, 「나의 영문학 편력기」, 『Phoenix』 제13집, 고려대 영문학회, 1969.
최재서, 「未熟한文學」, 『新興』 5号, 1931.7.
______, 「英文壇의 現狀」, 『조선일보』, 1933.4.29.
______, 「文學發見時代」, 『朝鮮日報』, 1934.11.21~29.
______, 「社會的批評의 台頭－1934年度의 英國評壇回顧」, 『동아일보』, 1935.1.30~2.2.
______, 「풍자문학론」, 『조선일보』, 1935.7.14.
______, 「風刺文學論」, 『조선일보』, 1935.7.19.
______, 「英國의 伝統과 自由－E.M.포스터一의 演說要旨」, 『조선일보』, 1936.1.4~5.
______, 「覺書－現代的 知性에 關하야」, 『조선일보』, 1937.5.15.
______, 「覺書 3－現代的 知性에 關하야」, 『조선일보』, 1937.5.18.
______, 「文化寄与者로서」, 『조선일보』, 1937.6.9.
______, 「理想的 人間에 對한 規定－知的協力國際協會談話會報告」, 『조선일보』, 1937.8.23.
______, 「메가로포리타니즘」, 『조선일보』, 1937.10.24.
______, 『文學과 知性』, 京城 : 人文社, 1938.
______, 「文學·作家·知性－朝鮮的作家와知性」, 『동아일보』, 1938.8.20~23.
______, 「예이츠의 生涯와芸術－그의 訃電을 接하고」, 『동아일보』, 1939.2.8.
______, 「小說과 民衆」, 『동아일보』, 1939.11.7~12.
______, 「轉換期의 文化理論」, 『人文評論』, 1941.2.
______, 「文學精神의 轉換」, 『人文評論』, 1941.4.
______, 『崔載瑞批評集』, 서울 : 青雲出版社, 1961.
______, 『印象과思索』, 서울 : 연세대 출판부, 1977.
홍봉진, 『陽村日誌』, 서울 : 一心舍, 1986.
홍승면, 「홍승면 대담 : 유타대학화학교수 이태규씨」, 『新東亞』, 1964.11.

3. 영어

Bigelow, Poultney, *Japan and her colonies : being extracts from a diary made whilst visiting Formosa, Manchuria, Shantung, Korea and Saghalin in the year*, London : E.Arnold, 1923.

Body, Ernest A., *Ireland's Literary Renaissance*, John Lane Company, 1916.

Braybrooke, Patrick, *Kipling and his soldiers*, London : C. W. Daniel, 1926.

Chevrillon, Andre, *Three studies in English literature*, New York : Doubleday, Page & Company, 1923.

Cunliffe, John William, *English literature during the last half-century*, New York : Macmillan, 1923.

Falls, Cyril, *Rudyard Kipling : a critical study*, London : M. Secker, 1915.

Fowler, H. W・Fowler, F. G., *The Concise Oxford Dictionary,* Oxford : The Clarendon Press, 1911.

Hopkins, R. T., *Rudyard Kipling's world*, London : R .Holden, 1925.

Kipling, Rudyard, *The Five Nations*, London : Methuen And Co., 1903.

Le Gallienne Richard, *Rudyard Kipling : a criticism*, London : J. Lane, 1900.

Lynd, Robert, *Old and new masters*, London : T. Fisher Unwin Ltd., 1919.

Najder, Z., *Conrad under familial eyes*, Cambridge : Cambridge University Press, 1983.

Newbolt, Henry, *An English Anthology of Prose and Poetry*, London : J. M. Dent & Sons Ltd., 1921.

Okakura Yoshisaburo, *The Japanese Spirit*, London : Archibald Constable and Co., 1905.

__________________, *The life and thought of Japan*, London : Archibald Constable and Co.,1919.

Palmer, John, *Rudyard Kipling*, London : Nisbet & Co. Ltd., 1915.

Perlowski, J., "On Conrad and Kipling", *Conrad under familial eyes*, Cambridge : Cambridge University Press, 1937.

Shanks, Edward, *Second essays on literature*, London : W. Collins Sons & Co. Ltd., 1927.

The Departmental Committee by The President of The Board of Education, *Teaching of English in England*, London : His Majesty's Stationery Office, 1921.

Walpole, Hugh, *Joseph Conrad* , London : Nisbet & Co. Ltd., 1924.

Waugh, Arthur, *Tradition and change*, London : Chapman and hall, Ltd., 1919.

참고문헌 목록(책에서 직접 언급한 문헌)

1. 일본어

相原由美子,「バジル・ホール・チェンバレンの手紙一岡倉由三郎宛」,『學苑』第436号, 1976.

アッシュクロフト, B. その他, 木村茂雄 譯,『ポストコロニアルの文學』, 東京 : 青土社, 1998.

イーグルトン, T., 大橋洋一 譯,『文學とは何か』, 東京 : 岩波書店, 1985.

伊勢芳夫,「キム」,『ラドヤード・キプリング』, 東京 : 松柏社, 2003.

李省展,「帝國・近代・ミッションスクール」,『帝國と學校』, 京都 : 昭和堂, 2007.

井田好治,「英語雜誌の歷史」,『現代の英語教育 第9巻 教材と教育機器』, 東京 : 研究社, 1978.

伊藤健三,「岡倉由三郎の英語教育論－その「英語教育」(1911)の今日的意義」,『英米文學』第43号, 東京 : 立教大學英米文學研究室, 1983.

イ・ヨンスク,『'國語'という思想』, 東京 : 岩波書店, 1996.

任展慧,「佐藤清と朝鮮」,『海峽』第11号, 朝鮮問題研究所, 1982.

馬越徹,『韓國近代大學の設立と展開』, 名古屋 : 名古屋大學出版會, 1995.

梅本裕,「一九三〇年代のベーシック・イングリッシュの受容について－岡倉由三郎と三つのグループ」,『京都橘女子大學研究紀要』第16号, 1989.

「『英語研究』五十年の歩み」,『創刊50年記念号』, 東京 : 研究社, 1959.

江利川春雄,『近代日本の英語科教育史－職業系諸學校による英語教育の大衆化過程』, 東京 : 東信堂, 2006.

＿＿＿＿,『日本人は英語をどう學んできたか－英語教育の社會文化史』, 東京 : 研究社, 2008.

大澤吉博,『ナショナリズムの明暗－漱石・キプリング・タゴール』, 東京 : 東京大學出版會, 1982.

大村喜吉,「概說 : 後期」,『日本の英學一〇〇年－大正編』, 東京 : 研究社, 1968.

＿＿＿＿,「吉田幾次郎」,『英語教育史資料』第5巻, 東京 : 東京法令出版株式會社, 1980.

糟谷啓介,「イ・ヨンスク『「國語」という思想』」,『ナショナリズム論の名著50』, 東京 : 平凡社, 2002.

唐澤富太郎 編,『教育人物辭書』, 東京 : ぎょうせい, 1964.

駒込武,『植民地帝國日本の文化統合』, 東京 : 岩波書店, 1996.

小森陽一,「マルクシズムとナショナリズム」,『岩波講座 5 近代日本の文化史 編成されるナショナリズム 1920～30年代』1, 東京 : 岩波, 2002.

コンラッド, ジョウゼフ,『コンラッド自伝』, 東京 : 鳥影社, 1994.

サイード, E. W.,『文化と帝國主義』1, 東京 : みすず書房, 1999.

＿＿＿＿,『文化と帝國主義』2, 東京 : みすず書房, 2001.

齋藤一,「翻案と翻譯－岡倉由三郎について」,『人文社會科學論集』第10巻 第4号, 北海道 : 帶廣畜産大學, 2001.

______,『帝國日本の英文學』, 京都 : 人文書院, 2006.
齋藤兆史,『英語襲來と日本人』, 東京 : 講談社, 2001.
________,『日本人と英語』, 東京 : 講談社, 2007.
酒井直樹,『日本思想という問題』, 東京 : 岩波書店, 1997.
佐野正人,「佐藤清・植民地的な主体として 植民地・京城帝大・英文學」,『'翻譯'の圏域文化・植民地・アイデンティティ』, 筑波大學文化批評研究會, 2004.
申昌浩,『韓國的民族主義の成立と宗教』, 京都 : 國際日本文化研究センター, 2002.
新村出,『廣辭苑』, 東京 : 岩波書店, 1955.
鈴木修敬,『朝鮮植民地統治法の研究』, 北海道 : 北海道大學図書刊行會, 1989.
高梨健吉,「槪說 : 前期」,『日本の英學一〇〇年－昭和編』, 東京 : 研究社, 1969.
________,「岡倉由三郎」,『ある英語教室の100年』, 東京 : 大修館書店, 1978.
________,「岡倉由三郎」, 大村喜吉・高梨健吉・山來成訓編集,『英語教育史資料』第5巻, 東京 : 東京法令出版株式會社, 1980.
________,「福原麟太郎」, 大村喜吉・高梨健吉・山來成訓編集,『英語教育史資料 第5巻－英語教育事典・年表』, 東京 : 東京法令出版株式會社, 1980.
________・出來成訓,『英語教科書の歷史と解題』, 東京 : 大空社, 1994.
田中克彦,『ことばと國家』, 東京 : 岩波書店, 1981.
千葉功, 「中國をめぐる國際秩序再編と日中對立の形成－義和団事件からパリ講和會議まで」,『東アジア國際政治史』, 名古屋 : 名古屋大出版部, 2007.
鄭圭永,『京城帝國大學に見る戰前日本の高等教育と國家』, 東京大學教育學研究科博士學位論文, 1995.
通堂あゆみ, 「京城帝國大學法文學部の再檢討－法科系學科の組織・人事・學生動向を中心に－」,『史學雜誌』第117編第2号東京大學文學部內史學會, 2008.
長田彰文,『日本の朝鮮統治と國際關係－朝鮮獨立運動とアメリカ 1910~1922』, 東京 : 平凡社, 2005.
永嶺重敏,『雜誌と讀者の近代』, 東京 : 日本エディタースクール, 1997.
成田成壽, 「英文學－紹介と研究 : イギリス文學」,『日本の英學一〇〇年－大正編』, 東京 : 研究社, 1968.
新里眞世,「英語教育における,『教育的価値』について－岡倉由三郎の英語教育論を中心にして」,『關西教育學會紀要』第26号, 2002.
野田純,「前世紀轉換期の日本學－チェンバレン對ハーンと岡倉由三郎」,『思想』814号,

東京 : 岩波書店, 1992.
服部龍二, 「ワシントン体制下の國際政治－1920年代」, 『東アジア國際政治史』, 名古屋 : 名古屋大出版部, 2007.
原仙作, 中原道喜補訂, 『英文標準問題精講』, 東京 : 旺文社, 1933(初版); 1991(5訂版發行); 1999(新裝版發行).
日原信行, 「國際英語の多樣性と英語教育」, 『言語文化研究』 27号, 大阪大學大學院言語文化研究科, 2001.
平田諭治, 「岡倉由三郎ロンドン大學講演考」, 『英語史硏究』 第30号, 東京 : 日本英學史學會, 1997.
＿＿＿＿, 「岡倉由三郎の渡米「日本」講演」, 『英語史硏究』 第31号, 東京 : 日本英學史學會, 1998.
＿＿＿＿, 「日露戰爭の『日本』イメージ考－岡倉由三郎『ザ・ジャパンニーズ・スピリット』をめぐって」, 『歷史科學と敎育』 18号, 東京 : 歷史科學と敎育硏究會, 1999.
深谷昌志, 『學歷主義の系譜』, 名古屋 : 黎明書房, 1969.
福原麟太郎監修, 『ある英語敎室の100年』, 東京 : 大修館書店, 1978.
船橋洋一, 『あえて英語公用語論』, 東京 : 文春新書, 2001.
掘內克明, 「新聞・雜誌」, 『日本の英學100年－大正編』, 東京 : 硏究者出版, 1968.
正木恒夫, 『植民地幻想－イギリス文學と非ヨーロッパ』, 東京 : みすず書房, 1995.
松村敏彦, 『流浪の作家ジョウゼフ・コンラッド』, 大坂 : 大坂敎育図書, 2000.
三原芳秋, 「崔載瑞のOrder」, 『間』 第4号, ソウル, 2008.
宮田節子, 『朝鮮民衆と, 「皇民化」政策』, 東京 : 未來社, 1985.
矢野峰人, 「解說」, 『日本現代詩大系』 第5巻, 東京 : 河出書房, 1951.
山口誠, 『英語講座の誕生』, 東京 : 講談社, 2001.
吉岡榮一, 『亡命者ジョウゼフ・コンラッドの世界』, 東京 : 南雲堂フィニックス, 2002.

2. 한국어

고봉준, 「지성주의의 파탄과 국민문학론－중일 전쟁 이후의 최재서 비평을 중심으로」, 『한국시학연구』 제17호, 2006.
권오량・김정렬, 『한국영어교육사』, 서울 : 한국문화사, 2010.
김근수, 「1920年代의 言論과 言論政策－雜誌를 中心に으로」, 『三・一運動50周年記

念論集』, 서울 : 동아일보사, 1969.
김윤식, 『한국근대문학사상연구 1－陶南과 崔載瑞』, 一志社, 1984.
_____, 「한국근대문학사의 시선에서 본 『국민문학』」, 『서강인문논총』 제24집, 2008.
_____, 『최재서의 「국민문학」과 사토 기요시 교수－경성제대문과의 문화자본』, 서울 : 역락, 2009.
김흥규, 「최재서연구」, 서울대 국어국문학과 석사논문, 1972.
박노현, 「內戰人과 국민문학 : 신민족에 의한 신문학 고안의 기획－최재서의 민족문학과 국민문학 개념을 중심으로」, 『한국어문학연구』 제42집, 2004.
박성의, 「일제하의 언어・문자정책」, 한기언 외, 『日帝의 文化侵奪史』, 서울 : 민중서관, 1970.
박철희, 「植民地期 韓國 中等敎育 硏究～1920～30年代 高等普通學을 中心으로」, 서울대 교육학과 박사논문, 2002.
성윤자, 「崔載瑞의 親日文學論 연구」, 서울대 국사학과 석사논문, 2000.
송 무, 『영문학에 대한 반성』, 서울 : 민음사, 1997.
염형운, 「소설 위기상황 인식의 전체주의로의 귀결」, 『한국어문학연구』 제16집, 2002.
이성혁, 「식민지 말기 최재서의 '탈근대 문학론'비판」, 『인문과학연구』 제7호, 1998.
이양숙, 「崔載瑞文學批評硏究」, 서울대 국어국문학과 박사논문, 2003.
이연숙, 「일본에서의 '국어'의 개념」, 『교수신문』 199호, 서울 : 교수신문사, 2001.
이원동, 「식민지말기 지배담론과 국민문학론」, 『우리말글』 제44집, 2008.
이은애, 「친일문학에 대한 일고찰－최재서를 중심으로」, 『덕성여대논문집』 제26집, 1996.
이진형, 「소설, 서사시, 국민문학」, 『한국근대문학연구』 제18호, 2008.
임환모, 『문학적 이념과 비평적 지성 '1930년대 김남천의 리얼리즘론과 최재서의 모더니즘론'』, 서울 : 태학사, 1993.
장세윤, 「日帝의 京城帝國大學 설립과 운영」, 『한국독립운동사연구』 제6집, 1992.
정선이, 『경성제국대학연구』, 서울 : 문음사, 2002.
정준영, 「1910년대조선총독부의 식민지교육정책과 미션스쿨－중・고등학교의 경우」, 『사회와 역사』 제72호, 2006.
정창석, 「'內朝一体'論理樣相」, 『日本學報』 제42집, 1999.
_____, 「'戰爭文學'에서 '받들어모시는文學'까지－日帝下所謂'國民文學'論議」, 『日語日文學硏究』 제35집, 1999.
_____, 「植民과 原住民-注入과 感染－崔載瑞와 佐藤淸」, 『日本學報』 제54집, 2003.
최민지・김민주, 『日帝下民族言論史論』, 서울 : 日月書閣, 1978.

3. 영어

Baldick, Chris, *The social mission of English criticism 1848 ~1932*, Oxford : Oxford University Press. 1983.

Blaut, James M., *The Colonizer's Model of The World,* New York · London : The Guilford Press, 1993.

Crystal, David, *The Cambridge encyclopedia of language*, Cambridge : Cambridge University Press, 1987.

Doyle, Brin, *English and Englishness*, London and New York : Routledge, 1989.

Frenz, Horst(ed.), *Literature 1901 ~1967*, Amsterdam · London · New York : Elsevier Pub. Co., 1969.

Green, R. L., *Kipling and the children*, London : Elek Books Ltd., 1965.

__________, *Kipling : The critical heritage*, London : Routlege & Kegan Paul Ltd., 1971.

Hawkes, Terence, "The Instituional of Literature : The University", Martin Coyle(ed.) *Encyclopedia of Literature and Criticism*, London : Routlege, 1990.

Karl, F. R · L., Davies, *The collected letters of Joseph Conrad Volume 1 1861 ~1897*, Cambridge : Cambridge University Press, 1986.

__________, Davies, *The collected letters of Joseph Conrad Volume 2 1898 ~1902*, Cambridge : Cambridge University Press, 1986.

__________, Davies, *The collected letters of Joseph Conrad Volume 3 1903 ~1907*, Cambridge : Cambridge University Press, 1986.

Knowles, O · Gene M. Moore, *Oxford reader's companion to Conrad*, Oxford : Oxford University Press, 2000.

Najder, Z., *Conrad under familial eyes*, Cambridge : Cambridge University Press, 1983.

Pennycook, Alastair, *The cultural politics of English as an international language*, New York : Longman Group, 1994.

______________, *English and the discourse of colonialism*, New York : Routledge, 1998.

Phillipson, Robert, *Linguistic Imperialism*, London : Oxford University Press, 1992.

Said, E. W., *Joseph Conrad and the Fiction of Autobiography*, America : Harvard University Press, 1966.

Sherry, Norman, *Conrad : The critical heritage*, London : Routlege & Kegan Paul Ltd., 1973.

Wellek, Rene, *Discriminations : Further Concepts of Criticism*, New Haven and London : Yale University Press, 1970

역자 후기

무엇인가를 연구한다고 할 때에는, 의식적이든 무의식적이든, 언제나 염두에 두고 있지 않으면 안 되는 것이 '왜'와 '어떻게'일 것이다. 그도 그럴 것이, 연구 주체인 '나'는 '지금' '여기'에 있고, 연구 대상인 '무엇' 또한 현재에는 이미 정해진 상태이기 때문이다. 상황이 이러하기 때문에, 적극적이든 소극적이든, '왜'와 '어떻게'는 당연히 문제가 되지 않을 수 없을 터이다. '왜'와 '어떻게'가 문제가 되어야 하는 또 다른 이유가 있다. 그것은, 이론이든 실천이든, '왜'가 없는 무엇은 경박해지기 십상이고, '어떻게'가 없는 무엇은 한없이 추상적이 될 수밖에 없기 때문이다.

이러한 문제의식은 당연히 언어의 연구 혹은 언어 교육의 현장에서도 가지고 있어야 할 것들 가운데 하나다. 그럼에도 불구하고 아직까지는, 언어의 연구나 교육 모두에 있어서, '왜'보다는 '어떻게'가 강조되고 있음이 사실이다. 아니, 그보다도 '왜'에 대한 문제의식 자체가 대단히 희박하다고 하는 편이 좀 더 솔직한 고백일 것이다. 그리하여 상당수의 연구 업적이나 학술 발표들은 '어떻게'에 무척이나 치우쳐져 있는 형편이다. 그렇다고 해서 이 말이 '어떻게'가 전혀 중요하지 않다는 뜻은 결단코 아니다. 문제는 균형인데, 바로 이에 필요한 균형추의 역할을 이 책이 할 수 있다고 본 것이 이 책을 번역하게 된 동기이다. 더불어, 교토대학 대학원의 박사 학위 논문 심사 과정에서도 이 책에서 제기한 문제의식은 대단히 높은 평가를 받았음을 덧붙여 두고 싶다.

이 책은 전전기의 이른바 '내지' 일본에서의 영어와 영문학이 주요한 테마인 만큼 그에 대한 논의가 주를 이룰 것은 자명한 사실이다. 그러나 그에 못지않게 식민지 조선, 더 구체적으로는 경성제국대학에서의 영어와 영문학의 위치에 대해서도 지금까지와는 다른 각도에서 상당히 심도 있는 논의가 이루어지고 있다. 그중에서도, 영국과 아일랜드에 일본과 조선을 겹쳐 놓으면서, 또한 경성제대 영문학 강좌의 주임 교수였던 사토 기요시를 비롯한 일본 '내지'의 영문학자들과 최재서를 오버랩시키면서, 행한 분석은 단연 우리의 주목을 끈다. 이 부분은, 약간 과장해서 표현한다면, 이 분야의 연구에서 새로운 길을 열었다고 해도 과언이 아닐 정도이다. 이러한 내용들을 포함하여 이 책이, 위에서 언급한 문제의식을 한국에서도 발굴하고 깊이는 역할, 적어도 '어떻게'로 기울어져 있는 한국의 학계에 아주 자그맣게라도 '왜'라는 의문을 가지는 것이 왜 중요한지를 보여 주는 역할 정도는 할 수 있기를 기대한다.

이 책의 번역과 관련해서는, 윤수안 박사가 먼저 한국어로 옮겼고, 그 원고를 가지고 고영진이 때로는 원문과 대조하기도 하면서 검토와 수정을 거듭하였다. 그리고 그 과정에서 발견되는 크고 작은 문제들에 대해서는 끊임없이 서로 의견을 주고받으며, 때로는 격렬한 논쟁도 마다하지 않았다. 그러는 도중에 역자들은, 원문의 잘못을 찾아내기도 하였고, 또 새로운 문제들을 발견하기도 하는 등의 즐거움을 누렸다. 그러나 이 일은 전적으로 고영진의 주도하에 행해졌으므로, 본 역서에서 발견되는 여러 가지 문제들의 책임 또한 그에게 있음을 밝혀 둔다.

역자의 한 사람인 고영진은 이 책의 번역에 앞서서 『국어라는 사상』(공역, 소명출판, 2006)과 『식민지 조선의 언어 지배 구조』(공역, 소명출판, 2013)의 번역에 참여한 바 있다. 전자가 "근대 일본의 국민국가와 언어와의 관련성을 '국어'라는 언어 인식의 형성사 속에서 명확히 밝혀낸"[1] 것이라면, 후자는 "지배 권력과 피지배자들 사이의 복잡한 관계성 속에서 전개되다가 사산되어 버린 조선어의 비정상적인 근대화의 다양한 측면"[2]을 다룬 업적이다. 이제 이 책이 나옴으로써, 한국과 한국어의 근대화 과정을 논의하는 데에 있어서 반드시 다루어야 할 언어의 하나임에도 불구하고, 그동안 결락되어 있었던 '영어'의 문제를 다룬 책의 번역에도 자그마한 힘이나마 보탤 수 있어 대단히 기쁘다.

처음부터 의도한 것은 아니었지만, 이 세 언어와 관련한 훌륭한 업적들을 번역하는 데에 동참하는 행운을 누렸던 한 사람으로서, 또한 이 책의 공역자로 이름을 얹은 한 사람이라는 핑계로, 실례를 무릅쓰고 이 자리를 빌려 그동안 기분 좋은 신세를 진 몇몇 분들께 감사의 인사를 올리고자 한다.

무엇보다도, 변변찮은 역자에게 번역의 기회를 주신 이연숙 선생님과 미쓰이 다카시三ツ井崇 교수님, 그리고 윤수안 박사 등 세 분의 저자께 특별한 감사의 인사를 드리고 싶다. 세 분은 훌륭한 책을 써 주셨을 뿐만 아니라, 여러 가지 면에서 부족한 역자에게 번역에 관여할 기회까지 주셨다는 점에서, 아무리 감사를 드려도 부족하다. 게다가 이 분들

1 임경화, 「식민지기 언어운동사 연구의 새로운 지평을 위하여」, 미쓰이 다카시, 임경화·고영진 역, 『식민지 조선의 언어 지배 구조 — 조선어 규범화 문제를 중심으로』, 소명출판, 2013, 357면.

2 위의 글, 같은 곳.

과의 개인적 교류 과정에서 얻은 가르침 또한 분에 넘치는 것이었음을 기억해 두고자 한다. 이 길을 걸어가면서 만난 또 한 분의 학문적 동지인 임경화 교수님께도 뜨거운 감사를 드린다. 그와 함께 했던 두 번의 작업은, 지적으로 엄청난 자극이 되었음은 물론이거니와, 인간적으로도 대단히 큰 공부가 되었음을 밝힌다. 앞으로도 이 길을 함께 걸어갈 수 있게 되기를 진심으로 바란다. 그리고 이 책을 번역하는 과정에서 역자들이 한국어로 옮기기 힘든 일본어 표현과 관련한 자문에 언제나 친절하게 응해 주신 모리 도모오미森 類臣 박사께도 심심한 감사를 드린다.

이번까지 모두 세 번에 걸치는 작업을 연세대학교 근대한국학연구소와 손을 잡고 할 수 있었던 것 역시 크나큰 행운이었다. 특히 김영민 선생님께서는, 전공이 다름에도 불구하고, 이 모든 일에 언제나 함께 해 주셨고, 또 직간접적으로 많은 가르침을 주셨으며, 지금도 주고 계신다. 앞으로도 계속 이끌어 주십사는 부탁을 불고염치하고 드리고자 한다. 그리고 연세대학교 국어국문학과의 김하수 선생님께는 '감사'라는 두 글자만으로는 표현할 수 없을 만큼의 학은을 입었는데, 이 번역 또한 당신께서 뿌리신 씨앗이 자라서 맺은 열매의 하나임을 알아 주셨으면 좋겠다. 선생님께서는, 역자에게 언어의 연구와 교육에서 '왜'의 중요성을 처음으로 인식시켜 주신 분이자, 또한 저자에게 한국사회언어학회에서 발표할 기회도 마련해 주시는 등, 우리 두 사람에게 헤아릴 수 없이 많은 은혜를 베푸셨다. 올 여름에 정년을 맞으시는 선생님께 이 책이 조그마한 기쁨이라도 드릴 수 있었으면 한다.

마지막으로 역자들의 까탈스런 주문과 시뻘건 교정지에 여러 가지로 시달리셨을 소명출판의 한성옥 님께는, 한없는 죄송함과 감사함을 동시에 느끼고 있음을 전하면서, 용서를 구하고자 한다. 아마도 한성옥 님이 아니었다면, 이처럼 훌륭한 모습으로, 그리고 이렇게 빨리, 이 책이 나오지는 못했을 것이다.

2014년 2월 3일

고영진